코요테의 놀라운 여행

코요테의 놀라운 여행

The Remarkable Journey of

Coyote Sunrise

댄 거마인하트 장편소설
이나경 옮김

SCHOOL BUS

다산
책방

나의 나침반의 네 방위가 되어주는
캐런, 에바, 엘라, 클레어에게 바친다

일러두기

1. 본문에서 거리를 표현하는 데 있어 마일, 야드, 피트 단위는 한국 독자에게 친숙한 킬로미터, 미터, 센티미터 단위로 환산하되, 어색함을 덜기 위해 근삿값으로 표기하였다.(예: 500마일 → 800킬로미터, 100야드 → 100미터)
2. 본문의 주는 모두 옮긴이의 것이다.
3. 본문 중 고딕체는 원서에서 이탤릭체로 강조한 부분이다.

01

어떤 날은 중요하고 어떤 날은 별 볼 일 없고 어떤 날은 나쁜 일이 생기고 어떤 날은 좋은 일이 생기는데, 그중에서 어떤 날을 고르든 내 "옛날 옛적에" 이야기를 시작하는 데 문제는 없을 것 같다. 그렇지만 나는 항상 솔직하려고 노력하니까 솔직하게 말하자면, 이 이야기를 시작하기 가장 좋은 지점은 사실 딱 하나다.

모든 일은 아이반과 함께 시작됐다.

옛날 옛적에, 날씨는 더웠고 나는 땀을 뻘뻘 흘리고 있었다. 대충 다섯 달쯤 더 있으면 열세 번째 생일이 되는 날이었다. 우리는 오리건 주 어딘가에 있었다. 솔직히 도시 이름은 기억도 안 나지만, 바다에서 멀고 건조하고 뜨거운 곳이라는 건 알았다. 내리쬐는 햇빛에 온 세상이 노랗고 눈부셔서 어딜 봐도 눈을 찡그려야 했다.

주유소 주차장의 아스팔트가 열을 그대로 내뿜어서 위아래로 푹푹 찌는 느낌이었다. 만약 맨발로 다니는 사람이 있었다면 아스팔트가 뜨겁다며 소리를 지르고 팔짝팔짝 뛰었겠지만, 내 발바닥은 익숙해서 마음껏 편하게 걸었다. 땀이 나서 티셔츠가 등에 들러붙었다. 그렇게 걸어가고 있으니 청바지 벨트 고리까지 닿는 내 땋은 머리가 등에 턱턱 부딪히는 게 느껴졌다.

계산대에 있던 아저씨가 내 맨발을 보더니 입을 열었다. "얘야, 너—" 나는 무슨 말이 나올지 이미 알고 있었다. "신발 및 상의를 착용하지 않은 사람은 출입 금지"라는 말도 안 되는 규칙은 미국 주유소 편의점에 죄다 빠짐없이 적용됐다. 나는 아저씨에게 손을 한 번 흔들면서 말을 막았다. "알아요, 안다고요." 그렇게 말하면서 계속 걸었다. "금방 나갈게요."

그 주유소는 처음이었지만, 다른 곳과 똑같이 생긴 곳이니 이미 백만 번쯤 가본 셈이었다. 비닐 포장된 즉석식품들이 줄줄이 진열되어 있었다. 벽에는 탄산음료와 맥주, 과일 맛 아이스티로 가득한 냉장고가 늘어서 있었다. 육포와 캔디 진열대를 지나 내 목표 지점으로 향했다. 바로 슬러시 기계.

커피 머신과 탄산음료 기계 옆 한쪽 구석에서 그 기계가 윙윙거리고 있었다. 커다란 플라스틱 통에서 형광색 설탕 슬러시가 빙빙 돌아가는 걸 보자마자 입에 군침이 돌았다.

어떤 아이가 얼굴에 먹고 싶다고 똑똑히 쓰고서 빙빙 도는 슬러시를 올려다보고 있었다. 일곱 살이나 여덟 살쯤 되어 보이는 그 애는 터무니없는 핑크색에 "와일드 워터멜론"이라고 적힌 왼쪽 맛을 보고 있었다.

"실수하는 거야." 그 애 옆으로 걸어가서 컵을 하나 뽑으며 내가 말했다.

아이가 고개를 돌려 날 봤다.

"뭐가?"

나는 아이가 탐내고 있던 슬러시를 턱으로 가리켰다.

"수박 맛. 그건 아니거든. 수박이나 바나나 맛이라고 주장하는 거엔 시간 낭비하지 마. 항상 쓰레기니깐."

아이가 못 믿겠다는 표정으로 나를 째려봤다.

"어찌됐든 상관없어." 그 애가 말했다. "엄마가 벌써 안 된다고 했거든." 아이는 고개를 뒤로 홱 젖혔다. "그래도 너무 더워."

나는 컵을 하나 더 뽑아서 아이에게 건넸다.

"자." 내가 말했다. "내가 사줄게."

아이의 얼굴이 환해졌다.

"진짜로?"

"응."

그러더니 아이가 또 금방 고개를 푹 숙였다.

"하지만 엄마가 안 된댔어. 혼날 거야."

나는 어깨를 으쓱였다. "이러나저러나 오늘 한 번은 혼날걸. 그러니까 슬러시라도 먹으면 다행이지."

아이는 아주 잠시 내 말을 곱씹더니 컵을 낚아챘다.

"그래도 수박 맛은 정말 다시 생각해보는 게 좋을걸." 내가 덧붙였다.

내 충고는 소용없었고, 아이는 번개처럼 버튼을 눌러 번쩍이는 핑크색 슬러시를 컵에 받았다.

나는 다른 쪽, "펑키 프루트펀치"로 컵을 채웠다. 어느 쪽으로 보나 탁월한 선택이었다.

계산대로 걸어가면서 그 애는 나를 위아래로 훑어보았다.

"이상한 옷 입었어."

나는 해진 청바지와 얼룩덜룩한 흰 티셔츠를 내려다봤다.

"따지고 보면 너랑 같은 거 입은 거야." 내가 지적했다.

"그러니깐." 아이가 말했다. "근데 난 남자잖아."

"그래서?"

"남자랑 여자는 같은 거 입으면 안 되잖아."

"뭐, 그럼 네가 갈아입어. 난 안 갈아입을 거니까."

아이는 아무 말도 하지 않았다. 내가 아직 슬러시 값을 치르기 전이었으니, 그 애로선 올바른 행동이었다.

나는 돈을 내면서, 이제야 나간다며 속이 시원하다는 듯 적대적으로 구는 점원의 표정을 무시했다. 맨발에 닿는 뜨거운 아스팔트처럼, 그 표정도 나에게는 익숙했다.

나랑 아이는 딸랑거리는 문을 열고 더위 속으로 나갔다. 별로 멀지 않은 고속도로에서 차 소리가 들려왔다.

아이는 슬러시 빨대를 후루룩 빨았다. 꿀꺽 삼키고 입술을 닦더니 고개를 끄덕였다.

"그래, 와일드 워터멜론 맛은 어때?" 내가 물었다.

아이는 생각에 잠기며 입술을 핥았다.

"달아. 괴상해. 수박이랑 완전 달라."

나는 고개를 끄덕이고 맛 좋은, 광고한 그대로의 맛이 나는 펑키 프루트펀치를 한 번 빨았다.

"이제 알겠니, 꼬마야. 내가 왜 그랬는지."

그 아이는 컵에 든 형광 핑크색 내용물을 우울하게 쳐다봤다.

나는 한숨을 쉬었다. 꼬마가 실망하는 걸 보고 있기가 힘들었다. 내 컵을 그 애한테 내밀었다.

"자." 내가 말했다. "바꿔."

아이의 눈썹이 올라갔다.

"진짜로?"

"그럼. 난 별로 상관없어." 거짓말을 했다. "그리고 혼나는 건 너잖아. 혼날 건데 맛있는 거라도 먹어야지."

슬러시를 바꾸고 와일드 워터멜론을 한입 마셨다. 아이는 내 반응을 지켜봤다.

"내 생각엔," 내가 말했다. "슬러시 회사에서 맛 만드는 사람은 수박을 좀 더 먹어보는 게 좋을 것 같아." 아이도 고개를 끄덕였다. 나는 내 컵을 그 애 컵에 부딪쳤다. "건배. 맛있게 먹어."

"고마워." 아이가 말하기에 내가 답했다. "별말씀을." 그리고 아이가 말했다. "새끼 고양이 키울래?" 나는 달콤한 슬러시를 한 모금 삼키고 입술을 핥은 뒤 팔로 턱에 묻은 걸 닦고는 말했다. "뭐?"

"새끼 고양이 키울래?" 아이가 다시 말했다. 아이가 가리키는 곳에 좀 더 나이 많은 남자아이가 커다란 판지 상자를 옆에 두고 앉아 있었다. "공짜로 나눠주고 있어. 하나 가질래?"

나는 주유기 옆에 주차된 커다랗고 낡은 노란색 스쿨버스 쪽을 봤다.

고양이를 키워도 된다는 허락을 받을 수 있을 리 없었다. 보나마나 금지였다. 한숨이 나왔다.

"뭐," 내가 말했다. "구경이나 하자."

판지 상자에는 고양이 다섯 마리가 있었고, 허리를 숙이고 들여다보니 고양이들이 모두 동그란 눈에 세모난 귀를 하고 올려다보는 통에 나는 홀딱 반해버렸다.

"누구야?" 형이 물으니 동생이 대답했다. "슬러시 사준 누나." 그러자 형이 손을 내밀고 동생은 슬러시를 내밀었다. 형이 한 모금 마시고 입술을 닦고는 고개를 끄덕이고 슬러시를 도로 건넸다. "고양이 키울래?" 그 애가 물었다. 둘은 형제답게 꼭 닮았다.

나는 다시 버스를 한번 보고 한쪽 눈썹을 추켜올렸다. 그는 어디에도 보이지 않았다.

"음, 아직은 잘 모르겠어. 복잡한 문제라서."

아이 둘 다 고개를 끄덕였다. 그 애들도 부모가 있으니 무슨 상황인지 이해하는 거였다.

"그럼 하나 안아봐." 형이 말했다. "시험 삼아서."

나는 입을 꼭 다물었다. 살랑거리는 꼬리랑 수염이 달린 작은 고양이들은 정말이지 너무 귀여웠다. 어떻게 하면 몰래 키울 수 있을지 생각해봤다.

고양이들은 작은 소리로 야옹거렸다. 그건 문제가 될 수도 있었다.

"제일 조용한 애가 누구야?"

둘 다 조금도 망설임 없이 제일 작은 아이, 상자 구석에 혼자 있는 회색과 흰색 줄무늬 고양이를 가리켰다.

"쟨 좀 이상해." 동생이 말했다. "다른 애들은 조용히 있질 않는데, 쟤는 태어나서부터 삑 소리 한 번 안 냈어."

"진짜?" 나는 마음에 든다는 뜻으로 눈을 가늘게 떴다. "그럼 딱 좋은데."

"수컷이야."

"그래?"

"확인해봐."

"아니, 됐어. 그 말 믿을게."

나는 거기서 쪼그리고 앉아, 조용하고 작은 흰색과 회색 털 뭉치를 봤다.

녀석도 나를 봤다. 아주 진지한 표정을 짓고 있었다. 근엄하기까지 한 표정을. 마치 반대로 녀석이 나를 고를지 말지 고민하는 것처럼 보이는 지경이었다. 만만히 볼 고양이가 아니었다.

나는 보도에 슬러시를 내려놓고 손을 넣어 그 작은 녀석을 최대한 부드럽게 안아들었다. 내 커다랗고 서툰 손에 느껴지는 가녀린 떨림에 온몸이 차분해졌다. 연약한 뼈와 보드라운 털과 미친듯이 뛰는 심장박동을 가진 녀석이었다.

녀석을 눈앞에 들고 봤다. 고양이도 눈을 크게 뜨고 귀를 쫑긋 세우고는 나를 마주 봤다. 하지만 소리는 내지 않았다. 야옹거리지도 으르렁거리지도 낑낑거리지도 버둥거리지도 않았다. 나와 그 고양이, 우리는 서로의 눈을 깊이 들여다봤다. 심장이 한 번 뛸 때마다 조금씩 더 부풀어올랐다.

장담하는데, 고양이와 내가 서로 마주 본 그때 뭔가가 달라졌다. 아주 거대한 뭔가. 아주 오랫동안 우주에 가만히 있었던 것이 다시 움직이기 시작했거나 움직이고 있던 것이 드디어 멈추었거나. 무슨 일이었든, 중대한 사건이 벌어진 게 틀림없었다.

보다시피 나는 그 주유소에 혼자 들어갔다. 그리고 혼자 나왔다. 몇 년째, 날마다 그 많은 주유소에 혼자 들어갔다가 혼자 나온 것처럼. 그런데 아마 그 순간 거기서 그 고양이를 안고 있으니 혼자라는 느낌에 진저리가 난 것 같다. 워낙 조용했던 순간이라 내 마음 밖에서 보고 있던 사람은 아무도 알아차리지 못했을 테지만…… 그럼에도 아주 중대한 순간이었다.

고양이는 하품을 했다. 입을 딱 벌리고 뾰족한 이빨과 회색 혀 돌기와 목구멍을 꽤 많이 내보였다.

"그래." 내가 속삭였다. "너로구나, 그렇지?"

"걔 가질 거야?"

"응." 나는 점점 커지는 미소를 지으면서 대답했다. "응, 갖고 싶어."

내가 해본 말 중 가장 진실한 말이었을 것이다.

그런데 손안의 따뜻하고 작고 완벽한 녀석을 키워도 된다는 허락은 받은 적이 없었다. 돌아올 답은 분명 "안 돼"였다.

그가 알면 싫어할 것이 틀림없었다. 하지만 그가 늘 하는 말 중엔 이런 말도 있었다. "마음이 가는 곳으로 가면 돼. 돌아보지 말고." 그리고 내 마음이 가는 곳이, 블루 라즈베리 슬러시보다 더 파란 눈으로 나를 마주 보고 있었다.

"저기 이상한 사람 누구야?" 동생이 형에게 물었고, 나는 아직도 첫 하품에 반한 상대를 들여다보고 있었지만 애들이 얘기하는 사람이 누구인지 안 봐도 알 수 있었다. 그래도 돌아봤다. 밀반입해야 할 고양이가 있었으니까.

저기 그가 서 있었다, 자랑스러운 모습으로.

천보다 구멍이 더 많은 갈색 청바지. 셔츠도 안 입고 신발도 안 신었으니 가게에는 출입 금지일 것이 뻔하다. 앙상한 어깨와 죄다 튀어나온 갈비뼈. 반다나로 묶고 뒤로 넘긴 헝클어진 긴 머리. 쇄골까지 늘어진 덥수룩한 수염. 그는 주유소 주유기 옆에 있는 작은 걸레로 버스 창문에 들러붙은 벌레들을 긁어내고 있었다. 그러면서 춤을 추듯 들썩이며 휘파람을 불었다. 그야말로 펑키 프루트 펀치 같은 모습이었다. 그 역시…… 자기 이름과 아주 잘 어울리는 사람이었다.

"저 사람은," 나는 고양이를 감추려고 배 쪽으로 내리면서 말했다. "로데오야." 두 아이가 나를 빤히 봤다. "우리 아빠."

"저 아저씨가 아빠라고?"

"응." 나는 고개를 숙이고 작게 속삭였다. "저 사람한테는 그렇게 말하면 안 돼, 알겠지?"

두 아이는 시럽 묻은 얼굴로 진지하게 끄덕였다. 믿음이 가는 형제였다.

고양이를 꼭 끌어안고 버스를 돌아봤다. 로데오는 버스 앞을 닦느라 바삐 돌아다녔다. 손안의 고양이를 버스에 태우려면 도움이 필요했다.

나는 슬러시를 쪽쪽 빨며 로데오를 빤히 쳐다보고 있는 작은 애 쪽을 살펴봤다.

"부탁 하나 들어줄래, 꼬마야?" 아이는 눈썹을 찡그렸다. "나 좀 도와달라고." 아이는 그제서야 끄덕였다.

"버스 뒤쪽 창문에 별 그려진 커튼 보여?"

"응."

"저기가 내 방이거든. 네가—"

"방이라고? 진짜 방?"

"응."

"저 버스에서 살아?"

"응. 왜?"

"스쿨버스에서 사는 사람은 못 봤는데."

"음, 이제 봤네. 됐지?" 나는 아이에게 최대한 조심스럽게 고양이를 건넸다. "이렇게 해줘. 로데오는 이 고양이를 허락할 리가 없거든. 아직은 말이야. 그러니까 내가 먼저 버스에 타서 내 방으로 갈게. 조금 이따가 반대쪽 내 방 창문 아래로 이 고양이를 데리고 와줘. 알겠지?"

아이는 형을 봤다. 형은 어깨를 으쓱이더니 고개를 끄덕였다.

"그럼 우리 오늘 다 같이 야단맞겠네. 그치?"

나는 씩 웃었다.

"그렇겠지. 뭐, 고양이랑 슬러시 정도면 야단 좀 맞아도 괜찮잖아?" 나는 티셔츠 목에 걸어둔 선글라스를 쥐었다. 두꺼운 플라스틱 테에 커다랗고 동그란 갈색 선글라스다. 뉴멕시코 벼룩시장에서 1달러 주고 샀는데 그중 1센트도 아깝지 않다. 그걸 쓰고 세상에 내리쬐는 햇빛을 어둡게 조절했다. "준비됐어?"

"그럼."

나는 심드렁한 표정으로 수박 슬러시를 마시면서 버스로 어슬렁어슬렁 걸어갔다.

아코디언 문을 열어젖히니 로데오가 돌아봤다. 로데오는 집중하느라 혀를 조금 내민 채 엄지로 메뚜기 다리를 긁어내고 있었다.

"바나나는 없어?" 로데오가 물었다.

"없습니다, 대장." 나는 경례를 하며 대답했지만, 솔직히 찾아보는 걸 잊고 있었다.

"에잇." 로데오가 말하더니 나를 향해 이를 드러내며 씩 웃었고 나도 마주 웃을 수밖에 없었다. "다음에 찾아보면 되지, 그럼."

나는 손으로 권총을 만들어 쏘는 시늉을 하고 아무렇지도 않은 척 느릿느릿 버스에 올랐다. 늘어선 좌석과 로데오의 작은 침대를 지나, 벽에는 책장을 바닥에는 소파를 창문 아래에는 화분을 볼트로 고정시킨 거실을 통과했다. 티셔츠 아래 볼록한 것을 손으로 가리고 버스 뒤로 향하는 아이가 창밖으로 보였다. 나처럼 편안하게 느릿느릿 걷고 있었다. 로데오 쪽으론 눈도 돌리지 않았다. 타고난 녀석이었다, 저 꼬마는.

커튼을 열고 내 방으로 들어갔다. 덥고 답답했지만 출발하면 시원해질 것이었다. 곧바로 창문으로 가서 커튼을 젖혔다. 아이가 입을 벌린 채 고양이를 들고서 나를 올려다보고 있었다.

양손으로 잠금장치를 누르고 창문을 최대한 소리 안 나게 끼익 내렸다. 아이가 손을 들어 고양이를 번쩍 올렸다. 고양이는 아이의 손 위에서 가만히 있었다.

"어?" 내가 말했다. 몸을 창밖으로 내밀었는데도 고양이는 60센티미터쯤 밑에 있었다. "잠깐만."

안으로 다시 들어가 주위를 둘러봤다. 벽에 걸린 낡은 밀짚 카우보이모자를 집어들고 철사 옷걸이에서 재킷을 벗긴 뒤 옷걸이를 납작하게 눌렀다. 모자에 기다란 끈이 달려 있어서 옷걸이를 거기에 걸고 창밖으로 늘어뜨렸다.

"얼른 모자에 태워." 내가 작게 말하자 꼬마는 그렇게 했다. 나는 최대한 조심스레 고양이를 태운 모자를 당겨 올렸다. 금세 고양이가 내 손에 들어왔다. 녀석은 카우보이모자 엘리베이터를 타고 스쿨버스에 올라타는 것쯤은 날마다 있는 일이라는 듯, 편안한 표정으로 날 올려다봤다. 녀석이 점점 더 좋아졌다. 처음부터 엄청 좋았는데도 말이다.

창밖으로 머리를 내밀었다.

"슬러시 고마워." 꼬마가 말했다.

"아니야. 고양이 고마워."

아이는 어깨를 으쓱였는데, 과하지도 모자라지도 않은 대답 같았다.

버스 문이 끼익하며 닫히는 소리가 들렸다. 곧 낡은 디젤 엔진이 부르릉거리더니 내 방이 흔들렸다. 아이는 뒤로 한 발자국 물러났다.

"그럼, 다음에 또 보자." 내가 말했다.

"또 봐." 아이가 말하더니 버스 뒤를 돌아 사라졌다.

침대 옆 커다란 책 상자를 뒤집어 책들을 바닥에 쏟았다. 빈 상자를 고정된 선반과 침대 옆의 고정된 탁자 사이에 두고 고양이를 그 안에 넣었다. 상자 속 고양이는 너무 작고 외로워 보였다. 그래서 낡은 티셔츠를 접어서 조그만 공룡 봉제 인형과 함께 옆에 넣어주었다. 고양이는 공룡을 킁킁거리고 나를 올려다보더니 털썩 엎드렸다.

상자 옆 바닥에 늘어진 책더미를 보다가 내가 제일 좋아하는 책의 반짝이는 금빛 제목이 눈에 들어왔다. 『세상에 단 하나뿐인 아이반』. 분명 계시였다.

"좋았어." 내가 말했다. 손을 뻗어 손톱 하나로 고양이 머리를 긁어줬다. 고양이는 눈을 감고 거기에 머리를 댔다. "아이반." 내가 속삭였다. "네 이름이야, 아이반. 마음에 들든 안 들든. 그래도 마음에 들면 좋겠다."

아이반은 싫지 않은 표정이었다.

"자, 로데오가 의심하지 않도록 해야지." 내가 말했다. "가만히 있어."

어느새 로데오는 운전석에 앉아 있었다. 선글라스를 쓰고 해바라기씨 한줌을 껍질까지 입에 털어 넣었다. 나는 바로 뒷자리에 무릎을 꿇고 앉아 로데오의 어깨 위로 몸을 숙였다.

"준비됐나, 코요테?"

"준비 완료!" 내가 씩 웃으며 대답했다. "어디로 가?"

로데오는 주차 브레이크를 풀더니 라디오를 켰다. 괴상한 히피 전자기타가 스피커에서 울부짖었다.

"그걸 알아낼 방법은 하나뿐이지." 로데오는 버스의 먼지 가득한 대시보드를 탁 치더니 외쳤다. "준비됐나, 예거?" 로데오는 액셀을 밟아 낡은 버스의 엔진을 부르릉 가동시키더니 클러치를 빠르게 뗐고 우리는 덜컹거리며 앞으로 나아갔다. 로데오는 음악에 맞춰 머리를 끄덕였고 해바라기씨 껍질을 혀로 벗겨내느라 입술을 오물거렸다. "한번 울부짖어봐라, 코요테!" 로데오는 한입 가득 해바라기씨를 문 채 외쳤다.

나는 고개를 젖히고 아오오오오 울부짖었다. 높은 음의 행복한 코요테의 울음소리가 금속 천장에 울려퍼졌다. 아이반이 내 소리를 듣고 내가 곁에 있는 걸 알아주길 바랐다. 그리고 아이반이 내 울음소리를 따라 하지 않기를 간절히 바랐다.

앞쪽 창문이 모두 열려 있어 바람이 통하면서 책 낱장이 팔락거리고 시원해졌다. 고개를 숙이고 창밖의 두 아이가 고양이 한 마리가 줄어든 상자를 옆에 두고 연석 위에 앉아 있는 모습을 봤다. 아이들은 호기심에 이맛살을 찡그리고 나를 보고 있었다. 작은 아이는 내 핑키 프루트펀치 슬러시를 다시 쪽쪽 빨고 있었다.

아이들을 향해 어깨를 으쓱이고─그 정도가 적당할 것 같았다─손을 한 번 크게 흔들었다. 아이들도 동시에 손을 흔들었다. 둘 다 착한 애들이었다. 다시 만나도 상관없을 것 같은 애들.

우리는 고속도로로 접어들었고 엔진은 속도를 올리느라 끼잉거렸다. 길고 구불구불한 검은 도로가 언제나 그렇듯이 끝없이 펼쳐져 있었다. 나는 슬러시를 한 모금 마시고 로데오의 음악에 맞추어 고개를 끄덕거렸다.

고양이가 생겼다. 그렇다면 분명 문제가 생겼다는 뜻이다.

하지만 뭐, 문제는 이미 많았다. 그런데 지금 나한테는 아이반도 있다.

그러니 이러나저러나 예전보다 좋아진 것 같았다.

02

하루. 꼬마 아이반을 로데오에게서 감출 수 있었던 기간이다. 겨우 하루.

나는 눈치껏 요령 좋게 행동해야 했다. 로데오는 아마도 세상에서 가장 착한 사람이지만, 로데오의 착한 마음씨에도 한계는 있다. 절대 못된 말은 하지 않지만, 착한 마음이 약해지면 로데오는 그냥 떠나버린다. 그가 자기 마음속으로 들어가서 문을 닫아버리면 다시는 열 수가 없다. 아이반을 로데오의 따뜻한 햇살 같은 착한 마음씨가 닿는 곳에 두어야지, 추운 바깥에 내버릴 수 없다는 건 확실했다.

첫날 오후부터 기초 작업에 들어갔다. 도로를 달리기 시작하고 좀 되었을 때, 내 방으로 돌아가 아이반을 안고 한 시간쯤 놀았다. 하지만 결국 녀석의 견딜 수 없이 귀여운 몸뚱이에서 내 몸을 떼어내야 했다. 상자에 넣는데 아이반이 그 말도 안 되게 새파란 눈으로 나를 올려다봤다. "가서 대장이랑 얘기 좀 해야 돼." 녀석에게 속삭였다. "얘기가 끝나면 대장도 나처럼 널 사랑할 거야."

아이반은 날 보고 눈을 깜빡였다. 별로 확신 없는 표정이었지만 우리는 아직 서로를 알아가는 중이었고, 나는 아직 녀석의 표정을 완벽히 읽지는 못했으니 무슨 뜻인지 알 수 없는 노릇이었다. 작별 인사로 녀석을 긁어준 뒤 버스 앞으로 느긋하게 걸어갔다.

로데오는 음악에 맞추어 고개를 끄덕이면서 기분 좋게 운전 중이었다. 로데오는 나를 향해 미소 지었고 나는 바로 뒷자리에 무릎을 꿇고 앉아 앞유리의 풍경을 내다보며 늘 듣는 옛날 노래를 따라 불렀다.

이야기를 꺼내기 좋은 때를 찾아 기회를 기다리고 있었는데 마침 로데오가 내가 기다리던 걸 건넸다.

"옛날 옛적에 이야기 하나 해봐라, 코요테." 로데오가 말했다.

나는 완벽한 기회가 온 걸 알았다.

창밖을 내다보며 입을 삐죽 내밀었다. 너무 간절해 보이지 않으려고 애쓰면서.

"으음, 하나 있어." 나는 앞좌석 등받이에 턱을 대고 눈을 감았다. "옛날 옛적에, 여자애가 살았어."

로데오가 들고 있던 빈 병에 해바라기씨 껍질을 뱉는 소리가 들렸다. "그건 언제든 그럴듯한 시작이지." 로데오가 중얼거렸다.

"응. 그런데 이 여자애는 훌륭한 전사였어. 왕국마다 찾아다니며 용을 죽이고 거인을 해치우고 울보 왕자를 구했어. 완전 강했던 거지."

"그거 멋진데."

"그런데 좀 지나니까 다 시들해졌어. 그래서 성을 지었지. 바다 바로 옆에. 바닷가에 떠내려온 나무를 가지고 지었어."

로데오가 흐흥 하고 웃었다.

"떠내려온 나무? 유목 성이라고?"

"응." 나는 눈을 가늘게 뜨고 말했다. "유목. 그리고 조개껍데기

23

랑 따개비도. 고래 뼈도. 하지만 거의 다 유목이었어."

"좋아."

"하지만 곧 그 애가 살던 곳 바다에 유령이 있다는 소문이 돌기
시작했어. 바다를 건너는 선원들은 십자가를 긋고 기도했어. 배들
은 그 바다를 피하려고 돌아서 가기까지 했어."

"왜 그런 거지?"

"그 이유는 말이야, 로데오. 울부짖는 소리 때문이었어."

"울부짖는 소리?"

"응. 어마어마한 소리였거든. 끔찍하고, 들으면 가슴이 찢어져.
그 소리를 들으면 양파를 다질 때처럼 눈에 눈물이 차올랐거든. 바
다에 몸을 던져 영혼을 바치는 선원들도 있었대. 그렇게 슬픈 소리
였어."

"비극적이네." 로데오는 고개를 저으면서 쯧쯧 혀를 찼다.

"맞아, 비극적이야."

"그럼 유목 성에 사는 여자애가 그 괴물을 무찌르러 나가는 거
야?" 로데오가 물었다.

"아니. 그러지 않았어."

"정말?"

"응."

"왜 안 갔지, 설탕파이?"

"그 여자애가 바로 울부짖는 괴물이었으니까."

로데오는 한순간 도로에서 시선을 돌려 놀란 표정으로 날 봤다.

"그 애가? 그거 엄청난 반전이네!"

"응."

"와, 세상에. 왜 그 여자애는 선원들을 다 죽이고 싶었대?"

"그런 건 아니었어. 그런 일이 벌어지는 줄도 몰랐는걸. 여자애는 사람을 미치게 할 생각도, 배를 부술 생각도 없었어. 그냥 성에서 울고 괴로워하면서 슬픔을 씻어내려는 것뿐이었어."

"왜 그렇게 슬펐지?"

나는 침을 삼키며 극적으로 말을 멈췄다. 바로 이거였다. 씨앗을 심을 기회. 나는 창밖을 멍하니 바라봤다. 집중해서 눈 안으로 눈물을 짜냈다. 눈이 따갑고 앞이 흐릿해질 때까지. 눈물이 그렇게 쉽게 나는 게 좀 놀라웠다. 로데오가 이상하다 싶어 나를 볼 때까지 기다렸다.

바로 그때 어깨를 으쓱였다. 로데오의 시선을 느끼고 눈을 힘껏 깜빡였다.

"그냥, 외로웠던 거지." 아주 나직이 말했다. "그 애한텐 친구가 없었어. 가족이 보고 싶었고. 친구 하나만 있어도 행복했을 거야, 아주 작은 친구라도. 하물며 반려동물이라든가. 하지만 그런 것 하나 없었대."

나는 한숨을 쉬며 고개를 돌렸다.

우리는 한동안 달렸고, 타이어가 고속도로 아스팔트를 달리는 소리만 들렸다.

"음?" 로데오는 좀 작고 염려스러운 목소리로 물었다. "그래서?

행복한 결말이야?"

나는 고개를 저었다.

"몰라." 숨을 한 번 쉬면서 뜸을 들인 뒤 말했다. "나도 몰라. 외로움은 아주 끔찍하거든." 그렇게 말하고 잠시 기다렸다가 또 한숨을 쉬며 일어났다. "책 좀 읽으러 갈게." 그러고 돌아서서 내 방으로 천천히 걸어갔다. 뒤를 돌아보진 않았지만 로데오는 운전석에 앉아 백미러를 통해 나를 보고 있었을 것이다. 염려 가득한 얼굴로.

돌아서서 걸어온 게 다행이었다. 그러지 않았다면 로데오는 내가 웃는 걸 봤을 테니까.

그렇게 나는 씨앗을 심고 그날 하루 동안 키웠다. 이따금 아쉬움 가득한 한숨과 내리간 시선, 전체적으로 우울한 태도로 물을 줬다. 효과가 있었다. 로데오는 염려와 당혹감이 서린 표정으로 나를 몇 번이나 살폈다.

그날 밤 해가 진 뒤, 우리는 저녁거리를 사기 위해 식료품점에 들렀다. 로데오는 화장실에 가면서 "좀 걸릴 거야" 하는 표정을 지었고, 그 틈에 나는 서둘러 고양이 캔 사료와 모래를 사서 버스에 실었다. 고양이 용품을 내 방에 감춰두고 농산물 코너에서 멜론을 보고 있을 때 로데오가 아무것도 모르는 채 수염을 쓰다듬으며 돌아왔다.

다시 출발했을 때 나는 방으로 들어가 아이반에게 꽤 그럴듯한 집을 만들어줬다. 한쪽 구석에는 모래를 깐 신발 상자를 두고, 프라이버시 보장과 냄새 차단을 위해 큰 옷걸이에 건 티셔츠로 가림막을 만들어주었다. 작은 플라스틱 그릇에 물과 먹이를 두고 낡은 책 상자에는 편안한 침대를 마련했다. 이 모든 걸 차리는 동안 아이반은 내 주위를 돌아다니며 냄새를 맡고 몸을 문질러댔다. 설탕처럼 달콤하고 무언극처럼 조용한 녀석이었다.

아이반도 새집이 아주 만족스러운 모양이었다. 물을 핥아 먹더니 먹이를 쿵쿵거리고는 당연하다는 듯 화장실에 갔다. 다른 생물이 쪼그리고 앉아 오줌을 누는 모습에 그런 뿌듯함을 느낄 줄이야. 손뼉을 치다가 로데오에게 들키는 일이 없도록 손을 깔고 앉아 있어야 할 정도였다. 녀석이 용무를 마친 뒤 모래를 덮고 나자 나는 아이반을 안아 귀 사이에 뽀뽀를 쪽 했다. 녀석이 가르릉거리며 촉촉한 코를 내 뺨에 댔을 때는, 내가 기억하는 그 어느 순간보다 행복했다.

로데오는 늘 내 프라이버시를 존중해줬기 때문에 아이반이 입만 다물고 내가 화장실 냄새만 잘 처리하면 대학에 갈 때까지, 적어도 로데오가 고양이에게 마음을 열고 이성적으로 대할 수 있을 때까지는 비밀로 삼을 수 있을 것 같았다.

그날 밤 나는 아이반이 자던 상자를 내 침대 바로 옆에 당겨놓았다. 녀석은 졸린 표정으로 눈을 끔뻑이며 나를 올려다보더니 혀를 내밀고 하품을 했다.

"잘 자, 아이반." 내가 속삭였다. 여전히 고속도로를 달리는 중이었고—로데오는 밤늦도록 운전하며 깨어 있기를 즐겼다—내 침대는 도로의 리듬에 따라 흔들리며 언제나 그러듯이 나를 잠재웠다. 눈이 감기기 시작했다.

하지만 그때, 끼익 찌익 끼익. 눈이 반짝 떠졌다.

아이반이 눈을 동그랗게 뜨고 나를 빤히 보고 있었다. 한쪽 발을 공중에 들고 있었고, 내가 보고 있으니 그 발을 뻗어 종이 벽을 긁어댔다.

"잘 자, 아이반." 내가 다시 말했지만 녀석은 작은 발을 들어 다시, 조금 더 큰 소리로 벽을 긁고는 고개를 갸우뚱했다.

녀석이 뭘 원하는지 알 수 있었다. 그 귀여운 얼굴에 딱 적혀 있었다.

"안 돼." 내가 말했다. "네 방에서 자야 해, 아이반. 그래야 안 잃어버리지."

나를 가만히 보는 녀석의 커다랗고 귀여운 눈에는 온갖 종류의 파랑이 가득했다.

아이반은 야옹거리지 않았다. 그럴 필요가 없었다.

자, 여기서, 로데오에 대해서 알아두어야 할 것이 하나 있는데, 그가 눈으로 마술을 한다는 것이다. 그 눈은 너무나 그윽하고 상냥하고 친절해서 사람들은 그 눈에 빠져들어버린다. 나는 그런 일을 숱하게 봤다. 키도 크고 털도 많고 다들 "정상"으로 볼 사람은 확실히 아니니, 로데오가 다가가면 사람들은 긴장하며 경계하고 차가워진다. 하지만 로데오가 그 눈으로 바라보면, 그들은 바로 녹아서 미소를 짓고, 순식간에 베스트 프렌드가 되어버린다.

아이반의 눈에도 로데오와 같은 능력이 있었다. 그 눈을 바라보면 "안 돼"라고 하려다가도 이내 선선히 이리 말하게 되고 만다. "그러자."

나는 한숨을 쉬었다.

"아, 할 수 없지." 나는 중얼거리며 손을 뻗어 녀석을 안았다.

아이반은 내 목에 몸을 대고 작은 잔디깎기 기계처럼 가르릉거리며 잠들었다. 밤새 알 수 없는 악몽을 꾸는지 이따금 버둥거리며 앓는 소리를 냈지만 조금도 상관없었다. 가끔 깨어나 미소를 짓고 사랑하는 따뜻한 상대를 더 꼭 끌어안고 잠드는 일은 어려울 것 하나 없으니.

하지만 로데오의 말처럼, 우주를 울리는 트윙키와 재니스 조플린의 목소리 말고는 이 오래된 세상에 영원한 것이라곤 없다.

어느 모로 보나 아름다운 아침에 눈을 떴다. 눈을 깜빡이며 잠을 깨면서 보니 차창 밖의 하늘이 파랬다. 여기가 정확히 어딘지는 알 수 없었지만 새들이 있는 곳이었다. 그들이 합창하듯 지저귀고 있었으니까. 발끝까지 온몸으로 기지개를 켜고 졸린 눈을 문질렀다. 그러다가 화들짝 멈추고 눈을 크게 떴다. 그 평화롭던 아침의 느낌이 순식간에 사그라들었다.

깨달은 사실이 하나 있었다. 내가 혼자였다는 것이다.

벌떡 일어나 앉아서 두리번거렸다. 아이반은 침대에 없었다. 베개에도 없었다. 상자에도 없었다.

"아이반!" 작게 외쳤다. 그다음엔 할 수 있는 만큼 크게 외쳤다. "아이반!"

타닥거리는 발소리도, 긁는 소리도, 졸려서 머리를 흔드는 소리도 들리지 않았다. 쉬지 않고 이어지는 창밖의 새소리 말고 내 방은 조용했다.

아이반이 갈 수 있는 곳은 단 하나였다.

"젠장." 욕을 하며 건너편이 버스 앞쪽으로 쭉 이어질 커튼 문을 쳐다보았다.

내 고양이가 달아난 것이다.

나는 침대에서 벌떡 일어나 커튼 밖으로 머리를 내밀었다.

운전석까지 이어지는 창문으로 반짝이는 아침 햇살이 들어오고 있었다. 버스는 잠잠하고 조용했다. 길 잃은 고양이도, 수염 난 히피도 안 보였다.

통로를 살그머니 걸어가며 물건마다 아래와 위, 안을 살피며 아이반의 회색 털 흔적을 찾았다. 하지만 늘 있던 쓰레기뿐이었다.

버스 앞으로 다가가니 로데오의 규칙적인 숨소리가 들리고 침대라고 부르는 담요 더미 밑으로 튀어나온 맨발이 보였다. 로데오는 몸을 뒤척이지도 코를 골지도 책장을 넘기지도 않았고 그건 다행이었다. 잠에서 깨자마자 나한테 닥친 재앙을 막을 기회가 아직 있다는 뜻이었으니까.

잠든 로데오 옆을 살금살금 지나쳐 버스 앞으로 갔다. 운전석은 비어 있었고 문은 꼭 닫혀 있었다. 나는 고개를 끄덕였다.

아이반은 아직 안에 있다. 찾기만 하면 된다.

앞부터 뒤까지 버스 전체를 구석구석 뒤질 각오로 로데오 쪽으로 돌아갔다.

하지만 한 걸음 떼기도 전에 온몸이 굳고 눈은 휘둥그레졌고 심장은 세워놓은 대형 트럭 뒤를 들이박은 오토바이처럼(미주리 주 스티븐스타운 외곽에서 실제로 본 광경이다…… 쉽게 잊을 수 없는 광경이라고 장담한다) 우뚝 멎었다. 그 자리에서 숨도 쉬지 못하고 눈도 깜빡이지 못한 채 얼어붙었다.

아이반이 보였다.

녀석은 여름날 아침처럼 차분하고 평화롭게 잠을 자고 있었다. 작은 꼬리를 자기 턱밑에 말아 넣고 너무나 귀여운 모습으로 웅크리고서.

정말 귀여웠을 것이다.

로데오의 잠든 목덜미에 몸을 붙이고 자는 것만 아니었다면.

03

놀라서 소리를 낼 뻔 했지만, 로데오가 깰까 봐 숨을 죽였다.

최대한 조용히 편안하게 숨을 들이쉬고 다시 내쉬었다. 로데오는 꽤 깊이 잠드는 편이었다. 내가 입에다 포도알을 여섯 개 넣고 난 뒤에야 깬 적도 있었다. 하지만 이번엔 어려울 것 같았다.

널브러진 로데오 곁으로 한 발자국씩 조용히 옮겨 다가갔다. 바닥이 삐걱거렸다.

"조용히 해, 예거." 소리 없이 기도했다.

로데오의 시커먼 발바닥을 간지럽힐 수 있는 거리까지 다가가 재빨리 발을 곁눈질했다. 주유소 주차장 주위를 맨발로 돌아다니면 발바닥이 깨끗할 수 없다. 앞으로는 플립플랍이라도 챙겨 신는 게 좋겠다고 다짐했다.

살금살금 로데오의 털 난 발가락을 지나갔다. 로데오는 담요 더미 위에 모로 누워 있어서 그의 허리까지 발을 끌며 올 수 있었다.

로데오는 고개를 젖히고 아이반에게서 얼굴을 돌리고 있었다. 입을 벌리고 있었고 수염에 해바라기씨 껍질이 붙어 있었다. 이 모든 상황에도 불구하고 아무것도 모른 채 아이반과 웅크리고 누운 모습이 꽤 평화로워 보였다.

그러나 영원한 평화는 없다.

나는 로데오 위로 어색하게 몸을 숙이고 그 위로 쓰러지는 불의의 사태를 피하려 공중에 양팔을 휘둘렀다. 이를 악물고 온 집중을 다해 균형을 잡으면서 아빠 목에 몸을 대고 웅크린 고양이를 향해 양손을 뻗었다.

하지만 그때…… 젠장, 모든 게 망했다.

뭔가 소리를 낸 모양이었다. 쿵쾅거리는 내 심장인지, 콧김을 너무 세게 뿜었는지, 예거가 발치에서 삐걱거렸는지. 잘 모르겠다.

하지만 어찌 됐든, 로데오가 눈을 파닥이며 번쩍 떴다. 나는 그 눈이 다시 감기길 바라며 석상처럼 꼼짝 않고 섰다.

하지만 로데오의 눈이 점점 커지더니 내게 꽂혔다. 이맛살도 찌푸려졌다.

"코요테," 로데오는 잠결에 쉰 목소리로 물었다. "너 뭐 하니?"

나는 로데오를 내려다보고 서서 그의 목덜미 쪽으로 손을 뻗고 있었다.

"아냐, 아무것도." 내가 대답했다.

로데오는 몇 번 눈을 껌뻑이더니 아직도 목을 조를 듯 서 있는 나를 아래위로 훑어봤다.

"코요테," 그가 다시 물었다. "뭐 해?"

"아냐." 두 번째로 말하니 처음보다 더 바보 같았다.

로데오는 목청을 가다듬었다.

그 순간 아이반이 눈을 떴다. 아이반도 로데오가 그랬던 것처럼 나를 향해 눈을 깜빡였다. 심장이 멎었다.

아이반은 어금니까지 다 드러내며 하품을 했다.

소리 없는 하품이었지만, 하품하는 도중에 수염이 로데오의 목을 건드렸다.

로데오는 꿈지럭거리더니 손을 들어 목을 긁었다.

"안 돼!" 나는 둘에게 달려들며 외쳤다.

똑똑한 행동은 아니었다.

잠에서 깨자마자 미친 딸에게 공격을 당하다니 놀라는 것도 당연한 일. 로데오가 벌떡 일어나 비명을 지르며 내게서 재빨리 피하려고 했다.

아이반 역시, 잠에서 깨자마자 침대가 소리를 지르고 버둥거리다니 놀라는 것도 당연한 일. 아이반은 그런 상황에서 어느 고양이나 할 법한 행동을 했다. 가장 가까이 있는 대상에 날카로운 발톱 열 개를 모두 세운 것이다.

물론, 그건 로데오의 목덜미였다.

결과는 즉각적이면서 동시에 극적이었다.

처음엔 새된 괴성이 아이반에게서 나는 소리인 줄 알았지만, 알고 보니 로데오의 입에서 나오고 있다는 걸 깨달았다. 로데오가 야영지 화장실에서 너구리를 놀라게 한 이후 그렇게 빠르고 힘차게 벌떡 일어나는 건 처음 봤다.

아이반은 훌륭한 고양이라 그렇게 소리를 지르며 경중거리는데도 로데오의 목에서 떨어지지 않았다. 로데오가 일어나자 아이반은 비명을 지르며 직각으로 선 히피에게 붙어 있지 않는 게 좋겠다고 판단했다. 녀석은 발톱을 떼고 바로 옆에 놓인 수평의 조용한 소파로 착지했다.

그리고 이어진, 숨소리조차 잦아든 순간. 아이반은 등을 구부리고 털을 잔뜩 곤두세우고서 1킬로그램짜리 솜뭉치로서는 최대한 사나운 표정을 지었다. 로데오는 눈을 휘둥그레 뜨고 목에서 피를 흘리며 공격을 앞둔 킹코브라라도 마주한 것처럼 숨을 몰아쉬며 몸을 피했다. 낡고 꽉 끼는 속옷만 입고서 로데오는 완전 충격받은 표정을 짓고 있었다.

나는 상황을 통제할 기회라고 여겼다.

"아." 로데오를 향해 아무렇지 않은 듯 웃으며 말했다. "일어났네!"

로데오는 여전히 콧김을 뿜어대며 내게 눈을 껌뻑이더니 고개를 저었다.

"도, 도, 도대체……" 로데오는 목을 쓰다듬더니 손가락에 묻은 피를 보고 눈썹을 추켜올렸다.

"로데오," 나는 유쾌하게 말했다. "이쪽은 아이반이야. 아이반, 이 사람은 로데오란다."

로데오는 다시 고개를 저었다.

"아이반이라니, 뭔?"

로데오의 호흡이 조금 진정되었고 눈에서 광기도 살짝 빠져나가서 밀어붙이기 좋은 때 같았다.

"아이반은 내 고양이야. 얘 문제로 이야기를 나눌 생각이었어."

"생각이었다고?"

"응. 하지만 둘이 정식으로 인사할 기회를 기다리고 있었어. 지금이 그때인 것 같네."

"음, 코요테. 이런 식의 인사라니 거 대단한데." 로데오는 목을 살살 문지르며 말했다.

"일부러 그런 건 아니었어, 로데오." 나는 변명했다. "그리고 고함을 지른 것도 좋지 않았어." 하지만 로데오가 나를 빤히 쳐다봐서 재빨리 노선을 바꿨다.

"저기, 미안해. 고양이 키운다는 얘길 이런 식으로 꺼내는 게 좋지 않았다는 건 인정할게."

"그래?" 로데오가 불필요할 만큼 심술궂은 목소리로 물었다.

"진정해." 나는 양손을 들어 보이며 말했다. "달걀은 이미 깨졌으니까 맛있게 오믈렛을 먹는 게 좋지 않겠어?"

"오믈렛을 먹어?"

"무슨 말인지 알면서. 이 상황을 최대한 살려보자고."

"이 상황이란 게 정확히 뭐지?"

"나야. 반려동물을 키우는 거."

로데오가 한숨을 쉬며 눈을 감고 고개를 젓기 시작하길래 나는 재빨리 말했다.

"있잖아, 내 말 좀 들어봐. 전에도 얘기 나눈 건 알지만 이번엔 달라. 아이반이랑 나는 벌써 열여덟 시간 동안 사귀었어. 쟤는 또래 고양이치고 굉장히 차분하고 점잖아. 꼭 노인 같아, 로데오. 여행 동지로 딱이지." 내 말소리는 빨라지고 음성에서 필사적인 느낌이 묻어났다. "길에서 키우기 딱 좋은 애야. 이미 아주 친해졌어. 로데오, 아이반이 있는 걸 알아차리지도 못하게 한다고 약속할게. 절대 성가시게 하지 않을 거야. 쟤는 나한테, 나한테……" 전부야, 라고 말하고 싶었지만 말이 잘렸다.

로데오가 쯧 하고 혀를 차더니 수염을 문질렀다.

"반려동물이라니, 코요테." 로데오는 고개를 저었다. "너도 알잖아. 반려동물은 안—"

로데오가 그 말을 하려고 했다. 그 말이 나오는 것이 보였다. 안 된다고 말할 참이었고 로데오는 한번 안 된다고 한 것은 절대 바꾸지 않았다.

"난 얘가 필요해." 로데오가 말을 맺기 전에 내가 막았다. 그런 말을 할 계획은 아니었다. 그냥 튀어나왔다. 그보다 더 유려하게 주장을 펼칠 수 있었다. 내가 얼마나 외로운지, 모든 책임은 내가 질 것이라든지, 항상 내가 돌보겠다든지. 하지만 그 순간 그런 말은 다 사라졌다. 로데오가 "안 돼"라는 말을 마치기도 전에 나는 그 세 마디를 다 뱉어버렸다.

로데오는 입을 벌린 채 멈췄다. 눈에 주름이 졌다.

"나한텐 얘가 필요해." 다시, 좀 더 부드럽게 말했다. 목소리가 조금 갈라진 것이 놀라웠다. 나도 모르게 목이 메었다. 눈이 젖어 재빨리 깜빡여야 했다.

로데오는 눈물이 글썽이는 내 눈을 들여다봤다.

"그래." 그가 말했다. "그게 문제라고. 잃을 수도 있는 걸 필요로 하는 건 좋지 않아."

"부탁이야, 로데오." 나는 늘 사랑이 가득한 로데오의 두 눈을 똑바로 바라보며 말했다.

"아, 꼬맹아." 로데오의 목소리는 속삭임과도 다르지 않았다.

나는 아무 말도 하지 않았다.

로데오는 입술 사이로 크게 한숨을 내쉬었다.

로데오는 내게 다가오더니 엄지를 들어 내 뺨에 흐르는 눈물을 닦았다. 고개를 다시 저었지만 이번에는 수염 속에 미소를 감추고 있었다.

"어디," 로데오가 손을 내밀었다. "쬐그만 녀석 한번 보자."

내 마음속 작은 희망이 감히 날개를 펼칠 순간은 여전히 아니었다. 하지만 진정하고, 보통 아기 고양이의 모습과 크기로 돌아간 아이반을 들어올렸다.

따뜻하고 작은 녀석을 로데오의 거친 손에 올려줬다.

로데오는 아이반을 들고 가만히 돌려보더니 눈앞에 들어올렸다. 아이반의 몸뚱이 전체가 로데오의 손바닥 하나에 들어갔다.

아이반은 로데오의 손에서 편안하게 앉아 있었다. 빤히 쳐다보는 로데오를 아이반도 마주 봤다. 야옹거리지도 떨지도 가르릉거리지도 꼼지락거리지도 않았다. 아이반은 그런 애가 아니었다. 그리고 로데오도 와아 또는 어어 하지도, 쪽쪽거리지도 않았다. 로데오는 그런 사람이 아니었다. 둘은 그저 잠시 마주 보며 서 있었다.

하지만 그 둘, 깡마른 고양이와 꾀죄죄한 히피 사이에 무언가가 오간 것이 틀림없다.

나는 로데오의 두 눈에서 그걸 보았다. 멍하니 다른 곳에 가 있는 눈빛이 아니었다. 상냥하게 반짝였다.

로데오는 체념한 듯 한숨을 내쉬었다.

"젠장, 코요테." 부드러운 말투였다.

마음속의 작은 희망이 날개를 조금 펼쳤다.

로데오가 아이반에게서 내게로 시선을 돌렸다.

"한번 테스트만 해보자. 300킬로만."

희망이 정말로 파닥이기 시작했다. 킬로미터 테스트는 로데오와 내가 이따금 새로운 걸 시도할 때 해보는 것이다. 새로운 음악 앨범이나 새로운 향의 공기청정제 따위를 들였을 때. 마음에 드는지, 우리만의 독특한 환경에 잘 어울리는지 확인해보는 대기 시간이었다.

"1,500킬로." 내가 받아쳤다.

"800." 로데오가 말했다. "더 이상은 안 돼."

나는 손을 내밀었고 로데오는 빈손으로 악수했다. 아이반은 내 다른 쪽 손에서 협상을 지켜봤다.

"고마워, 로데오. 후회하지 않을 거야."

"뭐, 그거야 두고 봐야지. 또 이런 식으로 날 깨우면 바로 창밖으로 던져버릴 거야."

나는 씩 웃었다.

"아까 일어날 때 대단했어, 아저씨. 천장에 머리 부딪히는 줄 알았어."

"웃을 일이 절대 아니었어." 로데오는 이렇게 말하면서도 웃음을 참느라 애썼다.

"도난방지 알람처럼 소리를 막 질렀어." 나는 웃으면서 덧붙였다.

로데오는 고개를 저었지만 이번에는 확실히 웃었다.

"오소리가 버스에 몰래 들어와서 내 목을 찢는 줄 알았다고. 십 넌 감수했네."

"아냐, 오히려 잘됐지. 심장 운동 좀 했잖아."

로데오는 코웃음을 치더니 가늘어진 눈으로 아이반을 가만히 바라보았다.

"너무 정붙이지 마, 푸딩 팝. 800킬로야. 그다음에 결정하는 거라고."

나는 손을 뻗어 아이반을 데려다 배에 꼭 붙이고 안았다.

로데오는 배에 손을 쓱 닦았다. 아이반한테 무슨 병균이라도 있다는 듯이.

로데오는 버스 앞쪽으로 고개를 돌렸다.

"지금 주행거리 적어놔. 800킬로가 지나자마자 이 말썽꾸러기와 얼른 작별해야 할 테니까."

나는 어이없다는 표정을 지었다.

"바지나 입어." 내가 말했다. "난 비스킷이랑 그레이비 먹을래."

04

뭐, 놀랄 일도 아니었다. 내 생각은 거의 항상 옳았으니까. 아이반은 빵 두 쪽 사이에 긴 치즈 한 조각처럼 나와 로데오에게 꼭 맞았다.

아이반은 곧바로 적응했다. 어디에서든, 언제든, 마음대로 잤다.

녀석은 버스를 어슬렁어슬렁 돌아다니면서 냄새를 맡으며 살폈고 그 모습은 대체로 너무 귀여웠다.

밖에 나올 수 있게 됐으니 아이반에게 새집을 정식으로 소개할 차례였다.

"여기는 2003년형 인터내셔널 3800 버스야." 나는 아이반을 품에 안고 말했다. "이름은 예거YAGER." 먼 옛날, 우리집 양쪽 측면에는 노란 바탕에 검정색으로 "보이저 통학학교VOYAGER DAY SCHOOL"라고 적혀 있었지만, 로데오가 구매 후에 그 글자 대부분을 긁어 지우고 좀 더 비제도권의 느낌이 나는 새 이름만 남겼다. 길고 튼튼한 생김새에 뱃머리처럼 보닛이 튀어나온 버스다. 예거는 코가 뭉툭한 평범한 버스가 아니었다. 그렇다. 그런 버스는 등하교 때 탈 수야 있겠지만, 집이라고 부를 만한 곳은 아니니까.

"여기가 조종석이야." 나는 아이반을 앞으로 내밀어 잘 보게 해줬다. 아이반은 운전석과 대시보드와 커다란 운전대를 한 번 봤다. 대시보드에는 퍼그 도자기 인형이 길을 내다보고 있었다. 우리는 그걸 '긍정의 강아지'라고 불렀고 로데오는 녀석이 우리를 행복하게 해주는 수호천사견이라고 했다. 아이반은 호기심 어린 표정으로 강아지를 킁킁댔다. 로데오는 운전석에 앉아 아이반을 한 번 보더니 말했다. "여긴 내 구역이다, 고양아. 가까이 오지 마." 하지만 나는 돌아서자마자 아이반 귀에 대고 속삭였다. "진심으로 하는 소리는 아니야, 아이반. 마음대로 다녀도 돼."

운전석 뒤에는 단 두 줄의 좌석이 놓여 있었다. 로데오는 버스를 집으로 바꾸면서 그 두 줄만을 남겨두었다. 두 번째 줄 뒤 한쪽에는 로데오의 담요 더미가 있었고 반대쪽은 부엌이었다. 수돗물 같은 건 없었고 찬장과 카운터, 우유 등을 넣어두는 커다란 냉장 박스가 전부였다. 아이반은 찬장에 특히 관심이 가는 듯했지만 나는 이어서 이동했다.

부엌 다음은 정원인데, 창에 달아놓은 선반 위에 토마토와 양상추 같은 걸 키우는 화분이 늘어선 곳이었다. 해바라기 화분도 두 개 있었는데 대단했다…… 키는 1미터가 넘고 햇빛을 향해 자라는 화려한 노란 꽃이 한 송이씩 피어 있었다. 커다랗게 핀 해바라기만큼 행복하고 희망찬 건 세상에 없는 것 같다. 아이반도 꽃송이를 쿵쿵거리고 건드리는 걸 보니 같은 생각인 것 같았다. 똑똑한 녀석이다.

정원 맞은편에는 우리가 '왕좌'라고 부르는 커다란 암체어가 볼트로 고정되어 있었다. 환상적인 독서 의자다. 폭신해서 머리를 젖히고 편안히 쉴 수도 있고 모로 누워 팔걸이 위로 다리를 걸쳐도 된다. 편리하게도 큰 책장 옆에 놓여 있었다. 그 책장에는 나와 로데오가 좋아하는 책들이 늘 가득했다.

책장 앞에는 아주 크고 폭신한 꽃무늬 소파가 있었다. 오래돼서 낡았고 80년대 이후로 스프링도 다 망가진 상태였다. 괴상하고 못생긴 소파지만 정말이지 완벽했다. 눕기만 하면 잠든지도 몰랐다가 한 시간 뒤에 깨어나는 그런 소파였다.

그리고 물론, 내 방이 있었다. 버스 뒤쪽은 모두 내 차지였고 커튼을 쳐서 프라이버시와 나만의 공간도 확보했다. 크진 않지만 내 방이었다. 나와 내 침대, 책장, 옷이 들어갔고 내 물건은 그게 전부였으니 필요한 공간도 딱 그 정도였다.

"끝." 나는 아이반과 함께 소파에 털썩 앉으며 말했다. "여기가 네 새집이야. 어때?"

아이반이 하늘색 눈으로 나를 똑바로 쳐다봤다. 내 턱에 붙어 몸을 문지르더니 가르릉거렸고 나는 좋다는 뜻으로 받아들였다.

곧 로데오도 아이반을 좋아하게 됐지만 그걸 감추려고 하는 게 눈에 보였다. 아이반이 운전하던 로데오의 무릎에 처음으로 앉으려고 했을 때, 로데오는 녀석을 밀어내고 불평을 하며 법석을 떨었다. 하지만 나중에 책을 읽다가 고개를 들고 보니 아이반은 로데오의 무릎에 웅크리고 앉아 눈을 감고 있었고 로데오는 더러운 손톱으로 녀석의 머리를 긁어주고 있었다. 벌떡 일어나서 놀리고 싶었지만 그러지 않았다. 그러면 전투의 승리는 만끽할 수 있었겠지만, 나에겐 전쟁에서의 승리가 더 중요했으니까.

아이반은 이동 중에 눌러 있을 가장 좋아하는 곳을 곧 발견했다. 대시보드에 올라가 유리창에 몸을 붙이고 누워 햇볕을 쬐면서 운전석에서 노래를 하는 로데오와 창밖을 스치는 세상을 느긋하게 번갈아봤다. 로데오는 새로운 운전 파트너를 모른 척했지만, 어느 날 아침 가까이 앉아 있는데 아이반이 다가가 자리를 잡으니 "오, 왔구나!" 하고 중얼거리는 소리가 들려왔다. 나는 활짝 웃었지만 그때의 승리감도 은밀히 즐겼다.

그러고 난 다음의 일이다. 800킬로미터에 도달하기 전날 밤, 우리는 콜로라도 주 스팀보트 스프링스 외곽의 허허벌판 비포장도로에서 야영했다. 좋은 밤이었고, 우리는 모닥불을 피워놓고 함께 노래했다. 로데오는 기타를 치고 나는 우쿨렐레를 연주하면서 시원한 밤공기와 우리 위로 빛나는 별들의 장관에 젖어들었다. 아이반은 종일 내 무릎 위에서 졸거나 불을 보며 눈을 껌뻑였다. 그런데 잘 시간이 되어 의자나 이런저런 짐을 버스에 도로 싣느라 아이반이 어디 있는지 잊고 있었다…… 그사이 아이반이 사라져버렸다. 나는 미칠 것 같은 심정으로 사방을 뛰어다니며 아이반을 불러댔다. 결국 로데오는 나를 달래 재우면서 아이반은 배가 고플 테니 아침까진 반드시 돌아올 거라고 했다. 물론 나는 잠을 이루지 못하고 침대 위에 올라앉아 창밖으로 머리를 내밀고 어둠 속에 대고 작게 녀석의 이름을 불렀다. 원래 그러는 것 아닌가? 사랑하는 누군가가 사라지면 어둠 속에 대고 이름을 부르지 않나?

그러고 어느 순간 녀석의 소리가 들렸다. 현관문에서 야옹거리는 소리가. 심장이 터질 것 같았고 나는 앞을 향해 달려나갔지만 내 방 커튼 앞에서 우뚝 멈췄다. 로데오가 나보다 먼저 거기 있었으니까. 로데오의 침대 맡 스탠드 불빛 말고는 버스 안이 온통 캄캄했다. 로데오는 이미 문을 열었고, 허리를 숙여 아이반을 집어드느라 한순간 머리가 보이지 않았다. 로데오는 문을 닫더니 운전석 옆으로 올라왔는데, 아이반을 가슴에 꼭 끌어안고 이마에 입을 맞추고 있었다. 어둠 속에서 로데오가 중얼거리는 소리가 아주 작게 들려왔다. "돌아와서 다행이야, 친구. 우리 둘 다 걱정돼서 죽을 뻔했잖아." 로데오는 녀석에게 또 한번 키스하더니 가만히 내려놓았고 나는 커튼 뒤로 돌아왔다. 어둠 속에서 혼자 웃었다. 우리. 흠. 그 "우리"란 말이 정말 상당히 흥미로웠다. 과연 그랬다.

승리를 거두었다는 걸, 이제 주행기록기가 공식 결과를 발표할 때까지 기다리기만 하면 된다는 걸 깨달았다. 잠시 후 아이반이 커튼을 밀고 들어왔고 내 침대에 뛰어올라 누웠다. 나는 녀석을 보고 씩 웃고 싸돌아다니느라 날 걱정시킨 작은 머리를 긁어줬다. 사기꾼처럼 죄책감도 사과도 없는 아이반은 눈을 감더니 내 손길에 몸을 기댔다. "그래, 아이반." 내가 속삭였다. "해낸 것 같아. 너 집을 구한 것 같아."

그렇고 말고.

결국 그렇게 됐다. 우리는 아이반의 800킬로미터 지점을 지나 계속 달렸다. 그리고 아무 말도 하지 않았다. 그저 계속 달렸고, 아이반은 그 자리에서 우리와 함께였다. 그뿐이었다.

물론 우리 둘 다 알고 있었다. 그날 아침, 출발하면서 일부러 내가 이야기를 꺼냈다.

"600킬로야, 로데오." 내가 말했다. "오늘 오후면 아마 800킬로를 찍을걸."

로데오는 스티로폼 컵에 든 커피를 한 모금 마셨다.

"으음." 별것 아니라는 듯 천천히 눈을 끔뻑이며 졸린 체하는 게 전부였다.

그날 우리는 느긋하게 굴며 그다지 많이 달리지 않았다. 점심을 오랫동안 먹고 나무 그늘이 있는 공원에서 어슬렁거리고 탁한 강가에 차를 세우고 수영도 했다.

하지만 그 후, 점심을 먹고 저녁으로 향할 때였다. 주행기록기가 이른 아침 목에 피를 흘리며 대화를 나눴던 시점에서 정확히 800을 더한 숫자를 찍었다. 죽는 날까지 잊지 못할 숫자, 408,845. 맨 끝의 흰색 5가 등장했을 때 나는 그다지 자연스럽지 못한 태도로 로데오의 자리에 다가가 숫자를 지켜봤고, 눈이 시리도록 깜빡이지 않은 채 숨죽이고 아이반의 마지막 1킬로미터가 지나기를 기다렸다. 그리고 5는 아름다운 6으로 바뀌었다. 됐다. 아이반은 우리와 800킬로미터째 함께했다.

결눈질로 로데오를 보니 여전히 태연한 표정으로 한 손으로 핸들을 잡고 다른 손으로 이에서 뭔가를 빼내고 있었다.

"로데오?"

"응?"

나는 대놓고 물어보려 입을 열다 말고 꾹 참았다. 로데오는 800이 넘은 걸 잘 알고 있었다. 모르는 척 연기하는 것뿐이고, 경험상 나는 로데오한텐 정면보다는 측면으로 다가가는 편이 낫다는 걸 알았다.

나는 손으로 우두둑 소리를 내면서 역시 아무렇지 않은 척 딴데를 봤다.

"옛날 옛적에 얘기 하나 들려줘." 내가 가볍게 말했다.

로데오는 수염에 미소를 감췄다.

"좋아. 어디 보자." 로데오는 눈을 찡그리며 궁리하더니 루트비어를 한 모금 마셨다. 고개를 끄덕이고는 라디오를 껐다. "좋았어, 꿀케이크. 시작한다. 옛날 옛적에, 까마귀와 참새가 살았어. 참새는 반짝이는 눈과 다정한 성격과 예쁜 목소리를 가진 귀여운 녀석이었어. 하지만 까마귀는 성미가 고약한 노인네였어. 눈 한쪽이 없고, 여기저기 깃털이 빠지고 날개 한쪽이 구부러지고 못쓰게 돼서 날지 못했어. 까마귀는 늙은 나무를 돌아다니면서 참새와 노래 부르며 가지에서 구할 수 있는 벌레나 먹고 살았지. 하지만 둘은 사이가 좋았어. 바람이 불든 비가 오든 허리케인이 닥치든 둘은 꼭 붙어 있었지."

로데오는 루트비어를 또 한 모금 마셨고 아이반은 그 틈에 하품을 하며 아장아장 걸어와 로데오의 무릎에 올라앉았다. 로데오는 내려다보지도 않았지만 아이반의 머리를 쓱쓱 긁어주더니 쫓아내지 않고 이야기를 계속했다.

"그러다 어느 날, 까마귀가 나무 아래 땅에서 뭔가를 봐. 그건, 그건…… 감자튀김이야."

"감자튀김?" 내가 의심쩍게 물었다.

"웅, 감자튀김. 감자튀김을 잘 떨어뜨리고 이야기를 방해하는 안 좋은 버릇이 있는 여자아이가 떨어뜨린 게 틀림없지. 그래서 늙은 까마귀는 그 길 잃은 감자튀김을 주우러 가기로 해. 하지만 날 수가 없잖아? 그래서 나뭇가지를 하나씩 뛰어내려가고 마지막으로 길게 뛰어서 쿵 하고 떨어져. 겨우 감자튀김을 주웠는데, 그러고 나서 고개를 들곤 깨닫지. '젠장, 이건 생각을 못 했네.' 녀석은 날지 못해서 오도 가도 못하고 절망하고 있었는데, 이때 누가 나타났을까?"

"배고픈 여우?"

"아니. 이건 끔찍한 얘기가 아니야. 당연히 참새지. 그 참새는 말이야, 진짜 남달랐어. 마음씨가 무척 착했지. 참새는 날개가 부러진 까마귀 몸 밑으로 기어들어가서 날개를 열심히 파닥거렸어. 처음에는 아무 일도 일어나지 않다가 까마귀도 덩달아서 날개를 어찌어찌 최대한 파닥거려보았지. 그랬더니 꼬마 참새의 도움으로 그 늙은 까마귀는 아주 오랜만에 나뭇가지 위로 날아오를 수 있었어. 거기서 까마귀와 참새는 새파란 하늘 아래 자기들 자리에 나란히 앉아서 감자튀김을 나눠 먹었어. 끝."

나는 곰곰이 생각하며 고개를 끄덕였다.

"괜찮네, 로데오. 괜찮았어. 그런데 까마귀가 감자튀김을 정말 좋아했나 봐."

로데오는 고개를 저었다.

"아니." 로데오는 아이반의 머리를 긁어주며 말했다. "실은 그렇지 않았어."

"응? 그럼 뭐 하러 감자튀김을 구하러 땅까지 내려온 거야?"

로데오는 무릎에 앉은 귀여운 고양이를 내려다보더니 콜로라도 주의 소나무숲을 구불구불 지나는 고속도로를 다시 내다봤다.

"왜냐하면 참새가 감자튀김을 좋아했거든, 코요테. 까마귀는 참
새를 좋아했고."

나는 혼자 씩 웃고 자리에 등을 기대고서 주행기록기가 그 마법
의 숫자로 바뀐 순간부터 참고 있었던 한숨을 푹 내쉬었다.

로데오, 로데오는 진짜 남달랐다. 로데오는 가끔 꽤 똑똑하고 낭
만적인 사람이 될 수 있었다. 그걸 원하지 않는다 해도.

05

그날 밤 우리는 콜로라도 주 터퀴이즈 호수라는 곳의 야영지에
서 묵었다. 자리마다 번호를 매긴 캠핑 구역과 피크닉 테이블, 쇠
로 만든 모닥불 구덩이가 있는 정말 거짓 없는 야영지였다.

빈 캠핑 자리에 차를 대는 순간 나는 아이반을 품에 안고 탐험
을 하러 밖으로 나갔다. 핫도그와 마시멜로우 냄새를 맡으면서, 동
시에 자전거를 타고 돌아다니는 아이들을 피하며 호숫가로 내려
갔다.

물을 텀벙거리며 헤엄치는 사람들이나 아이들이 잔뜩 모인 자
갈밭은 피했다. 아이반이 떠들썩한 곳은 좋아하지 않을 것 같았다.
대신, 나무 그늘에 호수가 철썩이는 조용한 곳을 찾았다. 플립플랍
을 벗어던지고 통나무에 걸터앉아 발을 시원한 물에 담갔다. 아이
반이 손에서 벗어나 조심스레 통나무를 밟으면서 물을 향해 호기

심 어린 표정으로 고개를 흔들었다.

"오. 이런."

그 소리에 나는 깜짝 놀랐다. 너무 빨리 몸을 홱 돌리느라 통나무에서 떨어질 뻔했다. 통나무가 흔들리자 아이반은 나무에 발톱을 박으면서 몸을 낮췄다.

둘 다 진정한 뒤 소리가 들려온 곳을 올려다봤다.

내 나이 또래의 여자아이가 우리 위쪽 나무에 올라가 있었다. 그 애는 가지가 둘로 갈리는 곳에 앉아 한쪽 무릎에 책을 펼쳐놓고 있었다. 동그란 뿔테 안경을 쓰고 아주 심각한 표정을 짓고 있었다.

"나 때문에 놀랐다면 미안해. 하지만 그렇게 귀여운 고양이는 정말. 처음. 봐."

나는 미소를 지었다.

"아마 그럴 거야." 내가 대꾸했다. "더 귀여운 애들은 별로 없지."

"안아봐도 돼?" 여자아이가 묻자 나는 어깨를 으쓱이며 끄덕였고 아이는 탁 하고 책을 덮더니 바로 나무에서 내려왔다. 내가 아이반을 내밀었다. 아이는 덤불에 책을 던지고 아이반을 가만히 부드럽게 받았다.

그 애가 아이반을 돌려 마주 봤다. 아이반은 그 애의 커다란 눈을 들여다보며 가만히 있었다.

"와." 그 애가 한숨을 쉬었다. "귀여워서 정말 죽을 거 같다. 이름이 뭐야?"

"아이반." 내가 대답했다. "책에서 따온 거야. 『세상에 단 하나뿐인 아이반』 알아?"

그 애의 눈이 내 쪽으로 휙 움직였다.

"무슨 소리야? 그건, 내가 제일 좋아하는 책이라고."

"나도!" 곧바로 그 애가 마음에 들었다. 좋은 책만큼 사람들을 친하게 만들어주는 건 없다. 나는 덤불에 놓인 그 애 책을 턱으로 가리켰다.

"지금은 뭐 읽어?" 내가 물었고 그 애가 대답했다. "『빨강머리 앤』." 내가 말했다. "와, 『빨강머리 앤』 정말 좋아하는데!" 그 애가 씩 웃으며 고개를 끄덕이고는 말했다. "우리 캠핑장에 저녁 먹으러 올래? 두부 소시지를 먹을 거야." 그러더니 진심이냐는 내 표정을 보고는 말했다. "생각보다 괜찮아…… 사실, 꽤 맛있어." 나는 어깨를 으쓱이고 말했다. "좋아. 아이반을 데려가도 될까?" 그 애가 웃으며 말했다. "당연하지!" 나는 웃으며 일어났고 우리는 함께 걸어왔다.

친구 사귀기가 어려울 때도 있다. 하지만 자기만큼 책과 고양이를 좋아하는 사람을 만나 간단히 친구가 되어버리는 때도 있다.

그 애 이름은 피오나였고, 나는 코요테라고 부른다고 하니 이상한 표정을 짓긴 했지만 별로 신경 쓰지 않았다. 사소한 것에 신경쓰지 않는 건 늘 좋은 신호다.

우리는 피오나의 가족 야영장에서 아이반과 놀고 좋아하는 책들을 비교하고 그 애 남동생들을 피하며 오후를 보냈다.

그 애 가족은 엄마와 아빠, 남동생 알렉스와 에이버리였는데, 남동생들은 좀 성가시긴 했지만 귀여웠다. 그리고 피오나의 말이 옳았다. 두부 소시지는 케첩을 충분히 뿌리기만 하면 전혀 나쁘지 않았다.

저녁식사 후 그 애 아빠는 동생들을 데리고 힘 좀 빼러 호수로 갔고 나와 피오나만 테이블에 앉아 이야기를 했다. 피오나 엄마는 설렁설렁 야영장을 정리하고 이따금 대화에 끼기도 했다. 가족 같았다. 자매와 엄마처럼. 기분 좋았다. 그 자리에서는 그런 느낌이 들었다거나 좋았다고 인정하려 들지 않았겠지만, 사실 그랬다. 좋았다.

피오나와 나는 책 이야기를 주로 했지만 좋아하는 피자 토핑, 라디오에서 들은 최악의 노래, 국내 정치 같은 중요한 주제에 대해서도 이야기했다. 아이반은 먹을 것 냄새를 맡고 눈에 보이는 건 전부 건드려보면서 돌아다녔다.

좋은 시간을 보내고 있었는데, 피오나가 하품을 크게 하며 불평했다. "와, 피곤하다. 에이버리랑 알렉스가 캠핑할 때마다 무섭다면서 밤새 플래시를 켜둬. 너무 짜증나."

"나도 그거 알아." 아이반을 쿵쿵거리는 마시멜로우 봉투에서 잡아당기며 말했다. 그들의 편안한 가족 분위기에 완전히 빠져든 모양이었다. 생각도 없이 말이 튀어나왔으니까. "내 언니랑 여동생도 늘 복도에 불을 켜놔서—"

하지만 그 순간 멈췄다. 재빨리 다른 화제를 생각해봤지만 너무 늦었다.

"언니랑 여동생이 있는지 몰랐구나!" 피오나 엄마가 웃으며 껴들었다. "걔들도 같이 왔니?"

"아뇨." 나는 우리 야영장 쪽을 조심스레 살피면서 작게 말했다. 아이반을 꼭 끌어안고 머리에 키스한 뒤 놓아주었다.

"걔들은 어디 있니?"

나는 침을 삼켰다. 로데오와 우리 버스 쪽을 봤다. 대답하면 안 된다는 걸 알고 있었다. 뭔가 핑계를 대고 우아하게 퇴장해야 했다. 하지만 로데오가 내 말소리를 들을 리 없었다. 새 친구와 상냥한 그 애 엄마와 헤어지고 싶지 않았다. 그런 생각이 잘못된 건 아니다, 그렇겠지?

그래서 대답했다. 사실대로. 하지만 말을 더듬었다. 그리고 여전히 작게 말했다.

"다들…… 죽었어요. 오 년 전에 자동차 사고로 죽었어요."

피오나와 그 애 엄마가 날 쳐다보는 게 느껴졌지만, 나는 아이반에게만 시선을 꽂은 채 기분 좋고 편안한 정상적인 시간으로 돌아가길 기다렸다. 그렇게 될 리가 없겠지만.

"오, 저런. 어, 정말…… 유감이구나. 너무 안됐다. 정말…… 그럴 수가."

나는 가볍게 받아넘기려고 입을 열었지만, 말이 나오지 않았다.

곁눈질로 보니 피오나 엄마가 피오나의 어깨에 손을 얹더니 꼭 끌어안는 것이 보였고, 그러자 나는 이상하게, 소리 없이 가슴이 아팠다.

"상상도 안 되는구나." 그 애 엄마는 떨리는 목소리로 말했다. "피오나나 쟤들에게 무슨 일이 생기면 난…… 아, 떠올리기도 어려워. 너희 어머니가 그런 일을 어떻게 견뎌냈는지 모르겠구나."

손가락을 튕겨 쿠킹호일 뭉치를 살짝 쳤더니 테이블에서 떨어져 톡 소리가 났다. 아이반이 그걸 쫓아갔다. 나는 아이반을 내려다보고 있었다.

"음, 그럼 다행이네요. 엄마도 그 사고로 돌아가셨으니 그런 일은 겪지 않아도 됐어요. 저랑 아빠만 겪은 일이었어요."

또다시 뻣뻣하고 무거운 침묵이 내려앉았다. 피오나가 무슨 말을 해주길 바랐다. 그 애가 나를 말없이 보는 것이 느껴졌는데, 기분이 좋지 않았다.

난 망가지지 않았다. 난 연약하지 않다. 그걸로 그만이다.

마침내 나는 목구멍으로 넘어오는 감정을 겨우 눌러 삼켰다.

눈을 크게, 용감하고 자신 있게 뜨고서 피오나를 바라보며 미소를 지었다.

"우리 자리 보러 갈래?" 내가 물었다.

피오나는 아랫입술을 깨물고 있었지만, 눈썹을 추켜올리더니 열심히 고개를 끄덕였다.

"너희 가족은 어디서 지내니, 얘야?" 피오나 엄마 목소리는 그동안과는 전혀 달랐고 나는 그 조심스러운 음성과 동정 어린 눈빛에서 벗어나고 싶었다.

"세 칸 옆에 있어요. 캠핑장 호스트 바로 옆의 끝자리요."

피오나 엄마가 놀란 표정을 지었다.

"그 노란색 스쿨버스? 그게 너희 캠핑카야? 말도 안 돼!"

뭐가 그렇게 말도 안 되는지 알 수 없었지만, 그래도 고개를 끄덕였다.

"네. 이름은 예거예요. 오십육 인승 버스였는데, 의자를 다 떼어내고 바꿨어요."

"그거 참…… 흥미롭구나." 피오나 엄마가 말했다. "멋진 아이디어네! 그 버스에서 캠핑 자주 하니?"

나는 어깨를 으쓱였다.

"주로 여름에 해요. 나머지 계절에는 대개 잘 때가 되면 정차해서 그냥 주차장에 세우고요."

피오나 엄마의 미소가 눈에 띄게 흐려졌다.

"그럼, 저…… 버스에서 산다는 말이니? 계속?"

"네. 오 년 동안 그렇게 살았어요."

"그럼…… 집이 없어?"

나는 이마를 찡그렸다.

"당연히 있죠. 저기 있잖아요."

"아. 그렇구나. 음." 피오나 엄마는 헛기침을 했다. "그럼 너랑 아빠랑 버스에서 사는 거야?"

"아이반도요." 나는 웃으면서 아이반을 들어올렸다.

"그렇지." 피오나 엄마가 대답했지만 미소는 어색해졌고 목소리는 아주 조심스러워졌다. 목을 조금 빼더니 우리 자리를 보고 말했다. "저분이 아빠니? 테이블에 앉아 있는?"

일어서서 보니 로데오가 피크닉 테이블 위에 앉아 기타를 두드리고 있었다. 당연히 상의는 입지 않았고 하루 종일 땋고 있던 머리를 풀고 있어서 마구 헝클어져 있었다.

"네." 나는 아이반을 어깨에 얹으면서 말했다. "하지만 제가 아빠라고 했다곤 말하지 마세요." 나는 찌푸린 얼굴에서 고개를 돌려 피오나에게 말했다. "가자. 내 서재 보여줄게."

피오나가 일어나려고 했지만 그 애 엄마는 여전히 뒤에서 딸을 끌어안은 채였고 어깨를 꽉 잡고 있는 손으로 피오나를 앉혔다.

"얘, 있잖니. 시간이 너무 늦었구나. 잘 준비 해야지."

피오나가 찡그렸다.

"응? 엄마! 아직 어둡지도 않잖아!"

"미안하구나." 그 애 엄마는 단호하게 말하더니 내게 물었다. "내일 점심 같이 먹으러 올래?"

잘 아는 상황이었다. 피오나 엄마가 로데오를 보는 표정을 봤고 로데오가 어떻게 보일지도 알고 있었다. 사실 피오나 엄마 잘못은 아니었다. 아직 로데오를 만나보지도 못했고, 눈을 들여다볼 만큼 가까이 가지도 못했으니까. 실제로 로데오를 만나보면 누구보다 더 좋아하게 될 거라는 사실은 몰랐을 테니까. 그러니 피오나 엄마를 탓하지 않았다. 누구든 모르는 건 모르는 거니까.

"저녁 잘 먹었습니다." 내가 말하고 진심으로 미소를 지었다.

"내일 아침에 수영할래?" 피오나가 물었다.

자, 문제는 이거다. 나는 다음 날 아침엔 수영이든 뭐든 할 수 없다는 걸 알고 있었다. 로데오는 캐롤라이나 동부의 어느 바비큐에 갈 생각이라 우리는 그쪽으로 최대한 빨리 이동 중이었다. 이튿날 아침 해뜨기 전에 출발할 예정이었다. 피오나와 가족이 한창 자고 있을 때.

하지만 또 다른 문제가 있다. 나는 작별이 뭔지 안다. 그리고 작별이 싫다. 가장 좋은 작별은 안녕이라고 말하지 않는 것이다.

그래서 피오나에게 미소를 지으며 고개를 크게 끄덕였다.

"좋아."

피오나가 활짝 웃었다.

"신난다. 아침 먹고 와."

"알았어. 그때 만나자."

나는 다시 피오나 엄마에게 고맙다고 인사하고 피오나를 끌어안은 뒤 걸어왔다. 그 정도면 내 기준에선 완벽한 작별이었다. 이리도 쉬울 수가.

내 미치광이 아빠와 이 말도 안 되는 끔찍한 집으로 돌아왔지만 눈을 내리깔지도 우울해하지도 않았다. 그렇다, 괜찮았다. 아무렇지도 않았다. 울 일은 없었다. 울 일은 전혀 없었다.

뭐, 거기서 하루 더 지내면 좋았을 것이다. 피오나랑 놀면서 책 이야기도 하고 비밀도 나누고 더 친해지면 좋았을 것이다. 물론이다. 하지만 중요한 건 그게 아니었다. 우리는, 로데오와 나는 항상 움직였다. 그렇게 살았다. 몇 년 동안이나 그렇게 살았다. 그리고 늘 그럴 거라고 생각했다. 그래야만 한다고 생각했다.

그때는 모든 게 변하리라는 걸 몰랐다. 엄청난 변화가 닥치리라는 걸.

06

그 일이 일어난 건 몇 주 뒤, 몇백 킬로미터 떨어진 곳에서였다.

어느 토요일 오후 세시에 시작된 일이었다. 이렇게 잘 기억하는 건, 할머니한테 매주 토요일 태평양 표준시로 정오에 무슨 일이 있어도 전화를 걸기 때문이다. 비가 오나 눈이 오나, 어떤 허허벌판에 있더라도 할머니한테 전화를 걸고 수다를 나눈다.

로데오는 휴대폰과는 엮이고 싶지 않다고 하고, 우리 버스에는 전화선이 없으니 할머니한텐 내가 전화를 걸어야 한다. 고로, 매주 토요일 열한시쯤이 되면 나는 공중전화를 찾기 시작한다. 요즘은 다들 휴대폰을 갖고 다니기 때문에 공중전화 찾기가 쉬운 일이 아니다. 주유소 중에서도, 오래돼서 불빛이 깜빡거리고 나무로 된 카운터가 있고 먼지가 뽀얗게 앉은 칠리 통조림을 파는 곳을 찾아야 한다. 공중전화가 없으면 낯선 사람에게 휴대폰을 빌릴 수 있는지 물어야 한다. 사람을 볼 줄 알면 생각보다 그렇게 어려운 일은 아니다. 착한 얼굴에 입가에 미소 주름이 가득하고 나이 지긋한 아주머니를 찾아, 할머니께 전화해야 하는데 휴대폰을 빌려줄 수 있는지 물어보면 거의 항상 성공이다. "실례합니다"와 "아주머니"를 섞어 쓰면 확실하다. 아주머니들은 낡고 커다란 핸드백에서 곧바로 휴대폰을 꺼내주고 절반은 손자손녀의 사진도 보여준다.

모든 것이 미쳐 돌아가기 시작한 그 토요일에도 그렇게 했다. 전날 밤 늦게까지 이동했고 나는 오후 낮잠을 자다가 내키지 않아하며 깬 직후라 느릿느릿 하품을 하면서 휴대폰을 빌려줄 아주머니를 찾았다.

"할머니, 안녕하셨어요!" 나한테 전화를 빌려준 아주머니가 거짓말이 아니었음을 알 수 있도록 꽤 큰 소리로 말했다.

"얘야, 잘 있었니!" 할머니도 오트밀 쿠키처럼 상냥하게 전화를 받았다. "오, 목소리 들으니 정말 반갑구나!" 할머니가 토요일마다 똑같이 하는 말이지만, 거기엔 나도 늘 기분이 좋아진다.

"이번주엔 어디 있니?" 할머니가 물었다.

"으음…… 잠시만요." 나는 손가락으로 마이크를 막고 휴대폰을 빌려준 부인에게 물었다. "실례지만 여기가 어디죠?"

"네이플스 외곽이란다." 부인은 고개를 끄덕이며 활짝 웃으면서 말했다.

"아아. 플로리다 주 맞죠?" 마지막으로 확인했을 때 앨라배마 주였으니 그럴 것 같았다.

부인의 미소가 살짝 흔들렸고 눈썹이 찌그러졌다.

"물론이지."

"감사합니다." 나는 입모양만으로 말하곤 프라이버시를 지키려 살짝 돌아섰다.

"플로리다 주 네이플스요." 할머니께 말했다.

"좀 어떠니?"

"더워요." 대답하고 주위를 둘러봤다. "이번 주유소엔 샤워실이 있어서 좋아요. 로데오는 진짜 샤워 좀 해야 되거든요."

"흐음. 너희 아빠는 어떠니?"

"로데오는 잘 지내요." 나는 부드럽지만 단호하게 대답했다. 할머니를 몹시 사랑하지만 할머니는 로데오를 "로데오"라고 부르지 않았고, 상대가 원하는 대로 불러주지 않는 건 점잖지 못한 행동 같았다. "뭐, 평소랑 다를 바 없이 잘 지내요."

"그래." 할머니가 말했다. 로데오를 잘 아니 내 말뜻도 이해했다. "우리 작은 아이반은 어떠니?"

"이제 그렇게 작지 않아요!" 내가 말했다. 그동안 할머니에게 엽서 보내듯 아이반의 사진을 이따금 보냈다. "지난번에 보신 것보다 훨씬 더 컸어요. 이젠 아기 고양이도 아니에요. 키도 크고 늘씬하고 당당하고 아주 똑똑한걸요. 할머니도 좋아하실 거예요."

할머니는 부드러운 소리로 웃었다.

"그래, 그럴 거야. 언제 이쪽에 오면 걜 만날 수 있겠지."

할머니는 토요일마다 거의 이렇게 말했고 나는 토요일마다 거의 대답을 회피했다. 할머니도 나처럼 그런 일은 일어나지 않는다는 걸 알고 있었다.

"네, 어쩌면요. 우선은 또 사진 찍어서 내일 편지에 넣어 보낼게요."

할머니는 한숨을 쉬었다. 이젠 그걸 감추려고 하지도 않았다. "그러려무나, 아가. 그래주면 좋겠구나. 하지만 네가 정말 보고 싶구나."

할머니는 그 말도 토요일마다 했다. 할머니의 음성에선 늘 익숙한 슬픔과 그리움의 맛이 났고, 나는 통화를 마무리할 때가 되었음을 알았다.

천천히 숨을 쉬고 눈을 몇 번 깜빡인 뒤 결국 눈을 치켜떴다. 할머니들은 꼭 가끔 너무 감정적이라니까.

"음, 이제 그만 끊어야 되겠어요, 할머니. 여기 꼭 하데스처럼 더워요. 로데오가 출발하자고 기다릴 거예요. 창문 열고 달려야 좀 시원해지거든요."

"그래, 아가. 아이반 사진 꼭 보내렴."

"네." 나는 통화를 마칠 때까지 인내심 있게 기다려준 부인에게로 걸어가며 답했다.

"참, 아가," 할머니가 빠르게 말했다. 할머니가 조금이라도 통화를 더 하려고 하는 말인 줄 알고 나는 별로 신경 쓰지 않았다. "너희 동네에 좀 슬픈 소식이 있단다."

"우리 동네요?" 이렇게 정처 없이 몇 년이나 돌아다니고 나니 우리 동네라는 말이 이상하게 느껴졌다. 버스와 턱수염 난 괴짜, 귀엽기 짝이 없는 고양이 말고 뭔가를 내 것이라 생각하는 것 자체가 이상했다.

"그래. 너희 집 블록 끝에 있던 작은 공원 기억하니?"

"물론이죠." 거길 본 지 오 년이 지났지만 눈을 감지 않아도 피크닉 테이블과 녹슨 그네, 나무와 풀이 잔뜩 자란 작은 숲이 눈에 선했다.

"음, 거기가 없어질 거란다, 아가." 할머니는 슬픔에 혀를 차며 말했다.

순간, 모든 게 정지했다. 내 속의 모든 것, 내 밖의 모든 것이. 맨발로 밟고 있던 뜨거운 아스팔트에서 연기를 피워 올리던 담배꽁초로부터 시선이 떨어지지 않았다. 허파가 숨을 쉬다 말고 턱 걸렸다. 손가락은 전화기를 죽어라 움켜쥐고 있었다. 기다리며 내 통화를 엿듣지 않는 척하던 아주머니의 모습이 흐릿해지면서 내 머릿속에서 사라졌다.

"네?" 갈라진 목소리가 겨우 나왔다.

"거길 다 없앤다는구나." 할머니는 아쉬운 목소리였지만 별거 아니라는 듯, 지난 오 년 동안 그보다 더한 일도 많았다는 듯한 말투였다. "새로 사거리를 만들기로 해서 거리를 넓힌다는구나. 너희가 떠난 후로 새로 지은 집도 많고 차들도 많아졌거든." 할머니 목소리가 윙윙거렸고 내 입속은 하루 묵은 설탕 도넛처럼 말랐다.

"전부 다요?" 비밀과 추억, 마법을 간직한 공원 한구석, 나무들이 우거진 작은 숲을 떠올리며 겨우 물었다.

"응, 그런 것 같더구나."

"언제요?" 목소리를 짜냈다.

할머니는 한숨을 쉬었다.

"다음 주란다. 벌써 안전 테이프도 다 두르고 불도저니 하는 것들이 서서 기다리고 있어. 표지판에 안내문도 적어놨더구나. 수요일에 모두 철거한다고."

"수요일이요?!"

할머니는 잠시 말을 멈췄다. 당황한 내 외침에 할머니가 좀 놀란 것 같았지만, 이미 전략적으로 혹은 외교적으로 접근할 상황이 아니었다.

"그래, 아가. 괜찮니?"

"그럴 수 없어요."

할머니는 다시 말을 멈췄다.

"음, 그럴 수 있단다, 아가. 아무도 반기지 않겠지만, 그건 시의 재산인데 시가 커지고 있으니—"

"제가 갈게요." 내 말에 우리 둘 중 누가 더 놀랐는지 모르겠다.

또 한번 침묵이 흘렀고 그 사이 주위의 온갖 소리, 자동차 소리와 문 여닫히는 소리, 브레이크 소리, 사람 목소리가 쏟아져들어왔지만 상관없었다. 담배꽁초에 꽂혀 있던 시선을 들어 15미터쯤 떨어진 버스 계단에 앉아 기분 좋게 바나나를 먹으며 무릎에 놓인 아이반을 쓰다듬고 있는 로데오를 바라봤다. 로데오가 뭐라고 할지 정확히, 분명히 알았지만 그것 역시 상관없었다. 얼어붙었던 뇌가 녹자 순간 우리가 플로리다 주에 있다는 사실, 그 공원은 저 위 워싱턴 주에 있다는 사실이 떠올랐고 그 사이의 거리와 수요일까지의 시간을 계산해봤지만, 그것도 상관없었다.

할머니가 흐읍 하고 짧게 숨을 들이쉬는 사이에 이런 온갖 생각이 스쳐지나갔다.

"뭐? 뭐라고 했니, 아가?" 할머니의 화들짝 놀란 목소리에는 한동안 들어보지 못했던 무언가가 묻어났다. 그건 아마도 행복이었을 거다.

나는 숨을 크게 들이쉬었다가 콧구멍으로 내쉬었다. 결심을 하거나 겁에 질리면 나는 항상 코를 벌름거렸고, 그날 그 주차장에서는 두 배로 벌름거렸다. 아래를 내려다보고 연기를 피워 올리던 담배꽁초를 맨발 뒤꿈치로 눌렀다.

"제가 간다고 했어요." 아무것도 모르고 고양이와 앉아 있는 가엾은 로데오를 보며 말했다.

그리고 오 년 동안 하지 못한 말을 했다.

"집으로 갈게요."

07

여러분에게 들려줄 옛날 옛적에 이야기가 있다.

옛날 옛적에, 여자아이 셋이 살았다. 그들은 자매였다.

옛날 옛적에, 엄마가 살았다.

그리고 옛날 옛적에, 상자가 하나 있었다.

"이건 추억 상자야." 엄마가 말했다. 여자아이 셋과 엄마는 그 상자를 채웠다. 사진이랑 쪽지, 편지, 추억과 머리카락과 작은 보물들로. 그들 자신과 상대의 일부, 함께한 삶의 조각들을 모아서.

그리고 나서 그들은 함께 그 상자를 묻었다. 어느 공원의 그늘진 구석, 나무뿌리 아래 묻고, 표시도 해두고 안전하게 보관하려고 큰 돌을 올려놓았다.

"나중에 다시 오자." 엄마가 말했다. "지금부터 한참 뒤에. 이걸 다시 파보는 거야. 다 함께."

세 자매와 엄마는 약속했다. 추억 상자를 찾으러 다시 오기로. 그들은 봄날의 햇살 아래서 마주 보고 웃었고 손을 들고 무슨 일이 있어도 그 상자를 찾으러 다시 오겠다고 엄숙히 맹세했다.

그리고 옛날 옛적에, 상자를 묻고 겨우 며칠 뒤에 모든 게 흩어졌다. 한순간 타이어가 끼익하고 유리가 깨지더니 모두 다 흩어졌다. 그래서 세 자매와 엄마 대신 여자아이 하나만 남았다.

주로 혼자이고 상심한 여자아이 하나.

언니도 여동생도 없는 둘째 아이. 엄마 없는 딸.

하지만 그 애에겐 추억이 남았다.

그리고 약속이 남았다.

그 애는 무슨 일이 있어도 그 약속을 지킬 생각이었다.

08

주차장 저편에, 아무것도 모르는 해맑은 얼굴로 예거 계단에 앉아 있는 로데오를 봤다.

아플 때까지 입술을 잘근거렸다. 어려운 과제였다. 아니지, 코요테—이건 거의 불가능한 과제였다.

로데오에게 집으로 돌아가는 건 단단히 굳어버린 콘크리트처럼 결코 바꿀 수 없는 '금지'였다. 오 년 전 떠난 후로 한 번도 집에 돌아가지 않았다. 그동안 집에 대해선 이야기도, 심지어 언급도 한 적 없었다. 그럴 수 없었다. 엄마나 언니, 동생 이야기를 할 수 없듯이. 그들의 이름을 말할 수 없듯이. 절대로. 그들은 유령이었고, 우리는 유령을 볼 수 없었다.

그러니 로데오에게 신나게 달려가 엄마와 언니, 동생과 묻어둔 추억 상자를 찾으러 집에 가고 싶다고 하면 그 말이 다 떨어지기도 전에 안 된다고 할 것이었다.

요령이 필요했다.

하긴, 나는 로데오를 꽤 잘 다뤘다. 몇 년째 그렇게 해왔으니까. 하지만 로데오는 까다로운 상대였다. 로데오를 다루는 법을 배우는 건 기타 치는 법을 배우는 것과 같다고도 할 수 있었다. 다만 기타 현이 여섯 개가 아니라 열세 개이며 그중 세 개는 음이 맞지 않고 두 개는 털실이며 한 개에는 전기가 흐른다고 치면 말이다. 정말 다루기 힘든 사람이라는 말이다. 그리고 내가 연주해야 할 곡은

〈학교종이 땡땡땡〉 같은 쉬운 곡이 아니었다.

로데오를 봤다. 침을 삼켰다. 궁리했다. 입술을 더 잘근거렸다.

할머니한테 상자를 꺼내달라고 할 수는 없었다. 그 공원 모서리에는 나무가 서른 그루쯤 있었다. 할머니더러 8월에 나무 서른 그루 아래를 파보라고 할 수는 없었다. 어느 나무인지 설명할 수도 없었다…… 내가 직접 가서, 주위를 둘러봐야 찾을 가능성이 조금이나마 있었다. 게다가 그건 내 상자였다. 내 추억 상자. 그러니 내가 구해내야 하지 않을까?

그래서 나는 백퍼센트 확실히 워싱턴 주에 가야 했다. 로데오는 거절할 것이 백퍼센트 확실했다. 큰일이었다.

그러다 문득 생각이 났다. 로데오는 백퍼센트 확실히 일부러 거기로 가진 않을 것이다. 일부러가 아니라면, 그리로 가고 있다는 걸 모른 채 워싱턴 주로 나를 데려가도록 만들어야 했다.

맥박이 조금 빨리 뛰었다. 이제…… 이제야 가능성이 생겼으니까.

나는 선택지를 머릿속에 떠올려봤다. 지도를 그려보고, 몇 가지 기억을 더듬으며 머릿속의 파일을 훑었다.

그리고 미소를 지었다. 작고 빠르게.

"좋아, 코요테." 혼잣말을 중얼거렸다. "그렇게 하면 되겠어."

나는 아주 태연한 표정을 지으며 로데오에게 천천히 걸어갔다.

로데오는 남은 바나나 조각을 입에 넣더니 뭉개진 바나나를 드러내며 웃었다.

"갈 준비 됐니, 예쁜 새야?"

"언제든지." 나는 아무렇지도 않게 어깨를 으쓱였다. 기지개를 켜며 플로리다의 태양을 바라보고 배를 문질렀다. "나 배고파."

"그래. 그럴 때가 됐지. 뭐 먹을래?"

나는 땅을 보고 구름을 올려다보며 입술을 오므리고 곰곰이 궁리 중인 표정을 완벽하게 지어냈다. 그러고 손가락을 딱 튕겼다.

"알겠다. 뭐가 먹고 싶은지 정확히 알겠어."

"말만 해."

나는 입을 꼭 다물고 로데오를 빤히 봤다.

"응. 확실해. 내가 원하는 건 그것뿐이야."

로데오는 옆을 획 돌아보곤 다시 나를 봤다.

"그래애애애. 그래서 뭐지……?"

"포크찹 샌드위치."

로데오가 눈을 껌뻑거렸다. 그러더니 주차장을 둘러봤다.

"어쩌지, 꼬마 비둘기야. 이 주위엔 그걸 파는 데가—"

"없어, 로데오. 아무 포크찹 샌드위치나 먹고 싶은 게 아니야. 그 포크찹 샌드위치가 먹고 싶어."

"그럼……"

"그거야. 그 포크찹 샌드위치가 먹고 싶어. 포크찹 존스Pork Chop John's 샌드위치 가게에서. 몬태나 주 뷰트에 있는 거 말이야." 모르는 사람이 많지만, 포크찹 샌드위치는 세상에 존재하는 완벽한 음식 가운데 하나다. 그리고 모르는 사람이 많지만, 세계 최고의 포크찹 샌드위치들은 몬태나 주 뷰트에 있다. 또 모르는 사람들이 많지만, 몬태나 주 뷰트에서 포크찹 샌드위치를 사 먹기 가장 좋은 곳은 포크찹 존스 샌드위치 가게라는 작은 식당이다. 물론 난 그걸 아는 사람이다. 로데오도 마찬가지고. 로데오의 눈을 똑바로 봤다. "방금 나 만때달 소원이 생겼어."

보통 사람들이 그 말을 들으면 무슨 소리인가 어리둥절할 것이다. 하지만 로데오는…… 보통 사람이 아니었다. 만때달 소원이 생겼다고 하니, 로데오는 환한 미소를 지었다.

만때달 소원은 우리 둘만의 암호였다. 줄임말이었다. 우리 중 한 사람이—말은 그렇게 해도 솔직히 주로 로데오였다—부인할 수 없을 만큼 간절하게 원하는 것이 생겼는데 도저히 미룰 수 없다면 그걸 만때달 소원이라고 불렀다. "만사를 때려치우고 달려가야 하는 소원" 말이다. 어디에 있든지 상관없었다. 원하는 것이 무엇이든, 얼마나 멀리 있든 상관없었다. 로데오는 그런 걸 좋아했다. 로데오는 샌디에이고의 어떤 푸드 트럭에서 파는 생선 타코 때문에 만때달 소원이 생긴 적이 있었다. 그때 우리는 노스다코타 주에 있었다.* 상관없었다. 노래 좀 부르고 커피 잔뜩 마시고 한참을 달렸고, 사흘 뒤 로데오는 그 타코를 와구와구 먹으면서 눈알을 굴리며 기뻐했다. "그 타코가 이렇게 멀리까지 운전해서 먹을 만큼 대단해?" 내가 물었더니 로데오는 턱에서 타코 소스를 닦아내며 우적우적 씹으면서 말했다. "멀리 운전할 만큼 타코가 대단하냐고 묻

---

* 샌디에이고는 캘리포니아 주 남서부에 위치한 도시이고, 노스다코타 주는 미국 중북부의 캐나다와 국경을 접하는 주다. 두 곳은 자동차 도로로 약 2,710킬로미터 떨어져 있다.

는 게 아니야. 그 정도 운전한 것이 이 타코의 맛에 걸맞을 만큼 대단했냐고 질문해야지." 나는 그게 무슨 뜻인지 이해할 수 없었지만 로데오는 그런 사람이다.

그래서 그 플로리다 주의 주차장에서 몬태나 주의 가게에서 파는 포크찹 샌드위치를 향한 만때달 소원이 생겼다고 말하니, 로데오는 그것이 새빨간 거짓말이라는 건 꿈에도 모를 만큼 너무 신이 났다.

"그래?" 로데오가 벌떡 일어났다. "정말이야?"

"맹세해." 내 대답에 로데오는 하이파이브를 하자고 손을 들었고 나는 손을 세게 쳤다. 로데오는 고개를 젖히고 이야호 하고 외친 뒤 말했다. "좋았어, 그럼 출발하자, 설탕빵." 그러고 휙 돌아 예거에 올라탔다.

나는 거기 잠시 서 있었다. 얼굴에 붙였던 가짜 미소가 썩어서 부스스 떨어지고 있었다.

내 계획대로 출발은 하게 됐다. 몬태나 주로 갈 수 있다면 거리로는 워싱턴 주까지 거의 다 간 셈이었다. 로데오가 내 진짜 소원을 알아차리지 못한다면, 거기서부터는 거리가 얼마 안 되니까. 하지만 로데오가 알아차리는 순간, 그는 브레이크를 세게 그리고 영원히 밟아버릴 것이 분명했다.

나는 숨을 들이쉬었다. 내쉬었다. 손가락을 폈다 쥐었다.

"됐어, 코요테." 내가 속삭였다. "식은 죽 먹기야."

하지만 그렇지 않았다. 다시 미소를 지으며 부르릉거리는 버스로 올라타던 나도 그걸 알고 있었다.

나 자신과 버스, 아빠가 나흘 만에 미국 대륙을 가로지르게 만들어야 했다. 그러면서도 아빠는 눈치채지 못하게 해야 했다.

09

그 후 한 시간쯤 소파에 앉아 오래되어 꾸깃꾸깃 구겨진 고속도로 지도책을 들여다봤다. 손가락으로 고속도로를 훑으며 거리를 확인하고 속도를 계산해서 시간이 얼마나 걸릴지를 예측했다. 아이반은 내 옆에 앉아 졸다가 내가 이것저것 끼적이는 연필을 몇 번씩 건드렸다.

해낼 수 있었다.

오래된 치실을 줄자로 써서 거리를 더했다.

"5,800킬로미터네, 대충." 아이반에게 말했다. 녀석은 날 보며 하품했다. 나도 동의했다. 해낼 수 있었다. "시속 100킬로미터로 간다면 일 분에 한 1.6킬로미터 가는 셈이지. 5,800킬로미터면 어림잡아 3,600분. 그러면 어디 보자……" 홈스쿨링 할 때 쓰던 예전 교과서를 보고 로데오가 가르쳐준 대로 긴 나눗셈을 했다. "육십 시간. 나흘이면…… 구십육 시간이니까. 자고 먹고 하는 데 삼십육 시간쯤은 쓸 거야. 해낼 수 있어. 늦지 않게."

나는 연필 끝에 달린 지우개를 물어뜯었다. 밤새 잠 한숨도 못

잔 사람처럼 하품했다. 운전석에 앉아 있는 로데오를 봤다.

"계속 운전하게 만들면 돼. 물론 어디로 가는지 전혀 모르게."

지도책을 덮었다. 적어놓은 쪽지는 읽던 책 사이에 끼워두었다.

"로데오!" 나는 버스 앞까지 들리도록 불렀다. "어때? 뭐 필요한 건?"

"아무것도 필요 없어! 포크찹 샌드위치 냄새가 벌써 나는 것 같은데!"

"알겠어. 필요한 거 있으면 말해!"

나는 소파의 폭신한 쿠션에 다시 기댔다. 로데오 곁에 가서 잡담이라도 나눠야 했지만 마음속이 어지러웠다. 그 상자에 대해서는 대체 얼마나…… 어쩜, 몇 년 동안 생각도 하지 않았다.

아이반이 무릎 위로 올라와 몇 번 돌더니 자리를 잡았다. 아이반의 따뜻한 몸에 마음이 진정됐다.

눈을 감고 심호흡을 하고 눈꺼풀 안쪽에서 추억을 펼쳤다. 사실 그래서는 안 됐다. 과거를 돌아보는 건 아무 소용 없는 일이야, 코요테. 로데오는 늘 말했다. 내가 그들—엄마와 언니와 동생—생각을 하면 로데오는 금방 알아차리곤 했다. 내가 말이 없어지고 우울해졌으니까. 로데오는 눈물을 글썽거리며 고개를 젓곤 했다. 안 돼, 아가. 거기로 돌아가지 마. 네 행복은 여기, 지금에 있어. 예전 일은 다 잊어야 해. 하지만 나는 로데오처럼 할 수 없었다. 감추는 실력이 좋아진 것뿐이다. 금지된 추억을 몰래 꺼내보는 실력이 좋아진 것뿐이다.

그리고 그거면 충분하다고 생각했었다. 그 추억은 내 마음속에 간직하고 머릿속으로만 꺼내보면 된다고. 하지만 할머니에게 공원 이야기를 듣는 순간 모든 게 바뀌었다. 몇 년 전 그날, 그 상자, 그 약속을 기억하니 모든 게 바뀌었다. 몰래 간직하는 추억으로는 이제 충분하지 않았다. 어쩌면 늘 그랬었는지도 모른다. 이제는 알 수 있었다.

어느 순간, 나도 모르게 잠에 빠져들었다.

따뜻한 손이 내 손에 잡히고, 어깨가 닿고, 약속을 속삭이고, 가족이 내가 집에 돌아오기를 기다리는 꿈을 꿨다.

놀라서 깨어났다. '어머나, 감춰놓은 고양이가 사라졌는데 정신 나간 아빠에게 들킬 거야' 하는 상황 정도로 놀란 건 아니었지만 비슷했다. 얼마나 잤는지 알 수 없었다. 저녁때처럼 햇빛은 회색이고 비 냄새가 좀 나는 것 같았지만, 침침한 빛이나 강수량을 걱정하는 게 아니었다. 내가 누워 있는 버스가 움직이지 않는다는 사실 때문에 걱정했다.

나는 벌떡 일어났다.

로데오가 담요 밖으로 맨발을 내밀고 침대에 뻗어 있었다. 앞창 위에 걸어둔 중고 시계는 일곱시를 가리켰다. 겨우 네 시간 달리고 게으름뱅이처럼 쉬기로 한 것이었다. 나는 로데오의 지저분한 발 하나를 찼다. 아프게 찬 게 아니라 다급하게.

별 반응이 없어서 허리를 숙이고 뱀을 죽이려는 개처럼 발을 잡고 흔들었다.

로데오가 고개를 들더니…… 좀 짜증난 표정을 지었다.

"뭐 하니, 코요테?" 잠결에 어리둥절한 쉰 목소리였다.

"저기요?" 내가 물었다. "지금 뭐 해?"

로데오는 나를 향해 눈을 껌뻑이더니 담요를 덮은 몸을 내려다보고 다시 나를 봤다.

"자잖아."

"그렇지. 아빠 곰, 우리 갈 길이 멀어. 어서 일어나."

"코요테," 로데오가 입을 열었다. 로데오가 내 이름을 부르며 대화를 시작하고 잠시 멈추는 건 좋은 신호가 아니었다. "어젯밤에 한 열두 시간은 운전했다고. 그러면 사람이 피곤해지잖아. 좀 자야 해, 꼬마야. 내가 운전하다가 졸음이 와서 도로에서 고가도로 기둥이라도 들이받으면 만때달 소원은 악몽으로 직행이야. 그리고 너한테 면허가 없는 이상, 이 버스는 내가 쉴 때 쉬어야 해. 그러니까 좀 기다리렴. 포크찹 샌드위치는 도망 안 가니까."

로데오는 보란듯이 담요를 뒤집어쓰면서 돌아누웠다.

나는 속으로 날 욕했다. 잠든 것이 잘못이었다.

목을 쭉 빼고 창밖을 내다봤다.

"여기 어디야?" 대답이 없자 담요를 차면서 다시 물었다. "여기가 어디야?"

담요가 웅얼거렸다.

"난 침대 위야. 넌 거기 서서 마귀할멈처럼 악을 쓰고 있지. 여기는 거기야."

"아니, 진짜 어디냐고?"

담요가 한숨을 내쉬었다.

"아직 플로리다 주야. 탬파일 거야."

"아직도 플로리다 주라고?"

"그래. 잘 자."

나는 입술을 잘근거리며 불평 많은 담요 더미를 내려다봤다. 창밖 도로 안쪽에 작은 식당이 딸린 주유소가 보였다.

"나갔다 올게." 내가 말했다.

"아이고 감사."

"돌아오면 출발이야."

"돌아오면 문이 잠겨 있을 거야."

어이가 없어 눈알을 굴렸다. 내가 예거 문 따는 법도 모르는 줄 아나.

지도책과 정원 옆의 돈통에서 지폐를 들고 플립플랍을 신었다. 아이반은 대시보드에 앉아 졸고 있었고 나는 나가면서 녀석의 머리를 한 번 긁어줬다.

앉아서 기다릴 기분은 아니었지만 햄버거와 감자튀김 냄새를 맡으면 사람은 진정하는 법이다. 예거가 보이는 창가에 앉아 메뉴를 봤다. 작은 식당이었지만 제대로 하는 집이었다. 메뉴에는 있어야 할 것이 전부 있었고 곧바로 나온 음식은 뜨겁고 짰다. 짭짤한 감자튀김을 입에 넣으며 궁리했다.

짜증나긴 하지만 로데오의 말에는 일리가 있었다. 가끔은 자야 하는 것이다. 그 문제와는 타협을 해야 했다. 하지만 가야 할 길이 멀었고 시간은 적다는 사실에는 타협의 여지가 없었다. 가거나 못 가거나 둘 중 하나였고, 어쨌거나 나는 반드시 성공할 결심이었으니까.

그러니 내겐 딜레마가 좀 있었다. 지도를 본다고 도움이 되지 않았다. 지도책은 어디로 가야 할지는 알려주지만 대체 어떻게 갈지는 가르쳐주지 않는다. 거기 앉아 햄버거를 씹으며 어려서 커피를 못 마시는 걸 아쉬워했다.

자, 보통 내가 믿지 않은 것은 다음과 같다. 운명, 점성술, 천사, 마술 혹은 소원 빌기. 미안하지만 그런 것은 그냥 믿을 수가 없다.

그러다 보니 이다음에 일어난 일을 도저히 설명할 수 없다. 하지만 괜찮다. 이 세상의 모든 일을 설명할 필요는 없으니까. 그냥 행운이라 여기고 다행이라 부르면 된다.

무슨 일이 있었냐면, 내가 거기 앉아 불도저가 출동하기 전에 샘프슨 파크에 어떻게 가야 할지 궁리하고 있는데 내 뒷자리에서 이런 말이 들려왔다.

"태미, 내가 가고 싶어하는 거 알잖아. 당연히 가고 싶지. 하지만 돈이 없어. 버스표를 살 돈이 없다구. 돈도 없는데 어떻게 거기까지 가?"

나는 씹다가 뚝 멈췄다.

옆의 창문으로 우리의 두 자리가 비춰지는 걸 볼 수 있었다.

내 뒷자리에는 큼지막하고 둥근 검정 테 안경을 쓴 흑인 남자가 있었다. 젊어 보이는 게, 십대는 벗어났지만 벗어난 지 얼마 안 돼 보였다. 하얀 탱크톱 언더셔츠에 옛날식 중산모를 쓰고 있었다. 앞에는 초콜릿 밀크셰이크 한 잔만 놓고 앉아 등을 굽혀 엎드린 채 휴대폰에 대고 속삭이고 있었다.

"응." 그가 말했다. "그럼. 물론이야. 너도 알잖아. 어떻게든 해 볼게. 아니, 자기야. 그렇게 말하지 마. 갈게. 약속해. 음, 아직은 모르겠어. 차를 얻어 타거나 해볼게. 아니, 아냐…… 그러지 마, 그런 소리하지 마. 내가—"

그러다 말소리가 뚝 끊어졌다. 그는 한숨을 쉬더니 휴대폰을 내려놓았다.

태미가 누군지 몰라도 전화를 끊어버린 것이다.

나는 입에 든 걸 삼키고 혼자 고개를 끄덕였다. 접시와 지도책을 챙겨 내 자리에서 빠져나가 밀크셰이크 청년 앞에 털썩 앉았다.

그는 눈썹을 추켜올리고는 입을 딱 벌렸다.

"안녕하세요." 내가 말했다.

그는 눈을 가늘게 떴다.

"음…… 안녕?" 그가 말했다. "나 아니?"

"아직은 몰라요." 내가 대답했다. "어디로 가요?"

그는 주위를 둘러봤다. 아마 부모에 해당하는 사람을 찾는 모양이었다. 내 부모에 해당하는 사람은 낡은 스쿨버스에서 자고 있는 걸 모르고.

"뭐?"

나는 버거를 한입 베어물고 씹으면서 말했다.

"죄송해요." 내가 말했다. "무례했죠. 급한 사안이다 보니 본론으로 바로 들어갔네요." 나는 포크를 내려놓고 손을 내밀었다. "코요테라고 해요."

그는 내 손을 보더니 다시 고개를 들었다.

"뭐라고?" 다시 물었다.

"내 이름은 코요테예요. 만나서 반가워요." 나는 손을 조금 더 가까이 내밀었다.

"아. 네 이름이…… 알았어." 그는 아직 좀 어리둥절한 표정이었지만 손을 내밀어 나와 악수했다. "내 이름은 레스터야."

"있잖아요. 들을 생각은 없었지만 태미와 통화하는 걸 들었어요."

"태미를 알아?" 레스터가 물었다.

"아뇨. 하지만 도와드릴 수 있을 것 같아요. 어디로 간다고요?"

레스터는 등을 기대더니 나를 살폈다. 식당을 한번 더 둘러보더니 밀크셰이크를 후루룩 마셨다.

"보이시."

"아이다호 주에 있는 보이시요?" 내가 물었다.

그의 한쪽 입술 끝이 올라갔다.

"내가 모르는 보이시가 또 있나?"

나는 씩 웃었다.

"좋은 지적이에요."

나는 감자튀김 몇 개를 입에 쑤셔 넣고 지도책 맨 앞의 미국 전도를 펼쳤다. 플로리다 주에서 보이시를 거쳐 워싱턴 주를 훑어보았다. 고개를 끄덕였다. 그러고 레스터를 훑어봤다. 상냥하고 솔직한 좋은 얼굴이었다. 옆자리에는 더플백이 놓여 있었다. 라이플총이나 삽, 사람 다리 같은 게 튀어나와 있진 않았다.

나는 감자튀김을 삼키고 인상을 썼다.

"아, 되게 짜네." 불평을 한 뒤 물을 찾았다. 레스터는 내 눈빛을 보더니 밀크셰이크를 건너편으로 밀어줬다.

그걸로 결정.

나는 상냥하고, 솔직하고, 좋은 얼굴을 가진 사람들을 좋아하는 편이다.

그리고 저녁으로 밀크셰이크만 먹는 사람을 좋아하는 편이다. 인생에 대해 갖고 있는 솔직함과 전체적인 철학적 태도를 잘 보여주니까.

하지만 방금 만난 사람에게 밀크셰이크를 나눠주는 사람이라면 확실히 좋아한다.

셰이크를 쭈욱 마시고 미소를 지었다.

"그럼 한 가지만 물어볼게요, 레스터." 나는 입술에 묻은 밀크셰이크를 핥으며 말했다. "면허 있죠?"

10

투덜거리는 로데오를 깨웠다. 아직 정신도 못 차린 상태인 로데오를 떠밀며 버스 계단을 내려와 흐릿한 불빛의 주차장으로 데리고 나왔다. "꼭 만나야 할 사람이 있어"라든가 "만나볼 가치가 있다니까, 약속해" 같은 말을 여러 번 반복하면서.

레스터는 발치에 가방을 놓고 로데오가 잠을 깨는 동안 점점 의심쩍은 표정으로 기다리고 있었다. 로데오에게 청바지와 티셔츠를 입혔지만 어디 내놓을 만한 모습이라고는 할 수 없었다.

로데오는 그래도 로데오였고, 뭐 그렇다고 남에게 못되게 굴 사람은 아니었다.

"안녕하세요." 로데오는 레스터에게 고개를 끄덕이며 인사했다.

레스터는 로데오를 쓱 훑어봤다.

"네, 안녕하세요." 레스터가 대답했다.

로데오는 얼굴을 문지르더니 날 봤다.

"그래서? 뭐?"

"반가운 질문이야." 내가 말을 꺼냈다. "여긴 레스터. 보이시까지 우리가 태워줄 거야."

로데오가 "뭐?"라고 말함과 동시에 레스터가 말했다. "어, 잠깐만." 나는 두 사람에게 각각 한 손을 들어 보이고 말했다. "진정, 진정, 진정해요, 여러분."

로데오에게 먼저 말했다.

"운전사가 둘이면 포크찹 샌드위치를 더 빨리 먹을 수 있잖아. 공간도 충분하고, 그치?"

로데오는 어깨를 으쓱이고 고개를 끄덕였다. 원래 이동이 필요한 사람을 태워주는 데 후한 편이었다.

"그렇지. 음, 여기 레스터는 태미에게 빨리 가야 하는데, 태미는 보이시에 있대. 어려운 상황이지만 우리가 도울 수 있어."

"태미가 누군데?" 로데오가 물었다.

나는 초조한 표정으로 손을 저었다.

"집중해, 로데오. 중요한 일이야."

"알았어." 로데오는 눈을 찡그리며 대답했다. 몇 년 동안 배운 것이 또 있다면 방금 막 깨어난 로데오는 예민하고 성질을 잘 내지만 이 분 전에 깨어난 로데오는 굉장히 말을 잘 듣는다는 것이다. 황금의 기회를 맞이했으니 거래를 잘 마치면 됐다.

"그러니까, 우리는 운전할 사람이 필요하고 레스터는 보이시까지 태워줄 차가 필요해. 우린 거길 지나갈 거잖아."

"잠깐." 레스터가 말을 막았다. "난 아직 동의한—"

"아, 알아요." 나는 레스터를 향해 돌아서며 말했다. "자, 레스터는 태미를 만나러 꼭 가야 하는데 지갑이 비었죠. 맞아요?"

레스터는 코를 훌쩍이더니 시선을 돌렸지만 고개는 끄덕였다.

"좋아요. 이런 허접한 상태가 마음에 꼭 들진 않겠지만, 사실 이 방법밖에 없잖아요." 내가 말했다.

"예거한테 그렇게 말하지 마." 로데오가 항의했다. "필요한 곳은

다 데려다주는데."

"예거 이야기가 아니야, 로데오. 로데오 이야기라고."

"아." 로데오가 말하더니 지친 표정으로 수염을 긁적였다.

레스터는 눈을 가늘게 떴다.

"다른 방법이 없다고 누가 그래?"

나는 어이없이 눈알을 굴리며 주위를 둘러봤다. 주차장 반대편 보도에서 개 산책을 시키며 걷고 있는 노인이 있었다.

"안녕하세요!" 내가 외쳤다.

그는 걸음을 멈추고 우리 쪽을 봤다.

"혹시 보이시 가세요?" 내가 외쳤다.

그는 왼쪽 다음엔 오른쪽을 살피더니 우리를 다시 봤다.

"나?" 그가 물었다.

"네! 보이시 가세요?"

그는 다시 양쪽을 보더니 나를 향해 고개를 갸우뚱했다.

"아니?" 그가 대답했다.

"그러신 줄 알았어요." 나는 말하고 손을 흔들어 인사했다. 그는 고개를 젓더니 계속 걸어갔다.

나는 레스터를 향해 양손을 들어 어깨를 으쓱이고 '거 봐, 이렇다니까' 하는 표정을 지었다.

"봤죠? 보이시에 공짜로 갈 수 있는 다른 방법 있어요?"

레스터는 눈을 동그랗게 뜬 채 입을 벌리고 나를 봤다. 그러더니 놀라운 행동을 했다.

웃었다. 아주 크고 깊게, 배에서 우러나오는 웃음이었다. 레스터는 고개를 저으며 웃었고 그건 완벽했다. 레스터의 웃음은 로데오의 눈과 같았으니까. 상대방을 끌어들이고 편안하게 만들어주는 웃음이었다.

나도 아무 생각 없이 미소를 짓고 있었고, 한번 슬쩍 보니 로데오도 웃고 있었다.

"너 정신 나갔구나." 레스터는 고개를 저으면서 말했다. 나를 손가락으로 가리켰다. "너. 정신. 나갔어."

"좀 그렇죠." 내가 말했다. "하지만 좋은 사람들은 원래 그래요." 로데오에게 시선을 돌렸다. "어서. 질문해봐."

사실, 이제껏 우리가 태워주기로 한 사람이 레스터가 처음은 아니었다. 전혀 그렇지 않았다. 요 몇 년 동안 온갖 사람들을 온갖 곳으로 태워주었다. 우리처럼 주유소에서 주유소로 다니다 보면 도움이 필요한 방황하는 사람들을 자주 만나게 된다. 그리고 로데오는 도움을 줘야 직성이 풀린다. 원래가 그렇다. 하지만 아무나 예거에 태우지 않는다. 늘 세 가지 질문을 먼저 하고, 그들의 대답에 따라 타도 되는지를 결정한다.

참고로 나는 뭐가 정답이고 오답인지 전혀 모른다. 하지만 로데오는 아는 눈치다.

로데오는 고개를 끄덕이더니 목청을 가다듬었다. 레스터에게 다가갔다.

"좋아요. 만나서 반가워요, 레스터 씨. 난 로데오예요. 여긴 우리

집, 에거예요. 대시보드에서 자는 쓸모없는 고양이는 아이반이에요. 저기 말만 많고 아는 건 없는 여자애는 코요테고." 로데오는 턱을 내리더니 레스터의 눈을 가만히 봤다. 레스터도 마주 봤고, 로데오의 눈빛에서 친절함을 보고 온몸의 긴장을 조금 푸는 것이 보였다. "우리랑 한동안 함께 갈 의향이 있어요?"

레스터는 미소를 지었다. 고개를 젓더니 낮게 흐흐 웃었다.

"음, 네. 그런 거 같네요."

"좋아요. 우리도 같이 가고 싶어요. 질문에 대답한 다음에요. 준비됐어요?"

레스터는 어깨를 으쓱이더니 고개를 끄덕였다.

"좋아요. 제일 좋아하는 책이 뭐죠?"

레스터는 망설임 없이 답했다.

"『그들의 눈은 신을 보고 있었다』. 조라 닐 허스턴 책이요."

로데오는 미소를 지었다. 좋은 답이었다. 로데오가 가장 좋아하는 책 중 하나였다. 버스 책장에 다 낡은 문고판이 한 권 있었다.

"좋아요. 레스터, 그럼 이 행성 안에서 제일 좋아하는 곳은 어디죠?"

레스터는 입을 오므렸다. 로데오에게서 시선을 거둬 어딘가 먼 곳을 응시했다. 생각에 잠긴 표정이 됐다. 입가에 비밀스러운 미소가 떠올랐다. 부드럽고 작은 미소였다.

"해변이 있어요." 마치 혼잣말 같은 목소리였다. "조지아 주에. 예전엔 여름에 거길 갔어요. 어릴 때요. 외가 친척들을 만나러. 하

84

루 종일 물속에서 놀았어요. 사촌들이랑 형이랑 누나랑. 해가 지도록 놀았어요. 어두운 데서 물장구를 치고. 한 해는 불꽃놀이도 했어요. 엄마는 매년 여름 그 해변에 갔을 때만 그렇게 웃었던 것 같아요. 다른 데선 그런 웃음소리는 듣지 못했어요. 다시 어린애가 된 것처럼 웃었거든요."

잠시 정적이 흘렀다. 레스터는 눈을 깜빡이더니 로데오에게 돌아왔다.

"거기요. 거기가 제일 좋아하는 곳이에요."

로데오는 숨을 크게 들이쉬었다. 그리고 멈췄다. 코로 천천히 내쉬었다. 입을 열자 속삭임이 흘러나왔다.

"마지막 질문이에요, 레스터. 제일 좋아하는 샌드위치는 뭐죠?"

레스터는 로데오를 빤히 봤다. 그리고 첫 질문처럼 빠르게 대답했다.

"노스캐롤라이나 주 그린즈버러에 있는 스테이미스 바비큐 Stamey's Barbecue의 풀드포크 샌드위치요."

나는 다시 미소를 지었다. 어떤 질문에도 풀드포크 샌드위치는 좋은 대답이다. 재빨리 로데오를 봤다.

로데오는 고개를 돌려 나를 보고 있었다.

나는 눈썹을 추켜올렸다.

로데오는 한 번 고개를 끄덕이더니 얼굴 가득 미소를 지었다. 로데오는 그런 사람이었다. 마음을 일단 정하면, 뇌에 전달되자마자 바로 얼굴에 드러나는 사람. 솔직히 가끔은 얼굴에 먼저 드러날 때도 있다.

"좋아요." 로데오가 레스터에게 말했다. "승차권을 얻었네요."

레스터는 한숨을 쉬더니 고개를 젓고는 허리를 굽혀 가방을 들었다.

로데오의 표정이 어두워졌다.

"잠깐만요." 로데오는 레스터가 든 가방을 봤다. "마지막으로 하나만 더. 거기 뱀 들었어요?"

"뱀이요?" 레스터가 외쳤다.

"리노에서 그런 커다란 가방을 든 히치하이커를 태운 적이 있는데," 내가 설명했다. "그런데…… 음, 일이 꼬였거든요."

레스터는 나를 한 번 보더니 로데오를 봤다.

"아뇨. 제 가방엔 뱀 없어요."

로데오는 미소를 짓고 하품을 하더니 버스 문을 밀어 열었다.

"환영해요, 동지. 편하게 지내요. 토마토도 마음대로 먹고."

레스터는 다시 고개를 저었다. 대체 자기가 무슨 짓을 하는 것인가 진지하게 생각 중인 것 같았다. 그것 역시 그가 통찰력 있고 예민한 사람이라는 신호였다. 그리고 그는 어깨에 가방을 걸머지고 우리 버스로 다가왔다.

"포크찹 샌드위치는 왜?" 그가 내게 물었지만 나는 고개만 젓고 안으로 들어오라고 손짓했다. "얘기가 길어요, 레스터. 어서 와요."

그렇게 레스터는 집으로 가는 우리의 여정에 합류했다.

11

"그래서, 태미랑은 어떻게 된 거예요?" 나는 사과를 한입 베어 물고 레스터에게 내밀며 물었다.

레스터는 고맙지만 사과는 됐다며 고개를 저었다. 우리 둘은 뒤쪽 소파에 앉아 있었다. 아이반은 내 무릎에서 가르룽거렸다. 로데오는 혼잣말을 중얼거리며 운전하고 있었다. 레스터와의 만남으로 잠이 깬 참에 자동차 열쇠를 넘기기 전에 몇 킬로미터 더 갈 수 있었다.

"아…… 이야기가 길어." 레스터가 내게 대답했다.

그는 등을 꼿꼿이 세우고 눈으로는 우리집을 살피며 팔로는 무릎에 올려둔 가방을 끌어안고 뻣뻣하게 앉아 있었다. 분명 긴장한 상태였고 후회가 얼굴에 구름처럼 지나가는 게 보였다. 후회가 점점 심해지는 것 같기에 자극이 되는 대화와 신선한 과일이 긴장을 푸는 데 도움이 될 거라고 생각했다. 아, 그리고 고양이도. 고양이는 사람을 편안하게 해준다. 그건 사실이다. 그래서 아이반을 내 무릎에서 들어 레스터에게 건넸다.

"여기요. 안을 수 있어요? 다리가 저려와서."

레스터는 그다지 내키지 않는 표정으로 아이반을 봤지만 가방을 내려놓고 아이반을 받았다. 그가 자기 다리 위에 올려놓자 아이반은 쿵쿵거리며 빙글 돌았지만 세계 최고의 고양이답게 곧장 자리를 잡았다. 레스터는 녀석을 쓰다듬어줬고 조금 긴장을 푸는 것 같았다.

"시간은 많아요, 레스터. 그래서 누군데요? 여자친구? 누나? 부인?"

레스터는 대답을 해야 할지 말지 생각하며 나를 훑어봤다.

"이봐요." 내가 말했다. "서로에 대해 알아야죠. 내가 로데오에게 레스터를 소개했잖아요. 이제 나를 태미에게 소개해줘요." 나는 사과를 다시 내밀었다.

레스터는 어깨를 으쓱이더니 사과를 받아 한입 베어물고 다시 내게 건네고는 씹으며 말했다. "여자친구라 해야겠지, 아마."

"여자친구라 해야겠지, 아마라고요? 허. 가까운 사이 같던데."

레스터가 날 노려봤다.

"좀 복잡해."

나는 사과를 아삭 베어물고 건네면서 고개를 저었다.

"아뇨. 사랑은 보이는 것처럼 복잡하지 않아요."

레스터가 눈을 반짝였다.

"사랑을 아주 잘 아나 보네?"

나는 이 사이에서 사과 껍질을 떼어냈다.

"좀 알죠."

"정말?"

"네, 정말이에요. 저기 맨 아랫단에 꽂힌 책들 보이죠?" 나는 사과로 책장을 가리켰다. "저게 다 내 책이에요. 내 방엔 더 있어요. 전부 다 읽었고, 두 번 읽은 것도 있어요. 그리고 맨 위 칸 보여요?

저건 로데오의 책이에요. 어른용 책이죠. 저것도 거의 다 읽었어요. 그런데 이 세상의 책은 사실 죄다 사랑에 관한 거예요. 안 그런 것 같아도 따지고 보면 다 그래요. 그러니까 나도 사랑에 대해서 좀 알죠."

레스터는 눈을 깜빡이더니 어른들이 다 안다는 듯 잘난 척하는, 사람 미치게 만드는 미소를 지었지만 나는 밀어붙였다.

"그러니까…… 내 첫 질문에 대한 대답을 감안하면 태미는 옛날 여자친구이든가 언젠가 여자친구가 되길 바라는 상대군요. 어느 쪽이에요?"

레스터는 사과를 두 입 더 베어물고 돌려주고는 대답했다.

"둘 다랄까."

"아, 알겠어요. 아저씨는 실연당하고 혼자 남았고 태미는 보이시로 떠났군요. 그런 거 백 번은 읽었네요."

"그러냐."

"네. 그럼 태미는 다른 남자 때문에 떠난 거예요?" 나는 사과를 받으려고 손을 뻗었지만 레스터는 굳은 얼굴로 세 번 더 우적우적 씹어 씨만 남겼다.

레스터는 한숨을 쉬었다. '왜 내게 이런 일이 벌어지지, 그리고 어떻게 벗어나지' 하는 한숨이었다. 그는 고개를 푹 숙이더니 나를 노려봤다.

"자세히 말해주기 전까지 포기 안 할 거지?"

"절대."

그는 다시 한숨을 쉬었지만 두 번째는 '그래 좋다, 그냥 될 대로 돼라' 하는 한숨이었다.

그리고 내게 털어놨다.

레스터 워싱턴은 스트릿 킹즈라는 블루스 계열의 밴드에서 베이스를 연주했다. 나에게는 정말 근사하게 들렸다. 음악과 스트릿 킹즈 이야기를 할 때 그는 얼굴이 확 밝아졌다. 로데오가 타코 트럭 이야기할 때와 비슷하지만, 그보다도 더 밝았다. 그러니 대단한 거라 할 수 있다. 레스터와 음악은 나랑 아이반 같다고 보면 된다. 나랑 아이반은 마카로니와 치즈 같은 관계이니 운명적인 사이란 뜻이다.

그런데 보이시의 태미는 생각이 달랐던 것 같다. 레스터가 자세한 내용을 좀 생략했지만, 태미는 '꿈을 이루려고 살아가는 가난한 음악가'의 모습에 별로 관심이 없었던 듯했다. 레스터는 대학에서 미디어학을 전공했고 태미는 그걸 잘 써먹어야 한다고 생각했지만, 레스터가 음악에 더 시간을 쓰려고 싫어하던 직장을 그만두자 태미는 떠났다. 그 후 플로리다 주를 아예 떠나버렸다.

거짓말하지 않겠다. 나는 태미가 별로 마음에 들지 않았다. 하지만 태미 입장의 이야기도 들어봐야 한다고 나 자신에게 말했다.

"내가 타이를 매면 자기는 반지를 끼겠대."

나는 멍하니 레스터를 봤다.

"진짜 직장을 얻으면 결혼하겠다고." 레스터가 설명했다.

"스트릿 킹즈는 어떻게 하고요?" 내가 물었다.

레스터는 어깨를 으쓱였다.

"보이시에도 밴드는 있을 거야. 주말에 연주하든가 해야지."

다른 사람들은 어떨지 모르지만, 난 주말에만 마카로니에 치즈를 얹어 먹는 건 상상할 수 없다. 하지만 사랑은 미친 짓이다. 나도 그건 안다. 태미가 레스터의 짝이라면, 태미와 다시 만나기 위해 보이시로 가는 것보다 더한 일도 해야 할지 모른다. 나는 정말로 그런 생각이 들었다, 레스터가 태미를 위해 하는 일은…… 정말 대단한 것이라고. 그는 태미를 사랑했고 그래서 이를 악물고 힘든 일을 하는 것이었다. 태미에겐 중요한 일이었으니까. 태미를 위해 그렇게 하다니, 좋은 일이었다.

"좋아요." 내막을 알게 되자 내가 말했다. "음, 태미를 되찾는 데 행운이 함께하길 바랄게요, 레스터."

레스터는 혀로 이에 낀 사과 조각을 빼냈다.

"고마워. 응원해주니 기쁘네."

"당연하죠. 그럼 말해봐요. 이미 헤어진 사람을 찾아가기에 보이시는 정말 멀잖아요. 태미는 어디가 그렇게 대단해요?"

"그걸 내가 왜 말해야 하지?"

"좋은 연습 기회잖아요. 태미에게 다시 고백할 거 아니에요? 잘 말해야 돼요. 나한테 해봐요. 태미의 어떤 점이 좋아요?"

레스터는 잠시 망설이더니 어이없다는 듯 눈알을 굴리고는 소파에 기대 내 눈을 봤다.

"태미는 웃는 게 굉장해." 레스터가 입을 열었다. "꼭 음악 소리 같아. 또 태미는 거의 늘 밝아. 그렇지 않을 때는 빨리 분위기를 바꾸거든." 레스터는 내게서 시선을 돌리고 입가에 작은 미소를 지었다. "그리고 누군가 우울해하면 무슨 짓을 해서라도 기운을 북돋워주지."

레스터는 다시 나를 봤다.

"그거," 그가 말했다. "그게 내가 사랑하는 태미의 좋은 점이야."

나는 고개를 저었다.

"아니에요, 레스터. 우리가 아홉 개 주나 가로지르면서 레스터를 데려다줄 만하다고 설득하려면 그보다 잘 설명해야죠."

레스터는 고개를 젖혔다.

"뭐? 그게 뭐가 어때서?"

"아무나 태미를 사랑할 이유밖에 안 되잖아요. 아니, 나도 태미를 만나면 그래서 사랑할지도 모르죠. 레스터가 태미를 사랑하는 이유는 말하지 않았어요."

레스터는 의심쩍은 표정으로 나를 노려봤다.

"알았어요, 자." 나는 버스 앞을 가리키며 설명했다. "저기 로데오를 봐요. 로데오가 머리카락이라고 부르는 저 지저분한 깔개를 뚫고 들어갈 수 있으면, 누구나 로데오를 사랑할 이유가 많아요. 모든 사람에게 친절하고, 낯선 사람을 도와주고, 남의 말 들어주기로는 금메달리스트거든요. 다 훌륭하죠, 그렇죠? 하지만 그건 내가 로데오를 사랑하는 이유랑은 달라요."

레스터는 콧방귀를 뀌었다.

"그럼 너는 왜 사랑하는데?"

나는 잠시 생각했다.

"내일 로데오의 얼굴에 침을 뱉고 로데오가 좋아하는 책들을 죄다 창밖으로 던지고 온갖 나쁜 욕을 다 해도 날 조금도 덜 사랑하지 않을 거니까 사랑해요." 버스가 덜컹거리며 흔들렸다. 로데오를, 음악에 맞추어 흔들리는 덥수룩한 뒤통수를 가만히 봤다. "내 인생 최악의 날에 날 안아주고 안아주고 안아주고 그 손을 놓지 않아서 사랑해요." 목청을 가다듬으려고 했지만 잘 안 돼서 쉰 소리로 나지막이 말했다. "내가 사랑하지 않으면 로데오는 망가져버릴 테니까 사랑해요."

창밖을 내다보며 눈을 몇 번 깜빡이고 폐에 공기를 채웠다 비웠다. 레스터의 시선이 느껴졌다. 반대편으로 차 열 대가 지나가는 걸 센 뒤 레스터를 다시 봤다.

"이렇게 해야죠, 레스터. 태미가 왜 완벽한지 말하지 말고, 태미가 왜 레스터에게 완벽한지 말해봐요."

레스터는 곰곰이 강렬한 눈빛으로 나를 지켜봤다. 아이반이 생각나는 눈빛이었다…… 덕분에 레스터의 점수는 더 올라갔다.

"꼬맹이가 알려주기엔 엄청 지혜로운 말이네." 레스터가 한참만에 말했다.

"난 곧 열세 살이에요. 그리고 내 지혜도 아니고."

"그래?" 레스터가 씩 웃었다. "그럼 누가 해준 얘기인데?"

"그, 그건…… 예전에……" 나는 목소리를 낮추고 로데오를 보며 말했다. "엄마가 해준 말이에요." 엄마 이야기는 절대 금지였고 얘거에 타고 엄마 이야기를 하는 건 교회에서 방귀뀌는 짓이나 다름없었다. 하지만 레스터가 귀 기울여 들어주었기 때문에—그리고 그때 나는 비밀 임무를 수행하고 있었기 때문에—잠시쯤은 그 규칙을 어기는 게 어렵지 않았다. "엄마가 나랑 언니랑 동생한테 서로 편지를 쓰라고 한 적이 있어요. 서로에 대해서 뭘 가장 사랑하는지. 서로의 장점만 쓰는 게 아니라, 우리만 아는 독특하고 특별한 점이어야 한다고, 우리가 서로 뭘 사랑하는지 써야 한다고 했어요. 동생은 글을 몰라서 엄마가 써줘야 했지만, 어쨌든 우리 모두 편지를 썼어요. 나랑 언니, 동생이 자리에 앉아서 서로의 어떤 점을 사랑하는지 적었어요."

레스터는 흔들리는 버스를 돌아봤다.

"엄마랑 언니, 동생은 어디 있어?"

나는 청바지 솔기에서 삐져나온 실밥을 뜯었다.

"아." 실밥을 더 풀지 않고 뽑으려고 당기며 대답했다. "죽었어요, 레스터." 나는 재빨리 레스터를 올려다봤다. 그가 들척지근한 동정 어린 표정을 짓지 않아서 좋았다. 고개를 돌리지 않아서 좋았다. 혀를 차거나 입술을 깨무는 멍청한 짓을 하지 않아서 좋았다. "하지만 우리가 그 편지를 쓴 건 다행인 것 같아요."

18륜 대형 트럭을 지나쳤고, 잠시 트랙터-트레일러의 우레 같은 소리에 파묻혔다.

앞에서 로데오가 보란듯이 기지개를 켜며 요란한 하품 소리를 냈다.

"으아!" 로데오가 외쳤다. "여러분, 난 이제 더 못 가겠어." 로데오는 얼굴을 몇 번 치더니 방향등을 켜고 예거를 출구 램프 쪽으로 이동시켰다. 고속으로 달리던 버스가 감속하면서 덜덜거렸다.

"레스터가 운전할 차례 같네요." 나는 레스터의 무릎을 쿡 찌르고 일어나서 소파 팔걸이에 기대 균형을 잡았다.

레스터는 여전히 날 보고 있었다.

"언니랑 동생이 뭐랬어?" 레스터가 물었다. "너의 어떤 점을 사랑한대?"

"몰라요. 편지를 안 읽었으니까."

레스터가 눈을 깜빡였다.

"그럼 편지를 어떻게 했는데?"

나는 그를 지나쳐 버스 앞으로 갔다. 화장실에 다녀올 휴식 시간이 간절했다.

"상자에 넣어서 공원에 묻었어요." 내가 대답했다.

돌이켜보면 그다음에 일어난 일은 내 잘못이기도 했지만, 로데오에게도 그걸 인정한다고 말할 생각은 없다. 로데오를 그렇게 쉽게 봐주고 싶지 않으니까.

모든 건 로데오와 레스터가 지도를 보고 옥신각신하면서 시작되었다.

우리는 플로리다 주 게인즈빌 외곽 어딘가 주유소에 와 있었다.

해가 졌고 밤의 냄새가 나기 시작했다. 서쪽 지평선에는 아직 자줏 빛이 조금 남아 있었지만 빠르게 저물고 있었다. 어둠이 깔리고 있 었다.

로데오는 차 열쇠를 넘기고 싶어하지 않았지만, 레스터는 이미 예거를 다루는 법을 배우고 첫 운전 당번을 맡을 준비를 했다. 껌 을 씹으면서 노래를 흥얼거리며 주유소 화장실에서 돌아와보니 둘은 주유가 끝나기를 기다리면서 주차장에서 다투고 있었다.

"진심으로 하는 말인데, 휴대폰을 쓰는 게 좋아요." 레스터는 내 가 소용없다고 한 소리를 하고 있었다. "종이 지도를 쓰다니 미쳤 어요."

로데오는 손에 지도책을 펼쳐 들고 차분히 웃고 있었다.

"그런가? 휴대폰은 하는 걸 내 지도가 뭘 못 한다는 거요?"

"지금 농담하는 거예요?" 레스터가 더듬거렸다. "전부 다요! 이 거 봐요." 레스터는 로데오가 화면을 볼 수 있게 어깨를 나란히 하 고 섰다. "가고 싶은 곳을 입력하기만 하면 전체 경로가 다 나와요. 어디서 꺾어야 하는지도. 얼마나 걸릴지도. 공사가 있는지 차가 밀 리는지 뭐든 다 알려준다고요."

나는 흥미가 동했다.

"나 좀 보여줘요." 내가 말하며 그들 사이에 껴들었다. 눈앞에 보이는 알록달록한 화면은 경이로웠다. 사람들이 휴대폰을 가지고 논다는 말은 늘 들었지만 나로서는 전화를 걸 때 빌려 써본 것이 전부였다. 레스터의 전화기에는 지도가 컬러로 또렷이 보였다. 우리가 있는 곳부터 "보이시"라고 적힌 빨간 압정 사이에 파란 선이 있었다. 화면 맨 밑에 "삼십육 시간(4,029킬로미터)"이라고 적혀 있었다. 치실도 나눗셈도 필요 없었다. 기적이었다.

나는 재빨리 셈을 했다. 아직 수요일 아침까지는 육십 시간이 있었다. 충분한 시간 같았다. 헤매거나 빈둥거릴 시간은 없었지만, 늦지도 않았다.

레스터와 로데오를 향해 환한 표정을 지었다.

"이거 끝내준다." 내가 말했다.

레스터는 끄덕였다.

로데오는 찌푸렸다.

"아야, 내 등에 꽂은 칼 좀 빼줄래, 귀염둥이? 영혼에 독을 풀어 넣는 이런 매정한 기계 때문에 날 배신할 거니?"

로데오는 부풀려 말했고, 나는 지도와 시간표 때문에 머릿속이 어지러웠다.

"나는 자러 갈래." 거짓말이었고, 방에 누워 보이시에서 뷰트가 아니라 보이시에서 집까지 가는 계획을 세울 생각이었다. 지나가면서 손가락으로 로데오를 겨누었다. "이번 크리스마스 선물로는 휴대폰이 좋겠어."

로데오는 무시무시하다는 듯 비명을 질렀고 나는 그들이 의논하도록 뒀다. 예거의 계단을 오르는데 배에서 꼬르륵 소리가 났다. 어깨를 으쓱이고 돈통에서 지폐를 몇 장 들고 방향을 틀어 주유소로 다시 갔다. 등 뒤에서 로데오가 자기 지도는 전기를 꽂을 필요가 없다고 하는 소리가 들렸지만 고개를 젓고 계속 걸었다.

그리고 그 꼬르륵 소리 때문에 나는 엄청난 사건에 휘말리고 말았다.

어깨너머를 돌아보지 않는 것이 화근이었다. 그래서 로데오가 예거에서 노즐을 뽑아 주유기에 다시 거는 걸 못 봤다. 그리고 로데오와 레스터가 계속 지도와 휴대폰 이야기를 하면서 예거에 올라타는 것도 못 봤다. 문을 닫는 것도 못 봤다.

내가 본 것은, 몇 분 뒤 콘넛츠를 우물거리며 나와보니 버스도 히피도 없는 텅 빈 주차장이었다.

12

나처럼 길에서 사는 아이는 그렇게 혼자 남아도 멀쩡하겠지 생각하는 사람들도 있을 것이다. 주유소와 편의점이 서식지나 다름없으니 어깨나 한번 으쓱이고 눈알을 굴린 뒤 앉아서 두 얼간이가 상황을 파악하고 돌아오길 기다릴 거라고 생각할지도 모르겠다.

하지만 그 이론에는 문제가 있다. 사실이 아니라는 문제가. 사실은, 아무리 칠칠맞은 로데오여도 이런 일은 처음이라는 것이다. 그와 레스터가 플로리다 주 게인즈빌에 날 두고 간 그 순간까지 나는 오 년 동안 로데오에게서 60미터 이상 떨어진 적이 없었다. 일곱 살 때 이후 나는 목욕 시간 이상으로 로데오의 시야에서 벗어난 적이 없었다.

그래서 내가 하려는 말은, 밖으로 나와 버스가 사라진 것을 보고 내가 그다지 침착하지 않았다는 것이다.

이게 뭐지 싶어서 약 이 초간 눈을 깜빡였고, 그 뒤로는 당혹감에 사로잡혔다.

먹던 콘넛츠가 목에 걸려 기침을 하고 웩웩거렸다. 배 속이 마구잡이로 뒤집혔다. 호흡이 가빠지고 콘넛츠 봉투를 떨어뜨리고 보도로 달려가 양쪽을 마구 살폈다. 버스는 보이지 않았다. 돌아서서 절망에 빠져 주차장을 다시 살폈다. 혹시 아까 버스를 못 본 게 아닌가 하고.

그런 건 아니었다.

"괜찮아." 이렇게 말하는 내 목소리가 너무 높고 두려움으로 가득해서 사실 더 겁이 났다. "괜찮아. 괜찮아, 괜찮아, 괜찮아. 어떡하지. 괜찮아. 어떡하지." 눈을 감고 심호흡을 길게 했다. 다시 눈을 떴다.

아직도 버스는 없었다.

머릿속으로 따져봤다. 그들은 내가 버스에 타는 걸 봤지만 나는 다시 내렸다. 그들은 지도냐 휴대폰이냐 하는 대화에 정신이 팔렸다. 커튼이 내 방을 가리고 있었다. 내가 방에 돌아가 책을 읽거나 잔다고 생각했을 것이다.

"로데오가 알아차릴 거야." 나는 차분하고 자신 있는 목소리를 내려고 노력하며 크게 말했다. "노력"을 했다는 말이지, 실제로 그리됐다는 말은 아니다. 내 목소리에서 겁에 질린 떨림이 들렸다. "로데오는 어떻게 된 일인지 알 거야. 나를 어디서 두고 왔는지 정확히 알 거야. 곧바로 돌아올 거고 로데오는 페달을 바닥까지 꾹 밟을 거야. 언제라도 부릉부릉 달려올 거야." 나는 혼자 고개를 끄덕였지만 손은 떨렸고 금방이라도 콘넛츠를 토할 것 같았다. 곧바로는 아닐지도 모른다는 걸 알고 있었으니까. 로데오는 피로에 쩔어 눕고 싶었을 것이고 레스터는 아마 예거를 모는 데 집중할 것 같았다. 로데오가 방금 휘발유를 채웠으니 열두 시간이 지나서 나를 두고 간 걸 깨닫는다면? 그러면 돌아오는 데 이십사 시간이 걸릴 것이다. 로데오에겐 휴대폰이 없었다. 레스터에겐 있지만 나는 번호를 몰랐다.

나는 미아가 됐다. 혼자였다. 그렇게 혼자 미아가 된 적은 태어난 뒤론 없었다.

그리고 로데오는, 어딘가 도로 한가운데서 깨어날 것이고…… 나는 거기 없을 것이다.

"오, 이런." 나는 한숨을 쉬었다. "로데오는 죽고 말 거야. 착한 로데오는 미치고 말거야." 두려움에 배까지 아팠다.

주위를 둘러봤다. 식당은 없었다. 공원도 공공도서관도 아무것도 없었다. 심지어 거긴 좋은 주유소도 아니었다. 주차장 한쪽 귀퉁이에 낡은 차 한 대가 있었고 누군가 운전석에 앉아 있는 것 같았다. 그것 말고는 사방이 완전 휑했다.

내가 완전히, 절대적으로 혼자가 아닐 때는 별 상관없었던 어둠이, 갑자기 굉장히 큰일처럼 느껴졌다. 거기 서 있는 동안, 마지막 남은 석양의 자주색이 검정으로 변했다. 나는 침을 꿀꺽 삼켰다. 그냥 혼자 버려진 게 아니었다…… 밤에 혼자 버려졌다. 눈을 따갑게 하던 눈물 한 방울이 점점 무거워지더니 뺨을 뜨듯하게 적셨다.

그때 전조등 한쌍이 고속도로 출구 램프로 나오더니 내 쪽으로 다가왔다. 차가 주유소로 접어들면서 나는 전조등 불빛에 잠시 꼼짝 못했고, 젖은 뺨을 문지르며 눈을 찡그렸다. 빨간색 에스유브이는 나를 지나쳤고 조수석에 앉은 여자가 목을 쭉 뽑고 나를 두 번 봤다. 여자는 이맛살을 찡그리고 운전하는 남자에게 뭐라고 중얼거렸다. 문득 고속도로변 어둠 속에서 혼자 훌쩍이는 내 모습이 어떨지 깨달았다. 고속도로 휴게소나 주유소에 혼자 있는 아이들은 나쁜 사람들이나 '세상에 저 여자애 괜찮을까, 경찰에 신고해요 여보' 류의 지나치게 관심이 많은 여자들의 시선을 끌기 마련이다.

그 아주머니의 표정이 마음에 들지 않았다. 오지랖이 보통 넓어 보이는 게 아니었다. 하지만 다른 데로 갈 수는 없었다. 언제일지 몰라도 로데오가 여기로 날 찾아올 테니까. 여기서 기다려야 했지만 눈에 띄지 말아야 했다. 어서.

아주 정상적이고 행복하며 '전혀 겁이 나거나 버려지거나 위험에 처하지 않은' 애들은 주유소에서 뭘 할까?

"슬러시를 사 먹지." 나는 떨지 않으려고 애쓰면서 소리 내어 말하고는 눈물을 떨쳐냈다. 혼자 고개를 끄덕인 뒤, 빙 돌아서 주유소로 돌아가 입구 쪽에 주차하는 에스유브이를 지날 때는 전방을 주시하면서 여유롭고 침착한 미소를 지었다.

다시 안으로 들어가니 직원은 이상하다는 표정을 지었지만 수염을 쓰다듬느라 정신이 팔려 별다른 문제를 일으키진 않았다. 좀 전에 보지 못했던 아이가 감자칩 진열대를 살피고 있었고, 내가 지나가니 한번 쳐다봤다. 나는 뒤쪽 구석의 슬러시 기계로 다가갔다. 기계는 알록달록한 색깔의 맛을 돌리면서 요란하게 윙윙거리고 있었다.

"설마, 농담하는 거지." 나는 라벨을 읽고 중얼거렸다. "와일드 워터멜론."

지금 내게 닥친 문제 위에 온 우주가 지독한 불운을 더하는 게 틀림없었지만, 문이 열리면서 좀 전의 차에서 내린 아주머니가 들어오는 소리가 들려서 어쨌든 컵을 들었다. 레버를 당기고 컵에 그 사악한 슬러시를 담고 돌아서보니, 과연 그 아주머니가 걱정스러운 얼굴로 바로 뒤에 서서 휴대폰을 쥐고 있었다.

"애, 안녕." 아주머니는 이맛살을 찡그린 채 조심스러운 목소리로 말했다. 나를 궁지에 몰린 사슴쯤으로 여기는 듯했다.

"안녕하세요." 나는 지나가려고 걸음을 옮겼다. 아주머니는 재빨리 나를 막아섰다.

"미안하지만, 괜찮니?" 아주머니는 촉촉하고 굶주린 눈으로 내 얼굴을 살피며 뭔가 실마리를 찾으려고 들었다.

이런 경우 두 가지 방법이 있었다. 나는 허세 쪽을 선택했다.

"아뇨." 아주머니는 눈썹을 추켜올렸고 나는 흥분에 번득이는 두 눈을 봤다. 아주머니가 입을 열기 전에 내가 먼저 떠들기 시작해 말할 기회를 가로챘다. "기후 변화가 우리 지구를 망치고 있어요. 산호초가 죽어가고. 수없이 많은 종들이 무시무시한 속도로 멸종하고 있죠. 꿀벌의 군집들이 붕괴하고 있어요. 아마존 삼림 벌채 소식은 들어보셨어요?" 로데오가 읽게 한 『내셔널 지오그래픽』잡지들이 값어치를 하고 있었다. 나는 고개를 젓고 슬러시를 빨았다. 예상보다 더 심한 맛이었다. "세상은 엉망이에요, 아주머니. 괜찮은 건 아무것도 없어요."

아주머니는 당혹감에 이맛살을 찡그렸다. 나는 지나가려고 했지만, 아주머니는 다시 움직여 나를 분명히 막아섰다. "아니……그게 아니라. 너 괜찮냐고."

"아, 저요? 전 끄떡없죠. 실례할게요."

하지만 아주머니는 꿈쩍도 하지 않았다.

"부모님은 어디 계시니?"

나는 이를 꽉 물었다. 꽤나 끈질긴 사람이었다.

"아빠는 휘발유 넣으러 갔어요. 곧 돌아올 거예요."

아주머니는 인상을 썼다.

"여기가 주유소인데. 왜 여기서 주유를 안 하셨지?"

젠장. 수박 맛 화학물질 때문에 정신이 없어서 거짓말을 제대로 못했다.

"아빠는…… 가격에 예민하시거든요. 다음 출구에 있는 주유소가 갤런당 오 센트 싸대요."

"그럼 넌 왜 여기 두고 가셨어?"

나는 이를 악물었다가 컵을 들어 보였다.

"슬러시 때문에요."

아주머니는 눈을 가늘게 떴다.

"다음번 주유소에선 슬러시를 안 파니?"

한번 문 뼈를 절대 놓지 않는 사람이었고, 난 슬슬 거짓말이 바닥나고 있었다. 나를 놔주지 않을 것 같아서 돌아서서 반대쪽, 가게 뒤쪽으로 향했다.

"화장실이 급해요." 겨드랑이가 뜨겁고 간질거렸다. 계획대로 될 것 같지 않았다.

화장실은 세상에, 잠금 체인이 달린 일인용이었다. 아주머니가 곧바로 나를 따라 나와 화장실 앞에서 기다릴 것 같았다.

나는 찬물로 세수를 한 뒤 살그머니 문 쪽으로 갔다. 체인은 걸어둔 채 문을 조금 열고 밖을 내다봤다.

아주머니는 카운터에서 남편으로 보이는 대머리의 덩치 큰 남자 옆에 서 있었다. 귀에 휴대폰을 대고 있었는데, 뭐라고 하는지 겨우 알 수 있었다.

"네. 혼자서요. 밤중에. 게다가 울고 있었어요. 글쎄요, 열두 살이나 열세 살? 아뇨. 뭐라고 하긴 했지만 거짓말이 분명해요. 네. 네. 경찰관들이 도착할 때까지 붙잡아놓겠어요."

심장이 툭 떨어졌다. 문을 꽉 닫고 거기에 이마를 대고 있었다.

"어쩌지." 내가 중얼거렸다.

일반적으로 경찰은 로데오와 나의 라이프스타일을 바람직하게 여기지 않았다. 경찰은 질문을 하기 시작할 때 늘 의심도 같이 시작했다. 그들은 늘 내가 유괴당했다거나 하는 식으로 생각하는 것 같았다. 로데오가 가끔 범죄자처럼 보인다는 건 인정한다. 하지만 그거야말로 표지만 보고 책을 판단하는 일이다. 경찰관이 놔줄 때까지 몇 시간이 걸린 적도 있었다. 덴버에서는 이틀 동안 잡혀 있다가 할머니가 전화를 하고 우리 살던 곳 보안관에게 전화로 확인한 뒤에야 로데오가 아동 유괴범이 아니라는 걸 믿고 놔줬다. 그리고 이번엔 로데오가 밤에 나를 버리고 갔다는 사실이 우리가 이 상황에서 빠져나가는 데 도움이 되지 않을 것 같았다. 나한테는 이틀이나 낭비할 시간도 없었다.

평소에도 그다지 위로가 되지 않는 수박 맛 슬러시는 배 속에서 구역질을 일으키고 있었다.

화장실 문을 조용히 두드리는 소리가 났을 때 나는 깜짝 놀랐다. 사실 노크도 아니었다. 손가락 끝으로 두드리는 소리였다.

젠장. 정말 끈질긴 아주머니였다.

"사람 있어요." 나는 아주 단호한 목소리로 말했다.

두드리는 소리가 더 작게 다시 들려왔다. 누군가 비밀 노크를 하듯이.

오지랖 넓은 아주머니가 하는 노크 같지 않았다.

나는 손잡이를 돌려 문을 아주 조금 열었다.

아무도 보이지 않았다. 고개를 숙이기 전까지는.

아까 봤던 아이였는데, 그 애는 문 앞에서 웅크린 채 커다랗고 진지한 갈색 눈으로 날 올려다보고 있었다.

"탈출하게 도와줄 수 있어." 그 애가 말했다.

13

"여긴, 음, 화장실이야." 나는 그 아주머니에게 들키지 않으려고 작게 말했다.

아이는 나를 보고 이맛살을 찌푸렸다. 남미계 아이였고 청바지와 흰 티셔츠를 입고 있었다. 머리는 두피가 다 보이도록 바짝 잘랐다. 내 또래 같았다.

"나도 알아." 그 애가 속삭였다. 가게 앞을 향해 고갯짓했다. "저 아줌마가 널 경찰에 신고했어."

"어, 들었어."

"도움이 필요해?"

나는 어이없다는 듯 눈알을 굴렸다.

"경찰만 빼고."

"그래." 그 애가 고개를 저었다. "경찰 때문에 이러는 거야. 그러니까, 탈출하고 싶어?"

그제야 그 애가 간식 진열장 아래로 아주머니의 시선을 피할 수 있도록 몸을 숙이고 있다는 걸 깨달았다.

"탈출"은 굉장히 극적인 단어이긴 했다.

하지만 상황이 된다면……

"응." 나도 그 애에게 속삭이려고 허리를 숙이고 말했다. "그런 것 같아."

그 애가 끄덕였다.

"좋아. 남자 화장실에 창문이 하나 있어."

나는 그 애를 빤히 봤다.

"빠져나갈 수 있을 만큼 커." 그 애가 설명했다. "주차장 뒤편 우리 차에 엄마가 있거든. 엄마한테 살바도르가 보냈다고 해. 좀 이따 거기서 봐."

나는 손을 뻗어 체인을 푼 뒤 몰래 빠져나갈 만큼만 문을 열고 다시 닫았다.

내가 옆에 다가가서 웅크리자 살바도르가 내 슬러시를 향해 손을 뻗었다.

"하지만 먼저, 그거 줘."

"뭐? 도와준 대가를 내놓으라고? 슬러시로?"

"아니," 그 애는 나를 바보 취급하듯 말했다. "너 그거 돈 안 냈잖아." 그 애는 뒷주머니에서 지갑을 꺼내더니 내게 보여줬다. "내가 계산한 다음에 밖에서 만나."

"아. 그러네. 고마워."

살바도르는 슬러시를 받더니 일어나서 어슬렁어슬렁 계산대로 향했다. 나는 몸을 숙이고 남자 화장실로 몰래 들어갔다.

과연 세면대 위에 작은(하지만 충분히 큰) 창문이 있었다. 남자 화
장실에서는 어서 나갈수록 좋으니 시간을 끌지 않았다. 세면대에
올라선 뒤 창문을 최대한 조용히 열고 빠져나가 검은 아스팔트에
착지했다. 내려가느라 배가 긁히긴 했지만 남자 화장실 창문으로
탈출한 게 처음인 걸 감안하면 꽤 잘한 것 같다.

아까 본 차가 주차장 뒤쪽에 서 있었다. 어둠을 가로질러 운전석
쪽으로 달려갔다.

아주머니가 눈을 동그랗게 뜨고 내다봤다. 나는 괜찮다는 미소
를 짓고 창문을 내려달라고 손짓했다. 아주머니는 일 센티미터쯤
창을 내렸다. 내가 방금 화장실 창문으로 빠져나온 걸 봤으니 당연
한 일이라고 생각했다.

"안녕하세요?" 내가 조금 헉헉거리며 말했다. "살바도르가 보냈
는데요? 그러니까…… 아주머니 차에 숨으라고?" 당장은 경찰 이
야기는 생략하는 게 좋겠다고 생각했다.

아주머니는 친절한 얼굴이었지만, 당연히 확신 없는 표정을 지
었다.

"숨어? 내 차에?"

"네." 나는 다시 더 활짝 웃었다. 짐 가방과 더플백이 쌓여 있는
뒷자리를 가리켰다. "타도 될까요?"

아주머니는 나를 다시 훑어봤는데 문을 열 생각은 없어 보였다.
아주머니를 조금도 탓할 생각은 없었지만 시간이 흐르고 있었다.

어깨너머 고속도로와 주차장을 초조한 기색으로 살폈다. 오지

랗 아주머니나 경찰은 보이지 않았다. 아직은.

"부탁이에요." 내가 말했다. 그때 로데오라면 그 마법의 눈빛과 영혼을 울리는 상냥함을 어떻게 이용할까 생각했다. 느끼한 미소를 거두고 아주머니의 눈을 진지하고 정직하게 바라봤다. 아주머니의 혼란스러운 표정 뒤에는 상냥함과 따스함이 가득했다. 아주머니의 눈에서 그것을 보고 나도 마주 비쳤다. "부탁이에요."

아주머니의 표정이 조금 누그러졌다.

"살바도르에게 무슨 일이 생겼니?"

"아뇨."

"너한테 무슨 일이 생긴 거니?"

"아뇨." 나는 뒤를 돌아봤다. "저기, 그렇게 나쁜 일은 아니라고 약속해요. 그렇지만 차 안에서 말씀드리면 안 될까요? 네?"

아주머니의 표정이 더 굳었지만, 문이 덜컥 열리는 소리가 들렸다. 나는 가방 하나를 치우고 뒷자리에 올라탄 뒤 문을 닫고 보이지 않게 머리를 숙였다.

"감사합니다." 내가 말했다. "감사합니다, 아주 많이요."

아주머니는 고개를 젓기만 했다.

"그래서…… 누구한테서 숨는 거니?" 아주머니의 말에 근사한 스페인어 억양이 묻어나서 보통 말보다 예쁘게 들렸다. 아주머니의 예쁜 말에 내가 처한 듣기 괴로운 상황으로 대답하기 싫었지만 거짓말을 할 때가 아닌 것 같았다.

"음…… 경찰이요."

아주머니가 고개를 홱 돌리는 바람에 나는 깜짝 놀랐다.

"뭐?"

설명을 하려는데, 그 순간 살바도르가 걸어오더니 문을 열고 조수석에 털썩 앉았다.

아이와 엄마 사이에 스페인어 대화가 맹렬하게 오갔다. 아주머니는 놀라며 고개를 젓더니 살바도르가 폴리시아*라고 말하는 순간 스페인어 욕설 같은 소리를 내뱉었다. 아주머니는 그에게 두어 가지 질문을 빠르게 쏘아붙이더니 나를 돌아봤다.

"도둑이나 그런 거 아니지?"

"네."

아주머니는 질문을 이어갔다.

"어디서 도망쳤거나 법을 어긴 것도 아니고?"

"네."

"그럼…… 어떻게 된 거니?" 아주머니가 물었다. "왜 경찰에게서 숨는 거야?"

"이야기가 좀 긴데요." 내가 말했다. "아빠가…… 절 잊고 간 것 같아요. 아 그러니까, 일부러 그런 게 아니라, 제가 버스에 탔다고 생각하고…… 아, 버스 얘기는 중요하지 않아요." 내가 설명을 잘 못하는 건 나도 알았다. "저기요, 아빠가 곧 저를 데리러 올 거예요. 아마 곧 올 거예요. 불법적인 일을 하는 건 절대 아니지만 급히

---

* policía. 스페인어로 경찰을 뜻한다.

가야 할 곳이 있어요. 그래서 경찰관이 캐묻기 시작하면 영 껄끄러울 거라 가능하면 그걸 피하고 싶어요. 저도 알아요······ 별로 믿음직한 얘기가 아니라는 거, 그렇죠?"

살바도르는 잠시 날 보더니 서글픈 미소를 지었다. 자기 엄마와 시선을 주고받았다.

"아니." 아주머니는 차분해진 목소리로 말했다. "이해됐어."

살바도르는 주유소를 돌아봤다. "좋은 소식은, 저 사람들이 네가 아직 화장실에 있다고 생각하는 거야. 나쁜 소식은, 경찰이 확실히 오고 있다는 거고. 그리고 경찰이 화장실을 들여다보고 나면 여길 뒤지는 건 시간문제야."

"내 일에 말려들게 하고 싶진 않은데." 내가 말했다.

살바도르의 엄마는 나를 돌아봤고, 아까 봤던 상냥한 눈빛이 확실히 드러났다.

"그러긴 좀 늦었구나." 아주머니는 따뜻한 손으로 내 무릎을 토닥였다. 그래서 비꼬는 게 아니라 솔직하게 하는 말임을 알 수 있었다.

"아빠는 돌아오고 있어요." 나는 몸을 뻗어 창밖을 내다봤다. "반대편, 남쪽 방향 도로로 올 거예요." 내가 손으로 가리키며 말했다. "반대쪽 램프는 저쪽 다리 건너에 있을 거예요. 저기까지 절 데려가서 내려주고 가시면 아빠가 고속도로를 빠져나올 때 손을 흔들 수 있어요. 이쪽에선 반대편 램프가 보이지도 않으니까 완벽해요."

살바도르가 고속도로 건너편을 봤다.

"그래. 어쩌면 저기까지는 갈 수 있을지도."

"무슨 말이야?"

살바도르는 고개를 저었다.

"우리 차 말이야. 차가…… 상태가 안 좋아. 그래서 여기 서 있는 거야. 고속도로에서 벗어나서 여기까지도 겨우 왔어."

뒷자리를 좀 더 자세히 둘러보니 빨래 뭉치와 음식 포장지, 반대 쪽 문틈에 끼워놓은 베개가 이제야 처음 눈에 들어왔다.

"여기서 얼마나 지냈어?"

살바도르는 어깨를 으쓱였다.

"오늘 아침부터."

오늘 아침? 이딴 주차장에 하루 종일 있었다고?

"뭘 기다리고 있는데?"

살바도르는 중앙 콘솔 박스에서 휴대폰을 들어 보였다.

"티아*한테 전화가 오기를 기다려."

"우리 아빠가 돌아오면 도와줄 수 있어!" 내가 신이 나서 말했다. "차를 고칠 돈을 줄 수 있어! 약속해!"

살바도르의 표정이 굳었다.

"우리가 언제 도와달라고 했어?" 살바도르의 목소리가 갑자기 냉랭해졌다.

---

* tía. 스페인어로 이모나 고모, 숙모 등을 뜻한다.

"음, 아니, 하지만······."

"이 차는 고칠 수 없지만 버스표를 살 돈은 충분히 있어." 살바도르가 말했다. "네 슬러시도 사줬잖아, 기억하지? 이모랑 연락이 돼서 우리가 어느 도시로 가면 데리러 와줄 수 있는지 알아야 할 뿐이야. 네 도움이 필요하다고는 안 했어. 우리가 널 돕는 거지."

살바도르의 목소리는 낮지만 분명했다. 내가 선을 넘었다.

그 애 엄마는 손을 내 무릎에서 거둬 아들 무릎에 올렸다. 눈썹을 추켜올리며 아들을 봤다.

"진정하렴, 미호*." 그러더니 아주머니는 아들에게 스페인어로 몇 마디를 부드럽지만 단호하게 건넸다. 살바도르는 끄덕이더니 시선을 돌렸다.

"아니, 네 말이 맞아." 내가 말했다. "미안해. 도와줘서 고맙고. 아까 나를 수렁에서 꺼내줬잖아." 나는 문을 조금 열었다. "좋아, 저기까진 달려갈 수 있어. 고가도로만 지나면 돼. 다시 한번 정말 고마워—"

"안 돼." 살바도르 엄마가 고개를 저으며 막았다. "문 닫으렴. 주차장을 가로질러 가야 할 텐데 나무도 아무것도 없어서 바로 보일 거야. 우리가 데려다주마."

"그러실 필요······."

"그럴 필요 없는 거 알아." 아주머니가 말했다. "하지만 그렇게.

---

* mijo. '내 아들'을 뜻하는 'mi hijo'의 줄임말.

말대꾸하기 없어. 여자애가 경찰에 잡혀가는 꼴을 여기 앉아서 볼 순 없지."

나는 살바도르를 봤다. 그 애는 으쓱이더니 조금 웃었다.

"엄마랑 말다툼해봐야 소용없어." 살바도르가 말했다. "내 말 믿어. 참, 여기." 살바도르는 슬러시를 넘겨줬다. "한 모금 마셔봤어. 미안해."

"괜찮아." 내가 말했다. "원하는 만큼 마셔."

"아냐, 한 모금 마신 나 자신한테 미안할 정도라고. 맛이 우웩이야." 그 애 입가에 살짝 번지는 미소가 보였다.

나는 컵을 받고 그 애에게 씩 웃었다.

"응, 알아." 내가 말했다.

살바도르 엄마가 시동을 걸자 차가 어찌어찌 살아났다. 완전히 살아난 건 아니었다. 보닛에서 긁히는 소리가 나면서 연기가 났고 뭔가 타는 지독한 냄새가 났다. 하지만 엔진은 끈덕지게 우르릉거리면서 꺼지지 않았고 중요한 건 그거였다.

"고개 숙여." 살바도르의 말에 나는 다시 고개를 숙였고 차가 움직이기 시작해 주차장을 빠져나갔다.

짧은 거리였지만 순항 속도라 부르는 수준에는 한참 미치지 못했다. 차는 덜덜거리고 불쑥 튀어나가곤 했고, 긁히는 소리와 타는 냄새가 상당히 심해졌다. 고가도로를 지나 출구 램프로 내려갈 때는 불쌍한 차에게 너무 무리한 일을 시키는 느낌마저 들었다. 출발부터 도착까지 1킬로미터의 반도 안 되는 거리였지만, 말에게 다리가 세 개뿐이면 헛간에서 놀도록 두는 게 옳은 일 아닐까.

도로에서 벗어나면서 자갈 소리가 들렸다. 살바도르 엄마가 기어를 중립에 넣고 엔진을 죽이자(참고로 "엔진을 죽이다"라는 표현이 이보다 더 적절한 적은 없던 듯하다) 보닛에서 마지막으로 끼익 소리가 나고 흰 연기가 더 뭉게뭉게 솟았다.

"이 차 어디가 안 좋댔지?" 우리 위치를 살피며 물었다.

살바도르는 고개를 저었다.

"전부 다. 150킬로미터쯤 전에 정비소에서 할 수 있는 건 다 해췄는데, 그 아저씨가 주 경계선을 지날 수 있을지 모르겠다고 했어. 문제가 너무 많아서 이 낡은 쓰레기에 수리비용을 대는 게 아까울 거래." 살바도르는 손을 뻗어 먼지 앉은 대시보드를 두드렸다. "하지만 뭐, 몇 년 동안 우릴 태워줬는걸. 얘랑 헤어지기 싫어." 살바도르는 대시보드를 여전히 손끝으로 만지며 한숨을 쉬었다. "멍청한 소리지." 그 애는 스스로 어이없다는 표정을 지었다.

"아냐. 완전 이해해."

살바도르는 수줍게 살짝 웃고는 고속도로 출구 램프를 살폈다. 한 쌍의 전조등이 다가오더니 고속도로를 지나갔다.

"아빠가 어떤 차를 모시니?" 살바도르 엄마가 물었다. "어두워서 누군지 알기가 어렵겠는데."

"아뇨." 내가 콧소리로 대답했다. "아빠는 보면 알아요. 우리 차는—"

예거를 설명하려는 도중에 살바도르 엄마가 숨을 헉 몰아쉬더니 욕을 하듯 작게 내뱉었다. "폴리시아!"

살바도르 엄마가 가리키는 곳을 보니 교각 반대편 고속도로에서 우리가 방금 나온 주유소로 순찰차가 들어가고 있었다. 앞으로 몇 분이면 그들은 화장실이 빈 것을 확인하고 나를 찾으러 올 것같았다.

"좋아요." 나는 탈칵 문을 열며 말했다. "두 분은 저기로 돌아가요. 전 여기 배수로에 숨어서 아빠를 기다릴게요. 도와줘서 정말고마워요."

살바도르가 엄마와 스페인어로 말을 주고받았다. 살바도르 엄마가 고개를 힘차게 저었다.

"여기 있어." 살바도르 엄마가 말했다. "나는 다른 사람이 우리 살바도르를 길가 배수로에 버려두고 가길 원치 않아. 너한테도 그러지 않을 거고."

"그리고 경찰이 저기 있으면 우리도 안 돌아갈 거야." 살바도르가 숨을 죽이고 말했다.

"왜?" 내가 물었고, 묻자마자 무례한 참견이었음을 깨달았다.

살바도르의 표정이 다시 차가워졌지만 이번에 그 애는 노려보는 대신 외면했다.

"네가 신경 쓸 일 아니야." 살바도르의 말이 옳았지만, 그 애는 곧이어 좀 더 작은 소리로 덧붙였다. "여기까진 찾으러 안 왔으면 좋겠는데."

그때 내 귀에 반가운 소리, 단숨에 알아들을 수 있는 달콤한 소리가 들려왔다.

뭐, 2003년형 디젤 엔진이 고속도로 출구 램프를 달리는 소리가 달콤하다고 여기는 사람은 드물겠지만, 피자에 과카몰레*를 얹는 것이 역겹다고 생각하는 사람도 많으니까. 사람들이 어떻게 생각하든 무슨 상관일까? 피자에 올린 과카몰레는 엄청나게 맛있고, 집이 돌아오는 소리는 엄청 반갑다.

그리고 집이 다가왔다. 아니, 그들이 다가왔다.

다 낡아도 아름다움을 뿜어내는 예거가 어둠 속에서 달려나왔고 정말이지 대단한 광경이었다. 전조등이 켜져 있었고 무슨 영문인지 붉은색과 노란색 비상등도 켜져 있었다. 레스터가 운전 중이었고 대시보드에 웅크리고 앉은 아이반의 회색 몸뚱이도 보이는 것 같았다.

그런데 로데오는? 로데오는 차 지붕 위에 무릎을 꿇고 머리카락과 수염을 바람에 날리며 한 손으로는 안전 난간을 꽉 잡고 다른 손은 육지를 찾는 선장처럼 이마를 짚고 있었다. 두 눈은 건너편 주유소를 뚫어지게 바라보면서. 로데오는 주위의 비상등이 깜빡거릴 때마다 어두워졌다 밝아지기를 반복했고, 피부는 캠프파이어처럼 따뜻한 붉은색과 노란색을 발했다.

괴짜들의 황태자 로데오가 이보다 더 괴짜 같았던 적은 없었다.

정말 어쩔 수 없는 사람이었다. 제정신을 잃은 로데오는 망가지

---

* 아보카도를 으깨 만드는 소스.

고 무모하고 아름다웠고 실낱 하나를 붙잡고 있었다. 하지만 그건 엄청난 실이라 양손과 심장으로 꽉 잡고 있었다. 나를 찾아오고 있었다.

어찌나 미소를 크게 지었던지 얼굴이 아팠다.

로데오는 내 영웅이었다. 대체로는.

"대체 무슨—?" 살바도르가 입을 열었지만 나는 이미 차에서 내려 도로로 달려나가 양손을 흔들면서 웃고 또 울었다.

14

어두울 때 버스 앞으로 달려나가는 건 그다지 똑똑한 행동이 아니고 레스터가 나를 보고 예거를 끼익하며 세우는 데 꽤 조마조마한 시간이 걸리긴 했지만, 어쨌든 예거는 나를 치기 60센티미터 전에 멈췄는데 나중에 레스터가 왜 그렇게 화를 냈는지 알 수 없는 일이다.

레스터가 시동을 끄고 문으로 달려나오는 동시에 로데오는 고함을 지르며 지붕에서 보닛으로 그리고 아스팔트로 뛰어내린 뒤 내게 달려와 갈비뼈가 으스러져라 끌어안았다. 그래도 나는 몸을 비틀거나 빠져나오지 않고 팔을 빼내어 로데오를 마주 안았다. 우리는 예거의 전조등 불빛 속에서, 고속도로 출구 램프 한가운데서, 캄캄한 밤중에 서로를 놓치지 않고 꼭 안고 있었다.

"아이고, 곰돌아." 로데오는 내 정수리에 입을 맞추며 중얼거렸다. "정말 미안하다, 정말 미안해, 정말 미안해, 정말 미안해, 정말—"

"그만해." 나는 뒤로 물러나서 로데오의 얼굴을 봤다. "로데오 잘못이 아니야." 레스터가 옆에 서서 웃으며 고개를 젓고 있었다.

"우리 진짜 기겁했어." 레스터가 말했다.

"미안."

레스터는 이맛살을 찡그리며 나와 로데오를 번갈아봤다.

"널 주유소에 두고 간 게 우린데 네가 우리한테 미안하다는 거야? 둘 다 진짜 이상해."

레스터는 앞으로 나와 주먹을 내밀었고 나는 거기 내 주먹을 댔다.

"무사해서 다행이다." 레스터가 조용히 말하더니 다시 고개를 저었다. "널 두고 가다니 어떻게 그럴 수가 있지."

나는 로데오의 품에 안긴 채 최대한 어깨를 으쓱였다.

"별거 아니었어. 하지만 이 바보들이 이렇게 빨리 알아차렸다니 놀랍네."

"우리가 안 게 아니야." 레스터가 말하더니 버스 유리창을 가리켰다. "저 고양이가 알았지. 출발하자마자 녀석이 난리를 치면서 창문을 긁고 울어댔어. 아주 야단법석이었다고. 로데오가 너한테 고양이 좀 보라고 한참을 외쳤는데, 네가 아무 말도 없어서 확인하러 간 거야. 그러니까 우리한테 고맙다고 할 거 없어. 저 시끄러운 고양이 녀석한테 고마워해."

아이반은 대시보드에 앉아 유리에 얼굴을 붙이고 날 보고 있었다. 녀석이 입을 벌려 야옹 하자 바깥까지 울렸다.

나는 로데오에게서 떨어져 버스 유리창을 두드렸다. 아이반은 내 손가락이 닿는 유리창에 콧등을 문질렀다.

"고마워, 아이반." 목소리가 조금 갈라졌다. 아이반이 어찌나 크게 가르릉거리는지 밖에서도 들렸다. 이미 녀석을 격렬하게 사랑했지만 그 순간엔…… 휴.

아이반 녀석. 아이반이 처음으로 소리를 낸 것이 나를 위해서라니.

누군가 사라졌을 때 그리워하는 사람이 있다는 건 대단한 일이다. 그리고 누군가를 되찾으려고 싸우는 사람이 있다는 것도 대단한 일이다.

나는 로데오 쪽으로 돌아서다가 살바도르와 그 위의 그 애 엄마가 차 옆에 서 있는 걸 봤다.

"아, 참." 나는 로데오의 손을 잡고 살바도르와 엄마 쪽으로 끌고 갔다. "소개 시간!" 로데오는 아직 좀 흥분한 상태였고 살바도르 엄마는 로데오와 예거를 의심쩍은 표정으로 보고 있었지만, 우린 아직 길 가운데 서 있는 상황이라 마음의 준비를 할 시간을 줄 수는 없었다.

"살바도르, 여긴 로데오야. 로데오, 여긴 살바도르. 그리고 여긴……" 나는 살바도르 엄마 쪽으로 손을 내밀다가 "살바도르의 엄마"라고 불러서는 안 될 것 같아서 말끝을 흐렸다.

"에스페란사." 그 애 엄마가 미소를 지으며 말했다. "에스페란사 베가예요."

나는 입을 딱 벌렸다.

"에스페란사라니." 내가 속삭였다. "책에 나오는 이름이잖아! 『에스페란사의 골짜기』!"

베가 부인은 그냥 웃고 어깨를 으쓱였지만 나는 폭발해버렸다. 그건 내가 제일 좋아하는 책인데 살바도르의 엄마가…… 분명 이건 징조였다. 닭살이 돋았다. 고개를 저으며 당장 해야 할 일로 돌아갔다.

"그리고 이분은 에스페란사 베가. 살바도르의 엄마야. 기다리는 동안 나를 돌봐주셨어."

로데오가 손을 내밀자 살바도르 엄마도 손을 내밀었고 둘은 악수를 했다. 베가 부인은 로데오의 눈을 봤고 그 마법의 힘으로 표정이 조금 부드러워졌다.

"감사합니다, 부인." 로데오는 뼛속까지 진심 어린 말투로 말했고 베가 부인은 웃으며 답했다. "제가 더 기쁜걸요." 로데오는 살바도르와 악수를 했고 둘도 비슷한 대화를 한 뒤, 나는 문득 생각이 떠올라서 살바도르를 길가의 으슥한 도랑 쪽으로 데려갔다.

"우리랑 같이 가." 내 말에 살바도르는 반박하려고 입을 열었지만 내가 먼저였다. "돕는 게 아니야." 나는 양손을 들어 보이며 말했다. "도움 필요 없는 거 알아. 빚을 갚는 거지. 네가 날 구해줬으

121

니까 난 빚이 있어. 너도 저기 경찰이랑 엮이는 거 싫잖아. 경찰이 곧 여기까지 들쑤시러 올 건데, 기분 나쁘라고 하는 말은 아니지만 이 차로는 멀리까지 도망갈 수 없을 것 같아. 모두 저쪽으로 가는 거 맞지?" 나는 로데오와 레스터가 방금 돌아온 방향의 고속도로를 가리켰다. 살바도르는 코를 훌쩍이고 끄덕였다. "음, 우리도 그쪽이야. 이러는 게 맞다니까. 너희 이모한테 전화가 오면 제일 가까운 버스 정류장에 내려줄 수 있어. 가자. 그 정도는 해줄 수 있잖아. 응?"

살바도르가 궁리하느라 눈알을 이리저리 돌리는 동안 나도 생각을 했다. 3천 킬로미터 너머 나무 밑에 묻혀서 지금도 나를 기다리는 보물을 잊을 수 없었지만 살바도르와 엄마를 하루이틀 태워 주는 것도 방해될 건 전혀 없었다. 그건 윈윈이었고 나는 윈윈에 찬성이다.

아이반을 얻은 후로 세상을 조금 다르게 바라보게 됐다. 아이반은 목이 마른지도 모르고 있다가 처음 마신 냉수 한 모금과 같았다. 맛보고 나니 멈출 수 없었다. 아이반을 들이기로 결정을 내리면서, 로데오의 뜻이 어떻든지 집으로 돌아가자는 비밀스러운 결정도 덩달아 내리게 됐다. 오랫동안 로데오와, 로데오가 무엇을 원하는지만 염려하며 살아왔다. 이제 다른 사람을 걱정할 때가 된 것 같았다.

난 살바도르가 좋았다. 친구와 함께 가면 재미있을 것 같았다. 내가 원했다. 그리고 내가 원하는 것도 중요하지 않을까? 나는 스스로에게 끄덕였다.

살바도르는 나를 보더니 고속도로와 버스에 차례로 시선을 돌렸다.

"안 물어봐도 돼? 그러니까, 너희 아빠한테?"

"그건 걱정 마. 로데오에겐 내가 말할게. 넌 엄마한테 말해."

그렇게 결정됐다. 살바도르는 고개를 저었지만 엄마에게 다가가 한쪽으로 끌고 가더니 이야기를 나눴고 나는 로데오에게 가서 이야기했다.

"로데오," 내가 말했다. "둘 자리 있지." 묻는 게 아니라 그냥 말하는 거였다.

"무슨 둘?"

"승객 둘." 나는 이렇게 말하고 베가 가족 쪽으로 엄지를 들어 보였다. "우리랑 같은 방향으로 가는데 차가 고장 났어." 로데오는 좀 전의 살바도르처럼 입을 딱 벌렸지만 나에겐 다른 사람이 내 기세를 꺾지 못하게 하는 재주가 있었다. "뭐라고 할지 아는데 그만둬. 우린 빚을 졌어, 로데오. 난 혼자였잖아. 그런데 이 사람들이 날 구해줬다고. 경찰한테서."

로데오는 고개를 홱 돌렸다.

"잠깐, 뭐? 너 무슨 짓을 한 거야? 우리가 자리를 비운 건 겨우 십오 분이었다고!"

나는 손을 흔들며 고개를 저었다.

"지금 중요한 건 그게 아니야. 중요한 건 우리가 도움을 받았으니 이 사람들을 태워줘야 한다는 거지. 그러는 게 옳다는 걸 알잖아." 나는 한숨을 내쉬었다. "좋아. 할 말 있으면 어서 해."

로데오는 내게 한 발자국 다가왔다. 입가에 작은 미소를 떠올렸다.

"내가 하려던 말은, 이런 사태를 겪었으니 네가 원하는 건 다 하겠다는 거야." 그러더니 로데오는 활짝 웃었고 나도 마주 웃었다. "물론 원하면 함께 갈 수 있지. 내 귀염둥이를 데려다줬는데. 원하면 버스 한 대를 다 줄 수도 있어."

뒤에서 헛기침 소리가 들렸고, 살바도르가 엄마와 함께 기다리고 있었다.

"음, 괜찮아요?" 살바도르가 물었다.

로데오는 웃으면서 고개를 끄덕였다.

"아, 그럼." 로데오가 말했다. "물론이지."

"질문할 거야?" 내가 물었다.

로데오는 어깨를 으쓱였다.

"하지, 뭐. 하지만 빨리 해야겠지." 로데오는 베가 부인과 살바도르에게 다가가더니 정면에 서서 마주 봤다. "그럼, 숙녀 신사 여러분, 우리는 새 여행객에게 세 가지 질문을 합니다. 준비됐어요?"

"어, 아마도요?" 살바도르가 말했다.

"좋아요. 첫째, 제일 좋아하는 책이 뭐죠?"

"진심이에요?" 살바도르가 물었다.

"진심이에요. 좋아하는 책은?"

살바도르는 잠시 생각했다.

"음, 작년에 학교에서 제이슨 레이놀즈의 『고스트』를 읽었어요. 꽤 좋았던 거 같아요."

"좋았어!" 내가 외쳤다. "그 책 엄청 좋지!"

"좋아요, 그럼 통과인 것 같군요." 로데오가 말했다. "부인은 요?"

베가 부인은 잠시 입술을 꼭 다물고 생각하더니 대답했다. "『아르테미오 크루스의 죽음』이요. 카를로스 푸엔테스가 쓴 책이요."

"푸엔테스라." 로데오가 끄덕였다. "좋아요. 다음 질문. 세상에서 가장 좋아하는 장소는?" 이번에는 베가 부인이 먼저 대답했다.

"부엌이요. 가족과 함께 요리하는 곳. 어떤 부엌이라도 좋아요. 가족만 있다면."

로데오는 고개를 저으며 발밑을 내려다보더니 고개를 들고 베가 부인을 향해 미소 지었다.

"좋은 대답이에요. 멋진 대답. 그럼 살바도르는?"

살바도르는 코를 훌쩍였다.

"글쎄요."

로데오가 한쪽 어깨를 으쓱였다.

"뭐든 말해보렴."

"엄마랑 저랑 여러 곳을 다녔거든요." 살바도르가 말했다. 그 애는 하루의 끝자락이 몰고 온 어둠 속에서 자신을 바라보는 엄마를 보더니 얼굴이 누그러졌다. 표정이 바뀌는 게 보였다.

표정이 부드러워지면서도 더 강해 보일 수 있다는 건 신기한 일이다.

살바도르와 엄마 사이에 강한 애정이 있었다. 말없이 표현되는 사랑이었다.

살바도르는 로데오를 다시 보며 어깨를 으쓱였다.

"엄마가 있는 곳이면 다 좋아요."

로데오는 끄덕였다. 천천히. 로데오는 살바도르의 눈을, 그리고 나를, 다시 살바도르를 봤다. 그러고 손을 내밀자 살바도르가 잡았고 둘은 악수했다.

"질문은 이상이에요." 로데오가 말했다. "원하면 타도 좋아요. 우리에겐 갚아야 할 빚이 있으니까."

"마지막 질문은 뭐였어요?" 살바도르가 고개를 갸우뚱하며 물었다.

"가장 좋아하는 샌드위치."

살바도르는 콧방귀를 뀌었다.

"정말? 우리가 뭐, 범죄자 같은 건 아니냐곤 안 물어봐요?"

로데오가 웃었다.

"우리더러 범죄자는 아니냐고 안 물어봤잖니." 로데오가 말했다.

"그렇죠. 그렇지만 좀 궁금하긴 했어요."

로데오가 껄껄 웃었다.

"뭐, 좋아. 우린 범죄자가 아니고 너도 아닐 것 같다는 느낌이 드는구나. 나는 그걸로 충분하단다, 너도 그걸로 충분하다면 말이지.

짐 옮기는 데 도움 필요하니?"

"네."

살바도르의 차로 걸어가 짐을 들려는데 로데오가 물었다. "그냥 궁금해서 그런데, 좋아하는 샌드위치는 뭐지?"

살바도르는 잠시 생각하더니 되물었다. "타코 트럭에서 파는 토르타 드셔봤어요?"

"야아, 그걸 말이라고 하니?" 로데오는 살바도르의 어깨를 쳤다. "나랑 아주 잘 지낼 수 있겠다, 친구."

짐을 실은 뒤 레스터는 예거의 시동을 걸었고 출발 준비를 마쳤는데 살바도르가 벌떡 일어나더니 "잠깐만요!" 하고 외치고는 문으로 달려갔다. 그 애는 먼지가 잔뜩 앉은 그들의 낡은 차 옆에 잠시 쪼그리고 앉더니 다시 버스에 오를 때는 금이 간 휠캡을 들고 있었다.

살바도르는 앉아서 자신을 빤히 보는 우리를 둘러봤다.

"기억할 걸 가져가고 싶어서." 그 말이 전부였다.

살바도르를 보는 로데오의 얼굴은 아주 솔직한 표정을 짓고 있었다. 그러곤 내 쪽을 보는 로데오를 재빨리 외면했지만 그 순간 나는 살바도르가 정말 좋아졌다. 벌써 철이 든 아이였다.

그리고 그곳에서 그렇게 살바도르와 에스페란사 베가는 우리의 모험에 합류했다.

15

에스페란사 그리고 살바도르 베가에 대해서 알게 된 것은 다음과 같다.

그들은 나와 로데오처럼 모험을 떠난 순례자였다.

살바도르는 가족 이야기를 별로 내켜하지 않아서 자세한 걸 캐내기 어려웠다. 그들은 며칠 전 올랜도의 집을 떠났다. 그 애 엄마와 이모는 함께 일했지만 어쩌다 보니 둘 다 직장을 잃었다. 이모가 아는 사람이 미주리 주 세인트루이스 근처의 소도시에서 두 사람 모두에게 직장을 준다고 했다. 이모는 며칠 전 먼저 떠났고 둘은 뒷정리를 하고 짐을 챙겨 뒤따랐다. 그 애 이모는 일단 북쪽 세인트루이스 쪽으로 오라고, 자신이 일자리를 구해놓고 주소를 알려주기로 했다…… 하지만 차가 고장 났고, 동시에 이모도 알 수 없는 이유로 전화를 받지 않았다.

그때 나와 수박 슬러시가 등장한 것이다.

"직장은 어떻게 잃게 된 건데?" 내가 물었다.

"네가 신경 쓸 일 아니야." 살바도르는 잠시 망설이더니 말했다. 무례하거나 못되게 말한 건 아니지만 더 이상 이야기하고 싶지 않은 듯 날 선 목소리라서 나는 어깨를 으쓱이고 말았다.

"알았어." 내가 말했다. "그럼…… 어디로 가는 건지 모르는 거야?" 로데오와 레스터가 돌아와 우리 모두를 태운 지 한 시간쯤 지난 때였다. 고속도로를 지나는 다른 차들의 전조등만 빛날 뿐 버스

안은 어두웠다. 아이반은 나와 살바도르 사이 소파에 앉아 있었고 우리는 돌아가며 녀석을 쓰다듬었다.

살바도르는 어깨를 으쓱였다.

"음, 어디로 가는지 모르는 건 아니야. 세인트루이스로 가고 있는 셈이야. 미주리 주로 가는 건 확실해."

"어디 가는지 모르는 건 아니라고?" 나는 눈을 치켜뜨며 따라 말했다. "미주리는 큰 주라고."

"이모가 어디로 갈지 알려줄 거야." 살바도르는 인상을 쓰며 중얼거렸다. "이모 친구의 친척이 호텔인가 하는 곳에 아는 사람이 있는데, 어딘지 정확히는 모른댔어. 그게 전부야. 이모가 전화해서 어디서 만날지 알려주면 거기로 가면 돼. 간단해. 문제없어."

"좋아, 좋아." 나는 항복의 뜻으로 양손을 들어 보였다. "문제없어. 로데오와 나는 뭐, 어디로 가는지도 모르고 산 게 오 년쯤 되었으니 우리가 뭐라 할 입장은 아니지. 적어도 넌 어디론가 가고 있잖아. 이론적으로는 말이야."

살바도르가 옆에 둔 배낭끈에 달려 있는 이름표가 눈에 들어왔다. "살바도르 피터슨"이라 적힌.

"왜 피터슨이라고 적혀 있어?" 내가 물었다. "네 성은 베가 아니야?"

살바도르는 입을 꾹 다물었다.

"피터슨은 아빠 성이야." 살바도르는 "아빠"라는 말을 욕처럼 내뱉었다. "이제 그 이름은 안 써."

"아. 어쩌다?"

살바도르는 윗입술을 깨물며 눈을 가늘게 떴다. 콧구멍이 벌름거렸다. 나는 멍청이가 아니었다. 언급 금지 신호를 알아볼 만큼은 경험이 있었다.

"아니야." 재빨리 말했다. "내가 신경 쓸 일 아니잖아?"

"그래." 살바도르는 버스 앞쪽을 바라보며 턱으로 운전석을 가리켰다.

"그럼 넌 왜 로데오라고 불러? 아빠라고 왜 안 불러?"

"로데오라고 불리길 원하니까."

"그래. 하지만 아빠는 맞지?"

"쉬이이이." 나는 목소리를 낮추며 말했다. "조용히 해. 들린다고."

살바도르는 눈썹을 내리깔았다.

"누가 신경 쓴다고 그래?"

"내가 써. 로데오가 속상해한다고. 힘들어해."

살바도르의 얼굴에 떠오른 어리둥절한 표정이 어두운 버스 안에서도 환히 보였다.

"그래, 알았어. 첫째, 로데오에겐 안 쓰는 이름이 하나 있긴 해. 그리고 둘째, 나는 절대 아빠라고 부르지 않아. 그 두 개의 이유는 같아." 나는 어떻게 설명하면 좋을까 생각했다. 인생이란 가끔 설명하기 힘든 복잡한 것이고, 로데오는 굉장히 복잡하게 얽힌 매듭이었다.

"음, 전에는 언니랑 동생, 엄마가 있었어."

"전에는?"

"응. 그러니까, 오 년 전에 모두 죽었어." 곁눈질로 보니 살바도르가 입을 딱 벌렸지만 나는 이야기를 계속해서 그 애가 사려 깊고 동정 어린 말을 할 필요가 없도록 도와줬다. "로데오에겐 정말 힘든 일이었어. 로데오도 거의 죽을 뻔했다고 봐. 로데오는…… 로데오는……" 그때를 떠올리니 잠시 말문이 막혔다. 그 시절, 그 일이 있었을 때 로데오가 어땠는지. 모든 게 어땠는지. 나는 고개를 저었다. 머릿속에서 그 시절을 돌이키는 건 좋지 않았다. "정신을 차린 다음에 로데오는 우리가 살던 곳에서 살 수 없었어. 추억이 너무 많아서 그런 것 같아. 그래서 집이랑 가구를 다 팔고 이 버스를 사서 계속 돌아다녔어. 뒤돌아보는 일 없이. 대단한 모험이지." 끝맺음을 힘차게 하려고 했지만, 일주일 묵은 풍선처럼 풀죽은 소리가 나왔다. 그래서 맞은편의 전조등 불빛에 치아를 드러내며 씩 웃어 보이기라도 했다.

살바도르는 심각한 표정으로 나를 보고 있었다.

"괜찮아." 나는 그 애를 안심시켰다. "지나간 일은 지나간 일이니까. 슬픔에 빠져 있을 필요는 없어. 그래서 그 일이나 그들 이야기는 안 해. 그러면 슬퍼지지 않을 테고 로데오도 잘 지낼 테니까. 그게 내가 맡은 일이야. 괜찮아."

그리고 조용해졌다. 살바도르와 도로와 아이반과 밤과 나 사이에 침묵이 내려앉았다.

살바도르가 침묵을 깼지만 낮은 목소리로, 차가운 손에 쥔 따뜻한 머그잔처럼 부드럽게 깼다.

"그럼 왜 아빠라고 안 부르는데?"

"과거를 돌아보지 않기로 한 약속이었어. 아빠라고 부르면 생각나니까. 그들이. 그러니까 언니랑 동생이. 로데오는 그걸 좋아하지 않아. 그래서 출발하면서 '아빠'는 두고 가기로 했어. 새 이름도 정했어. 그는 로데오, 나는 코요테. 법적으로도 다 처리했어. 새로운 삶인 만큼 성도 새로 바꿨지. 선라이즈. 새 출발 한다는 느낌으로."

"잠깐. 그럼 진짜 이름이 코요테 선라이즈야?"

나는 씩 웃었다. "응."

"아빠 이름은 로데오 선라이즈고?"

나는 입을 꾹 다물고 끄덕였다.

"허." 살바도르는 의심스러운 표정으로 말하더니 어깨를 으쓱였다. "어울리는 것 같기도 하네. 하지만…… 돈은 어디서 나? 그러니까, 너희 아빠가 일 같은 걸 안 하면?"

"돈은 문제가 안 돼. 보상금이 있었거든. 사고 때문에 말이야. 그 트럭…… 사고를 낸 트럭 기사의 회사에서 돈을 받았어."

우리는 잠시 조용히 앉아 있었다. 몇 분씩이나. 그리고 살바도르가 또 다른 질문으로 침묵을 깼다.

"이름이 뭐였어?"

"누구?"

"언니랑 동생."

나는 고개를 들어 그 애의 기다리는 듯한 두 눈을 봤다. 살바도르는 좋은 눈을 가졌다. 고요한 눈을. 시끄러운 눈알은 본 적 없으니 눈이 "고요"하다고 말하는 게 이상한 건 알지만 사실이었다. 살바도르의 눈은 고요했고 그 고요함이 말할 용기를 줬다.

나는 앞쪽을 보고 로데오가 듣지 않는지 확인했다. 너무 뜨거운 걸 쥐고 있어서 내려놓아야겠다는 기분이었다. 몸을 숙여 살바도르의 귀에 바짝 다가갔더니 데오도런트 향이 날 정도였다. 솔향기에 정신이 팔렸다.

"에이바," 내가 속삭였다. "그리고 로즈."

한순간 그 이름들은 입안에 문 사탕 같았다. 물론 곧 신맛으로 변했지만 잠시 그 달콤함 때문에 말문이 막혔다.

내 자리로 돌아가 기대앉았다.

"예쁜 이름이네." 살바도르의 말에 나는 고개만 끄덕였다.

살바도르가 물었다. "네 진짜 이름은? 전에 쓰던 이름 말이야."

나는 입을 열었다가 다시 다물었다가 다시 열었다. 살바도르는 침착하게 기다렸고, 그 모습에 어쩐지 화가 났다.

애써 미소를 지으면서 아주 가볍게 대답했다.

"네가 신경 쓸 일 아니야." 내가 말했다.

살바도르는 내가 자기가 한 말을 그대로 써서 받아치는 것에 살짝 웃었지만, 진심 어린 웃음은 아니었다.

"좋아." 그 애 말에 나도 마주 웃어줬다. 살바도르는 고개를 저었다. "와. 우리 참 엉망이다."

"누가?" 내가 물었다.

"우리 전부." 살바도르는 조금 웃었다. "나랑 엄마는 알지도 못하는 곳으로 있는지도 모르는 일을 구하러 가고. 너랑 너희 아빠는 이걸 뭐라고 하지, 차를 몰고 다니면서 연기를—"

"우린 연기하는 거 아니야." 나는 차가운 목소리로 잘라 말했다. "그리고 엉망도 아니고. 우린 괜찮아, 로데오랑 나는. 괜찮은 정도가 아니야. 남들보다 더 잘 산다고. 로키 산맥처럼 단단하고."

살바도르의 얼굴에 의심이 가득했다.

"뭐 어쨌든. 그럼 이걸 뭐라고 불러야 하는데?" 살바도르는 양팔을 벌려 버스를 가리켰다.

"우린…… 이걸…… 삶이라고 불러. 자유라고. 서로를 돌보는 거라고. 앞으로 나아가는 거라고." 살바도르는 여전히 못 믿겠다는 표정으로, 미칠 것처럼 고요한 눈으로 날 빤히 봤다.

"우린 이게 좋아." 내가 말했다.

"그래?" 살바도르가 물었다. "아니, 너희 아빠는 좋을지도 모르지. 하지만 너도 그래…… 코요테?"

살바도르는 사람들이 허공에 대고 손가락으로 따옴표를 그리면서 빈정거릴 때처럼 내 이름을 말했다. 내 이름이 헛소리라는 듯, 우스꽝스러운 대사라는 듯, 다 알면서 능글맞게 주고받는 장난이라는 듯 말했다.

목구멍이 쓰라렸다. 속이 메슥거렸다.

난 엉망이 아니다. 난 농담거리가 아니다. 난 연약하지 않다. 난 부서지지 않았다.

나는 일어나 허리를 숙여 아이반을 집어들었다. 늘어져 졸던 녀석은 잠을 방해했는데도 작게 끼잉 소리만 낼 뿐이었다.

"자러 갈래." 나는 딱히 누구에게랄 것 없이 말하고 고양이와 함께 걸어가 방에 커튼을 치고 푹 잤다.

16

자, 삐친 상태에는 이런 문제가 있다. 나는 그 상태에 별로 경험이 없고, 그래서 그런 상태로 오래 버티는 데 그다지 익숙하지 않다. 하지만 최선을 다한다.

그래서 이튿날 아침 일어나 내 방 커튼을 지나 비척비척 걸어나가면서 멍청한 살바도르와 고요한 눈과 솔향이 나는 겨드랑이를 하루 종일 무시할 생각이었다. 그러니까, 나는 그다지 아침형 인간도 아니지만 그날만큼은 오전에 일어나 그렇게 꽁하니 행동하기로 단단히 다짐하고 방을 나섰다는 말이다.

예거는 아침 햇살에 금빛으로 물들어 있었고 레스터는 소파에 누워 코를 골고 있었다. 로데오의 발은 담요 더미 밑으로 튀어나와 있었다. 나는 잠든 그들을 보고 고개를 저었다. 내가 잠들자마자 같이 자버릴 거면, 기사를 둘이나 두는 이유가 대체 뭘까?

살바도르의 엄마는 그 전날 밤에 앉았던 의자에서 창밖을 내다보고 있었다. 살바도르는 보이지 않았지만, 뭔가 옆에서 부스럭거리기에 깜짝 놀랐다. 살바도르는 버스 벽에 기댄 채로 비스듬히 누워 잠이 덜 깬 눈을 껌뻑이고 있었다. 아이반은 그 애 무릎에 웅크리고 곤히 잠들어 있었다.

살바도르가 내 집에서 내 고양이랑 자다니? 아이반이 나 대신 멍청이 살바도르와 같이 잤다고? 둘 다 간이 부었다.

"잘 잤어?" 내가 말했는데, 따지고 보면 좋은 말이지만 어찌나 차갑게 했는지, 우유를 부으면 아이스크림이 되어버릴 정도였다. 하지만 살바도르는 잠시도 망설임 없이 쉰 소리로, 나를 똑바로 올려다보며 대답했다. "미안해."

자 여기서, "잘 잤어?"에 "미안해"로 대답하는 사람이 처음이라 솔직히 당황해버렸다. 아직 잠이 덜 깼고 살바도르가 내 말을 잘못 들었거나 내가 그 애 말을 잘못 들은 것 같아서 이렇게 말했다. "나는 '잘 잤어'라고 한 건데."

살바도르는 고개를 끄덕였다.

"그렇게 들었어. 오늘 일어나자마자 미안하다고 말하고 싶었을 뿐이야."

나는 눈을 껌뻑였다.

"어젯밤에 내가 재수없게 굴었어. 내가 왜…… 가끔 그러는지 나도 모르겠어. 터프하고 싶은지, 뭐랄까, 어떻게 돼도 상관없어 하는 식으로 구는 거…… 하지만 그건 내 진심이 아니라……" 살바도르는 말끝을 흐리며 얼굴을 찡그리더니 다시 작은 소리로 말했다. "널 화나게 한 걸 알고 있고 내 잘못인 것도 알고 있어. 잠도 잘 못 잤어. 네 프라이버시나 그런 걸 침해하고 싶지 않아서 여기서 기다렸어. 네가 나오면 미안하다고 말하려고."

나는 아침의 결심을 기억하려고 안간힘을 쓰면서 숨을 들이쉬었다.

"잘 잔 거 같은데."

"음, 조금 잤나 보지." 살바도르는 눈을 문지르며 중얼거렸다.

"왜 그렇게 속닥여?" 내가 물었다.

살바도르는 자기 다리 위에서 잠든 배신자 고양이를 가리켰다.

"아이반이 자잖아." 당연한 걸 왜 묻냐는 그 짜증나는 말투로 살바도르가 말했다.

굉장히 괴로워하는 것 같고 내 하나뿐인 아이반에게 사려 깊게 대하는 걸 봐서 살바도르를 용서해줄 수도 있을 것 같았다. 그 애가 내 고양이의 이름을 말했을 때, 아침에 한 결심을 내려놓을 수 있을 것 같았다. 하지만 아직 살바도르에게 그 사실을 알릴 필요는 없을 것 같기도 했다. "미안해"라는 말 한 마디로 그렇게 쉽게 빠져나갈 수 없음을 가르쳐주는 것도 나쁠 것 없으니.

"오줌 누러 갈래." 나는 고개를 뻣뻣이 들고 그 애를 지나쳤다.

"잠깐." 살바도르가 작게 말했다. "그럼 우리 화해한 거야? 날 용서해주는 거야…… 코요테?"

그 애가 거기 "코요테"를 끼워 넣은 거? 아주 자연스러웠다. "날 용서해주는 거야"라고만 말할 수도 있었지만 "코요테"를 매끄럽게 잘 덧붙였다. 우스꽝스럽게 말하지 않고 진짜 이름처럼 불렀다. 좋은 이름이라는 듯. 그 애는 내 이름만 말한 것이 아니라 눈빛과 목소리를 모두 동원해 이렇게 말하고 있었다. "이게 네 이름이고 나는 이렇게 말했어야 했어. 그리고 지금부터 항상 이렇게 말할 거야."

"음," 말하는 도중 내 얼굴에 미소가 살짝 번졌다. "널 용서하지 못하진 않겠다고 말해두지, 살바도르 베가."

그러고 나는 걸어갔고 그 애는 고양이와 함께 거기 됐다. 로데오를 깨워서 좀 더 달려야 할 시각이었으니까. 게다가 농담이 아니었다. 정말로 오줌을 누러 가야 했다.

17

오랫동안 길에서 살다 보면, 발아래로 지나는 고속도로는 콧노래를 흥얼거리고 태양은 창문을 통해 빛나고 세상은 유리창을 통해 스쳐지나갈 때 마술 같은 일이 일어나곤 한다. 아니, "마술"은 적절한 말이 아니다. "마술"이라고 하면 반짝이고 가짜 같은, 귀여운 느낌이 든다. 이 느낌, 내가 말하는 느낌은 그것과 거의 반대다. 그건 단단하고, 깊고, 강바닥의 바위처럼 미끄럽고 영원한 느낌이다. 내가 말하는 건 이 느낌이다. 위로 솟구치는 느낌. 도로를 뒤로 하고 하늘로 날아오르는 것처럼. 남은 삶에서 벗어나 자유로이 떠오르는 순간에 와 있는 것처럼. 그 순간에는, 방금까지 있던 곳이 어디이고 어디로 가는지는 전혀 중요하지 않다. 잠시 동안이지만 나는 모든 곳에 있을 수 있고 그 어디에도 없을 수 있으며 내 영혼이 뭔가 커다란 것, 보통 때는 감추어진 진실에 닿은 느낌이 든다. 마치 자전거를 처음 타는 순간 같다. 갑자기 문득, 흔들리던 세상이 가라앉아 조화를 이루고 뼛속까지 닿는 균형감이 느껴진다. 사방에서 그리고 내 안에서 느껴지기 전까지는 존재하는지도 몰랐던 균형감. 쓰러지기를 멈추고 날아오르는 것이 시작되면 모든 것이 웅웅 울린다. 모든 것이 진실처럼 느껴진다. 내가 말하는 느낌은 바로 그런 것이다.

나도 안다, 나도—적당히 해, 코요테. 꼭 로데오처럼 말하고 있잖아. 통 말이 안 되는 이야기잖아. 하지만 직접 느껴보고 나면 말이 달라질 거다. 한번 느껴보면 절대 헛소리가 아니라는 걸 알 수 있다.

음, 어쨌든. 살바도르와 그 애 엄마가 함께한 첫날 아침, 그런 순간이 있었다.

그 순간은 이랬다.

졸린 이른 아침이었고 우리는 대체로 조용했다. 따뜻하지만 덥지 않았고 창문을 조금 열으니 부드러운 바람이 들어왔다. 레스터가 운전하고 있었다. 살바도르와 나는 소파 양끝에 앉아 나는 책을 읽고 그 애는 창밖을 내다보고 있었다. 베가 부인은 맞은편의 왕좌에 앉아 있었고 로데오는 자기 침대에 등을 기대고 바닥에 앉아 느긋하게 기타를 퉁기고 있었다.

 사실 로데오는 곡을 연주하는 게 아니라 코드 몇 개를 잡고 있을 뿐이었다. 하지만 그러다 노래가 나오기 시작하자 그대로 밀어붙여 바로 연주를 시작했고 나는 어느 노래인지 알 수 있었다. 내가 좋아하는 곡이었고 로데오가 가사를 흥얼거리기 시작하자 나도 따라 부르지 않을 수 없었다. 처음에는 둘 다 작게 부르다가 서로의 목소리를 알아차리면서 더 크게 목청을 높였다. 로데오와 눈이 마주쳤고 우리는 노래하며 미소를 주고받았다. 곁눈질로 살바도르와 그 애 엄마가 우릴 보는 게 보여 부끄러워졌지만, 뭐, 시속 110킬로미터로 달리긴 하지만 거긴 내 거실이었으니 노래 좀 부르면 어때?

 "빛이 내 곁에 있으면
 사랑이 내게 모습을 보이지—
 그러면 나는, 그렇지, 나는
 나는 자유로워질 수 있어."

 느린 곡이지만 정말로 고함을 지르듯 불러야 하는 노래라 다음 절로 향하면서 고개를 젖히고 목청을 돋웠다.
 "좋았어, 목청껏!" 레스터가 앞에서 외쳤다. 나는 더 크게 웃었고 정말로 크게 불렀다. 우리 목소리 사이로 리듬이 들려와서 고개를 돌려보니 베가 부인이 손뼉을 치고 있었다. 다른 사람들의 리듬과 어딘가 다른 게, 더 펑키하다고 해야 할까…… 엇박자로 손뼉을 치면서 강세와 탄성을 곁들여 노래에 완전히 새로운 맛을 더했다. 로데오는 환호하면서 부인을 보고 크게 웃었고 살바도르도 음악에 맞추어 무릎을 까닥이고 고개를 끄덕였다.

소파 밑에서 만약을 위해 넣어두었던 탬버린을 꺼내 그 애에게 던졌다. 살바도르는 얼떨결에 탬버린을 받긴 했지만 얼어붙어서, 갑자기 어색한 표정으로 눈을 동그랗게 뜨고 날 봤다.

"연주해!" 나는 부추기고는 2절 마지막 부분을 노래했다.

> "지치고 괴로울 때
> 인류에겐 비극이 가득하다 여겨질 때
> 당신은, 그렇지, 당신은,
> 당신은 자유로워질 수 있어."

살바도르는 여전히 연주하지 않았고 나는 웃으면서 고개를 저었다. 탬버린 치는 걸 어떻게 부끄러워할 수 있지? 세상에, 무릎에 대고 치기만 하면 되는 걸.

로데오는 서툰 기타 솔로를 시작했고 살바도르가 "이건 누구야?"라고 물어서 나는 "이건 우리야!"라고 대답하며 함박웃음을 지으면서 날아오르는 느낌으로 리듬을 탔다. 살바도르가 말했다. "아니, 누가 이 노래를 불렀냐고?" 내가 대답했다. "랭혼 슬림 Langhorne Slim!" 그 애가 "누구?" 하고 물어 내가 대답했다. "상관없어, 지금 부르는 건 우리야. 어서 연주해!" 나는 다가가서 그 애가 폭탄처럼 쥐고 있는 탬버린을 철썩 때렸고 그 애는 침을 삼키더니 연주를 시작했다. 박자에 맞추어 너무나 게으르게 다리에 대고 탬버린을 쳤다. 하지만 안 하는 것보다는 나았고 찰랑찰랑 기분 좋은 소리는 그 곡에 꼭 필요한 것이었다. 그 애 엄마는 더 크게 손뼉을 쳤고 로데오와 나는 마지막 절에 진입했다.

우리의 노랫소리에 깬 아이반은 내 방 커튼 사이로 하품을 하면서 나오더니 걸음을 멈추고 그 모습을 살폈다. 별로 마음에 들지 않는 모양이었다. 아이반은 꼬리를 바짝 들고 콘서트장을 가로질러 오더니 내 무릎에 올라앉았다. 녀석은 수정처럼 미치도록 새파란 눈으로 나를 올려다봤고 나는 귀 뒤를 긁어줬다.

아이반한테 다섯 명의 무릎 후보가 있는 것도, 그 후보들 중에 내 무릎을 고른 것도 기뻤다.

가슴이 벅차올랐다. 손뼉과 찰랑찰랑 리듬에 맞춰 로데오와 노래를 불렀고 세상은 빙빙 돌았고 레스터는 핸들을 두드리며 계속 달렸고 하나뿐인 아이반이 무릎을 따뜻하게 데울 때, 그것이 일어났다. 세상에서 둥실 떠오르는 그 느낌. 나는 노래하는 이들과 함께 음악 한가운데 앉아 있었고, 그것은 영원하게, 언제나처럼, 세상에서 가장 큰 것의 한 조각처럼 느껴졌다. 가족 같았다. 가슴이 온통 간질거렸다.

그리고 물론, 노래는 끝났다. 그럼, 코요테, 당연히 끝났지. 손뼉이 멈췄다. 탬버린은 사라졌다. 그리고 나는 땅 위로, 내 몸속으로 돌아왔고, 아이반이 그저 무릎 위에 올라온 고양이 한 마리일 뿐이라고 느껴졌고, 소파 옆의 빈 공간이 느껴졌고, 이유는 모르지만 눈물 같은 것이 차올라 모두에게서 시선을 돌려 텅 빈 고속도로 세상을 내다봤다.

세상에는 슬픔이 너무 많다.

18

"세상에, 더워라." 로데오가 핸들에서 한 손을 떼어 이마를 닦으며 말했다.

"조지아 주의 8월이잖아요." 레스터가 웃으며 말했다. "뭘 바라겠어요?"

로데오의 말은 농담이 아니었다. 정말 더웠고 온 세상의 창문을 다 열어도 별 도움이 안 됐다. 살바도르와 그 애 엄마는 아직 소파에서 졸고 있었고 레스터와 나는 로데오 옆에 앉아 눈을 가늘게 뜨고 햇살을 내다보며 땀으로 옷을 적시고 있었다.

"그렇긴 한데, 이건 주머니에 든 립밤이 녹을 정도의 더위야. 아직 아침 아홉시밖에 안 됐는데. 정상이 아니야."

나는 레스터를 따라 웃었지만 사실은 더위를 생각하거나 립밤을 걱정하지 않았다. 앞을 내다보며 대화는 흘려 넘기고 있었다. 머릿속에는 지도와 거리, 시간뿐이었다. 전날 밤 내가 자는 동안 얼마나 이동했는지 알아보려고 슬쩍 대화를 시도했다. 로데오가 알아차리지 못하게 정보를 구하기는 까다로웠다. 하지만 가야 하는 곳에 도착하려면 로데오가 거기로 가는지 몰라야 하는 것만은 분명했다.

내가 잠든 뒤 로데오가 두어 시간 운전하고 마찬가지로 레스터가 두어 시간 운전한 뒤 피곤해서 아침까지 차를 세워둔 것 같았다. 둘 다 푹 잤으니 일곱시 삼십분쯤 일어났을 때는 이미 서너 시간 동안 차가 서 있었던 것 같다. 하지만 플로리다 주를 벗어나 조지아 주로 왔으니 적어도 진전이 있었다. 추억 상자에 점점 더 다가가고 있었다. 그 생각만 해도 온몸이 근질거리고 가만있을 수가 없었다.

"코요테?"

레스터의 목소리에 정신을 차렸다. 그가 질문에 대답하길 기다리며 나를 보고 있었다. 지도와 추억에 정신이 팔려 듣지 못했다.

"미안해요, 뭐라고요?"

레스터가 웃었다.

"와, 백만 킬로미터는 떨어진 곳에 가 있었네."

사실 내 계산으로는 4천 킬로미터 떨어진 곳에 가 있었지만, 그냥 웃고 어깨를 으쓱였다.

"그렇게 대단하냐고 물었어. 그거 하나 때문에 전국을 가로질러 갈 만큼. 대체 얼마나 간절한 거야?"

입이 말랐다. 숨이 막혔다. 로데오가 도로에서 고개를 돌려 나를 봤다.

"뭐가요?" 머릿속에 떠오른 것은 나무 아래 묻어놓은 추억 상자뿐이었다. 떠오르는 마음속 대답이라곤 이런 말뿐이었다. "네! 그렇게 대단해요. 너무 간절해서 마음이 아파요."

레스터가 이맛살을 찡그렸다.

"샌드위치 말이야. 그것 때문에 가는 거 맞지? 마법의 포크찹 샌드위치?"

나는 눈을 깜빡였다. 억지로 웃었다. 레스터와 로데오는 내 허구의 만때달 소원 이야기를 하는 것이었다. 그게 전부였다. 두근거리는 심장을 진정시켰다.

"아, 네. 미안해요. 아직 피곤한가 봐요." 로데오가 또 나를 이상한 표정으로 봤다. "하지만, 네. 정말 대단하죠. 포크찹 샌드위치 말이에요. 어마어마하다고요."

"그런가 보네." 레스터는 혀를 차고 고개를 저었다.

"아, 그 샌드위치는 완벽한 음식이지." 로데오가 껴들었다. "피클이랑 양파, 머스터드가 가득 들었고. 감자튀김까지 함께 나오고. 정말 충만한 식사야."

"그거 먹고 싶네요." 레스터가 말했다. "배고파 죽겠어요."

로데오가 곰곰이 생각하는 눈빛으로 그를 봤다.

"그래? 아침식사 시간이긴 하군." 로데오가 나를 봤다. "몇 킬로 더 가면 강을 건너는데. 어때, 작은 새? 식사랑 수영 할까?"

당황스러웠다. 수영이든 식사든 차를 세우고 싶지 않았다. 가능한 한 빨리, 가능한 한 멀리 가고 싶었는데, 이제 겨우 한 시간째 달리는 중이었고 잃은 시간을 만회해야 했다. 하지만 멈추지 않기 위한 핑계가 생각나지 않았다. 나는 늘 식사와 수영에 찬성했으니까. 싫다고 하면 로데오가 의심할 것 같았다.

"좋지." 내가 말하면서 목소리에서 짜증과 망설임이 묻어날까 봐 엄지 두 개를 들어 보였다.

"좋았어." 로데오는 씩 웃더니 손바닥을 펼쳤고 나는 하이파이브를 했다. "부대원들에게 알려라, 몽키 파이."

나는 통로를 지나 문 옆 좌석에 올라섰다. 수프 깡통보다 조금 더 큰 오래된 종이 천장에 달려 있었다. 로데오는 이 년 전 중고품 가게에서 그걸 샀다. 변색되고 흠도 많았지만 중대 발표를 전하거나 히피를 깨울 때 유용했다. 울리기만 하면 화들짝 놀랄 만큼 시끄러운 소리를 내기 때문에 그 종을 '화들짝 종'이라고 불렀다.

종의 손잡이를 잡고 앞뒤로 흔들어 땡땡 울려댔다. 레스터는 소리 내서 웃었고 소파에 있던 살바도르는 바짓가랑이에 뱀이라도 들어온 것처럼 놀라 벌떡 일어났다. 토마토 사이에서 햇볕을 쬐던 아이반은 귀를 쫑긋거리고 나를 노려봤다.

"준비하세요, 여러분!" 나는 종소리와 함께 외쳤다. "오 분 뒤 식사와 수영입니다!"

강은 크지 않았다. 적당한 돌멩이만 찾으면 건너편까지 던질 수도 있을 정도였다. 하지만 나무 그늘이 춥지 않고 적당히 시원한

데다 강둑에 앉기 좋은 풀밭까지 있어서 식사와 수영에 꼭 맞는 강이었다.

레스터, 베가 부인, 로데오는 그늘에 앉아 냉장고에서 꺼낸 음식으로 만든 샌드위치를 먹었다. 살바도르와 나는 바로 물로 향했다. 나는 이미 수영복으로 갈아입었고 살바도르는 낡은 청반바지를 입고 있어서 더위를 식히고 싶으면 둘 다 언제든 물에 뛰어들 수 있었다.

강물은 시원했고 우유를 많이 넣은 커피색이었다. 강바닥이 맨발가락 사이를 비집고 들었다. 살바도르와 나는 흙탕물에 엉덩이까지 담그고 나란히 서 있었다.

살바도르가 오줌을 눴는지는 모르겠지만 나는 눴다. 여름날에 수영하면서 물속에서 절대 오줌을 누지 않는다는 사람들도 있지만 강물에 들어가놓고 일부러 오줌을 누러 나가는 건 잘못하는 짓이다.

그리고 참고로, 살바도르도 오줌을 누는 게 틀림없었다. 갑자기 엄청 조용해지더니 이십 초 남짓 동안 어딘가에 집중하는 것 같았다. 나는 상류 쪽에 있었으니 이러든 저러든 상관없었다.

물이 그렇게 차갑지는 않았지만 한동안은 온도에 적응하느라 '팔짱을 끼고 이를 악물고 숨쉬기'를 했다. 우리는 떨면서 마주 보고 씩 웃었다. 그리고 어느 순간부터 둘 다 어색해졌다.

그럴 만했던 것이, 나는 비키니 수영복을 입고 있었다. 그리고 살바도르는 상의를 벗고 거기 서 있었다. 상대가 누구든지 서로의 배꼽을 볼 수 있으면 대화 분위기가 달라진다.

"괜찮네, 여기." 살바도르가 말했고 나는 괴상하게 웃으면서 대답했다. "응." 한동안 우리는 그 정도만 했다.

하지만 나는? 나는 어색하게 굴지 않는다. 그러기에 인생은 너무 짧으니까.

"저기까지 경주하자." 내가 반대편 강가를 보며 말했다.

살바도르는 의심쩍은 표정으로 강물을 봤다.

"잠수하고 싶지 않은데." 살바도르가 말했다. "그다지 깨끗한 것 같지 않아서."

"겁쟁이." 내가 말했다.

"난 겁쟁이 아니야."

"음, 물이 무섭거나 지는 게 무섭거나 둘 중 하나겠지. 어느 쪽이든……"

살바도르는 찡그렸다.

"제자리에," 내 말에 살바도르는 고개를 저었다. "준비."

"안 해." 살바도르가 고집을 부렸지만 발을 움직여 준비 자세를 취하는 게 보였다.

"출발!" 나는 다이빙을 하며 외쳤고, 시야 한 켠으로 0.5초만 지나면 내 옆에 몸을 던지고 있을 살바도르가 보였다.

살바도르는 나보다 나이가 조금 많았다. 키도 더 크고 팔도 더 길었다. 인정하기는 거북하지만 어쩌면 나보다 근육도 튼튼했을 거다.

하지만 이건 핑계가 아니다. 자랑이지. 그 애보다 내가 훨씬 빨리 강 건너편으로 가서 그 애가 도착했을 때는 머리가 다 말라 있었을 정도니까.

나는 얕은 물에 앉아서 웃으며 숨을 고르고 있었다.

살바도르는 내 옆에 첨벙 앉더니 드러누워 해를 보며 헉헉거렸다.

"너," 살바도르는 이를 악물고 말했다. "정말 빠르다."

"그치." 나는 씩 웃었다. "로데오가 수영을 잘해야 한다고 항상 강조했거든. 한 도시에서 사 주나 지내면서 고급반 강좌를 들은 적도 있다고."

"사기꾼. 그렇게 빠르다고 미리 말 안 해줬잖아."

"너도 그렇게 느리다고는 말 안 했잖아." 내 말에 살바도르는 가짜로 얼굴을 찡그리더니 물을 튀기길래 나도 물을 튀겼고, 우리는 둘 다 큰 소리로 웃었다. 그다음엔 눈을 감고 태양을 향해 고개를 들어 얼굴을 말렸다. 먹구름이 몰려들고 있었지만 날씨는 아직 대체로 더웠고 햇살은 아직 대체로 밝았다. 내 계획대로 어색한 분위기는 사라졌다. 남자아이들이란, 콧대를 꺾어주면 긴장이 사라진다니까.

반대편에서 레스터, 베가 부인, 로데오가 아침을 먹으면서 잡담을 나누고 있었다.

"그런데," 살바도르가 물었다. "북쪽으로는 왜 가는 거야?"

"말했잖아. 몬태나 주로 포크찹 샌드위치 먹으러 간다고."

살바도르는 홀쭉였다.

"아아, 그렇지. 그게 북쪽으로 가는 진짜 이유라고?"

나는 잠시 살바도르의 눈치를 살폈다. 그 애는 나를 마주 보고 기다렸다. 나한테 속아주기엔 조금 지나치게 똑똑한 아이였다.

"찾을 게 있어서." 나는 막연하게 말했다. 왜 살바도르에게 추억 상자 이야기를 하고 싶지 않았는지는 모르겠다. 아마 이 한여름의 수영장 분위기에 빠져 있어서 내 이야기를 꺼내 확 가라앉히기 싫었던 것 같다. 하지만 살바도르는 그렇게 쉽게 포기하지 않았다.

"뭔데?"

나는 후욱 한숨을 쉬었다.

"네 걸 보여주면 내 거도 보여줄게."

"뭐?" 살바도르의 얼굴이 일 초 만에 시뻘겋게 타올랐다. 수영은 느려도 얼굴 붉히기는 훨씬 빠른 애였다.

"야아. 너희 엄마랑 이모가 왜 직장을 잃었는지 알려주면 내가 어디로 가는지 말해준다고."

살바도르의 얼굴이 굳어지더니 홍조가 사라졌다.

"개인적인 거야."

"나도야."

살바도르는 나를 노려봤고 나도 마주 노려봤다.

"좋아."

"네가 먼저 말해." 내가 말했다.

살바도르는 어이없다는 듯 눈알을 굴리더니 말했다. "엄마는 직장을 잃은 게 아니야. 우리는…… 다른 이유로 떠났어."

살바도르는 온몸을 바짝 긴장한 채 내게서 눈길을 돌렸다.

"그랬구나." 나는 조심스럽게 말했다. "무슨 이유로……?"

살바도르는 눈을 깜빡였다. 많이, 그리고 빠르게. 그러고는 나한테로 고개를 돌리는데 하도 빨리 움직여서 내가 다 움찔할 정도였고, 그 애의 눈은 빨개져서 눈물을 머금고 있었다.

"어젯밤에 내가 못된 소릴 하지 않았으면 이런 이야기는 안 했을 거야." 그 말에 나는 고개를 끄덕였다. 살바도르는 다시 내게서 눈길을 돌리더니 이어 말했다. "우린 아빠 때문에 떠났어."

그렇게만 말했다. 그렇게 말하고 가만히 있었다. 하지만 나는 질문을 들이대거나 하지 않았다. 이야기가 끝난 게 아니란 걸 알았으니까. 시간이 필요한 거였다. 그래서 기다려줬다.

"우리 아빠는 나쁜 놈이야." 살바도르가 한참 만에 다시 말했다. "항상 나쁜 놈이었어." 그 애가 고개를 저었다. "아니, 항상은 아니야. 가끔은 좋아. 재미있기도 하고. 그런데 성질을 잘 부려. 그리고 못되게 굴 땐 정말 못되게 굴어. 화를 내면 정말 화를 내고. 그리고 화를 내면 가끔……" 살바도르는 낮고 갈라진 목소리로 말끝을 흐렸다. 무슨 이야기인지 알 것 같았고 벌써 눈이 시큰거렸다. 그때 살바도르가 문장을 맺었다. "가끔…… 아빠가 때려."

나는 침을 삼켰다. 눈을 두어 번 깜빡였다.

"널 때려?"

살바도르는 여전히 시선을 돌린 채로 어깨를 으쓱였다. "주로 엄마를 때려."

"주로"라니. 세상에. 뭐라고 할 말이 없었다. 살바도르가 아빠 성을 쓰지 않기로 한 이유를 그제야 알 수 있었다.

등 뒤의 강가 나무들 위에서 새 한 마리가 그 순간과 전혀 어울리지 않는 명랑한 소리로 지저귀었다. 살바도르는 진흙탕에서 돌멩이를 주워 강에 던졌다.

"이모가 엄마더러 아빠와 영영 헤어지랬어. 그런 일들이 있었으니까. 두어 번 집을 나온 적도 있었어. 하지만 어려워. 아빠가 나중에 하도 미안하다고 하니까. 정말 미안한 건지, 미안한 척하는 건지. 그러다 또 그러고." 살바도르는 돌을 하나 더 들어서 물수제비를 떴다. "하지만…… 모르겠어. 어쩌면 절대 끝나지 않으리란 걸 이제 깨달았는지도 모르지. 그래서 집을 나왔어. 그래서 여기 온 거야."

우리는 잠시 흘러가는 진흙물을 보며 말없이 앉아 있었다.

"널 때리다니 너무하다." 내가 말했다.

"날 때리는 건 상관없어." 살바도르는 이글거리는 눈으로 날 보며 잘라 말했다. "아니, 뭐 어쨌든. 엄마를 때리는 게 문제지. 그게 정말 싫어. 내가 막을 수 없었던 것도 싫고 엄마를 지키지 못한 것도 싫어."

"네 잘못이 아니야, 살바도르. 엄마를 지키는 건 네 일이 아니야."

살바도르는 이상한 표정으로 날 보더니 코웃음을 쳤다.

"그러냐. 네가 그런 말을 할 줄은 몰랐네."

나는 받아치려고 입을 열었지만 아무 말도 나오지 않았다.

살바도르는 우리 부모가 그늘에 앉아 아침을 먹고 있는 강 건너로 시선을 돌렸다.

"서로를 돌보는 게 우리 일이라고 생각해." 살바도르가 말하더니 어깨를 으쓱였다. "뭐, 우리가 가진 거라곤 서로뿐이니까."

살바도르. 참 똑똑한 아이인 것 같다.

나는 곁눈질로 그 애를 봤다. 거기 물속에 앉아 있는 모습을. 이맛살을 찡그리고 눈을 가늘게 뜨고서 터프한 표정을 짓고 있는 그 애를. 하지만 한편으로는 전혀 터프해 보이지 않았다. 작고 두렵고 슬픈 것 같았다. 그만둬, 코요테—두렵고 슬프면서도 터프할 수 있다는 걸 모르는 사람처럼 무슨 소리야. 사람은 동시에 백만 가지 다른 존재가 될 수 있다구.

세상에는 슬픔이 너무 많다. 정말 그렇다.

몸을 일으켜 물에 조금 흔들거리다가 살바도르의 어깨에 부딪혔다. 살바도르는 자신을 보는 나를 봤다. 고개를 저었다.

"아니. 아니야. 그러지 마."

"뭘?" 내가 물었다.

"그런 표정 짓지 말라고."

"무슨 표정?"

"아니. 다 알아. 너 그…… 그…… 불쌍하다는 표정 지었잖아. 그 표정 알아. 그 표정 싫다고. 우린 불쌍하지 않아. 강하지."

나는 침을 삼키고 그 표정을 지웠다. 말을 듣기 전까지는 그런 표정을 지었는지도 몰랐지만. 나도 그 표정을 알았으니까. 나도 싫어했으니까.

"알았어." 내가 말했다. "맞아. 나도 늘 그 표정을 보거든. 가는 곳마다. 나도 동감이야. 최악이지."

살바도르는 끄덕이더니 뺨을 긁적이고 강 건너를 바라봤다.

"약속해, 살바도르. 여기서. 네가 나를 불쌍하게 생각하지 않는다면 나도 널 절대 불쌍하게 생각하지 않을게." 나는 물이 뚝뚝 떨어지는 손을 내밀었다.

살바도르는 눈썹을 추켜올렸고 입가에 작은 미소를 떠올렸다.

"그래?"

"그래." 나는 손을 내밀었다. "불쌍해하기 없기."

살바도르는 내 손을 잠시 보더니 손을 내밀어 잡았다. 나처럼 젖어 있었지만 따뜻한 손이었고, 그 애는 부드럽게 꼭 쥐었다.

"불쌍해하기 없기." 내 말을 따라 했다.

우리는 일 분쯤 손을 잡고 있다가 서로 손을 잡은 걸 깨닫고는 손을 놓고 딴 데를 봤다.

"따라올까 봐 걱정돼? 너희 아빠 말야." 내가 물었다.

"아니. 남편 노릇 하는 걸 별로 좋아하지 않았던 거 같아. 아빠 노릇도 그렇구. 우리가 떠나는 걸 알면서도 막지 않았어. 오히려 우리가 나와서 좋을걸." 살바도르의 목소리는 끝에 가선 굉장히 작아졌다. 그 애는 딴 데를 보며 목청을 가다듬었고 나는 아무 말

없이 그냥 됐다.

"좋아." 잠시 후에 살바도르가 말했다. "네 차례야. 몬태나 주에
는 정말로 왜 가는 거야?"

살바도르에게 얼마나 이야기해줄 계획이었는지 모르겠다. 하지
만 살바도르가 내게 사실대로 힘들게 이야기해줬으니 그 애도 사
실을, 모든 사실을, 사실만을 알 자격이 있었다.

나는 시작한다는 뜻으로 크게 숨을 들이마시고 몸을 던졌다.

"음, 사실은 몬태나 주에 가는 게 아니야." 나는 이렇게 시작해
서 모두 털어놓았다. 공원과 추억 상자와 할머니의 전화 이야기를
전부 했고 살바도르는 집중해서 조용히 고개를 끄덕이고 눈썹을
추켜올리며 들었다. 살바도르, 그 애는 말을 잘 들어줬다. 제대로
듣지 않으면서 듣는 사람들도 있는데, 살바도르는 그런 부류가 아
니었다. 짧게 요약했지만, 그 애는 내가 한 말을 전부 귀담아듣고
마음속에 담아두었다. 이야기를 마치자 살바도르는 천천히 고개를
끄덕였다.

"음. 그건…… 그건 대단한 일인데. 그러니까, 중요한 일이라고.
농담이 아니야. 제때 도착하면 좋겠다."

"나도 그래. 아, 잊지 마. 로데오 옆에선 이 이야기는 한마디도
하면 안 돼. 로데오가 우리 목적지를 알면 버스를…… 무엇보다 빠
르다고 하지? 하여튼 빠르게 돌려버릴 거야."

살바도르는 심각한 표정으로 끄덕이더니 로데오를 봤다.

"얼마나 감출 생각인데?"

나는 한숨을 쉬었다. "최대한. 최대한보다 좀 더 오래."

건너편에서 어른들은 식사를 마치고 일어나려 했다.

"이제 돌아가야겠다." 내 말에 살바도르가 "그래야겠네" 했고 우리는 일어나 물 한가운데를 향해 두어 걸음 들어갔는데 그때 살바도르가 걸음을 멈추고 내 눈을 들여다보더니 말했다. "야," 그리고 부끄럽게도 나는 그 애가 나를 안거나 할 줄 알았지만, 살바도르는 나한테 주먹을 내밀며 작게 웃으면서 말했다. "너 멋지다, 코요테." 나도 주먹을 부딪치며 마주 웃고 말했다. "너도 멋져, 살바도르 베가."

나는 강을 돌아봤다.

"젠장." 내가 말했다.

"왜?"

"나 벌써 약속을 어기고 있어."

"어?"

"그러니까, 네가 너무 불쌍하다고."

"왜?"

"이 강을 도로 헤엄쳐서 가려면 내가 또 이겨야 할 테니까." 나는 그 말을 마치기도 전에 이미 키득거렸고 살바도르는 고개를 저으며 웃었다. "시끄러, 코요테." 그러고는 내게 물을 튀겼고, 그렇게 돌아왔다.

19

자, 여기 추억이 하나 있다. 잠에서 깨어나자마자 흥얼거리는 노래처럼, 마술 같고 비현실적인 그런 이상한 추억이다. 마음속에서 흑설탕처럼 달콤하면서도 버석거린다. 어쩌면 내가 자는 데서 시작하기 때문일 것이다. 아니 어쩌면 진짜 마술이기 때문일지도 모른다. 모르겠다. 추억의 내용은 이렇다.

버스는 한쪽에 세워져 있었다. 네바다 주 어딘가 같다. 전날 밤 로데오는 보름달에 주위 사막이 은빛으로 물들고 하늘에 별이 가득할 때까지 버스를 몰았다. 우리는 주 사이를 잇는 큰 고속도로가 아닌 작은 이차선 고속도로를 달리고 있었다. 로데오가 창문을 열어둬서 시원한 사막 공기가 흘러들어왔다. 라디오는 꺼져 있었다. 반대편으로 차가 오지 않을 때면, 그러니까 거의 내내, 로데오는 예거의 전조등을 끈 채로 달빛만이 비추는 길 위를 달렸었다.

나는 그렇게 잠들었다. 달빛은 사방을 적시고, 사막 바람은 내 머리카락을 날리고, 로데오는 혼자 나직이 흥얼거리고 있었다.

근사했다.

하지만 그건 추억이 아니다.

로데오가 신이 나서 부드럽게 내 이름을 속삭이는 소리에 깨어났다. 나는 뒤쪽 내 방 대신 앞쪽 좌석에서 창문에 기대 웅크리고 잠들어 있었다. 버스는 조용히 멈춰 있었고 창문으로 분홍빛이 감도는 노란빛이 흘러들어왔다.

나는 눈을 깜빡이고 부비면서 여기가 대체 어딘지 살폈다.

자느라 부은 얼굴이 된 로데오는 내 앞자리에서 꿇어앉아 있었지만 반짝이는 그의 눈은 밖을 내다보고 있었다.

"코요테," 로데오가 다시 속삭였다. "저것 봐."

나는 일어나 앉아 좀 전까지 머리를 기대고 있던 창문 밖을 내다봤다.

우리는 비포장도로에 서 있었다. 운전하기에 눈꺼풀이 너무 무거워지자 로데오가 눈을 붙이려 거기 차를 세운 것 같았다.

사막이 깨어나고 있었다. 햇볕이 저 멀리 붉은 바위 언덕을 덥히면서.

처음에는 아무것도 보이지 않았다. 눈이 건조하고 뻑뻑했고, 녀석은 풍경과 뒤섞여 있었다. 하지만 어딘가에서 소리가 들리자 커다란 귀가 쫑긋거렸다. 거기 녀석이 보였다.

코요테. 사슴처럼 날씬한 녀석이었다. 뻣뻣하면서도 부드러울 것 같은 갈색과 회색 털에 점박이 무늬가 있었다. 길고 얇은 주둥이가 우리를 향하고 있었다. 날카롭지만 똑똑하고 야성적인 두 눈이 우리를 똑바로 보고 있었다. 버스만 보는 게 아니라…… 녀석은 창문 안의 우리를 마주 보고 있었다.

"너랑 이름이 같은 녀석이야." 로데오가 속삭였다.

녀석은 겨우 4미터쯤 떨어진 덤불 사이에 가만히 서 있었다. 숱 많은 꼬리를 늘어뜨리고 숨을 쉴 때마다 갈비뼈를 오르락내리락하면서 귀를 쫑긋거리고 있었다. 가만히 서서 나와 로데오를 지켜보며.

"와아." 나는 웃으면서 말했다.

로데오도 눈을 반짝이며 웃었다.

"좋은 아침이야." 로데오는 나인지 그 코요테인지, 어쩌면 둘 다에게인지 중얼거리며 인사했다.

코요테는 등 뒤의 사막으로 고개를 돌렸다. 고개를 숙이고 작게 끼깅 소리를 한 번 냈다.

그러자 덤불 그늘에서 두 개의 작은 갈색 몸뚱이가 굴러 나왔다. 새끼들이었다.

둘은 엄마에게 다가가더니 하나는 다리 사이에, 하나는 가슴 옆에 멈췄다. 귀와 다리가 크고 길었고, 너무나 서투르고 귀여웠다. 새끼들은 엄마를 쿵쿵거리더니 멈추고 엄마가 보는 곳을 봤다. 우리를 봤다.

엄마. 엄마와 두 아기. 어쩌면 딸들이었을지도 모른다. 꿈결 같은 일출 속에서 우리를 찾아온 가족.

나는 신이 나서 로데오를 올려다봤다.

하지만 로데오의 미소가 흐려졌다. 로데오는 한 손을 천천히, 좀 떨면서 들더니 엄마와 두 아기를 향해 있는 창문에 손가락을 눌렀다. 눈물을 글썽거리면서.

나는 아무 말도 하지 않았다. 나도 그들, 코요테를 보고 있었다. 그리고 있는 힘껏 숨을 쉬며 울음을 삼켰다.

그렇게 얼마나 있었는지 모르겠다. 우리와 코요테가, 가만히 앉아 서로를 바라보며. 몇 분인지, 몇 초인지 몰라도 그 시간은 삶과 감정으로 충만했고 호흡과 생각으로 촘촘히 엮였다.

태양이 결국 언덕 위로 머리를 밀어 올렸고 새하얀 빛이 부드러운 여명을 관통했다.

엄마 코요테는 코를 들더니 하늘을 쿵쿵거렸다. 그러고 고개를 숙이더니 우리를 보고 딱 한 번 끼깅거렸다. 슬픈 소리도, 아픈 소리도, 두려운 소리도 아니었다. 뭔지는 모르겠다. 하지만 우리를 향해 낸 소리인 건 분명하다.

로데오가 떨리는 숨소리를 냈다.

"옛날에," 로데오가 갈라진 소리로 나직이 말했다. "옛날 옛적에."

그러자 그들은 떠났다. 엄마 코요테는 마지막으로 우리를 한 번 보더니 너무나 빠르고 우아한 동작으로 걸어갔다. 아기들도 쫄랑쫄랑 뒤따랐다. 그들은 순식간에 사라졌다. 사막 속으로 혹은 그들이 살던 꿈속으로 녹아들어갔다.

나와 로데오는 그들이 있던 자리, 엄마와 아기들이 남기고 간 텅 빈 사막을 보며 앉아 있었다. 로데오는 그때까지도 눈물이 글썽거리는 눈으로 창문을 짚고 있었다.

로데오가 한숨을 쉬었다.

차가운 유리에 자기 얼굴을 댔다. 한 번, 코를 훌쩍이는 소리가 들렸다.

그러고 나서 로데오는 다시 자러 갔다. 얼마 뒤, 차분하고 규칙적인 숨소리가 들렸다.

어서 잠들면 아까 본 엄마와 아기들을 다시 볼 수 있을 거라고 바랐을지도 모른다. 그들 꿈을 꾸기를 바란 것일지도. 그들과 조금만 더 시간을 보내기를. 그것은 좋은 생각이었다.

로데오가 꿈을 꿨는지는 모른다.

그런 일이 있었다. 그것, 그 기억을 나는 절대 잊지 않을 것이다.

그건 좋은 기억이라고 생각한다.

그렇게 생각한다.

20

식사와 수영 시간이 끝난 지 겨우 이십 분 지나고, 아침식사를 배불리 하고 도로를 달리던 중 그 전화가 왔다.

나는 소파 끝에 앉아 있었고 살바도르는 내 앞 상자 위에 앉아 있었다. 우리는 사이에 트렁크 가방을 두고 그 위에 낡은 카드를 쌓아놓고 우노 게임 접전을 펼치고 있었다. 아이반은 내 무릎 위에 엎드려 내가 긁기를 멈추기만 하면 손을 쿡쿡 찔러댔다.

살바도르에게 사악한 드로우 4로 공격을 날리는 순간, 요란하고 다급한 전화벨 소리가 들려왔다.

우리는 고개를 홱 돌리고 꼼짝 않고 있다가, 살바도르가 얼른 정신을 차리고 벌떡 일어나 주머니에서 휴대폰을 꺼내 화면을 들여다봤다.

"이모야!" 살바도르는 '응답' 버튼을 누르고 스페인어로 신이 나서 다다다다 대화를 시작했다. 고개를 끄덕이며 대답하고 질문하는 동안에는 눈을 반짝이며 강아지처럼 깡충거렸다. 해가 버스 창문을 통해 비스듬히 들어와 그 애의 피부를 환히 비추고 두 눈을 반짝이게 했다. 살바도르는 안팎으로 모두 환해졌다.

거기 앉아 살바도르가 이모와 통화하는 모습을 보니, 이상한, 묵직하고 메슥거리는 느낌이 뱃속에 들어앉았다. 낯설고 슬픈 긴장감이 마음에 들지 않아 살바도르에게서 눈길을 피해 무릎에서 가르릉거리는 고양이, 행복하고 내 것인 데다 아무데도 가지 않는 고양이를 내려다봤다.

살바도르는 버스 앞의 엄마에게 달려가 휴대폰을 건네고 버스와 함께 흔들리며 내게 돌아와 너무 흥분해서 앉지 못하는 듯 서 있었다.

나는 아이반의 부루퉁한 눈길을 무시하고 내려놓고서 살바도르 옆에 섰다.

"어떻게 됐어?" 내가 속삭였다.

"다 해결됐어." 살바도르가 말했다. "이모가 휴대폰을 잃어버렸는데 우리 번호가 그 휴대폰에만 저장돼 있어서 전화를 받지도 걸지도 못했대. 그러다 새 휴대폰을 구하고 휴스턴에 사는 티오*한테

---

* tío. 스페인어로 삼촌, 숙부 등을 뜻한다.

서 우리 번호를 알아냈대."

"그렇구나." 내가 말했다. "잘됐다. 그럼…… 이제 내릴 곳 주소를 알게 된 거야?"

"어…… 그건 아직 모르겠어. 이모가…… 좀 이상해. 지금 엄마한테 이야기 중인가 봐." 살바도르의 표정이 어두워졌고 나는 그 애를 따라 엄마 쪽 대화를 절반이라도 들으러 앞으로 갔지만, 전부 스페인어라 알아들을 수 없었다. 하지만 듣고 있던 살바도르는 더 찡그린 표정을 지었다. 로데오 뒷자리에 앉아 있던 레스터는 베가 부인을 가만히 살폈다. 로데오도 베가 부인 쪽을 한 번씩 흘끔거렸다. 무슨 일이 있는 것이 분명했다.

베가 부인이 한참 뒤 전화를 끊었다. 창밖을 내다보더니 혼잣말을 중얼거렸다. 눈을 감고 고개를 저었다.

"엄마?" 살바도르가 속삭였다.

베가 부인은 살바도르를 봤지만 아무 말도 하지 않았다.

"괜찮으세요, 베가 부인?" 로데오가 부드러운 음성으로 물었다.

베가 부인은 침을 삼켰다. 고개를 들었다. 마음속으로 손을 뻗어 힘을 찾는 것이 보였다. 에스페란사 베가 부인은 여러 모로 강한 사람이었다.

부인이 입을 열었을 때 목소리는 떨리지 않았다.

"아뇨, 괜찮지 않네요." 부드럽지만 또렷한 음성이었다.

21

살바도르는 엄마 옆에 앉았다. 버스는 덜컹이며 달렸고, 모두 말 없이 베가 부인의 소식을 기다리고 있었다.

"너희 이모가 우리 일자리를 못 구했다는구나." 부인이 살바도 르에게 말했다. "그리고 세인트루이스가 아니래."

"네?" 살바도르가 물었다.

베가 부인은 고개를 젓더니 눈을 가늘게 떴다.

"그 크리스 때문이야." 부인은 그 이름을 욕처럼 내뱉었다. "내가 진작 쓸모없는 놈이라고 했는데." 그러더니 이번에는 스페인어로 뭐라고 내뱉었는데, 말투와 살바도르의 표정으로 봐서 욕설인 게 백퍼센트 확실했다.

살바도르가 우리들을 봤다.

"크리스는, 음, 이모의 애인이에요. 이모랑 엄마를 취직시켜줄 사람을 안다고 했어요."

"그럼…… 이모는 어디 계신대?" 내가 물었다.

베가 부인은 숨을 크게 들이쉬더니 말했다. "피토스키." 잠시 그 것이 또 다른 스페인 욕이라고 생각했는데, 부인이 이렇게 덧붙였 다. "미시건 주 피토스키에 있대요."

"미시건 주?" 살바도르가 놀라서 물었다.

베가 부인이 끄덕였다.

"그래. 크리스가 이젠 거기서 일자리를 구해준다고 했다는구나."

부인은 어이없다는 표정을 지었다. 그러더니 눈을 감고 고개를 저으며 입을 꼭 다물었다. 살바도르는 엄마 어깨에 팔을 둘렀다.

"베가 부인," 로데오가 말했다. "그건 조금도 염려 마세요. 미시건은 아름다운 주랍니다. 제가 제일 좋아하는 곳 중 하나예요. 좀 돌아가서 거기 내려드리는 건 아무 일도 아니에요."

나는 입이 말랐다.

"응?" 내가 외쳤다. "미시건 주엔 갈 수 없어!"

모두의 시선이 내게 꽂혔다. 그렇게 크게 소리지를 생각은 아니었다. 순간 그렇게 튀어나와버린 것일 뿐. 내 말에 뒤따르는 침묵을 어떻게든 채워보려고 더듬거렸다.

"음. 그러니까. 그게, 그러니까, 돌아가는 거 아닌가?" 그래. 아이고. 그 말은 더 심했다. 정말 싸가지 없는 애처럼 말해버렸다. 레스터까지 '얘, 너 지금 진심이니' 하는 표정으로 봤다. 하지만 나는 미국을 직선으로 가로지르는 지도를 필사적으로 그려가며 거기 미시건 주를 향해 지그재그로 우회하는 방법을 필사적으로 떠올리고 추억 상자를 영영 잃어버리기 전까지 몇 시간이 남았는지를 필사적으로 기억해내려 하고 있었다.

"돌아간다고?" 로데오가 말했다. "코요테." 아얏. 그렇게 내 이름을 부르는 로데오의 말투는 난생처음, 혹은 아주아주 오랜만에 듣는 것이었다. 놀람. 실망. 슬픔. 내 얼굴이 빨개졌다. 그나마 다행이다 싶었던 것은, 로데오가 운전 중이라 그렇게 내 이름을 불렀을 때 그의 눈을 보지 않아도 됐다는 것이었다.

살바도르는 나를 보고 있었다. 그 애의 복잡한 머릿속이 보였다. 그 앤 내 비밀을 알았으니까.

"아니." 살바도르가 재빨리 말했다. "우릴 데려다주지 않아도 돼요. 너무 멀잖아요. 원래 계획대로 버스를 타고 가도 돼요."

살바도르. 착한 아이.

하지만 로데오는 고개를 저었다.

"절대 안 돼. 이미 버스에 탔잖아, 기억 안 나니? 이미 완벽한 버스에 타 있는 두 사람을 더럽고 낡은 버스 정류장에 버리고 가진 않을 거야. 조금 돌아가도 괜찮지, 레스터?"

"나는 괜찮아요."

로데오는 백미러로 나와 눈을 마주쳤다.

"코요테?" 로데오는 조심스레 시험하는 목소리로 물었다. "여기 우리 친구들을 가야 할 곳에 데려다주지 못할 이유가 있니?"

대답에 얼마나 걸렸는지 모르겠다. 솔직히, 삼 초쯤 걸렸을 것이다. 하지만 그보다 엄청 더 길게 느껴졌다. 그 삼 초 동안 머릿속에 천 가지 생각이 스쳐지나갔으니까. 당연히 추억 상자도 지나갔다. 그리고 지도와 째깍거리는 시계침도. 그리고 지켜야 할 비밀이 있다는 것과, "음, 사실 이 사람들을 더럽고 낡은 버스 정류장에 꼭 버리고 가야 해. 내가 내내 거짓말을 해왔는데, 우리는 사실 로데오가 세상에서 유일하게 가고 싶어하지 않는 곳으로 돌아가고 있거든"이라고 말한다면 내 모험은 끝장이라는 사실도. 하지만 베가 부인이 주유소 주차장에서 누군지도 모르는 나를 위해 차문을 열어준 것도 기억했다. 그리고 경청하는 눈과 내게 나눠준 비밀을 지닌, 아침에 눈 뜨자마자 사과할 줄 아는 살바도르도.

비밀을 지키면서 상자를 되찾는 건 내가 해야 하는 일이었다. 하지만 살바도르와 엄마를 돕는 것도 아마 마찬가지인 것 같았다. 그만둬, 코요테―거기엔 "아마"를 넣어선 안 돼.

"없어." 나는 대답했다. 얼굴 가득 활짝 웃으며 내 가슴속 두근거림을 감출 만큼 큰 미소이길 바랐다. 양손으로 앞창 너머 지평선을 가리켰다. "미시건 주로 가자!"

로데오는 백미러로 나를 잠시 보더니 웃으며 끄덕였다.

"새로운 경로를 알려줘, 레스터!" 로데오가 외쳤다. "목표는 가족 상봉이야."

나는 사 초, 오 초 정도 가짜 미소를 유지할 수 있었고, 레스터가 휴대폰을 두드리자마자 일어나서 방으로 돌아갔다. 진땀이 나고 속이 메슥거려서 최대한 빨리 지도를 확인해야 했다.

침대에 털썩 앉아 지도책을 보는데 살바도르가 커튼을 통해 숨죽여 말했다. "코요테! 들어가도 돼?"

"응." 내가 대답했고 살바도르는 커튼 사이로 몸을 드러내기도 전부터 분당 3킬로미터 속도로 떠들고 있었다.

"코요테정말미안해있잖아우릴데려가지않아도돼너는집으로돌아가야하잖아엄마한테상황을이야기하면로데오에게내려달라고할테고―"

"잠깐만." 나는 들고 있던 지도를 내려다보며 말을 막았다. 우리가 있던 테네시 주에서 미시건 주까지 그리고 워싱턴 주로 손으로 선을 그으면서 원래의 직선 경로와 눈으로 비교했다. "가능할 것 같아." 손가락으로 거리를 재는데, 지도 위에 뭔가 툭 떨어져서 펄쩍 뛰었다.

"자. 이걸 써." 살바도르의 휴대폰이었다. 이미 작은 지도를 켜 두었다. "어딜 가고 싶은지 입력만 해."

나는 휴대폰을 잡아채서 두드렸다.

"좋아." 입력하며 중얼거렸다. "여기가 테네시 주 채터누가 근처 니까. 여기서 포플린 스프링스, 집까지는…… 삼십칠 시간이야. 피토스키를 경유지로 넣으면 운전 시간은…… 허." 나는 눈을 깜빡였다. 다시 확인했다. 그리고 살바도르를 향해 활짝 웃었다.

"왜? 얼마나 걸리는데?" 살바도르가 물었다.

"사십오 시간밖에 안 걸려. 겨우 여덟 시간 더해지는 거야. 할 수 있어, 확실히." 아침 햇살처럼 안도감이 차올랐다. 와. 비밀을 털어놓고 계획을 망치고 친구를 버릴 뻔했다. 아무 일도 아닌 것에.

"확실해? 시간이 꽤 빡빡할 줄 알았는데." 살바도르는 걱정으로 이맛살을 잔뜩 찡그리고 있었다.

"확실해. 여유가 좀 있었거든."

살바도르는 여전히 석연치 않은 표정이었다. 나는 일어나서 그 애 눈을 들여다봤다.

"이건 중요한 일이야. 너랑 너희 엄마가 이모한테로 안전히 가는 거 말이야. 충분히 보람 있는 일이야. 아니, 그 이상이지. 우리가 꼭 데려가줄게." 나는 주먹을 내밀었다. 살바도르는 확신 없는 눈빛으로 보더니 다가왔다.

"넌 좋은 친구야, 코요테." 살바도르가 조용히 말했다. 그러더니 주먹을 부딪치고 수줍게 웃더니 돌아서서 내 방을 나갔다.

그 애 말에 잠시 심장이 간질거렸다. "친구"는 내가 그다지 자주 듣는 말이 아니었다. 한번 듣고 나면 더 자주 듣고 싶어지는 그런 말이다.

하지만 간질거림을 즐길 시간이 없었다. 입술을 깨물며 생각에 잠겼다.

애당초 여유 시간이 많이 없었는데 그중 여덟 시간을 내주게 됐다. 성공하려면 운전을 훨씬 더 많이 하고 잠은 덜 자야 했다.

즉, 내가 레스터 워싱턴과 터놓고 대화할 때가 왔다는 뜻이었다.

22

"뭘 하라고?" 레스터는 가라앉은 목소리로 '지금 나랑 농담하는 거냐' 하는 표정을 또렷이 짓고 물었다.

그날 오후 켄터키 주 어딘가의 주유소에 차를 세웠다. 로데오는 화장실을 쓰러 갔고 레스터는 연료를 넣는 중이라 나는 기회다 싶어 그 기회를 잡았다.

"밤새 운전해주면 좋겠어요. 참, 아빠한테 내가 부탁했다고 말하지 말고. 그게 다예요."

"그게 다라고?" 레스터는 눈썹을 치켜떴다. "괜찮다면 정보가 좀 더 필요하겠는데."

나는 로데오가 나오는지 편의점 문을 지켜봤다. 들어갈 때 책을 들고 있었으니까 몇 분 걸릴 것 같았다.

"음…… 내가…… 좀 바빠요. 중요한 일이에요. 그래서 가능하면 빨리 가고 싶어요."

"흐음." 레스터가 말했다. 팔짱을 끼고 버스에 기댔다. "털어놔라, 꼬마야. 포크찹 샌드위치 때문에 이러는 거 아니지?"

나는 잠시 숨을 들이쉬었다. 오후의 햇살에 한쪽 눈을 찡그린 채 레스터를 봤다. 좋은 사람이라는 데는 의심의 여지가 없었다. 그의 도움이 필요하다는 데도 의심의 여지가 없었다. 하지만 위험을 감수하고 모든 걸 말해버렸는데 레스터가 로데오에게 다 얘기하면 다 망하는 거다.

얼굴을 가리는 머리카락을 훅 불어 치웠다.

"로데오에게 말 안 한다고 약속해요?" 내 물음에 레스터는 곧바로 고개를 저었다. "못 하겠는데." 하지만 내가 배신감에 당혹한 표정을 짓자 그의 표정이 조금 밝아졌다.

"알았어, 알았다고." 레스터가 말했다. "무슨 일인지 몰라도, 불법이야?"

"아니에요."

"위험한 일이야? 네가 다칠 수도 있는?"

"아니에요."

이번엔 레스터가 숨을 들이쉬었다. 그는 눈썹을 추켜올리고 나를 몇 초간 가만히 봤다.

"째깍, 째깍, 레스터." 내가 말했다.

"알았어. 만약 내가 불법이 아니라고 판단하고, 만약 내가 위험하지 않다고 판단하고, 만약 내가 걱정할 일 없겠다고 판단하면, 너희 아빠에게 말 안 한다고 약속해. 거기까지야."

나는 혀를 찼다. 안심하기에는 조건이 너무 많았지만, 내게 선택권은 별로 없었다. 나는 폐가 가득차도록 숨을 들이쉰 뒤 한꺼번에 내쉬고 "우리 엄마랑 언니, 동생 이야기 알죠?"로 시작해서 삼십 초 뒤 거의 숨이 바닥났을 때 "그래서 거기 수요일 아침까지 돌아가지 못하면 상자는 영영 찾지 못하고 그렇게 살 순 없어요. 끝"이라고까지 말했다.

내가 이야기하는 동안 레스터의 얼굴은 '이 괴짜 아이가 무슨 생각인 걸까' 하며 흥미로워하는 표정에서 점점 진지한 표정으로 바뀌었다. 이야기를 마치자 레스터는 나를 잠시 봤다. 그러고는 살짝, 나를 향해서라기보다는 자기 자신을 향해 고개를 끄덕였다.

"그런데 정말 너희 아빠한테 그 이야기를 하면 안 된다고?"

"아직은요." 나는 고개를 저었다. "오 년 동안 돌아가지 않았고, 아빠는 다시는 가지 않을 생각이에요. 아빠에겐 너무 슬픈 일이라서요. 나도 이해해요. 하지만 그 상자를 잃는 건 내가 너무 슬퍼요. 그래서 아빠한테 알리기 전에 최대한 가까이 가야 해요."

"그다음엔?"

나는 어깨를 으쓱였다.

"우리가 지나간 다리를 폭파시키려고요."

레스터가 조금 더 다가오자 그의 초록색 눈에 작은 갈색 점이 보였다.

"코요테, 너희 아빠에게 거짓말하지는 않을 거야. 너희 아빠가 물어보면 사실대로 말할 거야." 나는 그가 그다음에 무슨 말을 할지, 숨도 쉬지 않고 기다렸다. "하지만 그것 말곤 네가 제시간에 집에 갈 수 있도록 내가 할 수 있는 모든 걸 다 할게."

어쩔 수 없었다. 나는 레스터를 덥석 끌어안았다.

"고마워요, 고마워요, 고마워요." 내가 말했고 레스터는 웃으면서 어색하게 내 등을 두드리며 말했다. "알았어, 알았다고." 주유기가 덜컥 멎었고 내가 놓아주니 레스터는 예거의 주유구 뚜껑을 닫았다.

"가서 자야겠다." 레스터가 말했다. "긴 밤이 기다리고 있으니까."

나는 씩 웃었다.

"푹 자둬요." 혼자 짊어지는 대신, 레스터와 살바도르가 비밀을 함께 지켜주기로 하니 마음이 백만 킬로그램쯤 가벼워졌다.

가끔 누군가를 믿는 건 가장 두려운 일처럼 느껴진다. 하지만 그거 아는가? 완전 혼자인 것보다는 그쪽이 훨씬 덜 두렵다.

172

23

하늘은 어두워졌고 다가오는 차 전조등이 버스 안을 비춰 눈을 찡그렸다. 고속도로에서 몇 킬로미터밖에 안 떨어진 괜찮은 식당에서 재빨리 저녁을 먹었고 웅웅거리는 고속도로로 다시 진입하던 중이었다. 지나치는 간판과 지도만 보자면 그곳은 오하이오 주였다. 오하이오 주의 기분을 상하게 할 생각은 없지만, 그곳은 거기가 맞는지 알기 어려운 주 중 하나다. 로데오는 계산을 하고 화장실에 갔고 우리는 예거에 타서 다시 출발할 준비를 하며 기다리고 있었다. 고맙게도 레스터는 운전석에 앉으며 로데오에게 말했다. "있잖아요, 오늘밤에 운전 좀 할게요."

살바도르와 나는 부른 배를 안고 소파에 앉았다.

"그럼," 살바도르가 물었다. "이제 네 대답을 내놓아야 할 것 같은데."

"내 무슨 대답?" 내가 물었다.

"그 질문. 우릴 태우기 전에 했던 거."

"왜 내가 그 질문에 대답해야 해?"

"음, 우린 다 대답했으니까. 넌 우리가 좋아하는 책, 장소, 샌드위치를 다 알잖아. 난 모르고."

"알았어, 살바도르 씨. 좋아. 좋아하는 샌드위치는 단연 비엘티*.

---

* BLT. 베이컨, 양상추, 토마토가 들어가는 샌드위치.

173

대단한 건 안 들어가지만 완벽한 샌드위치야. 빵에 마요네즈를 많이 바르고 토마토에 후추를 많이 뿌리면 최고야."

살바도르는 의심적다는 듯 눈썹을 추켜올렸다.

"좋아. 뭐, 나라면 양상추랑 토마토는 버리고 베이컨만 먹겠지만, 알겠어."

"음, 그럼 넌 바보야, 살바도르 베가. 균형 잡힌 게 좋은 거라고."

"샌드위치에 균형은 필요 없어, 이 괴짜야. 치즈가 필요하지."

"남의 대답에 뭐라 할 순 없어. 내가 좋아하는 샌드위치를 물었잖아, 네가 좋아하는 게 아니라. 내 샌드위치를 가지고 맨스플레인하지 마. 아니, 보이스플레인 하지 마."

"'맨스플레인'이 뭔데?"

"맨스플레인이란 남자가 여자한테 바보라는 듯이 뭔가 설명하는 거야. 사실 자기야말로 바보인데. 요즘 유행하는 말이야. 『뉴욕 타임스』에서 읽었어."

로데오는 『뉴욕 타임스』가 눈에 보일 때마다 나더러 처음부터 끝까지 읽게 해서 나는 세상에서 일어나는 중요한 일 대부분을 그럭저럭 안다. 그건 축복이자 저주다. 세상에는 끔찍한 일이 많이 일어나고 있으니까.

"좋아." 살바도르가 인정했다. "비엘티라고 해."

"그래, 좋아하는 책도 쉬워. 『세상에 단 하나뿐인 아이반』이야. 환상적인 책이지."

"그건 못 읽었는데."

"음, 그럼 읽어봐. 반론의 여지가 없는 책이야. 나한테 책도 있고 독서등도 있으니…… 오늘 밤부터 읽어봐."

"그럴까. 그럼 마지막 질문."

"좋아하는 장소." 나는 어둠 속을 내다보며 가만히 생각했다. 우스운 일이었다. 다른 사람들에게 그동안 그렇게 많이 질문했지만, 내 대답은 생각해본 적이 없었다.

머릿속에 서너 곳이 떠올랐다. 물론 지금 내가 향하는 샘프슨 파크도 있었다. 그곳을 그려보기만 해도 온갖 추억이 몰려들었다. 웃던 추억, 뛰어다니는 추억, 사계절의 추억, 내 손을 잡는 따스한 손의 추억. 하지만 거긴 말할 수 없었다. 오 년 동안 가지 못한 곳을, 불도저에 밀려 사라질 곳을 제일 좋아하는 곳으로 삼을 순 없었다. 그건 너무 슬프니까.

할머니 집을 생각했다. 아늑한 서재와 커다랗고 편안한 소파, 지하실의 이층 침대. 음, 예전에 지하실에 있던 침대였다. 이제는 없을 것 같다. 더는 필요가 없을 테니까. 전에 살던 집의 내 방, 정확히는 로즈와 함께 쓰던 방이 생각났다. 어항이 있고 우리가 그린 그림이 벽에 붙어 있고 한쪽 구석에 커다란 곰돌이 인형이 있던 방. 아니. 다시 갈 수 없는 곳을 고를 수는 없었다. 그것도…… 너무 슬프니까.

어려운 질문이었다. 나랑 로데오에게 장소란 우리가 좋아하는 곳이 아니었다. 그건 우리가 지나쳐 백미러로 바라보는 곳이었지. 사람도 마찬가지였다.

생각에 잠겨 천장을 바라봤다. 그러다 미소를 지었다. 대답이 보였으니까.

"말해주지 않을 거야." 나는 이렇게 말하고 살바도르가 입을 열려고 할 때 손가락을 들어 보였다. "보여줄게. 로데오를 처음 봤을 때 기억나?"

그 순간, 로데오가 버스 계단을 오르더니 운전석에 앉은 레스터의 어깨를 두드리고 좌석에 털썩 앉았다. 나는 벌떡 일어나서 외쳤다. "로데오! 다락방에 탑승할 허가를 내려주십쇼." 나는 살바도르 쪽을 엄지로 가리켰다. "호위기 조종사랑."

로데오는 창밖을 내다봤다. 아주 엄격한 다락방 규칙을 준수하는지 확인하는 것이었다.

"어두워." 내가 말했다. "아무것도 안 보여. 그리고 고속도로까지는 뒷길로 8킬로미터쯤 조용히 가야 해."

로데오는 입을 꾹 다물더니 어깨를 으쓱이고 살바도르 쪽으로 턱짓했다.

"쟤 엄마에게 허락받아. 규칙도 알려주고. 안전하게."

"알았어."

살바도르에게 설명하니 그 애 눈이 반짝였고 엄마를 졸라 결국 허락을 받았다. 그다음 나는 차 지붕으로 통하는 해치에 연결된 밧줄 사다리를 내렸다. 해치는 내 방 커튼 뒤에 있었고, 우리가 천장에 온통 구름을 그려놓아서 낮에 그걸 열면 구름 낀 날 햇빛이 비추는 느낌이 들었다.

"시속 55킬로 이하로 유지해요, 레스터." 흔들리는 사다리를 오를 때 로데오가 앞에서 하는 말이 들려왔다. 잠금 고리를 서너 번 당겨 해치를 열어젖힌 뒤 예거의 지붕 위로 올라갔다.

살바도르도 곧바로 내 옆에 와서 작은 지붕 위 세상을 둘러봤다.

사실, 볼거리가 그렇게 많은 건 아니었다. 그저 버스의 노란 금속 지붕일 뿐이었다. 다른 게 있다면 로데오가 가장자리에 설치한 금속 난간이었는데, 가끔씩 튀어나오는 별난 구석에 비해서는 그가 조금 더 지각 있는 사람임을 증명하는 것이었다. 그리고 하늘에서 비추는 별빛과 은색 달빛으로 지붕이 온통 물들어 있었다.

"멋지다." 살바도르는 살그머니 기어가 땅바닥을 내다보며 숨을 들이쉬었다.

"그래. 여기가 다락방이야. 가끔 여기서 식사도 하고 놀기도 해. 담요를 끌고 올라와서 자기도 하고."

밑에서 예거의 엔진이 부르릉거렸고 살바도르는 눈이 휘둥그레졌다.

"이리 와." 내 말에 살바도르는 나를 따라 버스 앞쪽으로 조심조심 기어갔다. 나는 앞쪽 난간을 잡고 엎드렸고 살바도르는 내 옆에 자리를 잡았다.

"우리, 어…… 우리 정말 여기서 타고 가는 거야?"

살바도르는 아주 터프한 척했지만, 목소리에서 긴장이 느껴져 나는 미소를 지었다.

"그럼. 빨리 달리지 않고 차도 없는 좁은 길이라 겁낼 거 없어.

두고 봐. 규칙은 간단해. 일어서지 않는다. 멈추고 싶으면 지붕을
세 번 두드린다. 그게 다야. 알겠지?"

살바도르는 코로 숨을 쉬더니 '응, 물론, 당연하지, 나도 늘 버스
지붕에 올라타서 다녀, 그게 뭘 대수라고 그래'라는 듯이 고개를
세차게 끄덕였다.

여전히 살바도르는 두려운 표정이었다. 그래서 세상에서 가장
좋아하는 장소 말고도 하나를 더 알려주기로 했다. 얼굴이 맞닿을
정도로 바짝 다가가서 말했다. "여기선 비밀을 외쳐도 돼."

"응?"

"움직이기 시작하면. 엔진 소리랑 바람 소리랑 온갖 소리랑 같
이 비밀을 외칠 수 있어. 세상을 향해, 아니면 달을 향해, 바람 속에
다 외쳐버려. 아무도 듣지 못할 테니까."

살바도르는 침을 삼켰다.

"왜 그러는 건데?"

"왜냐면…… 왜냐면 기분 좋으니까? 평소엔 말할 수 없는 걸 말
하는 거나. 진실을 외치는 거나. 가끔 나는 그냥…… 이름만 외쳐."

"누구 이름?" 살바도르가 질문했지만 조용하고 진지한 말투였
고 그 애도 이미 답을 아는 듯했다.

"그 이름들," 내가 속삭였다. "여기 올라오면 그 이름을 부를 수
있어. 여기 올라오면 외칠 수 있어."

살바도르는 끄덕였다.

"그러니까," 나를 불쌍해하는 데에 매우 가까워 보이는, 금방이

라도 약속을 어길 것 같은 그 애 눈에서 시선을 돌리며 말했다. "하고 싶으면 비밀을 마음껏 외쳐. 아무도 안 들어."

"네가 들을 거잖아, 코요테."

나는 그 애를 마주 보고 웃었다.

"응. 하지만 말 안 할게."

살바도르도 마주 웃었다. 그리고 우린 움직이기 시작했다.

처음에는 천천히, 하지만 곧 빠르게. 작은 식당 주차장에서 나와 이차선 도로로 접어들어 정말로 움직이기 시작하자 바람에 머리카락이 뒤로 날리고 눈물도 바람에 날아갔다. 살바도르는 난간을 꽉 잡고 몸을 더 낮췄다.

시속 55킬로미터는 버스 안에 있을 때는 별거 아니게 느껴진다. 하지만 정말이지, 버스 위에서는 전혀 다른 속도로 느껴진다.

나는 살바도르에게 고개를 돌렸고, 그 애는 달빛에 치아를 희게 빛내며 웃고 있었다.

"할래?" 내가 외쳤다.

"너 먼저!"

좋아. 좋다고.

비밀 외치기, 그건 사적인 일이었다. 아무하고도 나눠본 적 없었다. 그러니, 맞다. 조금 긴장했다. 솔직해지라구, 코요테─그래, 나는 떨고 있었다.

아마 그전에는 사실 친구를 가진 적이 없었고, 내가 제일 좋아하는 곳을 남과 나눈 적도 없었던 것 같다. 하지만 이 두 가지 새로운 일은 썩 괜찮은 새로운 일 같았다. 그러니 조금 더 용기를 내도 된다고 생각했다.

나는 양손으로 난간을 잡은 채 몸을 꿈틀꿈틀 비틀어 일어나 무릎을 꿇었다. 바람이 머리카락을 흩날렸고 몰아치는 공기를 향해 눈을 가늘게 떴다.

번쩍이는 전조등 불빛으로부터 시선을 들어 하늘의 부드러운 불빛을 올려다봤다. 그리고 언니, 내 이름 쓰는 법을 가르쳐주고 밤에 내가 무서워하면 자기 침대에 살금살금 들어갈 수 있게 해주던 언니를 떠올렸다. 모든 것을—바람과 별들, 추억을—한숨에 들이쉬고 고개를 젖히고 내뱉었다.

"에이바!" 나는 외쳤다. "에이바!"

눈을 감고 동생, 민들레 홑씨 불기를 좋아하지만 늘 제대로 못하고 늘 "민들꽃"이라고 부르던 동생을, 내가 혼나면 자기가 일러놓고도 함께 울던 아이를 떠올리고 또 한번 숨을 들이쉬고 내뱉었다.

"로즈!" 어둠 속을 향해, 세상을 향해, 내 추억을 향해 외쳤다. "로즈!"

엄마는 기억하려고 노력할 필요도 없었다. 엄마 기억은 끄집어낼 필요도 없었다. 엄마는 늘 거기서 웃으며 기다리고 있었다. 이마에 닿는 엄마의 손길이, 눈을 찌르는 머리카락을 치워 귀 뒤에 꽂아주는 엄마의 손길이 느껴졌다.

"엄마!" 목이 메지만 힘껏 외쳤다. "사랑해, 엄마!"

턱을 가슴 위로 내리고 눈을 감고 헉헉거리며 거기 꿇어앉아 있었다.

곁에서 부스럭거리는 것이 느껴졌다. 살바도르가 일어나 무릎을 꿇는 것이었다.

살바도르가 잠시 내 옆에 있더니 그 애가 외치는 소리가 바람결에 울려퍼졌다.

"난 터프한 척하지만," 그 애가 외쳤다. "사실은 늘 무서워!"

와. 그거 좋은데. 대단해. 살바도르는 이 비밀 외치기를 제대로 하고 있었다.

내가 눈을 뜨자 살바도르가 날 돌아봤다. 눈을 동그랗게 뜨고 입을 벌리고 티셔츠가 펄럭이고 있었다. 눈에 눈물을 글썽이고 있었다. 하지만 그냥 바람 때문이었을 수도 있다.

나도 눈에 눈물이 글썽였다. 하지만 그것 역시 바람 때문이었을 수도 있다.

우리 둘 다 달리는 버스 위에서 무릎을 꿇고 어둠을 향해 외치면서도 몹시 진지한 표정이었다.

살면서 가끔은 처한 상황에서 멀찌감치 떨어져 자신의 모습을 몸밖에서 보게 되는 듯한 순간이 있다.

우리는 우스꽝스러웠다.

아니, 우린 멋지기도 했지만…… 우스꽝스럽기도 했다.

나는 웃었다. 아주 깔깔 웃어댔다.

살바도르는 잠시 눈을 내리깔았지만, 곧 내가 자신이나 자신의 비밀을 보고 비웃는 게 아님을 깨달았던 것 같다.

그러고는 그 애도 웃었다. 정말 입을 크게 벌리고 어깨를 흔들며 웃었다. 살바도르가 몸을 숙이는 바람에 내 어깨에 부딪혔다. 나도 그 애 어깨에 부딪혔다. 우리는 둘 다 다시 앞을 향했다.

  "가족이 보고 싶어!" 나는 앞의 도로를 향해 외쳤다.

  "밤에 엄마가 잘 때 울기도 해!" 살바도르가 소리쳤다.

  우리 어깨가 맞닿았다.

  "집에 가고 싶다!" 내가 외쳤다.

  "친구들이 보고 싶어!" 살바도르가 고함쳤다.

  "난 친구가 없어!"

  아차. 입을 꾹 다물었다. 그 비밀은 나눌 생각이 없었다. 분위기에 좀 휩쓸린 건 같다.

  살바도르는 내게 고개를 돌렸지만 나는 앞만 봤다.

  살바도르는 아주 잠시 날 보더니 다시 앞을 봤다.

  그리고 외쳤다. "코요테가 내 친구가 되면 정말 좋겠다!"

  목이 메고 속이 메슥거렸다. 아주 힘껏 눈을 깜빡였다.

  살바도르는 기다리더니 내 얼굴을 봤다. 그 애와 눈을 마주치기 어려웠다.

  "그래서?" 그 애는 내가 자기 말을 못 듣기라도 하는 것처럼 얼굴에 대고 외치더니 이렇게 덧붙였다. "되어줄래?" 나는 웃음을 터뜨리고 그 애 얼굴에 대고 외쳤다. "뭐, 네 친구가 안 되진 않을게!" 그 애도 웃더니 내 얼굴에 대고 외쳤다. "좋았어!" 우린 둘 다 웃고 엎드렸다가 아무 말 없이 함께 바로 누워 별이 빛나는 하늘을 올려다봤다.

"고마워." 살바도르는 계속 하늘을 향한 채로 이번에는 외침이 아닌 목소리로 말했다. 나는 뭐가 고맙다는 건지 알 수 없었지만 예의는 지킬 줄 알았으므로 "천만에"라고만 말하다가, 어쩐지 어색해서 덧붙였다. "나도 고마워." 그러니 살바도르가 대답했다. "별거 아니야."

괜찮은 아이였다. 살바도르는.

괜찮은 것 이상이었다, 아마도.

하지만 이튿날이면 그 애와 영영 작별해야 했다.

24

미시건 주 피토스키에 너무 빨리 와버렸다.

미시건 주 피토스키는 도시도, 지도 위의 한 점도, 기다리는 이모도 아니었다. 미시건 주 피토스키는 작별이었다.

피토스키에 사는 선량한 사람들에게 개인적인 감정은 없지만, 피토스키에 도착하자 피토스키가 미워졌다.

그 전날 밤 잠들지 않을 줄 알았는데, 정신을 차리고 보니 잠에서 깨어나 눈을 깜빡이고 있었고 해가 뜨고 있었다. 미시건 주에 들어온 지 한참 된 것이 공기에서도 느껴졌고 그게 싫었다. 하품을 하고 햇빛에 눈을 찡그렸다.

아이반이 옆에 누워 파랗고 졸린 눈을 깜빡이고 있었다.

"그래. 질질 끌어봐야 소용없어, 친구. 반창고를 뗄 때가 됐나 보다."

아이반은 하품만 하길래 나는 일어나 커튼 밖으로 나갔다.

레스터는 믿음직하게도 아직 운전 중이었고 로데오는 담요 더미 위에서 코를 골고 있었고 베가 부인은 소파에서 잠들어 있었다. 하지만 살바도르는 자지 않고 소파 앞 의자에 앉아 내가 전날 밤 건넨, 모서리가 접힌 『세상에 단 하나뿐인 아이반』을 읽고 있었다. 그 애는 내가 나오는 걸 보더니 시선을 재빨리 거뒀고 그래서 아마 나랑 비슷한 감정이라는 걸 알 수 있었다.

나는 이를 악물고 그 애에게 다가갔다.

"안녕." 내가 말하니 살바도르도 "안녕" 했고, 나는 몸을 구부려 꼭 미시건 주의 소나무 같이 생긴 소나무들이 창밖에 스치고 지나가는 것을 보고 물었다. "여긴 어디야, 정확히?" 살바도르는 어깨를 으쓱이더니 말했다. "레스터가 삼십 분 전에 한 시간쯤 남았다고 했어." 나는 답했다. "아, 잘됐네." 몇 초가 지나고 내가 이어 말했다. "있잖아, 난 작별 인사 안 해, 알겠지? 넌 멋진 애고 우린 친구가 됐으니까 널 내려주면 그걸로 된 거야. 도착하면 네 짐 들고 그냥 내려줄래? 인사하고 싶지 않아. 그러는 편이 쉬워. 알았지?" 캠프장이나 호텔이나 도시 공원이나 공공도서관에서 친구를 사귈 뻔하다가 헤어지면서 힘들게 얻은 교훈이었다. 작별이 어떤 건지 알기 때문에 최고의 작별 인사는 소리 내어 말하지 않는 것임을 알게 됐다.

살바도르는 나를 향해 눈을 깜빡였다.

"알았어."

그러고 내가 버스 앞으로 걸어가려는데 살바도르가 "잠깐만" 하더니 접은 종이를 건넸다. 그것을 받아 걸어가서 레스터 옆자리에 앉아 열어보니 "네 친구 살바도르"라는 글자와 전화번호가 적혀 있었다.

나는 그 종이를 들고 창밖을 내다봤다. 얼굴에 괴상한 미소를 짓고서.

살바도르의 그 점은 인정한다. 그 애는 '일종의' 친구가 한 부탁을 정말 잘 들어줬다. 딱 내가 부탁한 대로 내렸다. 이모에게 전화를 해서 그녀가 어디 있는지 확인한 뒤로, 살바도르와 엄마는 짐을 챙기느라 바빴다. 내게 다가와 『세상에 단 하나뿐인 아이반』을 돌려줬지만 나는 "가져" 하고 말하면서 읽던 책에서 눈을 떼지 않았다. 그리고 거기 도착했다.

우리는 그 애 이모가 묵고 있던 호텔 옆의 레스토랑에서 그녀를 만났다. 주차장에 차를 세우는데 창문 너머로 자리에 앉아 있는 이모가 보이자 살바도르와 엄마는 몹시 반가워했다. 나는 아이반의 등을 긁어주면서 계속 책을 읽었다.

작별 인사 같은 게 좀 있긴 했지만 나는 하지 않았다. 로데오와 레스터는 그들에게 건강하라고 인사하고 가방과 짐을 내려주었고 아마 포옹도 했을 테지만 나는 신경 쓰지 않았다.

로데오와 레스터는 다시 버스에 타서 문을 닫았고 나는 우연히 고개를 조금 들었다가 레스토랑 창문을 통해 살바도르 이모가 조카와 베가 부인이 들어오는 걸 보고 벌떡 일어나 얼싸안고 흥분해서 이야기 나누는 걸 봤다.

가족과 재회하는 건 틀림없이 좋을 것이다.

나는 다시 책을 들여다봤다.

"어떠니, 설탕자두?" 로데오가 운전석에 앉더니 잠시 나를 보고 물었다. "어서 가, 아저씨." 책에서 고개도 들지 않고 답했지만 로데오가 고개를 끄덕이는 걸 곁눈질로 봤고, 곧 시동이 걸리더니 출발했다.

하지만 한번 더 훔쳐보긴 했다. 어쩔 수 없이 목을 가다듬지 않으면 안 돼서 창밖을 재빨리 한번 더 내다봤다.

베가 부인은 동생과 이야기하고 있었다. 서로 손을 맞잡고 서로 눈을 들여다보면서 이야기를 나누며 고개를 끄덕였다. 여느 자매들이 그러듯이.

살바도르는 그들 옆에 서 있었다. 레스토랑에서 한쪽 팔에 더럽고 낡은 휠캡을 낀 채 서 있었다. 나를 보고 있었고 다른 팔을 들어 흔들었다.

멍청한 휠캡을 든 바보 같은 남자애와 작별하는 것보단 내 책이 훨씬 더 재미있었다.

아니지, 코요테—재미없었다. 정말, 정말 재미없었다. 책 말고 멍청한 남자애와 작별하는 것이. 그게 재미없었다. 나는 눈을 깜빡이고 콧구멍을 벌름거린 뒤 이를 악물고 괜찮다고, 나는 괜찮다고, 모든 게 괜찮다고 되뇌었다.

"어이, 귀여운 데이지," 거리로 덜컹덜컹 출발하는데 로데오가 불렀다. "옛날 옛적에 이야기 하나 해볼래."

나는 책을 덮고 가슴이 시원해지고 머리가 맑아지도록 크게 숨을 들이쉬고 얼굴에 미소 비슷한 걸 떠올렸다. 그래야 했다. 우린 그렇게 달렸다. 아마도.

"옛날 옛적에," 내가 이야기를 시작했다. "어떤…… 말이 살았어."

"오오. 말 이야기 좋지. 어서 해봐, 아가."

레스터가 건너편 자리에서 나를 보고 있었다. 누가 보는 게 싫었다. 책을 내려놓고 이마를 창문에 기댔다.

"음, 그 말은 맹렬한 말이었어. 늘 아무도 태우지 않겠다고 맹세했어. 혼자서 바람에 갈기와 꼬리를 나부끼며 평원을 내달렸지. 자유로웠지." 나는 침을 삼키고 목소리에 힘을 불어넣을 이야깃거리를 열심히 찾았다. 찾을 수가 없었다.

"좋아." 로데오가 달래듯 말했다. "그래서……?"

나는 숨을 들이쉬고 내쉬었다. 버스 안이 너무 허전해서 도저히 집중할 수가 없었다.

"그래서, 그래서, 어느 날 밤에 달리고 있었는데…… 부엉이가 옆에 날아왔어. 그 부엉이가 말을 내려다봤지. 말은 달빛 속에서 자기 그림자랑 경주를 하고 있었어."

"와아. 대단한 풍경이다, 코요테."

"그런데 부엉이가 말했어…… 음, 그렇게 말했어…… 아니, 물어봤어……"

"뭐라고 물었는데?"

나는 고개를 들어 로데오를 봤다. 로데오는 운전대를 두드리며 고개를 끄덕이고 자리에서 조금 몸을 움직였다. 살짝 미소를 짓고 있었다. 다시 길을 떠날 때면 로데오는 늘 그랬다.

나는 로데오를 가만히 봤다.

나는 친구를 사귀었다. 그리고 그 친구를 방금 두고 왔다. 방금 두고 왔다. 나는 다시 혼자가 됐다. 로데오는 그걸 모두 알고 있었다. 하나도 빠짐없이 알고 있었다. 그런데도 거기 앉아 웃으면서 음악에 맞춰 엉덩이를 들썩이고 머리를 흔들고 있었다.

"부엉이가 말에게 뭐라고 물었지?" 로데오가 다시 말했다.

"행복해?" 내가 물었다. 목소리가 쉰 것처럼, 갈라지고 잘 나오지 않았다. 이유를 알 수 없었다.

로데오는 손장단과 몸동작을 멈췄다. 나를 돌아봤고, 이맛살에는 주름이 가 있었다.

"왜 부엉이가 그런 걸 물었지?"

나는 입을 열었다. 하지만 미처 대답하기 전에 레스터가 껴들었다.

"어! 잠깐만. 무슨 일이 있나 봐요."

레스터의 손끝이 향하는 쪽을 봤고 그 애가 보였다.

살바도르가 주차장을 가로질러 우리를 따라오고 있었다. 한 손에 아직도 그 멍청한 휠캡을 들고서. 그 애가 전속력으로 달리며 빈손을 흔들고 있었다.

로데오가 브레이크를 밟아 우리는 천천히 멈췄고 살바도르는 헉헉거리며 달려왔다.

가슴에서 심장이 미친 짓을 해댔지만 나는 무시하고 벌떡 일어나 로데오가 문을 열 때 계단에 섰다.

살바도르가 헉헉대며 거기 서 있었다.

"안녕." 살바도르는 숨을 몰아쉬며 말했고 나는 그 애의 표정을 읽을 수가 없었다. 화가 난 것 같았지만 내게 난 것 같지는 않았고 흥분한 것 같았지만, 막 신이 난 것 같진 않았다. 내가 말했다. "어, 왜 그래?"

살바도르는 나를 흘끔거리더니 말했다. "저, 우리, 음, 타도 될까?"

심장이 철렁했다. 살바도르가 달려왔을 때 나도 모르게 희망 같은 것이 생겨났지만 그 바보 같은 질문과 함께 죽어버렸기 때문이다. 그 애가 돌아오려나 잠시 생각했는데, 그런 게 아니라 호텔인지 어딘지로 태워다달라는 것일 테지.

"아. 물론. 어디로?"

살바도르는 고개를 저었다.

"못 믿을 거야." 그 애 말에 내가 말했다. "그래애애애. 어디로?"

살바도르는 고개를 젓더니 시선을 돌렸다가 다시 나를 보더니 입꼬리 한쪽만으로 비뚜름히 미소를 지으면서 말했다. "음…… 워싱턴 주 얘키모라는 곳 들어봤어?"

아무렇지도 않았다고 말하고 싶다.

그러나, 으음. 그렇지 않았다. 이봐, 코요테─아무렇지도 않았다니, 거짓말도 어지간해야지.

어찌나 크게 환호성을 올렸는지 목이 아플 정도였다. 나는 뛰어내려가 살바도르에게 "다시 만나 반갑다, 어서 와"하며 끌어안다가 그 애를 거의 쓰러뜨릴 뻔했다.

미시건 주 피토스키에 대해 완전 잘못짚었다. 그곳을 사랑한다.

그리고 알고 보니 작별에 대한 내 생각도 틀렸다.

최고의 작별은 상대를 두고 떠나지 않는 것이다.

25

그렇게 순식간에 버스는 다시 가득찼다.

처음으로 로데오는 새로운 승객에게 묻는 세 가지 질문을 생략했다. 사실 이미 탔던 사람들과 합류하는 셈이었으니 빠져나갈 구멍이 있었달까. 살바도르와 베가 부인과 베가 부인의 동생 콘셉시온이 짐 가방과 손가방과 휠캡을 죄다 들고 예거에 탔다. 베가 부인이 로데오와 레스터에게 무슨 일인지 설명하는 동안 나는 살바도르 버전의 이야기를 듣기 위해 내 방으로 데리고 갔다.

우리는 매트리스 가장자리에 앉았고 살바도르는 내게 자초지종을 이야기했다.

"그러니까 이건, 완전 기차 전복 같은 사태였어." 살바도르가 말했다.

"엄마 직장은 어떻게 됐어?"

"직장 같은 건 애초에 없었어." 살바도르는 화가 나서 굳은 표정으로 내뱉었다. "크리스가 이모한테 일자리가 있다고 했지만, 알고 보니 크리스가 거짓말한 거였어. 사실 그건 이모 말고는 아무도 놀라지 않을 일이었지. 크리스는 원래 사기꾼이니까. 이모가 오늘 아침 일어나보니 미안하지만 책임질 준비가 안 됐다는 헛소리를 적어놓고 떠났대. 완전 사라진 거야. 차랑 물건이랑 돈도 거의 다 가지고 갔대."

"진짜?"

날 보는 살바도르의 눈이 이글거렸다.

"농담하는 거 같아?" 살바도르가 쏘아붙였지만 내가 고개를 빼자 혀를 차고 눈을 내리깔더니 곧바로 말했다. "미안해. 그냥 너무 열받아서."

"아냐, 아냐, 이해해. 진짜 거지같은 일이네." 나는 손을 뻗어 침대 끝에 웅크린 아이반을 안아 살바도르에게 건넸다. 아이반은 귀를 쫑긋거리며 날 봤지만, 추웠는지 가만히 있었다.

살바도르는 아이반을 무릎에 앉히고 머리를 긁어줬고, 아이반은 몸을 맡기고 가르릉거렸고 살바도르의 어깨에서 힘이 조금 빠지는 게 보였다. 고양이 테라피는 늘 통한다니까. 나는 잠시 아이반의 마법이 효력을 발휘하기를 기다리며 앉아 있었다. 그리고 물었다.

"그래서, 음…… 애키모는 왜?"

"아. 그건 진짜 직장이야. 크리스가 알려준 데도 아니고. 이모가 어떤 부인이랑 일한 적이 있었는데 꽤 '절친'했었대. 이 모든 게 틀어지기 시작했을 때 그 부인한테 전화를 했나 봐. 그분은 애키모에 있는 호텔에서 일하고 있대. 사실, 그 부인이랑 남편이 거기 주인이라나? 어쨌든 엄마랑 이모가 일할 자리가 있다는데 이번엔 백퍼센트 확실하대. 거기 가기만 하면 된대. 자꾸 네 계획을 방해해서 미안해."

나는 양손을 벌리고 웃었다.

"농담해? 이건 완벽하다고! 이제 워싱턴주까지 갈 구실이 생겼잖아!"

나는 살바도르가 웃으면서 하이파이브를 청할 줄 알았는데, 그 애는 끄덕이더니 손만 내려다봤다. 그 애가 외친 비밀이 생각나서 이 모든 것이 어쩌면 살바도르한테는 나처럼 재미있지 않을 수도 있겠다는 생각이 들었다. 나는 미소를 조금 지우고 말했다. "살바도르, 너랑 엄마에게 이런 일이 생겨서 정말 유감이야." 그랬더니 그 애는 의심쩍은 표정으로 날 보고 말했다. "유감? 우리 약속을 어기는 건 아니겠지?" 내가 말했다. "물론 아니지." 그 애는 고개를 끄덕이더니 "좋아"라고 말했고, 우리는 우노 게임을 할 때가 된 것 같다고 뜻을 모았다.

로데오는 늘 우주가 균형을 추구한다고 한다. 로데오가 하는 많은 이야기가 그렇듯이 정확한 뜻은 모르겠지만, 크리스와 직장 등 이런저런 나쁜 뉴스가 있은 지 몇 시간 뒤 우주는 우리에게 새로운 승객을 선사했고 그 승객은 확실히 긍정적인 쪽이었다.

그 승객 이름은 밸이었고, 우리랑 함께하게 된 사연은 이렇다.

우리는 하루 종일 미시건 주의 어퍼 반도를 달렸다. 살바도르의 이모는 정말 고맙게도 세 시간씩 운전을 맡겠다고 자원했다. 그 시간에 나는 대부분 그녀의 뒷자리에 앉아서 베가 부인과 함께 잡담하고 웃었다. 두 사람은 참 가까웠다. 둘은 어릴 적에 있었던 온갖 우스운 이야기를 들려줬다. 하얀 퀸체아녜라* 드레스에 케첩을 뿌린 엄청난 사건이라든지, 살바도르의 엄마가 남자친구와 있을 때 그들의 엄마가 집에 불쑥 들어온 사건이라든지. 두 번째 사건에 대해 자세히 들려주지는 않았지만, 에스페란사가 당황해 얼굴이 붉어진 걸 보니 무슨 일인지 대략은 알 것 같았다. 서로를 잘 알고 서로를 사랑하는 자매와 시간을 보내니 좋았다. 게다가 콘셉시온은 내가 여태 들어본 적 없는, 크고 갑작스럽고 요란한 소리로 웃었다. 뭐가 우스운지 이해하지 못할 때도 콘셉시온이 웃으면 따라 웃

---

* Quinceañera. 스페인어로 '열다섯 살'의 여성명사로서, 동시에 남미 문화에서 여성의 열다섯 살 생일을 축하하는 행사를 가리킨다.

을 수밖에 없었다.

어쨌든 그날 저녁 늦은 시간대에 미시건 주를 벗어나 위스콘신 주를 통과해 미네소타 주로 진입할 때에는 이미 어두워지고 있었고, 몇 명은 잘 준비를 하던 즈음에 예거에게 연료를 주러 주유소에 들렀다. 나는 굉장히 배가 고파 작은 가게로 가서 빙빙 돌아가는 스토브 같은 곳에서 돌고 있던 매운 핫도그를 하나 샀다. 내가 아주 좋아하는 메뉴다. 그거 하나랑 시원한 스쿼트(그것도 물론 샀다)* 한 병만 있으면 천국이 따로 없다. 솔직히 스쿼트가 무슨 맛인지 잘 모르지만 완벽하게 상쾌한 맛인 것만은 잘 안다.

핫도그를 한입 베어 물고 예거로 돌아가는데 그 사람을 봤다.

아니, 정확히는 그 사람 소리를 들었다.

그녀는 가게 앞쪽 보도에 앉아서 훌쩍이고 있었다. 조금 훌쩍였지만 내 귀에 들렸고 나는 걸음을 멈추고 뒤로 돌아 그 언니 앞에 섰다.

찢어진 청바지와 검은 후드티를 입고 있었고 내가 늘 멋지다고 생각하는 코걸이를 하고 있었다. 걸음을 멈추니 그녀가 나를 올려다봤는데 두 눈이 빨갰다.

"괜찮아요?" 내가 물었다.

그 언니는 시무룩한 표정을 지었고 터프하게 대답을 하려는 듯 눈을 가늘게 떴지만, 곧 눈에 터프함 대신 눈물이 차올랐다. 그녀

---

* Squirt. 큐리그 닥터 페퍼 사에서 만드는 감귤류 맛의 탄산음료.

는 눈알을 굴렸지만, 나에게서 시선을 돌리기 전에 곧 눈물이 다시 글썽거렸다.

"아니." 그녀의 목소리가 갈라졌다.

"왜 그래요? 혹시 서밍thumbing해요?"

그녀가 내게 눈을 깜빡였다.

"그게 무슨 말이야?" 쉰 목소리였다.

"있잖아요. 히치하이킹. 어디 태워줄 사람 찾는 거요."

그 언니의 눈에 다시 눈물이 글썽거렸다.

"응. 그런 거 같아."

"음, 어디로 가는데요?"

그녀는 다시 어깨를 으쓱이더니 전혀 즐겁지 않은 건조한 웃음을 뱉었다.

"멀리."

"가출한 거예요?"

그녀가 코웃음을 쳤다.

"그런 건 아니야. 쫓겨난 거에 가깝지."

"쫓겨나요? 집에서? 어쩌다?"

그 언니는 잠시 나를 살피더니 고개를 저었다. "이해 못할 거야."

나는 스퀴트를 한 모금 마셨다.

"그래도 한번 말해봐요."

여자는 훌쩍이고 목덜미를 긁더니 말했다. "부모님이 좀 전에 뭔가를 알게 됐는데, 그분들이 나를…… 인정하지 않아. 내가 어떤 사람인지를."

"음, 어떤 사람인데요?"

여자는 두어 번 침을 삼키더니 쉰 소리로 말했다. "난 동성애자야."

나는 아무 말도 하지 않았다. 그건 멀쩡한 사람을 집에서 쫓아낼 이유처럼 들리지 않았다.

하지만 누군가 아파하고 있으면 뭔가 해야 한다. 로데오가 말하듯이 늘 친절하게.

그래서 나는 길바닥에 스쿼트 병을 내려놓고 매운 핫도그를 양손에 들고 조심스레 가운데를 갈라 두 쪽으로 나눴다. 절반을 그 언니에게 내밀었다.

"같이 먹을래요?" 내가 물었다.

그 언니는 경계하는 눈빛으로 우리 사이의 핫도그를 보더니 받았다.

"조심해요." 나는 옆에 앉으면서 경고했다. "매워요. 할라페뇨를 넣고 구운 거예요."

그 언니가 한입 베어 물었고 내가 물었다. "이름이 뭐예요?"

그녀는 핫도그를 문 채 대답했다.

"밸러리," 그러고는 삼키고 덧붙였다. "벨."

"내 이름은 코요테예요. 만나서 반가워요." 손을 내밀어 악수를 청했다.

그녀는 훌쩍이더니 또 한입 베어 물었고, 씹는 동안 나는 궁리했다.

자, 당연히 그 언니를 태워줄 생각이었다. 밤에 주유소에서 울고 있는 여자를 보면 누구든 상관없이 가능하면 돕고 싶어지는 법이다. 살바도르를 만난 밤, 로데오가 나를 밤에 두고 갔을 때 경찰에 신고했던 오지랖 아주머니만 봐도 알 수 있다. 하지만 좋은 도움과 나쁜 도움이 있으니, 밸에게 내가 좋은 도움을 줄 수 있는지 알고 싶었다. 또, 밸의 부모님 이야기는 마치 개를 만난 아이반처럼 내 털을 곤두서게 했다. 내가 제일 좋아하는 이모 젠도 동성애자이고 이모의 아내 소피아는 내가 제일 좋아하는 친척인데, 누군가 그들이 사랑하는 상대 때문에 그들을 미워한다고 생각하니 권투 장갑을 끼고 싶어졌다.

또 당연히, 더 이상은 시간을 늦출 수 없었다. 하지만 이 밸이라는 언니가 어디로 가든 상관없다고 한다면 태워도 전혀 늦어지지 않을 것이다. 게다가 면허가 있으면 운전을 도울 수 있으니 어쩌면 더 빨리 도착할 수도 있는 거 아닌가.

하지만 여기서 세 번째로 당연히, 로데오에겐 가출한 사람을 태워주는 데에 규칙이 있었다. 18세 이하는 법 등등 여러 가지 좋은 이유로 누구든 금지였다.

이렇게 밸과의 첫 대화는 여러 개의 "당연히"가 내 머릿속에서 방방 뛰어다니는 시간이었다.

"몇 살이에요?" 내가 물었다.

밸은 나를 훑어봤다.

"열아홉."

"열아홉이요? 와. 어려 보이네요. 지금도 부모님이랑 같이 살아요?"

"학교에 갈 거야. 아니, 갈 생각이었지. 커뮤니티칼리지에."

나는 주차장을 둘러봤다. 드나드는 사람이 많은 복잡한 고속도로 트럭 휴게소였다. 우는 사람을 두고 가도 좋을 만큼, 착한 사람들만 오는 곳은 아니었다. 나는 울어서 부은 눈으로 시멘트 위에 주저앉은 갈 곳 없는 밸을 봤다.

세상엔 슬픔이 참 많다.

우선 스쿼트로 입안의 매운맛을 씻어냈다.

"저기, 우리랑 같이 갈래요?"

밸이 눈을 가늘게 떴다.

"누구랑?"

"나랑 로데오요. 저 버스를 타고 다니고요. 다른 승객도 몇 명 있어요. 서쪽, 아이다호 주 보이시를 지나 워싱턴 주로 갈 거예요. 가고 싶은 곳 어디나 내려줄 수 있어요."

밸은 버스를 봤다.

"이상한 사람들 같은 거 아니지? 위험하거나?"

"아, 이상한 사람들은 맞아요. 하지만 위험한 부류는 아니에요."

밸은 코웃음을 쳤다. 그리고 고개를 갸웃거렸다.

"사실은 시애틀로 갈까 생각 중이었어. 거기 꽤 멋진 사촌이 있거든."

"오, 잘됐네요! 인연이네."

밸은 잠시 입술을 깨물었다. 그리고 눈을 감았다 뜨고 일어났다.

"좋아. 그러자."

"좋아요. 하지만 우선 몇 가지 물어봐야 해요."

일 분 동안 세 가지 문답을 한 뒤, 밸은 나를 따라 예거의 더러운 계단을 밟았다. 운전석에 앉아 있던 로데오가 밸을 보더니 입을 꾹 다물었다.

"누구지?"

"새 승객이야, 로데오." 자신 있고 열정적인 목소리를 내려고 최선을 다했다.

로데오는 코로 숨을 길게 내쉬었다.

"이 버스는 말이지," 로데오는 밸이 듣지 못하게 작게 말했다. "두 사람이 사는 집이야." 두 손가락을 들어 강조하면서. "너. 그리고 나. 그런데 이제," 로데오는 소리 없이 셈을 하며 버스를 둘러봤다. "일곱 명이 탔구나. 일곱 명이야, 곰돌아. 그리고 고양이까지."

"응." 나는 양손을 들어 보였다. "하지만 원래 56인승 아니야?"

그 순간 로데오의 표정을 보니, 내가 방향을 잘못 잡은 것을 느낄 수 있었다.

"질문 세 개는 이미 했어." 내가 얼른 말했다.

"그러냐."

"응."

"가장 좋아하는 장소는 어디래?" 로데오가 물었고 나를 시험하는 것이 분명해 기분이 나빴다.

"할머니네 부엌이래." 내가 질문했다는 걸 거짓말이라고 여기는 것이 달갑지 않다는 걸 분명히 하는 냉랭한 목소리로 대답했다. "일요일 아침의."

로데오는 입을 꾹 다물었다.

"좋은 대답이지." 내가 말했다.

로데오는 좀 더 뜸을 들이더니 끄덕였다.

"그래, 그렇네." 하지만 로데오는 고개를 젓고 형광등 불빛이 가득한 야간의 주차장과 주유소를 내다봤다.

나는 아무 말도 하지 않았다. 우리가 로데오의 친절을 갉아먹고 있다는 걸 알고 있었고, 그래서 더 밀어붙이고 싶지 않았다. 게다가 나는 로데오를 잘 알았다. 아빠를 잘 알았다. 기회만 주면, 항상 아빠의 친절이 이긴다.

그렇고말고.

로데오는 자리에서 몸을 돌렸다. 돌아서 밸의 눈을 들여다봤다. 천천히 조용히 부드럽게 그 눈을 봤다. 그리고 작지만 하얀 치아를 드러내는 미소를 지었다.

그리고 밸의 눈을 들여다보며 말했다. "안녕. 이름이 뭐지?"

밸은 목청을 가다듬었다.

"밸이에요."

"몇 살이니, 밸?"

"열아홉이에요. 5월에 스무 살이 돼요."

로데오는 고개를 끄덕였다.

"좋아. 나는 로데오라고 부르렴. 배고프면 저기 찬장에 먹을 게 있단다."

로데오는 차창을 향해 바로 앉아 시동을 걸었고 착한 예거는 부르릉 살아났다.

나는 뱀을 끌어당겼고 뱀은 눈썹을 잔뜩 찌푸리고 나를 봤다.

"아까 물어본 건 대체 뭐였어?" 뱀이 속삭였다.

나는 뱀의 어깨에 손을 얹었다.

"승차권을 얻은 거죠. 골라 앉아요, 뱀. 편하게 지내요."

26

뱀과 살바도르와 나는 머핀의 블루베리처럼 잘 어울렸다.

처음 만난 날 저녁 우리는 잠들기 전에 우노 게임을 열두 판은 한 것 같다.

뱀은 재미있는 사람이었다. 재치 있게 농담을 했고, 말투까지 재간이 넘쳐 나는 매번 웃음을 터뜨렸다. 동시에 남의 말을 잘 들어주기도 했다. 늘 눈을 크게 뜬 채로, 말하는 사람의 눈을 봤고, 이야기 내용에 따라 고개를 끄덕이거나 젓거나 어이없다는 표정을 지었다. 또 뱀은 아이반에게 "지금까지 본 고양이 중에 제일 잘생겼어"라고 해서 높은 점수를 받았다. 좋은 사람이었다, 밸은.

우리는 온갖 이야기를 다 했다. 꿈과 희망과 이것저것. 살바도르도 밸에겐 속마음을 편하게 터놓았는데, 그건 대단한 일이다. 나도 밸에게 모든 걸 다 이야기했다. 엄마와 언니, 동생, 사고 이야기를 다 했고 애초에 우리가 왜 이 여행을 하는지도 말했다. 신경 써서 조용히 말하며 로데오 앞에서는 이 이야기를 하지 말라고 당부했다. 이야기를 하는 중에 밸이 울음을 터뜨려서 좀 불편했지만, 밸은 손을 뻗어 내 손을 꼭 잡았고, 그건 굉장히 좋았다.

그날 밤 밸에 대해서 많은 걸 알게 됐다. 밸은 시인이었고 언젠가 뉴욕에 가서 살기를 바랐다. 예전에는 배우가 되고 싶었지만 작년에 결심이 바뀌어 출판 일을 하면서 언젠가 책을 쓰고 싶다고 했다. 밸은 애플파이에 아이스크림을 얹는 사람은 제정신이 아니라고 생각했다. 가장 좋아하는 가수는 피오나 애플이라는 여자였고, 밸을 심하게 웃기면 콧소리를 내는데 그건 우습기도 하고 귀엽기도 했다.

그날 밤 살바도르에 대해서도 새로 알게 된 사실이 있었다. 놀라운 일이었다. 좋은 일이었다. 우리는 어쩌다 후회하는 일을 이야기하게 됐다. 잘못했다고 여기는 일, 다르게 했더라면 하고 바라는 일들. 로데오에게 그건 언급 금지 항목에 들어가는 주제라서 내겐 흥미진진한 이야기였다.

"미건," 밸이 말했다. "진짜 멋진 여자였어. 아, 인기가 많아서 멋진 게 아니라 진짜 멋진 여자. 걔한테 정말 홀딱 반했거든. 영영. 우리는 아주 친했어. 하지만 고백할 용기가 없었어. 그리고 이제······ 젠장. 이제 다시는 못 보겠네."

"아쉽다." 내가 말했고 살바도르도 끄덕이며 맞장구쳤다.

"넌?" 밸이 내게 물었다.

나는 잠시 버스 창밖의 전조등이 반짝이는 어둠을 내다봤다.

"음. 내 후회는 지금도 진행 중인 것 같아. 그 상자를 가지러 아직 돌아가지 않은 게 후회돼. 너무 늦어버릴 수도 있을 때까지 망설인 거. 거기까지 제시간에 간다면 뭐······ 후회하는 거 없어. 하지만 못 가면······ 그 상자를 영영 잃어버리면······" 목이 메서 말이 나오지 않았다. 밸과 살바도르는 점잖게 내가 말을 마치기를 기다리며 입을 다물고 앉아 있었다. 하지만 나는 이미 이야기를 마쳤다. 어떤 것은 도저히 말로 할 수 없는 법이다. 그럴 때는 말하지 않는 것이 말하는 유일한, 최선의 방법이다.

"음, 그럼 가야지." 살바도르가 말했다. "그렇지?"

"당연히 가야지." 밸도 맞장구쳤다. "후회 없이 말이야, 동생아."

밸이 "동생"이라고 한 건 별 생각 없이, 남자들이 서로 형, 아우하듯이 부른 것이었다. 나도 그건 알았다. 그렇긴 한데. 처음에는 나를 "동생"이라고 부르는 게 마음에 드는지 나도 헷갈렸지만, 그건 한순간이었고 곧 좋아하기로 결정했다. 정말 좋았다.

둘을 향해 미소를 지었다. 그리고 살바도르를 향해 고갯짓했다.

"넌?"

살바도르는 고개를 저었다.

"아냐."

"무슨 소리야, '아냐'라니? 우리 둘 다 털어놨잖아. 너만 감출 순 없어, 살바도르."

살바도르는 날 노려봤지만 나는 신경 쓰지 않았다.

"진짜야." 내가 말했다. "그건 공평하지 않아. 너도 알잖아. 후회하는 일 말해줘, 친구."

"알았어, 알았다고." 살바도르는 한숨을 쉬었다. "자, 잠깐만." 살바도르는 일어나더니 짐 가방과 이모가 가져온 짐 더미로 달려갔다. 찾던 것을 안고 돌아오더니 그것을 우노 카드가 펼쳐져 있던 작은 테이블에 내려놓았다.

나는 입을 딱 벌렸다.

"내가 생각하는 그거 맞아?" 내가 물었다.

살바도르는 *끄덕였다.* 단단한 검정 케이스의 잠금장치를 열고 뚜껑을 젖히더니 반짝이는 진갈색 바이올린을 꺼냈다.

"연주할 줄 알아?" 내가 작게 물었다.

"응." 살바도르는 좀 작고 수줍게 대답했다.

"잘해?"

살바도르는 어깨를 으쓱였다. 하지만 그 몸짓을 읽을 수 있었다. '잘하고 말고, 그렇지만 난 잘난 척하고 싶지 않아' 하는 몸짓이 확실했다. 나는 어둠 속에서 씩 웃었다. 살바도르 녀석. 끝내주는 바이올린 연주자인 걸 감추다니.

"멋지다." 밸이 말했다. "그래서…… 후회는 뭔데?"

살바도르는 바이올린 현을 쓰다듬었다. 소리가 날 정도로 힘을 주진 않았지만, 그걸 사랑한다는 걸 알 수 있을 정도로 부드러운 손길이었다.

"엄마. 엄마는 내가 연주하는 걸 들어본 적 없어. 아니, 내가 연습하는 건 들었지만. 나는 청소년 오케스트라에서 연주하는데—아니, 예전엔 그랬지. 제1바이올린 수석이었어. 역대 최연소라나 뭐라나. 그런데 콘서트니 뭐니 하면 엄마는 늘 일해야 했어. 곧 큰 콘서트도 하나 있었는데. 내 특별 독주니 뭐니 그런 것도 있었고. 게다가 내가 아주 끝내주게 연주했거든. 그 독주 자신 있기도 했고. 일부러 엄마가 그날 휴가도 빼놓았었어. 이제야 무대에서 조명도 받고 관객도 다 모인 데서 엄마가 날 볼 수 있었단 말이야. 그런데…… 그런데 이런 일이 생겨서 떠나야 했고 이제……" 살바도르는 한숨을 쉬며 고개를 저었다. "하지만 알잖아. 지구가 멸망한 것도 아닌데 뭐."

살바도르의 말투, 풀죽어 희망을 잃은 그 말투는 정말로 지구가 종말을 맞이한 느낌을 줬다.

"젠장." 내가 말했다. "와, 그거 완전 아쉽다."

"진짜 아깝다." 벨도 맞장구를 치더니 힘내라는 듯 살바도르의 어깨를 툭 치고 소파에 기댔다. "그럼…… 우리한테 연주해줘."

"아니." 살바도르는 바이올린을 부드럽게 케이스에 도로 집어넣었다.

"그러지 말고!"

"아니야." 살바도르의 말투가 단호해서 우리는 더 조르지 않았다. "그럴 기분이 아니야. 그 생각만 하면…… 우울하다고, 알아?"

살바도르는 딱 소리를 내며 잠금장치를 닫았다.

"피곤하다." 살바도르가 말했다. "그만 잘래."

"응." 밸이 울적한 한숨을 쉬며 말했다. "나도."

그랬다. 후회란 그런 것 같다. 그것은…… 풍선이 아니라 닻이다. 그리고 우리는 가라앉았다.

나는 흔들리는 버스에 앉아 고속도로의 전조등 불빛을 내다봤다. 살바도르는 엄마 옆자리에 가서 앉았다. 베가 부인은 아들을 안더니 뺨에 입을 맞췄고 살바도르는 엄마 어깨에 머리를 기댔다. 부인은 나와 만난 후로 거의 내내 어깨를 기운 없이 늘어뜨리고 있었다. 밤이 되면 울었다. 우는 소리를 한 번 들었다. 살바도르가 자던 때. 작게 훌쩍이며 숨을 몰아쉬는 소리일 뿐이었지만 확실히 들었다. 눈물을 닦는 것도 봤다. 물론 살바도르에겐 말하지 않았다. 솔직히 말해 그 애가 다락방에서 외친 비밀을 생각하면 우스울 지경이었다. 두 사람 모두 밤에 서로가 자는 틈에 몰래 운다는 것도 조금 웃기긴 했다. 하지만 사실은 전혀 우스운 일이 아니었다, 전혀. 두 사람이 참 용감하다고, 참 강인하다고 생각했다. 살바도르 아빠와 이 모든 일로 두 사람이 겪은 일을 생각했다. 그리고 평생의 삶과 모든 걸 두고 떠난 베가 부인의 용기도 생각했다. 세인트루이스에 일자리가 없다는 걸 알게 되고, 미시건 주에서 버림받은 동생을 찾고, 거기 있기를 바라는 일자리를 찾아 생전 처음 가보는 곳으로 향하다니. 삶은 그들을 계속 쓰러뜨리지만 그들은 계속 일어나서 싸웠다.

두 사람이 한 번쯤은 이기면 좋을 것 같았다. 그들에겐 그럴 자격이 있었다. 세상이 그 정도는 해줘야 한다고 생각했다.

스쳐 지나가는 도로를 보고 있으니 머릿속에 한 가지 아이디어가 떠올랐다. 생각하면 할수록 빠져드는 아이디어였다.

아이반이 무릎에서 내 눈을 올려다보며 가르릉거렸다. 녀석의 등을 쓱쓱 문질렀다.

"할 수 있을 거 같아, 아이반." 내가 속삭였다. 미소를 지었더니 녀석도 그렇다면서 눈을 깜빡였다.

나는 생각하고 있었다.

아니지, 계획에 더 가까웠다.

27

내 작은 계획을 성사시키려면 로데오를 설득해야 했는데, 이 계획은 로데오 마음에도 들었기 때문에 많이 설득할 필요는 없었다. 나와 레스터, 그리고 나와 로데오, 그리고 아마 레스터와 로데오 사이에 속닥속닥 몇 차례 대화만 오가면 됐다. 휴대폰 검색과 장소 조사, 시간표 확인에 상당한 공이 들었다. 나는 계산을 하고 시간을 셈하고 거리를 세 번, 네 번, 다섯 번 더했다. 그날은 월요일 밤이었다. 화요일 아침에는 계획을 실행에 옮길 수 있었다. 집에 돌아가기 전날. 레스터가 밤에 운전을 하니 열두 시간의 여유가 있었다. 열두 시간. 친구를 위해 삼십 분은 내줄 수 있었다. 불안으로 속이 쓰렸지만 할 수 있었다.

그날 밤 살바도르가 자는 사이에 우리는 모두 속닥속닥 계획을 세웠다. 몬태나 주 빌링스에 진입하던 무렵에는 모든 준비가 끝났다. 여전히 행운이 많이 필요했고 잘못될 가능성도 많다는 걸 알았지만 한번 해보기로 했다.

아침식사가 모든 것의 시작이었다. 레스터가 휴대폰으로 검색해 미리 골라놓은 식당에 차를 세웠다. 우리는 모두 버스에서 내려 안으로 들어가 음식을 시키고 테이블 몇 개를 차지했다.

로데오가 다시 곧바로 밖으로 빠져나가 모퉁이를 돌았지만 아무도 알아차리지 못했다.

우리는 모두 먹고 잡담하고 화장실을 다녀왔고 레스터와 나는 느릿느릿 시간을 끌며 모두가 우리처럼 꾸물거리도록 최선을 다했다. 몇 분이 지나자 식사가 거의 끝났고 레스터와 나는 초조한 시선을 주고받기 시작했다.

그리고 마침내, 일행들이 막 일어서려는데 로데오가 편안한 표정으로, 하지만 자세히 보면 숨을 좀 헐떡이며 문으로 들어왔다.

나는 '그래 어떻게 됐어' 하는 표정으로 로데오를 봤다. 로데오는 마법 같은 눈으로 살짝 윙크했다. 나는 웃음을 감추느라 달걀을 포크에 찍어 입에 쑤셔넣었다. 계획대로 진행 중이었다.

우리는 모두 버스에 탔고 로데오가 예거의 시동을 걸고 출발했다. 하지만 고속도로로 향하지 않았다. 주차장 뒤로 빠져나가 골목 길을 지나서 다른 더 큰 주차장으로 들어갔다.

로데오는 커다란 붉은 벽돌 건물 뒤에 예거를 세웠다. 큰 쓰레기통과 이동식 경사로, 아무 표시도 없는 더블도어 정도가 있었다. 표지판도, 다른 차도, 아무것도 없었다. 로데오는 주차 브레이크를 채우고 시동을 껐고 레스터는 뛰어내리더니 그 문으로 달려들어 갔다. 다른 사람들은 모두 거기 앉아 빈 주차장과 로데오를 번갈아 봤다.

"뭐하는 거예요?" 살바도르가 물었다.

로데오는 질문을 듣지 못한 사람마냥 보란듯이 기지개를 켜면서 하품을 했다.

그쯤 되자 레스터가 충분히 준비를 마친 듯해서 내가 일어나 버스 앞으로 걸어갔다. 화들짝 종을 두어 번 땡땡 치고 모두를 바라보면서 목청을 가다듬었다.

"숙녀 신사 여러분," 이렇게 시작했다. "먼 거리를 오면서 별로 쉬지도 못하셨죠. 그래서 로데오와 레스터와 제가 작은 행사를 마련했답니다. 여러분의, 음, 즐거움을 위해서요."

"오락 시간이랄까." 로데오가 양손을 크게 벌리며 덧붙였다. "사기를 충전하고 화합을 이끌어내기 위해서죠."

"나와보세요." 내가 말했고 사람들을 이끌고 버스에서 내려 문으로 들어갔다. 활짝 열린 문을 벽돌로 고정시켜놓은 채였고, 나는 레스터와 로데오와의 첫 회의 시간을 떠올리며 웃었다.

"양쪽으로 여는 더블도어라면 들어갈 수 있을 거예요." 레스터가 말했고 내가 "어떻게요?" 하고 물었더니 레스터가 대답했다. "술집이랑 극장 같은 데서 많이 일했거든. 오래되고 체인으로 잠가놓지만 않으면 어떤 더블도어라도 여는 요령이 있어. 그래서 가게들이 그걸 체인으로 감아놓는 거야." 나는 흥분해서 말했다. "요령이 뭔데요?" 레스터가 손가락으로 날 가리키며 말했다. "아니 아니. 말 안 해줄 거야." 그러더니 로데오에게 말했다. "로데오에겐 알려줄게요."

우리는 어둠 속으로 들어갔다. 나는 어둠에 적응하느라 눈을 깜빡였고 레스터는 어딘가 앞에서 소리쳤다. "계속 들어와요." 그래서 앞으로 계속 나아가며 나머지 사람들도 뒤따라오는 소리를 들었다.

바닥은 반들반들 매끄러운 시멘트였다. 어두운 형체들, 천으로 덮은 물건들이 나타났고 천장에서 내려온 밧줄도 보였다. 레스터가 자기 몫을 해내느라 부스럭거리며 돌아다니는 소리가 들렸다.

"좋아, 나는 통제실로 갈게." 레스터가 내게 속삭였다. "괜찮은 것 같아. 6미터 앞의 커튼을 지나기만 하면 돼."

"알겠어요."

발아래 시멘트 바닥이 끼익하는 마룻바닥으로 바뀌었다. 나는 손끝에 두꺼운 벨벳이 닿을 때까지 매달린 밧줄 밑에서 양손을 앞으로 내밀고 고개를 숙이고 나아갔다. 손으로 커튼을 쓸면서 전진하다가 두 장의 커튼이 만나는 가운데서 멈췄다.

다른 사람들이 내 뒤에 다가올 때까지 잠시 기다렸다.

"좋아요, 모두들," 내가 말했다. "이쪽이에요." 그러고 묵직한 커튼을 열었다.

우리는 무대 위에서 빈 붉은 좌석으로 가득한 어두운 객석을 내다보고 있었다. 우리 앞, 무대 가운데 마이크가 하나 있었다.

"대체 이게 무슨……" 콘셉시온이 입을 여는데 레스터가 스위치를 제대로 찾은 모양인지 스포트라이트 하나가 켜졌다. 마이크 위를 동그란 불빛이 밝혔다. 레스터는 조명과 음향 같은 것을 조작할 수 있는 "부스"라고 부르는 곳에 있었다. 음악가로서 그의 경험이 우리의 작은 계획에 정말 큰 도움이 됐다.

"계단은 왼쪽입니다, 여러분." 로데오가 다시 부드럽고 편안한 목소리로 말했다. "내려가셔서 앞줄 좌석에 앉으세요." 로데오가 내 곁으로 오더니 속삭였다. "그건 피아노 옆에 뒀어." 나는 무슨 말인지 알아듣고 고개를 끄덕였다.

모두 계단을 통해 무대에서 내려가 자리에 앉았다.

아주 넓은 곳이었다. 이백 명은 앉을 수 있는 공간이었다. 뒤쪽의 좌석 마지막 줄 뒤에는 입구로 연결되는 더블도어 두 개가 있었다. 그 너머에는 앞쪽 주차장으로 나가는 큰 유리문이 있었다.

나는 마이크 앞에 서서 스포트라이트에 눈을 찡그렸다. 목청을 가다듬었다. 갑자기 속이 메슥거리고 두근거려서 진정하느라 일 분쯤 걸렸다. 오 년 동안 고독한 히피 한 명과 버스에서 살다 보니 사람들 앞에서 말할 기회가 얼마 없었다.

"안녕하세요." 마침내 목소리를 냈고 마이크에서 쩌렁쩌렁 울리는 내 목소리에 흠칫 놀랐다. "길동무 여러분, 빌링스 공연예술센터에 오신 것을 환영합니다. 음, 여러분을 위해 작은 문화 행사를 준비했어요. 그러니 편안히 즐겨주세요."

스포트라이트가 너무 밝아서 사람들 얼굴이 잘 안 보였다. 모두 어리둥절한 표정 같았다.

나는 침을 삼켰다. 지금부터가 염려스러운 부분이었다. 모든 게 무산될 수도 있는 부분.

"음, 살바도르 베가, 무대로 올라와주세요."

밝은 불빛에도 살바도르의 입이 딱 벌어지고 눈썹이 시무룩 내려가는 것이 보였다. 그 애 엄마가 놀라서 고개를 돌려 아들을 바라보는 모습도.

살바도르는 움직이지 않았다.

"살바도르 베가," 나는 조금 더 크고 조금 더 떨리는 목소리로 다시 불렀다. "무대 위로 올라와주실래요?"

살바도르는 움직이지 않았다.

나는 당황해서 얼굴이 달아올랐다. 대실패.

하지만 베가 부인이 팔꿈치로 아들을 쿡 찌르는 것이 보였다. 실은 꽤 세게 찔렀다. 부인이 조용히 속삭이는 소리가 들렸다. "가보렴, 미호."

그리고 벨이 자신의 날카로운 목소리로 부드럽게 말하는 게 들렸다. "어서."

그러자 살바도르가 일어났다.

고개를 젓고 이를 악물고 주먹을 쥐긴 했지만 살바도르는 일어나서 무대 위로 올라왔다.

나는 피아노로 가서 우리가 아침을 먹는 동안 로데오가 갖다놓은 그것을 봤다. 케이스 잠금장치를 달칵 열었다. 그것을 조심해서 꺼냈다. 활을 잡았다. 그리고 계단을 올라온 살바도르를 맞이했다.

나는 바이올린을 내밀었다.

"코요테." 살바도르의 목소리는 조용하고 떨렸지만 확실히 별로 다정하지 않았다. 심각한 눈빛이었다.

"알아." 나는 재빨리 부드럽게 말했다. "귀여워 보이는 계획이긴 하지만 여러모로 안 좋은 거 알아. 특히 묻지도 않고 이렇게 들이대는 거. 하지만 부담 가질 거 없어. 후회된다고 했잖아. 기회를 주는 거야. 원하지 않으면 안 해도 돼. 내가 우쿨렐레 연주를 해도 되고 로데오는 기타를 가져오지 못해서 안달이니까. 우리가 대신할 수 있어. 그래도 괜찮아." 나는 침을 삼킨 뒤 살바도르에게 좀 더 다가갔다. "그러니까, 갑자기 기습해서 미안해. 그렇지만 만약 관객도 있고 조명이 켜진 무대에서 엄마를 위해 독주를 할 기회를 원하면…… 지금이야." 나는 바이올린을 살바도르 손에 쥐어주었다. 손이 자연스럽고 익숙하게 바이올린을 받았다.

살바도르는 악기를 내려다봤다. 그리고 객석에 앉은 청중을 내다봤다. 그리고 나를 봤다.

"이 일은 꼭 갚아주겠어." 하지만 살바도르는 바이올린을 도로 건네지 않았다. 그리고 자리로 돌아가지도 않았다.

살바도르는 침을 삼켰다. 어찌나 세게 삼켰는지 깡마른 목덜미에서 목젖이 움직이는 게 보였다. "곡 제목이 뭐야?" 내가 물었다.

"응?"

"연주하는 곡 제목. 뭐라고 해?"

"아. 음, 바이올린 소나타 2번. G단조. 헨델의."

"좋아." 나는 돌아서서 무대 중앙으로 향했지만 살바도르가 내 팔을 잡았다.

"코요테, 이거…… 십 분쯤 돼."

나는 미소를 지었다.

"음, 그럼 빨리 시작해야 되겠네."

나는 마이크 앞에 섰다.

"플로리다 주 올랜도의 살바도르 베가를 환영해주세요. 그곳의……" 나는 말끝을 흐리고 스포트라이트 바깥에 서 있던 살바도르를 봤다.

"올랜도 청소년 오케스트라." 살바도르가 중얼거렸다.

"올랜도 청소년 오케스트라의 제1바이올린 수석 연주자입니다. 오늘은 헨델의 바이올린 소나타 2번 G단조를 연주할 겁니다." 나는 팔을 활짝 벌리고 고개를 숙였다. 어색한 순간이 지나갔다.

나는 다시 마이크에 다가갔다.

"지금 박수로 맞이해야죠." 내 말에 사람들이 박수를 쳤고 나는 스포트라이트에서 나가 아직 창백한 얼굴로 나를 노려보는 살바

214

도르를 지나쳤다. 지나가며 그 애 어깨를 툭 치고 속삭였다. "후회 없게, 친구."

나는 계단을 내려가 첫 줄의 구석 첫 자리에 앉았다. 밸은 모두와 함께 가운데에 앉아 있다가 일어나더니 내 옆으로 쪼르르 와서 앉았다. 밸은 씩 웃더니 내게 주먹을 내밀었고 나도 주먹을 부딪쳤다. 그러고 우리는 음악을 들으려 등을 기대고 앉았다.

살바도르가 마이크 앞으로 나왔다. 거짓말은 안 하련다. 그 애는 엄청 긴장한 표정이었다. 관중을 향해 미소를 지어 보이려고 했지만 오래가진 못했다. 살바도르는 활로 현을 몇 번 그어보더니 바이올린 목 위의 나사를 조절했다. 듣기만 하면서 그렇게 할 수 있다니 나는 꽤 감탄했다.

그다음 살바도르는 바이올린을 목에 대더니 마이크 앞으로 나와 활을 현에 대고 숨을 깊이 들이쉬고는 막 연주를 시작하⋯⋯려더니 멈췄다. 그러더니 마이크 앞에 입을 댔다. 그리고 앞줄의 한 사람에게 시선을 고정했다.

그 애가 말했다. "에스 파라 티, 마마."*

베가 부인이 눈을 훔치는 모습이 곁눈질로 보였다.

오, 살바도르.

그리고 연주가 시작됐다.

그 애가 손에 든 작은 나무 바이올린에서 음악이 쏟아져 나오더

---

* Es para ti, Mamá. 스페인어로 '엄마를 위한 거예요'라는 뜻이다.

니 공중과 마이크와 어둠 속을 맴돌고, 다음엔 공연장과 우리의 귀
를 채웠다.

얼마나 아름다운 연주였는지, 음악은 매혹적이었고 우리 모두
그 순간에 경이로움을 느꼈다고, 시를 쓰듯 쉽게 토로할 수도 있을
것이다. 물론 실제로 그랬다. 살바도르는 정말 아름답게 연주했다.
그리고 곡은 매혹적이었다. 우리는 그 모든 놀라운 순간에 경이를
느끼며 앉아 있었다. 모두 사실이다.

하지만 그런 말은 시간 낭비나 다름없다. 거기 앉아 살바도르가
바이올린을 연주하는 걸 듣는 느낌이 어땠는지 어떤 언어나 시로
도 요약할 수 없으니까. 그건 실로 대단했다.

로데오는 바깥 어디나 교회가 될 수 있다고 한다. 자연 속에 있
을 때면 언제든 신을 느낄 수 있다나.

음. 나와 로데오는 그날, 실내에서도 신의 존재를 느낄 수 있다
는 걸 배운 것 같다.

살바도르는 해진 탱크톱과 구멍난 청바지를 입고 플립플랍을
신고 있었다. 하지만 화려한 턱시도와 천 달러짜리 구두를 신고 있
었어도 그보다 멋질 수 없었을 것이다. 무대 위의 살바도르는 슈퍼
히어로 같았다. 그리고 천사처럼 연주했다. 정말 대단했다.

와. 정말 연주할 줄 아는 친구였다. 그 애는 무대 위에서 자신의
마음만 연주한 것이 아니었다. 내 마음도 연주했다.

살바도르는 그 곡이 십 분짜리라고 했었다.

죽는 날까지 화가 날 일이 있다면, 나는 그 곡을 사 분 정도밖에

즐기지 못했다는 것이다.

사 분쯤 지났을 때 밸이 어깨너머를 돌아보더니 흠칫했다. 그러고는 나를 팔꿈치로 쿡쿡 찔러서 나도 함께 돌아봤다.

뒷줄 좌석을 너머 공연장 문 밖으로. 입구 너머, 빌링스 공연예술센터의 유리 현관문 너머.

경비원이 한 손을 들고 유리문 너머를 들여다보면서 다른 손으로는 열쇠 꾸러미를 들고 있었다.

28

나는 얼어붙었지만 잠시뿐이었다. 곧바로 움직였다.

벌떡 일어나 현관문 쪽으로 조용히, 살바도르와 청중에게 방해되지 않도록 상체를 숙이고 달려갔다. 발소리가 나서 돌아보니 밸이 뒤따라오고 있었고 다행이라고 생각했다. 밸을 만난 지 이제 열두 시간밖에 안 됐지만 우리 팀이었으면 좋겠다 싶은 사람이라는 걸 이미 알 수 있었다.

경비원이 현관문을 열고 들어옴과 거의 동시에 우리도 공연장 문을 통과했다. 내가 먼저 나서서 경비원을 맞이했고 밸은 현명하게 공연장 문을 닫아 그 아름다운 음악을 우리와 갈라놓았다.

"여기서 뭐 하는 거지?" 경비원이 다가오면서 수상쩍다는 듯 큰소리로 따져 물었다.

"쉬이잇!" 내가 말했다. "조용히 하세요!"

내가 하려는 건 고작 그 아저씨 목소리를 낮추게 해 공연장 안에서 일어나는 마법을 방해하지 않는 것뿐이었다. 하지만 그 말을 날카롭게 명령하듯 해버렸더니, '계획'한 바는 아니었지만 그 명령조가 통해버렸다.

그 아저씨가 정말로 조용해졌으니까. 아저씨는 입을 딱 다물고 눈을 크게 떴다.

젊은 사람이었다. 창백하고 뺨이 매끈했고, 스무 살이나 스물한 살쯤 되어 보였다. 단호하고 머리가 희끗희끗한 형사를 상대하는 게 아니었다.

밸은 상황을 아주 재빠르게 파악했다. 그 사람이 좀 더 낮은 소리로 더 정중하게 "여기서 뭐 하는 거지?" 하고 묻는데, 밸이 내 곁에 와서 서더니 번개처럼 빠르게 대답했다. "그쪽은 여기서 뭐하는 거죠?"

경비원이 눈을 껌뻑거렸다.

"난, 그게, 난—"

"우릴 방해하는 거, 그걸 하고 있죠." 밸이 먼저 말했다. 밸은 어깨너머로 엄지를 흔들었다. "지금 중요한 오디션 중이거든요."

경비원은 입술을 핥더니 어리둥절한 표정을 지었다.

"무슨 오디션이죠? 예정에도 없었고 그런 얘긴 처음—"

"중요한 오디션이에요. 방금 말하지 않았나요. 내 동생이 뉴욕 줄리아드 스쿨 입학 오디션을 치르고 있어요. 심사위원들이 연주를 들으려고 여기까지 비행기를 타고 왔고요."

경비원은 침을 꿀꺽 삼켰다. 어쩔 줄 모르는 표정으로 나와 밸을 번갈아봤다. 그래도 그거 하나는 인정한다. 그 사람은 밸과는 상대가 안 됐지만 그래도 쉽게 포기하지 않았다.

"그럼, 음…… 허가는 받았어요?"

"허가도 없이 여기 왔을 것 같아요?"

"그럼 이게, 그러니까, 다 승인하셨다는—"

"네, 당연하죠. 관장님이 허가했어요."

자, 밸은 제대로 허풍을 떨며 아무 말이나 해버렸다. 하지만 티는 전혀 나지 않았다. 목소리는 차분하고 자신 있었고 정말 심술궂었다. 밸은 자신이 곤란한 처지라는 티를 내지 않았다. 경비원이 곤란한 처지라는 듯 말했다.

기가 막혔다.

그래도 위험한 수였다. 나는 겨드랑이가 뜨끈했고 입이 말랐다. 경비원 아저씨는 못 믿겠다는 듯 밸을 노려봤다. 그러더니 말했다.

"마셜 씨가 허가했다고요? 좋다고 하셨어요?"

"음, 네. 지금 저기 계세요." 밸이 닫힌 문을 향해 고갯짓을 했다. "여기서 기다리다가 오디션이 끝나면 가서 확인해봐도 좋아요. 하지만 내가 당신이라면 지금은 방해하지 않겠어요. 그분 성격 알잖아요."

또 한 차례 위험을 감수했다. 또 한 차례 아무 말이었다.

하지만 그 아저씨는 고개를 끄덕였다.

"아, 네. 알고 말고요." 그가 중얼거렸다.

밸은 이런저런 아무 말을 했지만 매번 맞혔다.

그러고는 곧바로 밸은 상냥하게 말했다.

"저기요." 밸이 부드럽고 달콤한 목소리로 말했다. "이 일을 모르고 계셨던 건 유감이에요. 갑작스레 진행된 일이라서요. 하지만 부탁이니 제 동생을 위해서 망치지 말아줘요. 단 한 번 있는 기회라고요."

경비원은 긴장을 풀었다. 두어 번 심호흡을 하더니 이마를 재빨리 닦았다. 눈에 띄게 편안한 모습으로, 희한하게도 밸의 환심을 사려고 들었다. 덕분에 나는 웃을 뻔했다.

"그럼 저 뒤에 세워놓은 버스를 타고 온 건가요?" 경비원이 물었다.

밸이 눈을 깜빡였다.

"물론이죠." 밸이 곧 대답했다. "우린…… 몬태나 음악학교에서 왔어요. 사립학교죠. 아주, 음, 명문 학교예요."

"모두 한 학교 학생이라고요?" 경비원은 조금 의심스럽다는 듯 물었다. 아저씨의 눈이 밸의 코걸이와 헐렁한 반바지, 맨발을 차례로 훑었다.

밸은 크고 편안하게 고개를 젖히며 웃기만 했다. 손을 뻗어 경비원의 어깨를 장난치듯 밀기까지 했다.

"아, 네. 아니면 누가 스쿨버스를 타고 다니겠어요?"

경비원은 코를 훌쩍이더니 눈썹을 추켜올렸다. 그러고는 미소를 짓더니 밸을 따라 웃으면서 고개를 저었다.

"그래, 그렇네요." 그가 말했다. "하긴, 그 말이 맞지."

나는 불쑥 끼어들어 학생 말고도 재미있고 믿음직한 사람들이 스쿨버스를 몰고 다닐 수 있다는 사실을 말하고 싶었지만 그런 이야기를 할 때와 장소가 아닌 것 같았다.

"좋아요, 아, 이렇게 방해해서 미안해요." 경비원이 말했다.

"맡은 일을 하시는 건데요, 뭘." 밸이 활짝 웃으며 양손을 들어 보였다.

경비원은 현관문 쪽으로 물러나더니 문을 열었다.

"동생이 꼭 합격하길 바랄게요." 그는 밸에게 미소를 지으며 말했다.

"아, 고마워요." 밸이 말했다.

그런데 그때 경비원은 문을 통해 나가다 말고 멈췄다. 이맛살을 찌푸린 채로.

"그런데…… 오디션이 그렇게 중요하다면, 복장이 왜 그렇죠? 내가 봤는데, 청바지에 낡은―"

"뭐라고요?" 쏘아붙이는 밸의 목소리는 신랄하고 뜨겁고 예리했다.

경비원이 다시 눈을 동그랗게 떴다.

"저, 어, 그러니까 옷이―"

"뭐라고요?" 밸은 목소리를 높이며 좀 더 사납게 물었다.

"저…… 음……"

"뭐라고요?" 밸은 주먹을 쥐고 방금 들은 말을 믿을 수 없다는 듯 고개를 갸우뚱하면서 한 발자국 나섰다. 나는 시늉도 못할 행동이었다.

경비원이 침을 삼켰다.

"아, 아, 아무것도 아니에요. 저…… 좋은 하루 보내세요. 미안해요."

그러고 그는 나갔다. 문이 닫혔고 경비원은 잠시 밸을 향해 눈을 껌뻑이며 서 있었다. 그러더니 돌아서서 재빨리 사라졌다.

우리는 그가 경비 차량으로 달려가는 모습을 지켜봤다.

"있잖아, 밸." 내가 소리 죽여 말했다.

"응?"

"배우 되는 꿈 포기하는 거 진지하게 다시 생각해봐."

밸은 코웃음을 쳤다.

"고마워."

"대단했어. 특히 마지막에. 밸이 달라고 했으면 저 아저씨는 열쇠도 내놓았을 거야."

밸이 씩 웃었다.

"방금 그 '뭐라고요?' 기술은 마술과도 같아. 한 75퍼센트는 효과가 있어. 아주 사납고 무례하게 '뭐라고요' 하고 점점 더 크게 계속 말하면 사람들이 그냥 항복한다니까."

"나도 기억해둬야지."

창문을 통해 보니 경비원은 여전히 차에 앉아 있었다. 아직 자리를 뜨지 않았다.

"있잖아." 내가 말했다. "저 사람이 상황을 파악할 수도 있어."

"그래."

"우리가 먼저 움직여야 해."

"그렇지."

나와 밸이 들어갔을 때 살바도르는 마지막 음을 연주하고 있었다. 1열의 청중은 벌떡 일어나 기립박수를 쳤다.

청바지와 낡은 탱크톱을 입고 무대에 선 살바도르가 허리 숙여 인사했다. 베가 부인은 뺨에서 눈물을 훔치고 있었다. 콘셉시온도 마찬가지였다. 나는 공연장 뒤쪽 부스의 유리창 뒤에서 활짝 웃으며 박수를 치는 레스터와 눈이 마주쳤다. '여기 좀 심각한 상황이 발생했어' 하는 눈짓을 하고 나오라고 손짓하자 레스터가 알아들었다.

밸과 나는 아무도 놀라게 하거나 좋은 분위기를 망치지 않으면서 서둘러 모두와 함께 밖으로 나왔다. 살바도르의 얼굴에서 빛이 났다. 그 애와 엄마가 마지막으로 나왔다. 베가 부인은 무대로 올라가 스포트라이트 속에서 살바도르를 오랫동안 꼭 끌어안았고, 그 사이 모두는 조용히 그들을 지나쳐 뒷문으로 나왔다.

세상에는 행복이 참 많다.

주차장에서 빠져나오는 동안 우리는 모두 조용했다. 마음속에서 살바도르의 음악이 울리고 있어서 아직은 그걸 놓치고 싶지 않았던 것 같다.

아이반을 무릎에 앉히고 자리에 앉아 책을 드는데 살바도르가 엄마와 앉아 있던 내 앞자리에서 뒤를 돌아봤다. 그 애는 그 진지한 눈으로 내 얼굴을 보더니 아주 작고 엄숙하게 말했다. "고마워." 내가 "대단한 일 아니야"라고 하니 살바도르는 고개를 젓더니 답했다. "아니, 대단한 일이었어." 나는 "살바도르, 너 진짜 잘하더라" 하고 말했고 살바도르는 겸손하게 어깨를 으쓱였지만 씩 웃으면서 덧붙였다. "우리가 널 꼭 제시간에 집에 데려가줄게, 코요테 선라이즈." 그 애는 돌아앉았고 그것으로 끝이었다.

멋진 순간이었다. 정말로. 그 순간에는 모든 것이 정말 잘되고 있었다.

물론 모든 것이 흐트러졌다. 너무 오래 품고 있다보면 결국 모든 것이 그렇게 되는 것 같다. 특히 비밀이.

29

그 후 겨우 삼십 분쯤 달렸다. 로데오가 운전 중이었다. 다시 출발한 뒤 로데오는 아무 말도 하지 않았다. 몸짓에서 딱딱한 긴장감이 느껴지긴 했지만, 나는 살바도르의(그리고 엄마의) 바이올린 시간에 이어지는 여운에 잠겨 딱히 거기엔 신경 쓰지 않았다. 하지만 갑자기 로데오가 브레이크를 밟더니 몬태나 주의 어딘지 알 수 없는 고속도로 길가에 차를 세우자 무시할 수가 없었다.

로데오는 시동을 껐다. 열쇠도 뽑았다. 두 번째 줄 내 자리를 향해 돌아앉았고 내 눈을 똑바로 봤다. 그러고는 물었다.

"우리 어디로 가는 거지, 코요테?"

버스 안은 조용했다. 레스터가 가만히 앉아 지켜보고 있는 것이 시야 가장자리로 보였다. 살바도르는 내 앞에서 조각상처럼 꼼짝 않고 있었다.

나는 침을 삼켰다.

"몬태나 주 뷰트," 내가 말했다. "포크찹 샌드위치를 먹으러—"

"코요테," 로데오가 말을 잘랐다. "어디로 가는 거지? 거짓말하지 마."

나는 그 말에 너무 놀라서 헉 소리를 낼 뻔했다. 우리는, 나랑 로데오는 그리 매몰차게 대화하지 않았다. 거짓말을 하지도 않았다. 적어도 소리 내서 거짓말하지는 않았다. 적어도 나는. 적어도 얼마 전까지는.

"거짓말 안 해." 나는 거짓말했다. "뷰트에 포크찹 샌드위치 먹으러 가는 거야."

로데오는 눈을 깜빡였다. 숨을 들이쉬었다. 내쉬었다. 나를 똑바로 보고 있었다. 고개를 저었다.

"그래?" 로데오의 목소리에 피로와 슬픔과 상처와 신랄함과 분노가 끔찍하게 섞여 있었다. "그럼 할머니와 전화한 뒤로 왜 그렇게 이상하게 구는 거야? 왜 멈출 때마다 빨리 출발을 못 해서 그렇게 안달이지? 왜 살바도르와 엄마를 길가에 내리라고 한 거야? 그리고 왜…… 왜 살바도르가 방금 너한테 제시간에 집에 가게 해주 겠다고 한 거야? 왜지, 코요테?"

살바도르는 로데오의 말에 고개를 푹 숙였다. 레스터는 '아이고 올 것이 왔네' 하는 한숨을 내쉬었다.

나는 입을 열었다. 그러고는 다물었다.

끝났다. 그리고 여러모로, 나는 준비가 되어 있었다. 그 이상이 었다. 로데오가 돌아앉아 사실대로 말하라고 했을 때, 마음 한구석 은 "아, 이런" 싶었지만 또 한구석으로는 "다행히, 드디어" 싶기도 했다.

나는 고개를 들었다. 로데오의 눈을 똑바로 봤다. 그리고 사실대 로 말했다.

30

"로데오," 나는 부드럽지만 단호하게 말했다. "집에 가야 해."

로데오의 표정이 빠르게 굳었다. 내가 장담하는데, 뭔가가 그렇 게 빠르고 차갑게 굳는 건 평생 보지 못할 것이다. 로데오는 내게 서 떨어져 멍하니 자기 마음속으로 멀어졌다.

"코요테," 로데오는 작고 지치고 거의 화난 목소리로 말했다. "우 린 지금 집에 있어."

"내 말 알잖아. 돌아가야 해. 포플린 스프링스로."

로데오는 눈을 가늘게 뜨고 고개를 저었다.

"그건 금지야, 코요테. 너도 알잖아."

"미안, 로데오. 이번에는 금지가 아니야. 돌아가야만 해."

로데오는 몸을 뒤척이지도 움직이지도 않았지만 그 자리에서 쪼그라들어 작아진 것이 분명히 느껴졌다. 그 눈, 그 놀라운 두 눈에 상처받은 빛이 떠올랐다. 내가 뺨이라도 때린 것처럼. 그리고 다시 뺨을 맞지 않으려는 듯 경계하는 빛이 떠올랐다.

"할머니가 아프니?" 로데오가 시선을 돌리며 물었다.

잠시 거짓말로 "응, 할머니가 죽어간대!"라고 말할까 생각했다. 그러면 아무리 로데오라도 곧바로 가자고 했을 것이다. 하지만 이제 거짓말이 지겨웠다.

"아니." 내가 대답했다. "할머니는 잘 계셔. 샘프슨 파크 때문이야."

로데오는 다시 고개를 갸웃거리며 나를 봤다.

"거길 없애버린대. 전부 다. 땅을 파헤치고 포장한대."

로데오는 고개를 저었다. 어깨가 조금 풀어지긴 했지만 여전히 긴장한 모습이었다.

"음, 그거 아쉽네, 설탕파이야. 예쁜 공원인데. 하지만 그게 우리랑 무슨 상관이지?"

이제 어려운 부분이 왔다. 금지 사항을 다 어기고, 말할 수 없는 것들을 다 말하고, 오래전 다시는 입에 담지 않기로 말없이 동의한 이름들을 소리 내어 불러야 했다. 나는 그 말들로 무덤을 파헤쳐

유령을 깨워내고 있었다. 딱지를 뜯어내고 있었다.

"오 년 전, 5월 21일." 내가 말했다.

로데오는 다시 내게서 눈길을 거뒀다.

"뭐?"

"5월 21일. 오 년하고도 좀 더 전. 에이바의 열 번째 생일이었어."

그 말에 로데오는 흠칫했다. 내가 언니 이름을 말했을 때. 긴 머리의 에이바, 활짝 미소 짓는 에이바, 크게 웃는 에이바, 천사가 올려진 묘비 아래 묻힌 에이바.

로데오가 고개를 저었다.

"빌어먹을, 코요—"

"우리는 그 공원에 갔어. 나랑, 에이바, 엄마, 로즈가."

그 말에 로데오는 내가 망치로 자기 엄지를 내리친 것처럼 눈을 질끈 감았다. 이제 동생 이름까지 나왔다. 로즈. 우스꽝스러운 춤을 추길 좋아하고, 알지도 못하는 노래를 커다랗게 따라 부르던 로즈. 졸리면 자기 목을 꼬집던 로즈. 에이바 옆으로 새들이 새겨진 묘비 아래 묻힌 로즈.

"미안해." 나는 조용히 속삭이듯 말했다. 그리고 계속 말했다.

"로데오는 일하던 중이었어. 우리 넷은 추억 상자를 만들었어. 각자 넣을 것을 하나씩 골랐지. 사진도 넣었고. 우리가 그린 그림도 넣었어. 쪽지랑 편지도. 손으로 만든 이런저런 물건도 넣었어. 머리카락도. 마트 놀이 할 때 쓰던 낡은 금속 상자에 넣었어. 그걸

228

공원에 가져가서 묻었지. 한쪽 구석에 나무들이 있던 곳에. 그러고 는 위에 큰 돌을 굴려다 놓았어. 십 년 뒤에 파내서 그 추억들을 같이 보자고. 우리는 그러자고 약속했어. 나는 약속했어. 그런데—" 목소리가 산산조각 난 유리처럼 부서져 말이 나오지 않았다. 하지 만 멈출 시간이, 잃을 시간이 없었다. "그런데 그로부터 오 일 후에 모두 떠나버렸어."

모든 걸 말하면서도 너무나 많은 이야기를 생략한 마지막 말이 허공을 맴돌았다.

로데오는 고개를 숙이고 눈을 감고 앉아 있었다. 몸을 조금씩 앞 뒤로 흔들었다.

"그렇게 나만 남았어. 그런데 그 공원을 없앤다잖아. 나무들을 불도저로 밀어버린대. 그 사람들이 추억 상자를 없애버리게 둘 순 없어. 내 거니까. 그래서 그걸 가지러 돌아갈 거야. 나한텐 그것뿐 이니까."

로데오가 고개를 저었다.

"아니." 그리고 다시 말했다. "아니야."

로데오는 주먹을 쥐고 일어났지만, 싸우자는 눈빛이 아니라 애 걸하는 눈빛이었다.

"너는 아직도 몰라. 이제 없어, 코요테. 사라졌다고. 필요도 없 어. 과거에 얽매여서 살 순 없는 거야. 이게 우리 삶이야, 코요테, 여기가, 이게 우리 삶이야. 여기가 우리 집이고. 이게 우리가 가진 전부고, 이걸로 괜찮잖아. 이것만 있으면 되니까. 우린 돌아가지 않아. 절대. 앞으로 나아갈 거야."

로데오는 그런 서글픈 소리를 큰 의미가 있다는 듯, 그걸로 대화는 끝이라는 듯 말했지만 내 몸과 영혼의 세포 중에 1밀리미터라도 움직이는 건 없었다.

"원하지 않는다는 거 알아." 내 목소리에는 조금도 물러서는 기색이 없었다. 사납게 말한 건 아니지만 두 손을 맞잡고 키스를 날리는 목소리도 아니었다. "하지만 갈 거야. 간다고, 로데오. 뭐라고 하든지 상관없어. 그 상자를 영영 잃어버리지 않을 거야. 그리고 날 데려가지 않으면 히치하이킹이라도 해서 갈 거야. 꼭 가고 말테니까."

"할머니한테 전화하자." 로데오에게 말했다. "가서 그 상자를 찾아서 잘 보관해달라고—"

"아니. 싫어. 할머니 상자가 아니잖아. 할머니 추억도 아니고. 할머니 엄마도, 할머니 언니 동생도, 할머니가 한 약속도 아니야. 내 것이지. 내 거야, 로데오. 난 그 상자가 필요해. 그리고 갖고 싶어. 약속대로 그 상자를 찾을 거야. 엄마한테 약속한 대로. 그러니 갈 거야."

로데오는 고개를 세차게 젓고 말하려고 입을 열었지만 나는 한 마디도 듣지 않았다.

"원하지 않으면 같이 갈 필요 없어. 도시 경계선에서 멈추면 거기서 걸어갈게. 상관없어. 그래도 운전하는 게 좋을걸." 나는 운전석을 가리키며 말했다. "날 집에 데려다주지 않으면 남의 차를 얻어 타고 내가 알아서 갈 테니까. 어쨌든 나는 갈 거야. 그렇지만 로데오가 데려다주면 좋겠어."

레스터가 헛기침을 했다. 마음이 원하는 것을 찾기 위해 전국을 가로질러 차를 몰던 레스터가.

"있잖아요. 내가 함께 갈 수 있어요. 보이시는 나중에 가요. 가까운 곳에 내려주면 내가 코요테를 데리고 가든지 할게요. 중요한 일이에요."

로데오가 레스터를 봤다.

"알고 있었어?"

레스터는 어깨를 으쓱였다.

그러자 살바도르가 말했다. 엄마의 보호를 받으며, 엄마를 지키려고 애쓰던 살바도르가.

"제발요. 코요테에게 필요한 거예요."

로데오는 젖은 눈을 깜빡이며 살바도르를 봤다.

"그래요." 밸도 껴들었다. "하게 해줘요." 부모에게서 거부당했지만 그래도 자신으로 살기 위해 싸우는 밸이.

"로데오," 에스페란사 베가가 말했다. 인생의 좋고 나쁜 것을 많이 알고 아들에게 좋은 것은 더 많이, 나쁜 것은 더 적게 주려고 무슨 일이든 하는 에스페란사 베가. "당신은 좋은 사람이에요. 그러니 좋은 사람이 되도록 해요. 딸을 위해서."

한마디, 한마디가 울렸다. 대단했다. 제정신이 아니었다. 한순간 나는 가족이 생긴 느낌이 들었다.

나는 일어나서 로데오에게 다가갔다. 로데오에게 닿을 만큼 바짝 다가갔다. 로데오는 나를 보지 않고 멍하니 서 있었다.

"사람들에 대해서, 우리가 만나는 남들에 대해서 항상 뭐라고 했어? 모두 삶의 승객일 뿐이라고 했잖아. 함께 타고 지나가는 사람들이라고. 사람들은 일어나서 자기 손으로 운명을 잡아야 한다고. 그럼 나도 사람 아니야? 로데오가 금지 리스트를 만들었고 나는 그걸 지켰어. 이제 내 차례야. 돌아가지 않는 거? 그 상자를 잃어버리는 거? 그건 금지야, 로데오. 내가 정했어."

나는 더 가까이 다가가 고개를 위로 젖히고 로데오의 눈을 들여다봤다. 상처받은 표정이었지만 로데오는 고개를 돌리지 않았다. 내 눈을 똑바로 봤다.

"부탁이야, 로데오." 나는 들릴 수 있는 가장 작은 목소리로 말했다.

우리는 심장이 한 번, 두 번 뛰는 동안 눈을 마주 보고 가만히 서 있었다.

"모르겠다." 로데오가 입을 열자 갈라진 음성이 나왔다. "끝까지 갈 수 있을지는 모르겠어. 할 수 있을지 모르겠다, 작은 새야."

"괜찮아, 로데오. 내가 있잖아. 내가 우리 둘 다 감당할 수 있어. 나를 끝까지 데려갈 걱정은 마. 아직은. 지금은 그냥 계속 가. 한 번에 1킬로씩, 응? 그건 할 수 있잖아, 로데오. 계속 갈 수 있지? 날 위해서. 날 사랑하잖아. 그럼, 날 위해서 해줘. 날 집에 데려다줘. 마지막으로 한 번만. 날 사랑하니까."

로데오는 떨리는 소리로 작게 숨을 내쉬었다. 침을 삼키고 물러서서 의자 등받이에 손을 올렸다. 이맛살을 접은 채로 다시 눈을 내리깔고 생각에 잠겨 있었다. 마음속으로 갈등하는 것이 보였다.

로데오는 눈을 감았다가 다시 뜨더니 내 눈을 들여다봤고, 아주 작은 미소까지 짓고는 끄덕였다. 로데오의 끄덕임에 내 심장이 노래하기 시작했지만 그걸로는 충분하지 않았다.

"말로 해줘." 그렇게 말하다니 너무한 것 같았지만, 그래도 작게 말했다. 얻어맞은 개를 발로 걷어차는 셈이었다. 하지만 여지를 둘 수 없었다.

로데오는 눈을 껌뻑였지만 다시 끄덕였다.

"데려갈게." 쉰 목소리로 아주 작게 로데오가 말했다. "데리고 가줄게."

"약속한다고 해." 로데오가 딴소리하는 사람은 아니었지만, 혹시 모르니 고집을 부려야 했다.

로데오는 고개를 들고 나를 똑바로 보면서 맑은 눈으로 말했다.

"약속해, 코요테. 너를 데려갈게."

어쩔 수 없었다. 사실 행복한 순간은 아니었지만 내 얼굴에 커다란 미소가 떠올랐다. 잘난 체하는 미소가 아니라 그저 기뻐서 짓는 미소였다. 히치하이킹은 정말 하고 싶지 않았다. 길에는 아주 이상한 사람들이 많으니까.

로데오는 한번 더 고개를 끄덕이고 눈을 문지르더니 돌아서서 운전석에 앉아 예거를 부르릉 살려냈다.

나도 자리에 앉았다. 아이반은 내 옆에 뛰어올랐고 나는 기뻐서 녀석을 꽉 잡았다.

"아." 그리고 기억이 나서 말했다. "내일 아침까지 도착해야 하니까 계속 가."

로데오가 내게 고개를 돌렸다.

"내일 아침? 곰돌아, 여긴 몬태나 주야. 우리가 그때까지—"

"몬태나 주 빌링스에서 아이다호 주 보이시를 경유해 워싱턴 주 포플린 스프링스까지 열일곱 시간 거리야." 나는 창문 위 시계를 보면서 말했다. 내가 철저히 계산해두지 않았다고 생각한다면 로데오의 큰 착각이었다. "대략 스물네 시간 안에만 가면 돼. 할 수 있어. 하지만 출발해야 해. 달리자고, 아저씨."

로데오는 나를 묵묵히 쳐다봤다. 한 번 고개를 저었다.

그러고는 달리기 시작했다.

31

오 년간의 고집을 꺾고 드디어 나를 집에 데려가기로 한 로데오의 결정이 그날 당일 우리 버스에서 이루어진 일생일대의 유일한 큰 결심이리라 여겼지만, 내 짐작은 틀렸다. 그로부터 세 시간쯤 달리던 중, 레스터 워싱턴도 중대한, '안전띠를 꼭 하고 들어야 할 만큼' 충격적인 심경 변화를 겪었기 때문이다.

레스터가 운전 중이었고 아직 몬태나 주였다. 나는 레스터 뒤에 앉아 책을 읽고 진땀을 흘리며 다음 날 하게 될 일 말고 다른 데로 생각을 돌리려고 애쓰고 있었다.

주유소에 들렀다가 막 출발했는데 레스터가 방향등을 켜더니 예거를 출구 램프로 이동시켰다. 별일 아니었다. 보이시 방향으로 좌회전할 때가 다 되었으니까.

우리는 정지 신호등이 있는 출구 램프 위에 섰다. 왼쪽으로 가는 길, 오른쪽으로 가는 길이 있었고 전방에는 고속도로로 돌아가는 입구 램프가 있었다. 빨간불이었고 예거는 덜덜거리더니 멈췄다.

책으로 시선을 돌려, 읽던 자리를 찾아 계속 읽었다.

그리고 읽었다. 또 읽었다.

어느 순간, 그 빨간불 앞에서 너무 오래 서 있었다는 생각이 들었다.

그런 생각이 스칠 즈음, 빵빵 소리가 시작됐다.

고개를 들었다. 우리는 그 자리에 앉아 있었다. 레스터는 운전대를 잡고 있었다. 초록불이었지만 움직이지 않았다.

"초록불이에요." 내가 말하고 다시 책을 봤다. 하지만 버스는 움직이지도 부르릉거리지도 않았다.

"레스터! 초록불이라니까요!" 나는 말하면서 손가락을 퉁겼다.

무반응. 음 그러니까, 거의 아무 움직임이 없었다. 레스터는 큰 한숨을 내쉬며 어깨를 들썩였다.

뒤에서 빵빵거리는 소리가 더 커졌다.

나는 책을 내려놓고 무릎을 꿇은 채 앞으로 다가가 레스터의 얼굴을 봤다.

아무렇지도 않아 보였다. 그러니까, 뇌졸중이나 심장마비 같은 건 아닌 듯했다. 숨도 쉬고 깨어 있었다. 하지만 심각해 보였다. 이를 악물고 눈은 가늘게 뜨고 있었다. 입술을 꾹 오므리고서.

"저기요," 내가 말했다. "레스터. 초록불이에요. 뒤에 오는 차들이 뭐랄까, 가라는 거 같아요. 어서."

"저기가," 레스터가 정면만 본 채로 한 손으로 왼쪽을 가리키며 말했다. "보이시로 가는 길이야."

"음…… 잘됐네요." 내가 말했다. 우리가 가려던 방향이니까.

우리는 움직이지 않았다. 레스터는 꼼짝도 안 했고 다른 설명도 덧붙이지 않았다.

"그럼…… 저리로 가는 거죠?"

레스터가 다시 한숨을 쉬었다. 그러더니 운전대에서 손을 뗐다. 바람직한 움직임은 아니었다. 그리고 레스터는 몸을 돌려 날 봤다.

"잘 모르겠다, 꼬마야." 레스터가 말했다.

"하지만 거기 태미가 있잖아요." 내 말에 레스터가 "바로 그거야" 하더니 눈물을 글썽이길래 나는 "아" 하고 놀랐다. 그 순간 뒤에서 빵빵거리는 소리에 담요 더미에서 일어난 로데오가 다가와 물었다. "어이, 무슨 일이지?"

레스터는 대답하지 않았다. 계속 내 눈을 보고 있었다.

"너는 살바도르가 엄마를 위해 연주할 수 있도록 무대를 만들어

쳤지."

"음. 그랬죠."

"그 애한테 중요한 일이었으니까." 레스터가 계속 말했다. "그래서 너한테도 중요한 일이었고."

"그런 거 같아요." 나는 빵빵거리는 차들을 돌아보며 말했다.

"친구라면 그렇게 하는 법이니까." 레스터가 말했다.

"음, 맞아요. 그런데…… 운전하면서 얘기하면 안 될까요? 아니면 갓길에 차를 세우든가?"

"그녀도 그렇게 하는 게 맞지." 레스터의 대답은 그게 전부였다.

"누구요?" 내가 묻자 로데오가 나직이 "태미"라고 대답했고, 내가 중얼거렸다. "아. 아."

"사랑은 그런 거잖아? 다른 사람이 소중히 여기는 걸 소중히 여기는 거. 그 사람을 소중히 여기니까. 그리고 그 사람이 행복하기를 바라는 거지. 그렇지?" 레스터가 물었다.

"그렇겠죠?"

"태미는 내가 더블도어를 열도록 도와줘야 해. 아니면 마이크를 켜는 걸 도와야지. 아니면 적어도 앞줄에 앉아 있긴 해야지." 레스터는 눈길을 돌리고 고개를 젓더니 다시 원래대로 돌아보았다. "하지만 경비원이어서는 안 되지. 날 쫓아내는 사람은 아니어야지. 우리가 저지른 그 정신 나간 상황에서 태미가 맡아서는 안 되는 역할이 있다면 그거 하나야."

레스터는 고개를 끄덕였다. 코를 훌쩍였다. 그러고는 다시 운전대를 잡았다.

나는 안도의 한숨을 내쉬었다. 하지만 레스터는 다시 운전대에서 손을 내려놓았다. 젠장. 나는 입술을 잘근거렸다. 신호등은 다시 빨간불이 되었지만 경적 소리는 멈추지 않았다.

"그런데 그거 알아? 태미가 정말로 경비원이라면, 그런 사람이라면, 그건 뭐라 할 수 없어. 그 남자는 자기 일을 한 거니까. 가족을 먹여 살리고 그곳을 지키려 한 거니까. 태미가 경비원이라면 나는 침입하지 말아야겠지. 그렇지?"

"그렇지." 로데오가 내 옆에서 중얼거렸다.

레스터는 폐 바닥으로부터 길고 깊은 숨을 건져 내쉬었다. 그러고는 나와 로데오를 번갈아봤다.

"살바도르는 경비원이랑 결혼할 수 없어." 레스터가 속삭였다. "그리고 경비원은 살바도르랑 결혼할 수 없고."

로데오는 끄덕이더니 "그렇지, 친구" 하고 말했지만 나는 고개를 돌리고 물었다. "잠깐만…… 뭐?"

신호등이 초록색으로 바뀌었다. 레스터는 결심한 듯 입을 꾹 다물고 날 향해 고개를 끄덕였다. 액셀을 밟았고 예거가 움직이기 시작했다.

전방 앞으로. 길 건너, 우리가 방금 벗어난 고속도로로 다시 향했다. 보이시가 아니라.

"우와, 친구," 로데오가 말했다. "진심이지?"

"네. 네." 처음의 "네"는 작고 의심이 섞여 있었지만, 두 번째는 여전히 작은 소리라도 확신이 느껴졌다.

레스터는 셔츠 주머니에서 휴대폰을 꺼내 내게 건넸다.

"태미에게 걸어줘. 주소록에 있어."

나는 화면을 내려가면서 이름 가운데서 태미를 찾았다. 초록색 전화기 아이콘을 누르자 신호음이 들렸고 레스터에게 내밀었지만 레스터는 고개를 젓더니 말했다. "아니, 나는 못 해. 네가 태미한테 이야기해줘."

"뭐라고요?" 내가 말했지만, 벨처럼 사나운 말투가 아니라서 효과가 없었다.

"난 못 해. 네가 좀 해줘야 해."

"나더러 여자친구랑 대신 헤어져달라고요? 음, 안 되겠네요."

"네가 할 일은 그냥—"

하지만 레스터가 하려던 말은 내 손에 들고 있던 휴대폰에서 흘러나온 가녀리고 갈라진 태미의 목소리에 막혀버렸다.

"안녕, 자기야. 무슨 일이야? 다 왔어?"

나는 휴대폰을 봤다. 레스터를 봤다.

레스터는 애걸하는 눈으로 날 보면서 소리 없이 말했다. "부탁해."

나는 '대체 어떻게 이런 짓을 할 수가' 하는 표정으로 마주 보긴 했지만, 어쨌든 휴대폰을 귀에 갖다 댔다.

"자기?" 태미가 말했다.

나는 한숨을 쉬었다.

"저는 자기가 아니라. 음, 코요테예요."

"누구요?"

"그게 중요한 게 아니라서요. 레스터가 전화해달라고 했어요."

"그래. 무슨 일이 있니?"

"네. 음, 아뇨. 그러니까 지금은요. 하지만 일 분 뒤엔 생길 거 같네요."

나는 횡설수설 아무 말이나 하고 있었다. 굳이 변명하자면, 나는 사귀던 사람과 헤어진 경험이 없었으니까.

"무슨 일이지? 거기 레스터 있어?"

"네, 네. 하지만 운전 중이라서 전화를 못 해요."

"저기." 레스터가 고맙게도 작은 소리로 꺼들었다. "사랑한다고 말해줘."

헤어지자는 말을 그렇게 시작하다니 이상해서 레스터를 노려보긴 했지만, 할 말이 생긴 것에 고마워서 그렇게 말했다.

"레스터가 사랑한대요."

"그래. 나도 사랑한다고 전해줘."

"태미도 사랑한대요." 나는 레스터에게 속삭였다.

"나는 보이시에 안 갈 거야." 레스터가 속삭였다.

"그런데…… 보이시엔 안 갈 거래요."

"뭐? 왜?"

"뭐? 왜요?"

"널 사랑하니까."

240

"당신을 사랑하니까."

"뭐라고?"

"뭐라고요?"

"난 태미를 사랑해. 그런데 우린 함께 행복하진 못할 거야. 행복할 수가 없어. 그래서 가지 않을 거야."

"당신을 사랑한대요. 하지만 둘이 함께 행복하진 못할 거래요. 그래서 가지 않는대요."

좀 길고 좀 긴장되는 긴 침묵이 있었다.

"안 돼." 결국 태미가 한 말은 그거였다. 나는 입을 열었다. 다물었다. 이런 건 어떻게 대처하는지 알 수 없었다. "아니. 이럴 수는 없어. 나랑 헤어지다니. 전화로. 꼬마를 통해서? 안 돼."

레스터는 태미의 대답을 기다리며 나를 봤다.

나는 어깨를 으쓱였다.

"안 된대요."

레스터의 입술이 비뚤어졌다.

"사랑한다고 말해줘."

나는 고개를 저었다. "그 말은 이미 했잖아요. 다른 말 좀 해봐요."

"음. 미안하다고 전해줘."

"레스터가 미안하대요."

"그리고 행복하길 바란다고."

"행복하길 바란대요."

"사랑하니까."

"사랑하니까요."

"하지만 난 음악 없이는 행복할 수 없어. 그리고 태미는 음악하는 사람과는 행복할 수 없고."

"하지만 레스터는 음악 없이 행복할 수 없대요. 그리고 태미는 음악하는 사람과는 행복할 수 없고요."

전화로 숨소리가 들렸다. 우는 것 같은 숨소리였다.

"나도 알아. 안다고. 하지만 레스터를 사랑해. 너무 사랑해. 정말로." 갈라지고 상처받은 목소리였고 나는 한때 태미를 나쁘게 생각했던 것이 미안해졌다.

"하지만 레스터를 사랑한대요. 진짜로. 많이."

레스터의 눈에 다시 눈물이 글썽거렸고 입술이 떨렸다. 레스터가 운전을 해도 되는 건지 알 수 없었다.

"나도 사랑해. 그래서 이럴 수밖에 없는 거야. 작별해야 할 만큼 서로 사랑하는 거지."

"레스터도 사랑한대요. 그래서 이래야 하는 거래요. 작별해야 할 만큼 서로 사랑하는 거래요."

태미가 훌쩍였다.

"와. 정말 바보 같은 말이다."

"네." 나도 맞장구쳤다. "좀 그렇네요."

"하지만 사실이기도 하겠지."

"네."

길게 떨리는 숨소리가 들렸다.

"와, 정말 속상하네."

"그렇죠, 태미. 유감이에요."

"아니, 이렇게 될 줄 알았어. 인정하지 않은 것뿐이지. 그 사람을 너무 사랑하니까. 하지만 꼭…… 어떨 때는 너무 사랑하는 나머지, 그러면 안 되는 일들을 알면서도 다 눈감아버리는 것 같아. 그런 거 아니?"

나는 반대편 좌석에 앉아 있는 로데오를 떠올렸다.

"네. 잘 알아요."

"둘이서 무슨 이야기하는 거야?" 레스터가 참견했지만 나는 '신경 꺼줄래요' 하는 인상을 쓰고 손가락을 입술에 댔다.

"레스터는 잘 있지? 잘 지내겠지?"

"그런 것 같아요. 지금은 힘들어하지만요. 그래도 잘 있는 거 같아요."

"그래."

"무슨 이야기하는 거야?" 레스터가 조금 큰 소리로 물었다.

"조용히 좀!" 내가 작게 말했다. "지금 나 통화 중이잖아요!"

"네가 레스터 좀 살펴줄래? 잘 지내도록?"

"물론이죠. 태미도 잘 지낼 거죠?"

"아, 그럴 거야. 좀 울긴 하겠지. 하지만 뭐. 여기엔 친구들도 있고. 레스터가 행복하면 좋겠다."

"레스터도 태미가 행복하길 원해요."

"알아. 늘 그랬거든. 허구한 날 내가 행복한지만 걱정하느라 자기 걱정은 안 하는 것 같아."

"맞아요."

"자기 행복은 자기가 찾아야 하는 거야, 알지?" 태미가 말했다.
"우리 모두 그래. 그건 잘못된 게 아니야."

"대체. 무슨. 일이야?" 레스터의 목소리가 예의에 어긋날 정도로
커졌다. 나는 다른 손으로 귀를 막고 그에게서 돌아섰다.

"맞아요. 정말 맞는 말이에요, 태미." 나는 한숨을 쉬며 말했다.
"사실 나는 이제야 그걸 깨닫고 있어요."

"잘됐네. 그건 중요해. 특히 우리 여자들에겐."

"맞아요."

태미는 폐를 비워내며 아주 크게 한숨을 쉬었다.

"그래. 언제든지 원하면 전화해도 된다고 전해줘. 언제든지 받
아줄 거라고."

"좋아요. 그럴게요. 레스터도 마찬가지일 거예요."

"고마워. 안녕."

"안녕, 태미. 건강하고요."

그리고 우리는 전화를 끊었다.

레스터를 돌아봤다. 레스터는 도로에서 시선을 거두고 '뭐지?!'
하는 표정으로 나를 보더니 입을 벌리고 있었다.

"작별 인사를 전해달래요, 레스터." 나는 말하고 휴대폰을 건넸
다. 레스터는 여전히 입을 벌린 채로 휴대폰을 받았다.

나는 찬찬히 생각하며 잠시 앉아 있었다. 태미는 내게 생각할 거

리를 많이 던져줬다. 와, 인생이란 참 복잡해질 수도 있었다. 가끔
은 내가 경비원인지, 바이올린 연주자인지, 연주자의 친구인지, 아
니면 전혀 다른 사람인지 알기가 너무 어려웠다. 태미가 레스터에
게 음악을 포기하라고 한 것이 이기적인 것이었을까, 레스터가 태
미가 아닌 음악을 택한 것이 이기적인 것이었을까? 로데오가 나를
데려가지 않겠다고 한 것이 이기적이었을까…… 아니면, 내가 돌
아가자고 한 것이 이기적이었을까?

갑자기 눈물이 차올랐다. 모두가 행복하길 바랐을 뿐인데. 레스
터와 태미와 살바도르와 그 애 엄마와 이모와 밸과 나와 로데오가.
하지만 참 어렵다. 모두들 너무나 요란하고 너무나 강하고 너무나
쉽게 상처받는 마음을 가지고 있으니.

나는 일어나서 내 방으로 돌아갔다.

피곤했다.

그리고 다른 문제도 있었다. 이제 집에 거의 다 왔다. 나는 겁먹
은 상태였다.

32

자, 깨어나는 방식에는 여러 가지가 있다. 천천히 편안하게 잠에
서 빠져나와 고양이를 안고 따뜻하게 누워 있다가 일어나는 것은
좋은 깨어남이다. 크리스마스에 깨어나기, 생일에 깨어나기, 베이

컨 굽는 냄새를 맡으며 깨어나기도 있다. 모두 좋은 깨어남이다.

물론 나쁜 방식도 있다. 아이반이 발톱으로 할퀴고 내가 목으로 손을 뻗던 때에 깨어난 로데오의 경우가 떠오른다. 토하다가 일어나는 법도 있다. 텍사스에서 버펄로 버거를 먹고 식중독에 걸렸을 때 그랬다. 좋은 경험이 아니었다.

하지만 태미와 헤어진 오후에 일어나던 순간은 나쁜 깨어남의 방식에 새로운 기록을 세웠다.

내가 알기로, 소리를 지르고 울고 살려달라고 외치는 사람들이 가득한 버스가 속도를 올리며 통제 불능으로 달리고 있을 때 일어나는 것보다 나쁜 방식은 없다.

그 모든 일은 내가 곤히 자고 있을 때 시작됐다. 꽤 기분 좋게 눈을 붙이고 있는데 누군가가 "주여, 도와주소서!"라고 외쳐 잠에서 깨어났고 그다음엔 온갖 비명소리(종교적인 것도 세속적인 것도 있었다)에 완전히 깨어났다. 헉 놀라서 벌떡 일어나니 고함소리, 울부짖는 소리, 울먹이는 소리가 들려왔고 버스가 온통 흔들리고 있었다. 그러다가 버스가 심하게 한쪽으로 기울어 바닥에 엎어질 뻔했다. 진짜로 침대에 오줌을 쌀 뻔했다.

일어나 커튼을 열고 나가보니 예거에 지옥도가 펼쳐져 있었다.

아직 환한 오후였고 그건 다행이었다. 덕분에 그 무시무시한 광경이 잘 보이긴 했다.

언덕을 내려가던 중이었는데 아주 가파른 경사였다. 주위에 커다란 소나무가 자라는 갈색 언덕이었다. 우리가 음, 잘은 모르지만 시속 300킬로미터 정도로 달리고 있었기 때문에 나무는 제대로 보이지 않았다. 물론 정말 그 속도는 아니었겠지만 예거를 타면 100킬로 이상은 300킬로로 느껴진다. 그리고 시속 100킬로는 확실히 넘은 상태였다.

콘셉시온이 운전 중이었다. 뒤에서 봐도 콘셉시온은 운전대를 죽어라 꽉 잡고 긴장한 어깨를 움츠리고 있었다. 그리고 정말 꾸준한 비명을 지르고 있었다. 고음으로, 사이렌처럼 반복적인 울음소리를 목이 찢어져라 내고 있었다.

로데오는 그 옆 바닥에 쭈그리고서 평소의 느긋한 모습과 전혀 다른 모습으로 이것저것 가리키며 외치고 있었다. 레스터는 로데오와 콘셉시온 바로 뒤에서 로데오와 똑같이 외치며 손가락질하고 있었다.

회색 뭉치가 내 방향으로 쏜살같이 달려왔는데, 귀를 쫑긋 세우고 눈을 동그랗게 뜨고 털을 곤두세운 아이반이었다. 나한테 오는 줄 알았는데 내 다리 사이를 그대로 지나 침대 밑으로 들어갔다. 뭐 그럴 만도 했다.

나머지 광경을 살피기 전, 예거는 또 한 차례 휘청 기울었고 나는 숨도 제대로 못 쉬고 으윽 하면서 바닥에 굴렀다. 고개를 저으면서, 손과 다리를 넓게 벌려 균형을 잡으면서 엎드려 일어나려고 했다. 똑바로 서는 건 어리석은 짓이고 오래 못 갈 것 같아서 버스 앞을 향해 기기 시작했다. 공포에 질린 일행들을 구경하며 지나쳐야 하는 길이었다.

우선 베가 부인을 지나갔다. 부인은 소파를 꽉 붙들고 눈을 감고서 기도를 하는 듯 입술을 움직이고 있었다. 기도하느라 너무 바빠 내가 지나가는 것도 알아차리지 못했다.

그다음 밸은 왕좌에 뻣뻣이 굳어 눈을 동그랗게 뜨고 있었다. 역시 비명을 질렀다. 아니, 비명이라기보단 "어머나, 어머나, 어머나" 하고 외치며 눈물을 흘리는 것뿐이었다. 밸을 지나 좌석 사이 통로로 들어갔다.

살바도르는 통로 가운데에 서핑하듯이 몸을 낮추고 서서 양손으로 좌석을 붙잡고는 머리가 터져라 비명을 지르고 있었다. 언어가 아니라 그저 소리뿐이었는데, 그게 만약 언어라면 우리 할머니 앞에서 되풀이하고 싶지 않은 말들이었을 것이다.

예거가 다시 옆으로 세게 기울었고 나는 팔꿈치를 깔고 쓰러졌다. 책장에서 책들이 와르르 떨어졌고 적어도 토마토 한 그루가 바닥에 떨어지는 소리가 들렸다.

"무슨 일이야?" 무릎을 꿇고 일어나 좌석에 몸을 기대고 외쳤다.

살바도르가 내게 고개를 돌렸다. 눈이 탁구공만했다.

"코요테!" 살바도르가 비명을 질렀다. 터프한 척 허세 부리기는 그만둔 지 오래였다. "몸을 숙여!"

"왜 이래?"

그러자 살바도르가 이야기해줬다.

깨어나기와 마찬가지로, 소식에도 좋은 소식과 나쁜 소식이 있다. 혹은 아주 끔찍한 소식도 있다. 음, 살바도르가 알려준 소식은 분명 마지막 부류에 해당됐다.

"브레이크가 나갔어! 차가 서질 않아!"

이 년 동안 버펄로 버거를 먹지 않았지만, 살바도르가 그 소식을 전해주자 꼭 그때처럼 토할 것 같았다. 로데오는 앞에서 어떻게든 콘셉시온을 도우려고 했다.

나는 버스의 움직임에 따라 흔들리며 다시 기어가기 시작했다. 살바도르가 다리를 벌리고 있어서 그 사이로 지나가며 그 애도 나처럼 오줌이 마렵지 않기를 바랐다.

"뭐 하는 거야?" 살바도르가 물었다.

나는 대답하려고 입을 벌렸지만 아무 말도 나오지 않았다. 그래서 계속 기어갔다.

사실 나는 미친듯이 겁이 났다. 배가 뒤집히고 근육이 떨리고 가슴이 오르락내리락하고 심장이 두근거리고 눈은 흐릿해서 나는…… 나는 아빠를 원했다. 아빠가 필요했다.

하지만 그렇게 말할 수 없었다. '아'로 시작하는 그 말은 금지어였다.

그래서 입을 다물고 로데오 뒤로 기어갔다.

로데오는 어깨너머로 기어오는 나를 봤다.

"가만있어, 별새야!" 로데오가 외쳤다. "몸 숙이고!" 로데오는 다시 앞을 봤고 나도 그렇게 했다.

그리고 앞을 본 걸 후회했다.

우리는 고속도로를 날아가고 있었다. 오른쪽 왼쪽으로 차들을 피하고 있었고, 그러느라 계속 흔들리는 거였다. 다른 차들은 우리 브레이크가 고장난 걸 몰랐으니 우리가 다가가도 옆으로 피하지 않았고 콘셉시온이 내내 경고하느라 경적을 울리며 핸들을 꺾어 그들을 피해 가야 했다.

앞만 보면서 도로를 달리다가 갑자기 비명을 지르는 사람들이 가득 탄 낡은 스쿨버스가 덜컹거리며 경주하듯 지나가니 대단한 광경이었을 것이다.

그렇다. 몇몇 사람들이 우릴 봤다.

하지만 그건 걱정거리가 아니었다. 각 차선에 한 대씩 달려 우리 앞 고속도로를 완전히 막고 있는 두 대의 대형 트럭이 걱정거리였지. 우리는 그 트럭들을 향해 빠르게 다가가는 중이었다.

"여러분?!" 콘셉시온이 비명 사이에 물었다. "무슨 방법 있어요? 어떻게 하죠?!"

"경적을 울려요!" 레스터가 외쳤고, 이미 빵빵거리고 있던 콘셉시온은 이번엔 아예 경적을 꾸욱 눌러 길고 필사적인 빠아아아아아아앙 소리가 났다.

하지만 트럭들은 듣지 못했거나 제때 움직이지 못했다. 그들은 나란히 서서, 고작 30센티미터 정도의 간격만을 사이에 남기고 있었다.

"반대 차선은 어때요?" 로데오가 외쳤고 콘셉시온은 노란색 차선을 넘어갔지만, 헉 하고 놀라더니 반대편 차들을 피해 다시 우리 차선으로 돌아왔다.

"안 돼요!" 콘셉시온이 외쳤다. "차가 너무 많아!"

트럭들이 바짝 다가왔다. 사 초 뒤면 추돌할 듯했다.

"주여, 도와주세요!" 콘셉시온이 하늘을 향해 외쳤다. 그러고는 운전대를 오른쪽으로 홱 돌렸다. 우리는 차선 하나를 맹렬하게 뚫고 지나쳤고 나는 콘셉시온의 행동을 보며 심장이 목까지 차올랐다. 콘셉시온은 도로 갓길로 들어가 예거의 오른쪽 바퀴들이 잡초와 흙을 우르릉 와작와작 밟고 달릴 때까지 핸들을 오른쪽으로 틀었고, 우리는 대형 트럭의 뒤쪽 모서리를, 내 장담하는데, 1센티미터 정도 차이로 피할 수 있었다.

예거가 덜컹거리며 흔들리니 등 뒤에서 또다시 비명과 울부짖음과 기도 소리가 터져나왔다.

다행히도 우리의 터무니없이 무시무시한 속도 덕분에, 악몽을 막아준 갓길을 오래 달릴 필요는 없었다.

대형 트럭을 지나친 뒤, 콘셉시온은 다시 아스팔트로 홱 들어섰다.

"저기!" 로데오가 앞 창문을 가리키며 외쳤다. 그러자 보였다. 멀리 고속도로가 평평해지면서 멋지고 기다란 직선도로가 펼쳐져 있었다.

살았다.

하지만 거기까지는 최소 1.5킬러미터 거리와 숱한 차들, 상당히 가파르게 왼쪽으로 굽은 길이 있었다.

"잘했어요." 레스터는 숨을 내쉬며 콘셉시온의 어깨를 꼭 잡았다. "잘하고 있어요."

우리는 오른쪽으로 왼쪽으로 차들을 가르며 앞에 펼쳐진 축복의 평지를 향해 달려갔다.

고속도로의 양쪽 네 개 차선이 하나같이 왼쪽으로 구부러지는 커브 지점에 닿았다. 우리는 왼쪽 차선에 있었고 앞은 텅 비어 있었다. 할 수 있었다. 커브를 돌아 승용차 두 대를 지나친 뒤 관성으로만 달리다가 정지하면 됐다.

하지만 그때. 아, "하지만 그때"란 언제나 존재하는 법이다.

우리 앞의 차 한 대가, 오른쪽 차선에서 아무런 문제도 일으키지 않던 승용차 한 대가 앞차를 추월하기로 결정한 것이었다. 물론 그것은 왼쪽 차선으로 들어온다는 뜻이었다. 즉, 우리가 달리던 차선으로.

레스터가 두어 마디를 내뱉었는데, 여기 굳이 적을 수 없는 말이지만 나도 진심으로 동의했다.

콘셉시온은 다시 정신 나간 갓길 진입을 작정하고 오른쪽으로 틀었다. 뭐, 이전에도 성공했으니까, 괜찮겠지?

하지만 그 전에는 갓길에 바퀴가 하나 없는 밴이 잭으로 들어올려진 채 서 있지 않았다.

아마 나를 포함한 앞쪽 사람들에게서 몇 마디 욕설이 흘러나왔던 것 같다.

우리는 다시 왼쪽으로 들어섰지만 양쪽 차선이 모두 차 있었다.

우린 모두 콘셉시온이 해야 할 일을 알고 있었다.

나는 "주여, 도와주세요!"라고 외쳤다. 콘셉시온이 운전에 집중할 수 있도록.

우리는 그다음 차선으로 들어갔다. 차들이 반대쪽으로 달리게 되어 있는 차선으로.

거긴 비어 있었다.

붉은 픽업트럭이 오고 있었지만 한참 멀리 있었다. 우리 속도라면 앞의 승용차를 지나 픽업트럭을 만나기 전에 원래 차선으로 돌아갈 수 있을 것 같았다.

"잘했어요, 콘셉시온." 로데오가 환호했다.

앞차가 옆 차를 지나침과 동시에 우리도 그 차를 추월했다.

예거의 보닛이 그 차의 미등을, 그리고 뒤쪽 문을, 그리고 운전자를 지나쳤다. 운전자는 휴대폰을 흘깃 보느라 우리가 거대하고 샛노란 스쿨버스를 타고 뒤에서 추월 중이라는 것을 알아차리지도 못했다.

그리고 우리 버스가 그 차의 보닛을 지나쳤고 그 차는 우리 뒤로 밀려났다. 해냈다.

하지만 그때, 우리는 역시 또 하나의 "하지만 그때"를 만났다.

빨간 픽업트럭이 점점 다가오고 있었다.

"들어가요." 로데오가 말했다.

"안 돼요." 콘셉시온이 이를 악물고 말했다.

"들어가요." 레스터가 말했다.

"안 돼요!" 콘셉시온이 외쳤다. "아직 추월하지 못했어요. 아직

다 지나지 못했다고요!"

우리 셋은 동시에 고개를 돌려 콘셉시온이 백미러로 보는 걸 확인했다.

휴대폰 운전자의 차가 안전하게 뒤로 물러나지 않았다. 우리 바로 뒤에서 계속 버티고 있었다.

"속도를 올리는 거야?" 내가 물었다.

"아니!" 레스터가 말했다. "우리가 느려지고 있어!"

사실이었다. 내리막이 끝났다. 경사가 완만해졌고 우리의 미치광이 같은 속도도 느려졌다.

"밟아요!" 내가 외쳤다.

과속으로 인한 스트레스에 그렇게 시달렸음에도 불구하고 콘셉시온은 액셀을 밟았다.

예거의 엔진이 부릉부릉 괴로워했지만 말을 들었다. 우리는 앞으로 쭉 달려나갔다.

휴대폰 차는 뒤로 처졌다. 빨간 픽업트럭이 우리를 향해 달려왔다. 콘셉시온은 백미러를 마지막으로 한번 더 확인하고 오른쪽으로 핸들을 홱 돌렸다. 우리는 달리던 자리에서 벗어나 원래 차선으로 돌아왔고 콘셉시온은 가장 오른쪽 차선으로 들어가 액셀에서 발을 뗐고 우리는 조금씩 조금씩 속도를 줄였다. 그리고 길고 가파른 오르막 램프가 있는 고속도로 출구가 나타났다. 콘셉시온은 거기로 접어들었고 우리는 비탈에서 점점 느려지다가, 거의 자전거 속도가 되었을 때 콘셉시온이 갓길로 벗어나면서, 다행히, 달콤하디 달콤한 정지를 맛볼 수 있었다.

콘셉시온은 기어를 잡아 차를 세웠고 주차 브레이크를 확 당겼다. 키를 돌려 시동을 죽였다.

우리 모두 몇 초 동안 숨을 몰아쉬고 심장 박동을 좀 더 안전한 속도로 늦추면서 서거나 웅크린 채 있었다.

로데오가 허리를 폈다. 한숨을 크게 내쉬었다.

그리고 우리를 돌아봤다. 베가 부인의 기도 소리와 밸이 훌쩍이는 소리가 여전히 들렸다.

로데오의 눈이 한 사람 한 사람을 오가며 모두의 얼굴에 혈색이 천천히 돌아오는 것을 지켜보았다. 그러다 나를 보고는 눈썹을 아래로 내리면서 자리에서 담요를 들어 내게 건넸다.

"이거 덮어, 아기 새야." 로데오는 조용히 말했고 나는 너무 급히 달려나오느라 옷차림을 신경 쓰지 못한 것을 깨달았다. 나는 살바도르 앞에서 티셔츠와 속옷만 입고 있었고, 다른 때였다면 창피함을 여섯 가지는 느꼈겠지만 그 순간엔 그저 살았다는 사실에 감사하기만 해서 담요를 받아 허리에 두르고 하나도 걱정하지 않았다. 살바도르를 돌아봤더니, 그 애는 아주 분명하게 고개를 돌린 채로 창밖을 내다보고 있어서 나는 그 행동이 매우 신사답고 점잖다고 생각했다.

로데오가 억지로 지친 미소를 조금 지어 보였다.

"음." 로데오가 말했다. "좋은 시간을 보내고 있군요. 화장실 갈 사람 또 없어요?"

33

로데오는 셔츠와 손에 검은 오일을 묻힌 채 예거 밑에서 기어나왔다. 이마에도 어두운 얼룩이 묻어 있었다.

나와 살바도르, 밸, 레스터는 도로 갓길에 서서 판결을 기다리고 있었다. 태양이 빛났고 하늘은 파랬고 공기에서는 소나무 향이 났다. 그리고 나는 걱정이 되어 어쩔 줄 몰랐다. 가슴에서 심장이 시계처럼 똑딱똑딱 뛰면서 남은 시간과 분과 초를 세고 있었다. 레스터의 휴대폰에 따르면, 포플린 스프링스까지 쉬지 않고 달려 여덟 시간 걸리는 위치였다. 그 공원과 나의 대체 불가능한 추억이 영영 사라지기 전날의 오후 두시였다. 출발점이 플로리다 주였던 걸 생각하면 집까지 거의 다 온 셈이다. 하지만 그런 식으로 버스를 움직이지 못하면 달에 있는 것이나 마찬가지였다.

로데오는 일어나지도 않았다. 예거의 타이어에 등을 대고 거기 자갈밭에 앉아서 걸레에 손을 닦았다. 로데오는 눈을 찡그리고 날 보더니 다시 눈길을 돌렸다.

"어때요?" 레스터가 물었다.

로데오는 고개를 젓고 다시 나를 봤다.

"미안하다, 나비야." 그뿐이었다. 나는 눈이 뜨끈해졌다.

"미안하다뇨, 뭐가요?" 살바도르가 따졌다.

"큰 수리가 될 것 같아서. 브레이크 라인이 통째로 끊어졌어. 부품이 필요해. 이 근방에서는 구하기 어려울 거야." 로데오는 주위를 향해 손을 흔들며 말했다.

"그럼…… 무슨 뜻이에요?" 살바도르가 물었지만, 그 애도 우리처럼 로데오의 말을 정확히 알고 있었던 것 같다.

로데오는 한숨을 푹 쉬었다.

"내 말은…… 못 갈 거 같다는 말이야. 시간에 맞춰서는. 버스가 다시 움직이려면 이틀은 걸릴 텐데, 그것도 잘해야 말이지. 미안하다, 블루베리."

로데오는 미안하다고 했다. 미안하다고 말했다. 하지만 정말 아쉬워하는지 알 수 없었다.

땋은 머리카락을 초조하게 잡아당기던 내 두 손은 양 옆구리로 툭 떨어졌다. 눈이 따끔거렸고 목이 메었고 크게 흑 하며 숨을 들이마셨다. 아냐. 아냐, 아냐, 아냐.

레스터는 혀를 차고 고개를 젓더니 돌아섰다.

하지만 살바도르는 포기하지 않았다.

"그럼 임시로 수선하거나 할 수 없어요? 당분간만?"

"애야, 브레이크 라인은 간단히 수선할 수 없어. 그리고 믿을 수 없는 브레이크로는 출발할 수 없고. 오늘 경험했잖니."

"음, 그럼 코요테가 버스를 타거나 그러는 건요?"

로데오는 고개를 저었다.

"아니. 나 없이는 못 가. 그리고 난 얘거 없이는 못 가고. 얘거는 우리집이고, 우리 삶이고, 우리가 가진 건 다 얘거에 있어. 그리고 아이반은? 안 돼. 미안하다. 얘거가 여기 있으면 우리 둘 다 움직일 수 없어."

나는 눈길을 돌렸다. 알고 있었으니까.

로데오는 아이반을 걱정하는 것이 아니었다. 우리 물건을 걱정하는 것이 아니었다.

로데오는 자신을 걱정하는 거였다.

브레이크 이야기가 거짓말은 아니었다. 고치는 데 시간이 오래 걸린다는 것도. 하지만 미안하다는 말은 거짓말이 분명했다. 집에 돌아가지 못하는 것에 로데오는 조금도 아쉬워하지 않았다. 묻어 두려고 그렇게 애쓰던 옛날의 추억을 파헤치지 않아도 되는 것이 조금도 아쉽지 않았을 것이다.

나는 이를 으드득 갈았다.

로데오는 아마 이 모든 걸 없던 일로 할 하나의 핑계, 하나의 기회만을 바라고 있었을 것이다. 나와 한 약속을 지키지 않을 방법이 생기기를 기도하고 있었을 것이다.

하지만 그 핑계로 빠져나가게 할 수 없었다. 그렇다, 후회는 남기지 않아야 했다.

"어떻게 하면 될지 알겠어." 내가 말했다. "어떻게 고쳐야 할지 알겠어."

"잠깐만, 곰돌아. 우린—" 로데오가 입을 열었지만 나는 자갈밭에서 휙 돌아 로데오를 등졌다. 로데오가 지겨웠다.

"레스터," 내가 말했다. "휴대폰 좀 빌려줘요. 부탁해요."

낡은 예거를 고칠 방법은 하나뿐이었다. 스쿨버스 부품을 가지고 있고, 그걸 고치는 방법을 아는 기술자가 대체 어디에 있을까? 음, 교육구 사무소*다. 당연하다.

전에도 로데오와 해본 적이 있었다. 부품이나 기술이 필요하면 우리는 가장 가까운 교육구에 전화를 걸어 그곳의 차고 관리자와 잡담을 떨며, 기꺼이 도움을 주려 하거나 예거에 무슨 일이 생겼는지 궁금해하는 사람들을 찾았다.

레스터의 휴대폰으로 주변을 검색해 가장 가까운 교육구의 전화번호를 찾았다. 통화 버튼을 누르고 연결음이 들리자 로데오에게 건넸다. 로데오는 지친 무표정으로 축 늘어져 앉아 있었다.

로데오가 귀에 휴대폰을 대고 지평선을 바라보는 동안 우리는 기다렸다. 잠시 후 로데오는 고개를 젓더니 전화를 끊었다.

"안 받아." 로데오가 건성으로 어깨를 으쓱이며 말했다. "8월이잖아. 8월에는 학교에서 일하는 사람이 없어. 희망이 없어, 아가."

나는 코로 세게 숨을 쉬며 아랫입술을 잘근거렸다.

로데오가 나를 올려다봤다. 로데오의 마술 같은 눈이 그때 내게는 조금도 마술 같지 않았다.

나는 뒤로 돌아서서 상심한 채 머리를 마구 굴리면서 언덕을 바라봤다.

희망이 없다. 그 순간 정말 마음에 들지 않는 말이었다.

---

* school district. 미국의 지역 공립 초·중·고교를 운영하는 정부 기관. 공립학교의 운영자금 조달, 교과과정 설정, 교사의 자격 심사 등을 포함해 스쿨버스 관리·운영까지 학교 운영을 총괄한다.

고속도로 갓길에 도움을 구할 곳 없이 그렇게 있으니, 정말로 희망이 없는 것처럼 느껴졌다.

하지만 문제는 이거다. 희망이란 꼭 주차장 담배꽁초와 비슷하다—열심히 찾아보면 항상 있다.

머릿속에서 찰칵 소리가 났다. 홱 돌아섰다. 나는 레스터와 살바도르에게 말했다.

"학교는 필요 없어. 버스 수리할 사람만 있으면 되지." 내가 말했다.

레스터는 눈만 깜빡였다. 하지만 살바도르는 눈을 반짝였다.

"교육구 웹사이트!" 살바도르가 외치더니 허리를 숙여 로데오의 힘없는 손에서 휴대폰을 낚아챘다. "거기 누가 있는지 이름을 알아보자. 그러고 집 같은 데로 전화하면 되지."

레스터가 웃었다.

"진짜 똑똑하네."

정말 똑똑한 생각이었다. 교육구 웹사이트의 '직원' 항목 아래 거기서 일하는 사람들과 보기 좋게 웃는 작은 사진들이 길게 나열되어 있었다. 맨 아래 '지원 부서'에 풍성한 머리카락과 빨간 립스틱과 활짝 웃는 미소를 가진 여자의 사진이 있었고 "교통관리과장"이라는 직함이 적혀 있었다. 레스터는 우리가 찾는 직함이 그것일 거라고 했다. 이름은 태미였다. 농담이 아니다.

태미의 성은 스밋이어서 레스터는 몬태나 주 애너콘다(우리가 있던 곳이 대략 거기였다)의 태미 스밋들을 검색했고, 번호를 하나

찾았다.

"신호가 간다." 레스터가 말하니 로데오가 손을 뻗었다. 하지만 레스터는 로데오를 보기만 했다. 진지한 표정으로. 조용한 표정으로. 그리고 좀 나직이 말했다. "아니. 내가 통화할게요." 로데오는 콧등을 긁더니 시선을 돌렸다.

우리는 거기서 숨도 제대로 쉬지 못하고 기다렸는데 레스터가 말했다. "여보세요? 태미 스밋 씨인가요?" 나와 살바도르는 초조하지만 행복한, '어떻게 되나 보자' 하는 미소를 재빨리 주고받았고 레스터가 이어 말했다. "음, 제 이름은 레스터고 절 모르시겠지만 작은 질문이 하나 있어요. 아, 큰 질문이네요." 레스터가 돌아서서 도로로부터 벗어나 나무들을 향해 조금 걸어가서 말소리가 더는 들리지 않았지만 한참 동안 통화했다.

레스터가 거기, 아이다호 주의 소나무 그늘에서 통화하는 것을 보았다. 그는 입으로 눈으로 얼굴로 손으로 마음으로 말했다. 서성거리며 고개를 끄덕이고 고개를 젓고 가끔은 높게 가끔은 낮게 말했다.

그 모습을 보니 목이 메었다. 나를 위해서 그렇게 하고 있었으니까.

도로가에서 나를 위해 말하고 있는 모습을 보니 사랑이 느껴졌다. 그리고 그도 나를 사랑하는 걸 알 수 있었다. 그게 사랑이니까. 상대를 소중히 여기니까 상대가 소중히 여기는 것을 소중히 하는 것. 그리고 상대가 행복하기를 원하는 것. 그렇지?

레스터가 뭐라고 했는지 모른다. 하지만 말을 잘한 것이 분명하다. 평생처럼 느껴지는 몇 분 뒤, 레스터가 우리에게 다가오더니 휴대폰을 손으로 가리고 이렇게 말했으니까. "이 버스 모델이 뭐지?" 나는 대답했다. "2003년형 인터내셔널 3800 스쿨버스요." 내가 그걸 기억하는 것이 이상하게 보일지 모르지만 그렇지 않다. 보통 아이들도 자기 집 주소는 기억하지 않나? 참, 예거의 번호판엔 워싱턴 주 JFS1150이라 적혀 있다.

레스터는 좀 더 통화하더니 아직도 흙바닥에 앉아 있던 로데오에게 휴대폰을 건넸다.

"바꿔달래요." 레스터의 말에 로데오는 잠시 휴대폰을 보기만 하더니 곧 받아서 브레이크 부품과 부품 번호 따위에 대한 질문에 대답을 하고 이어 말했다. "어어. 알겠습니다. 네." 그다음 로데오는 최고의 대사를 말했다. "알겠습니다. 그럼 곧 뵙겠습니다."

그리고 아마 로데오는 전화를 끊었을 테지만, 나는 살바도르와 하이파이브를 하고 레스터를 끌어안고 출구 램프 갓길에서 춤을 추느라 바빠 그 모습은 보지 못했다.

로데오는 끌어안지 않았다. 하이파이브도 하지 않았다.

태미 스밋은 한 시간쯤 뒤, 커다랗고 요란한 디젤 픽업트럭을 타고 나타났다. 태미는 공구상자와 작업용 장갑, 온갖 부품을 가지고 왔고 그녀가 트럭에서 내리며 "안녕하세요" 하는 모습은 내가 본 가장 예쁜 광경이었다.

레스터와 악수하고 로데오와도 악수하더니 태미는 내게로 왔다. 내 눈을 보며 물었다. "네가 그 아이니?"

나는 어깨를 으쓱였다.

"아이긴 한데요, 그 아이인지는 모르겠어요."

"저 사람이 이야기한 아이는 맞지?"

"네, 아마 그럴 거예요."

태미는 내 눈을 조금 더 들여다보더니 셔츠 주머니에서 뭔가 꺼냈다. 사진이었다. 태미와 아주 많이 닮은 여자의 사진이었다. 상냥한 눈. 크고 따뜻한 미소.

"내 언니야." 태미가 말했다. 그리고 덧붙였다. "샬린." 부드러운 목소리였다.

"멋진 분이네요."

"그랬지."

나는 태미를 올려다봤고 태미는 나를 내려다보더니 말했다. "이 친구가 다시 달리게 해보자."

나는 크게 미소 지었고 태미도 마주 웃었다. 태미는 트럭으로 가다가 걸음을 멈추더니 로데오를 향했다.

"아, 그래도 비용 이야기는 해야 돼요."

뭐, 태미는 좋은 사람이었다. 하지만 교육구에서 돈을 내고 사준 비싼 버스 부품을 지나가는 남에게 거저 나눠줄 순 없는 것이 당연했다.

"물론이죠." 태미가 부품 가격을 말하자 로데오가 대답했다. "부품이랑 수리비 모두 드리겠습니다. 문제없어요."

"그래요." 태미가 말했다. "부품은 돈으로 내셔야겠죠. 하지만 수리비는 따로 하려고요."

"따로라면?"

"저기 레스터 말로는 포플린 스프링스로 가신다고 하더군요."

"네, 맞아요."

"그럼 실버 바로 가는 길이죠?"

로데오는 눈을 가늘게 떴다.

"그런 것 같네요." 조심스러운 대답이었다.

"음, 그럼 아주 잘됐네요!" 태미가 환히 웃었다.

"어째서죠?"

"공교롭게도 실버 바에 보내려는 물건이 하나 있거든요. 하지만 너무 바빠서 겨를이 없었어요. 그런데 여러분이 그쪽으로 가는 길에 도움이 필요하다고 하니까요."

로데오가 코를 훌쩍였다.

"도움······까지는 필요하지 않아요. 부품이랑 수리비로 다 드릴 수 있습니다."

"좋아요. 도움이 필요 없다고요. 근데 저도 돈은 사실 필요 없어요. 하지만 어쨌든 새 브레이크 라인은 필요하시겠죠. 그리고 전 가시는 곳으로 물건을 보낼 필요가 있어요. 그러니 완벽하다고 하겠네요." 태미는 미소를 지었고, 눈에 단호한 기색이 반짝였다. 태미는 좋은 사람이었고, 원하는 걸 얻는 법도 알았다. 그건 전혀 잘

못된 게 아니었다.

로데오는 내게 '너 때문에 이게 무슨 일이냐' 하는 표정을 짓고 태미를 향해 한쪽 눈썹을 추켜올렸다.

"그, 음, 물건이라는 거요. 옮기는 게…… 합법입니까?"

태미의 눈길이 잠시 딴 데를 향했다.

"네," 하지만 목소리가 굉장히 애매했다. "음, 딱히 불법은 아니에요."

로데오는 해바라기씨 껍질을 뱉었다.

"아, 그래요? 뭔데요?"

태미는 아주 활짝 웃었다.

네 시간 뒤, 우리는 다시 도로 위를 달리고 있었다.

브레이크를 고치자 예거는 마법처럼 멀쩡해졌다. 원하면 언제든 멈출 수 있었다. 브레이크에게 바라는 건 사실 그것뿐이다.

살바도르와 밸은 다시 소파에서 우노 게임을 했다. 베가 부인과 콘셉시온은 버스 좌석에서 잡담을 나눴다. 레스터는 로데오의 담요 더미에 누워 자려고 했다. 아이반은 내 침대에 엎드려 있었다.

로데오가 운전 중이었는데, 화를 내다가 시무룩해하다가를 왔다갔다하고 있어서 나는 로데오를 지켜보는 동시에 혼자 내버려두려고 최선을 다했다.

우리는 이동하고 있었다. 총 다섯 시간 정도를 잃었고 해가 거의 지고 있었으니 아슬아슬하다는 걸 알았지만 할 수는 있을 것 같다. 집으로. 집으로 가고 있었다. 발을 구르고 발장단을 맞추고 있었다. 심장과 뱃속에서 전쟁이 난 것처럼 시끄러웠다. 심장은 박수를 치고 할렐루야 노래를 부르려고 했지만 뱃속은 메슥거리며 대체 무슨 일이 벌어지려나 궁금해했다. 롤러코스터 꼭대기에 오르는 느낌이었다. 즐겁고 흥분되지만…… 다음에는 무엇이 닥칠지 몰라 숨을 멈춘 상태였다.

하지만 태미 덕분에 복잡한 머릿속을 다른 생각으로 채울 수 있었다.

나는 로데오 바로 뒤, 맨 앞자리에 앉아 있었다. 통로 옆의 좌석 가장자리에 걸터앉아 있었다. 다른 데를 놔두고 거기 앉아 있었던 건 글래디스에게 팔을 두르고, 버스가 움직이는 동안 진정시키기 위해서였다.

이 말은 해두어야 할 것 같다. 글래디스는 긴 흰털과 근사하고 우아한 뿔 한쌍을 가진 90킬로그램의 피니시 랜드레이스종 염소였고 워싱턴 주 실버 바까지 가야 했다.

34

뱉과 살바도르와 레스터와 에스페란사와 콘셉시온과 마찬가지로, 글래디스도 멋진 동행이었다.

글래디스는 태미의 딸 제시카의 염소였는데, 제시카가 얼마 전 실버 바로 이사를 갔다. 제시카가 젖병으로 먹여 키우던 글래디스는 당연히 그녀의 이사를 못마땅히 여겼다. 그 뒤로 몇 주째 우울하게 지내는 걸 봐왔다고, 태미는 슬픈 표정으로 고개를 저으며 말했다. 글래디스와 제시카는 다시 만나야만 했다. 우리와 우리 버스가 재회를 도와야 했다.

이 모든 상황이 아주 기분 좋고 신났다. 음, 나는 모든 것이 기분좋고 신난다고 생각했다. 로데오와 나는 이 문제에 대해 의견을 같이하지는 않았다.

"망할 염소를 들여서 우리집 바닥을 더럽힐 순 없어!" 로데오가 고집을 부렸다. 거의 목소리를 높이기 직전인 걸 보면 진지하단 걸 알 수 있었다.

"아, 글래디스는 용변 훈련이 돼 있어요." 태미가 우리를 안심시켰다.

"글래디스요?" 로데오는 잠시 정신이 팔려 외쳤다. 하지만 곧바로 되돌아갔다. "염소한테 용변 훈련을 시키는 건 불가능해요."

태미는 눈썹을 아래로 내리더니 목을 가다듬었다.

"아마 당신은 염소에게 용변 훈련을 못 시키는 모양이죠. 하지만 나는 가능해요." 그러더니 살짝 자신감이 떨어진 목소리로 말했다. "하지만, 뭐, 두 시간에 한 번씩 차를 세우고 산책을 좀 시켜줘야 해요. 혹시 모르니까요."

나는 태미가 마음에 들었다.

로데오와 태미는 한참 서로를 노려봤다.

"말도 안 되는 소리예요." 로데오가 말했다.

태미가 목소리를 누그러뜨렸다.

"있잖아요. 저는 글래디스를 실버 바에 꼭 보내야 해요. 엄마를 보고 싶어하니까요. 염소는 주인을 잘 따르는 동물이에요. 아무 문제없을 거라고 약속해요. 음, 정확히는 약속은 아니지만, 장담은 할 수 있어요. 개라고 생각해요. 평생 집염소로 키웠으니까."

"집염소?" 로데오가 어이없다는 표정으로 외쳤지만, 태미는 계속 말했다.

"내가 지은 말이에요. 이봐요. 서로에게 윈윈이잖아요. 글래디스와 제시카까지 포함하면 윈윈윈윈이라고요. 정말 고마운 일일 거예요. 나도 당신을 돕고 있잖아요. 부탁이에요. 한 번만 도와줘요."

와, 태미. 그녀가 원래 사람 마음을 그렇게 잘 읽는지, 아니면 그냥 운이 좋았던 건지 몰라도, 그것은 로데오와 말다툼을 끝내기에 완벽한 방법이었다. 로데오는 협박에 약했다. 하지만 도움이 필요한 사람들을 돕는 건 아주 잘했다. 늘 친절한 사람이니까. 정도의 차는 있어도 말이다.

로데오는 풀이 죽었다. 졌다는 걸, 로데오도 나도 잘 알고 있었다. 이제 약속을 지키고 친절을 베풀어야 했다. 어쩌면 싸울 수도 있었겠지만 로데오는 약속과 친절에 약했다.

로데오는 나를 손가락으로 가리켜 보였지만, 그건 화가 나서라기보다는 항복했다는 뜻에 가까웠다.

"저 염소가 더럽히는 건 네가 치워." 로데오는 말했고, 그렇게 끝났다.

글래디스는 늘 웃는 것처럼 보이는 밝은 초록색의 눈을 가졌고, 녀석이 매애애 하고 울 때마다 나는 웃음이 터졌다. 게다가 내가 어디에 있든지 늘 내 옆에 있고 싶어하는 게, 사람을 잘 따르는 염소였다. 글래디스를 내 옆 의자에 올라앉게 하려고 했고 글래디스도 막 그러려고 했는데, 로데오가 그건 금지시켰다.

아이반은 이 모든 상황을 보며 놀라울 정도로 조용했다. 글래디스가 처음 버스에 오르자 꽤 한참 동안 부엉이 눈을 하고 살폈고 첫인사 겸으로 쿵쿵거릴 때는 조심스러운 정도였지만, 몇 분 뒤 둘은 서로 상냥하게 코를 쿵쿵거렸고, 30킬로미터가 지나지 않아 아이반은 글래디스가 최근에야 합류한 일원이라는 사실도 잊은 모양이었다. 대단한 고양이었다, 아이반은.

글래디스는 살바도르가 말리기 전에 토마토 한 그루를 다 먹어치우긴 했지만, 아무리 착한 집염소라도 그 정도는 이해할 수 있는 행동이라고 생각한다. 전체적으로, 글래디스를 버스에 태운 것은 우리의 단체 생활 경험을 매우 향상시켰다.

그 마지막 날 밤 잠자리에 들 시각, 나는 소파에 앉아 창문으로 비치는 남은 석양빛에 책을 읽고 있었다. 아이반은 무릎 위에서 졸고 있었다. 글래디스는 발치에 엎드려 졸린 눈을 천천히 깜빡였다. 굉장히 이상하고 독특한 광경이었던 것 같다.

살바도르는 소파 끝에서 『세상에 단 하나뿐인 아이반』을 다 읽어가던 중이었다. 그 애는 그 책을 좋아했다. 당연히.

레스터는 뒤로 와서 왕좌에 앉았다. 운전하는 로데오를 한번 쳐다보더니 무릎에 팔꿈치를 대며 몸을 앞으로 기울여 내게 작은 소리로 물었다. "로데오 괜찮을까?"

나는 무슨 말인지 알아들었다. 비밀을 밝힌 이후로, 특히 브레이크를 고친 이후로 로데오는 점점 더 조용해졌다. 눈에서 빛이 사라졌다. 대답도 짧았다.

"그럼요." 내가 말했다. "뭐, 괜찮겠죠. 즐거운 건 아니겠지만 괜찮을 거예요." 레스터를 설득하는 것만큼이나 나 자신을 설득하려고 한 말이다. "오 년 동안 피했던 일이에요." 내가 계속했다. "로데오에겐 정말 힘든 일이에요. 하지만 나한테 얼마나 중요한 일인지 아니까. 괜찮을 거예요."

"정말 오 년 동안 안 갔어? 전혀?" 살바도르가 물었다.

나는 고개를 끄덕였다.

"근처에도 안 갔어요."

"기분이 어때?" 레스터는 부드러운 목소리로 내 눈을 가만히 들여다보며 물었다.

"좋아요. 근데…… 좀 겁도 나고요. 슬프고. 로데오 말이 옳아요…… 생각하면 슬프죠. 그들을 생각하면." 나는 숨을 들이쉬었다가 내쉬었다. "하지만 그만한 가치가 있는 일이에요. 그들을 기억하고 슬퍼하는 게 잊어버리는 것보다 훨씬 나은 거 같아요."

살바도르는 끄덕였고 레스터가 중얼거렸다. "맞아."

할 말이 끝났다고 생각했는데, 나도 모르게 이런 말이 나왔다. "보고 싶어요." 눈을 빠르게 깜빡이고 내리깔았다. 손등으로 눈을 문질렀다. "한 가지 계속 기억나는 게 있어요. 겨울에 썰매를 타던 언덕이 있거든요. 집 근처에. 거기로 썰매를 끌고 올라갔는데, 가끔 재미로 긴 썰매에 넷이 다 함께 타기도 했어요. 엄마가 제일 크니까 맨 뒤에, 로즈가 제일 작으니까 맨 앞에. 에이바와 나는 가운데에. 썰매에 다 타려면 서로 꼭 끌어안아야 했고 다리가 막 얽혀서 바보 같고 우스웠어요……" 목이 메었다. 머릿속에 웃음소리가 들리고, 나를 끌어안은 팔이 느껴지고, 흰 눈에 반사되는 햇빛이 보였다. "재미도 있었고. 너무나…… 행복했어요. 그런데…… 사고는 너무 갑작스러웠고. 로데오랑 나는 너무 빨리 떠났어요." 눈을 꾹 감았다. "가끔은 그 순간이 그대로 정지되어 있는 것 같아요. 집에 돌아가면 다시 그 시점부터 삶이 시작될 것처럼요. 다시 썰매를 타고. 그들이 함께할 거 같아요." 나는 고개를 저었다. "그럴 리 없다는 건 알아요. 여기, 길에 나와 있으면 그들이 모두 거기 있다고 생각하기가 쉬웠거든요. 기다리고 있다고. 하지만 집에 가면, 없을 거잖아요. 그걸 아니까," 목을 메이게 하는 덩어리를 꿀꺽 삼켰다. 눈물이 글썽이는 눈으로 레스터와 살바도르를 올려다봤다. "그 상자가 정말, 정말 필요해요. 정말. 그렇지만…… 무섭기도 해요. 그걸 갖고 나면 그들이 정말 떠났다는 느낌이 들 것 같아서."

레스터의 눈이 반짝였다. 아랫입술을 깨물고 있었다.

둘 다 아무 말도 하지 않았다. 하지만 살바도르가 손을 뻗었다. 그리고 내 손을 잡았다. 잡은 손에 힘을 줬다.

"힘들 거야. 정말 힘들 거야." 내 목소리가 떨리기 시작했지만,

두근거리는 심장을 진정시켰다. "그들을 다시 모두 잃는 것처럼. 하지만 그들을 되찾으려면 다시 잃어야 하겠죠. 그리고 그들을 되찾아야만 해요. 그래야 해. 무슨 일이 있어도."

좋은 순간이었던 것 같다. 강하고 진실된 순간. 영화라면 배경에서 오케스트라 음악이 흘러나왔을 것이다. 멋지게.

하지만 그 직후 모든 것이 흐트러질 것이라고는 전혀 생각지 못했다.

35

한밤중이었다. 아니, 적어도 그렇게 느껴졌다. 로데오는 레스터와 콘셉시온과 베가 부인이 제안하는 도움을 모두 거절하고 저녁 내내 운전했다. "아뇨." 그들이 물어볼 때마다 로데오는 말했다. "괜찮아요." 하지만 그렇지 않았다. 전혀.

늦은 시각 휴게소에 들러, 좀 졸린 것 같은 글래디스를 데리고 내 방으로 가서 침대에 누웠고 글래디스는 내 옆 바닥에 다리를 깔고 엎드리더니 턱을 침대에 얹었다. 굉장히 귀여운 모습이었다.

아이반은 내가 겪는 혼란스러운 감정을 알아차렸는지 나한테 바짝 붙어 버스 안에서 졸졸 따라다녔고, 내가 밖에서 글래디스를 데리고 볼일을 보러 갔을 때는 창문을 통해 내다보고 있다가 내가 누우니 곧바로 달려들었다.

모두 조용히 쉬거나 책을 읽거나 창밖을 내다보거나 졸고 있었다. 레스터는 로데오의 담요 더미에서 다시 코를 골았다.

나도 아마 잠이 든 모양이었다. 얼마나였는지는 알 수 없었다. 하지만 잠에서 깨어나보니 두 가지를 알 수 있었다. 잠든 채로 몇 시간이 지났고 그동안 버스는 움직이지 않았다.

나는 일어나 앉았다. 글래디스가 벌떡 일어나더니 매애애 하고 울었다. 잠에 겨워 조그맣게 '무슨 일이야, 그나저나 몇 시야' 하는 식의 울음소리였다. 나는 창문에 얼굴을 댔다.

우리는 주유소에 서 있었다. 사방에 아무것도 없는 것 같았다. 집도 가게도 아무것도 없었다. 나는 벌떡 일어나 내 방 커튼 문을 젖혔다.

그때 두 가지가 더 보였다. 운전석엔 아무도 없고, 조용했다.

우리가 달리는 커다란 사차선, 육차선 혹은 팔차선으로 된 주간고속도로Interstate Highway에서는 특유의 소리가 난다. 항상. 수백 대의 자동차 타이어들이 아스팔트를 지나는 웅웅거리는 소리다. 도로에서 한 400미터 밖에 있어도, 혹은 좀 더 멀리 있다 해도 그 소리가 들린다. 그 소리는 내 삶의 배경음이었는데, 그것이 들리지 않았다.

그래, 소리가 사라졌다.

창밖에 어둠이 보였다. 나무도 좀 보였다. 초라한 이차선 도로가 보였다. 출구 램프는 없었다. 커다란 녹색 고속도로 표지판도 없었다. 다른 차들의 전조등도 없었다.

재빨리 자는 사람들을 지나쳐, 울렁거리고 메슥거리는 기분으로 앞으로 갔다. 내가 지나가니 레스터가 일어나 앉고는 하품을 하며 "여기가 어디야?" 하고 물었지만 나는 대답하지 않았다. 나도 어딘지 알지 못했다. 하지만 어디가 아닌지는 알았다.

들리는 것이라고는 뒤에서 글래디스가 또각또각 따라오는 소리뿐이었다.

버스 앞은 비어 있었다. 열쇠도 사라졌다. 전조등은 꺼져 있었다. 문이 닫혀 있었다.

문을 밀어젖히고 버스에서 뛰어내린 뒤, 글래디스가 나오지 못하게 문을 닫고 주유소로 달려갔다.

카운터 뒤에 매우 지루해하고 매우 지친 얼굴의 남자가 있었다. 카운터 위의 작은 티브이를 보고 있었다. 내가 들어가 문 위의 종이 울리자 그 남자가 고개를 돌렸다.

"굉장히 늦은 시간에 다니는구나." 꽤 친절한 목소리로 그가 말했다.

"몇 시인데요?"

그는 벽에 걸린 시계를 봤다.

"새벽 네 시가 다 됐네. 잘 시간 지났겠다."

"여기가 어디죠?" 내가 물었다.

그 순간 레스터가 자느라 구겨진 옷에 부은 눈을 껌뻑이며 문을 열고 들어왔다. "코요테, 여기가 어디지?"

나는 다급하게 묻는 표정으로 직원을 바라봤다. 그는 어리둥절한 표정으로 나를 봤다.

"왈로와야. 음, 정확히는 왈로와 외곽이지."

나는 레스터에게 손을 내밀며 외쳤다. "휴대폰이요!"

레스터가 주머니에서 휴대폰을 꺼내 내게 건넸고 나는 휴대폰을 두드린 뒤 욕을 했다.

"뭐?" 레스터가 물었다.

"왈로와," 나는 휴대폰을 들어 레스터에게 보였다. "오리건 주 왈로와요. 여긴 포플린 스프링스로 가는 길이 아니에요." 레스터는 내가 들어 보인 지도를 보더니 입을 떡 벌렸다. "가깝지도 않아요. 경로에서 한 네 시간은 벗어났어요. 엉뚱한 방향으로."

나는 직원에게 고개를 돌렸다.

"로데오는 어디 있어요?" 내가 물었다.

"로데오?" 직원은 황당한 표정으로 물었다. 그가 모른다고 대답하길 기다릴 시간이 없었다.

"로데오!" 나는 가게 뒤로 향하며 외쳤다. "로데오!"

남자 화장실 문을 밀어 열었다.

"로데오!" 대답이 없었다. 하나 있는 칸막이 문을 발로 찼다. 비어 있었다.

가게로 다시 달려왔다.

"어디 있어요? 로데오는 어디?"

직원은 가게를 돌아다니며 남자 화장실을 뒤지는 여자아이에 놀라 일어나 있었다.

"로데오? 그 수염 난 사람?"

"네! 그 사람. 어디. 있어요?"

"맥주 여섯 병 든 팩을 사서 뒷문으로 나갔어. 너희 아빠나 뭐 그런 거니?"

"뭐 그런 거예요." 나는 대답하고 울먹이며 주먹을 꽉 쥐고 무너지는 가슴을 두근 두근 두근거리며 뒷문으로 달려나갔다.

36

로데오를 찾기는 어렵지 않았다.

달이 밝았다. 거의 보름달이었다. 주차장 뒤에서 나무들 사이로 이어지는 작은 오솔길이 있었다.

그 길을 따라서, 달빛 아래 나무들 사이를 걸어 작은 강으로 내려갔다.

크지는 않지만 은빛을 받아 예쁜 강이었다.

강물 속에 작은 모래톱 섬이 있었다. 강물에 흘러와 놓여 있는 통나무가 섬 위로 보였다. 그리고 그 나무 위에 로데오가 내 쪽을 등지고 앉아 있었다. 나는 플립플랍을 벗었다.

물은 그렇게 차지도, 그렇게 깊지도 않았다. 무릎까지 닿지도 않았다. 게다가 8월이었으니까. 물은 신경도 쓰지 않았다.

맨발에 닿는 섬 모래는 부드러웠다. 다른 때였다면 기분 좋았을 것이다.

나는 빙 돌아가서 그 앞에 섰다. 로데오는 나를 보지도 않았다. 병을 입에 대고 한참 쭈욱 들이켜기만 했다.

"로데오."

아무 말도 없었다.

"로데오!"

그제야 내게로 눈길을 줬다.

"왜?"

나는 망설였다. 나는 로데오를 잘 알았다. 보통이라면 어떻게 다그쳐야 하는지 알았다. 어떻게 이끌어야 하는지. 어떻게 달래야 하는지. 하지만 이건…… 이건 달랐다. 좋지 않았다.

"로…… 로데오가 술 마시면 싫어."

로데오의 눈에 눈물이 글썽거렸다.

"그래? 응, 나도 싫구나, 작은 새야." 로데오는 고개를 젖히고 한 모금 더 마셨다. "하지만 이렇게 됐네."

어지러운 머리와 두근거리는 심장을 느끼며, 나는 거기 서서 로데오를 내려다봤다.

로데오가 나를 올려다봤다.

"안 갈 거야, 우린." 로데오가 말했다.

"아니, 갈 거야." 내가 대답했다.

"아니. 난 안 돌아가. 너도. 나는 모래늪에 뛰어들지 않을 거야, 설탕자두야. 너도 뛰어들지 못하게 할 거고. 우린 안전하게 있을 거야, 너랑 나랑 함께."

"아니, 로데오. 난—"

"아니야. 그건 금지고 그걸로 끝이야. 미안하다. 하지만 여기서
끝내. 네가 다치기 전에."

나는 숨을 한 번 들이쉬었다. 그리고 또 한 번. 숨쉬기가 힘들었
다. 공기가 목에서 막히고 코가 따끔거렸다. 폐 속에서 공기와 흐
느낌이 자리를 놓고 다투었다.

때가 됐다. 모든 걸 털어놓을 때가.

후회는 없어야 하니까.

"너무 늦었어." 내 말에 로데오는 눈을 찡그리고 나를 올려다봤
다. "뭐?" 내가 말했다. "내가 다치기 전이라고? 그건 이미 늦었어,
로데오. 한참 늦었어. 난 이미 다쳤어. 다쳤다고. 오 년 동안 상처받
고 있잖아. 로데오 때문에. 지금도 로데오가 상처를 주고 있어. 그러
니까 거기 앉아서 우리가 다치지 않기 위해서라고 하지 마. 아니니
까. 다치지 않는 건 로데오뿐이니까. 항상 그랬으니까."

로데오가 입을 딱 벌렸다.

"아냐, 조그만 자두야. 아니야. 들어봐, 우린 이럴 필요가 없어.
이렇게……"

"난 필요해. 나는. 이제 지금까지처럼 못 하겠어. 못 해. 이제 이
럴 수밖에 없어. 그리고 난…… 그리고 난…… 그리고 난 아빠가
필요해, 아빠." 달빛 속에서도 오 년 동안 못 했던 그 말을 하자 로
데오가 창백해지는 것이 보였다. 그래서 다시 말했다. "난 아빠가

필요해."

그때, 흐느낌이 이겼다. 흐느낌이 공기를 밀어냈다. 그리고 내
눈물 사이로 달빛은 온통 다이아몬드처럼 보였다.

로데오는 돌아앉았다. 내게서 눈길을 돌렸다. 눈만이 아니었다.
머리 전체를 어둠 속을 향해 돌려버렸다.

"얘," 로데오가 떨리는 목소리로 말했다. "얘야, 날 그렇게 부르
면 안 되는 거—"

"왜? 왜, 아빠?"

아빠라는 말에 나는 아주 어린 꼬마가 된 느낌이었다. 하지만 상
관없었다. 전혀. 잔뜩 울먹이며 눈물을 줄줄 흘리느라 이미 어린애
가 된 기분이었으니까. 그리고 상관없었다. 전혀. 감정이 너무 벅
차올라 숨이 막히고 가슴이 답답하고 눈에서 눈물이 흐르고 숨을
쉴 수가 없고 볼 수도 없고 온통 격한 감정뿐이었으니까.

나는 어린애처럼 느끼고 싶었다. 그러고 싶었다. 품에 안아주고
모든 걸 괜찮다고 해주는 아빠가 있는 어린애가 되고 싶었다. 아빠
가 있는 어린애처럼 느끼고 싶었다. 그것이 전부였다.

"이유는 알잖니, 코요테. 너도 알잖아, 파트너." 로데오의 목소리
는 공허하고, 부드럽고, 간절했다.

"난 파트너가 아니야." 나는 울면서 겨우 말했다. "딸이지. 아빠
딸들 중 하나."

"그만해, 코요테." 날카로운 목소리였다. 하지만 그 말은 분노가
아니라 두려움으로 날카로웠다. "그만 됐어. 금지 구역에 너무 깊

이 들어왔다고."

"난. 상관. 없어. 왜 아빠이면 안 되는 거야? 아빠가 되어줘야 하잖아. 나는 아빠라고 불러야 하고."

로데오는 고개를 푹 숙였다. "너도 알잖아. 네가 날 그렇게 부르면, 나는…… 그 소리가 들려. 네가 그렇게 부르면 그 애들이 나를 부르는 소리가 들린다고."

세상에, 너무 슬픈 목소리였다. 하지만 그건 괜찮았다. 나도 슬펐으니까.

"그럼 다행이네." 내가 말했다. "다행인 건데 그걸 모르고 있어. 나는 하나도 들리지 않아. 전에는 들렸지. 그때는 목소리가 들리곤 했어. 에이바. 로즈. 엄마가." 하나하나 이름을 부를 때마다 로데오는 뺨을 맞는 것 같았지만 나는 말을 늦추지 않았다. "일어나면 그 목소리가 들렸어. 한밤중에도 들렸고. 슈퍼 옆 칸에서 어떤 애가 말하는 걸 들을 때면 분명 에이바나 로즈라고 생각하기도 했어. 그런데 이제 안 들려, 아빠. 하나도 들리지 않아. 목소리가 어땠는지 기억도 잘 안 나. 그리고 그게 싫어. 그런데도 아빠는 그 소리를 지우려고 해? 나는 그 목소리를 다시 들을 수 있으면 무슨 일이든 다 하겠어."

로데오는 고개를 저었다. "그렇게 살 순 없어, 곰돌아. 그렇게 과거 속에서 살 순 없다고. 지금을 위해, 오늘 지금을 위해서 살아야—"

"아니. 그런 헛소리는 이제 지겨워. 오 년 동안 아빠 변명을 들었어. 이제 지겨워. 기억한다는 건 과거에서 사는 게 아니야. 지금 현재 기억하고 있다는 말이지. 오늘 지금 내가 되고 싶은 사람은, 엄마랑 언니랑 동생을 오늘 지금 기억하는 사람이야. 그리고 내일도. 날마다. 엄마랑 언니, 동생 없이는 하루도, 일 분도, 일 초도 더 살지 않을 거야. 그럴 수 없어. 보고 싶었다고 말하는 게 아니야. 지금 보고 싶어. 오늘 이 순간에. 사랑했다고 말하는 게 아니야. 엄마랑 언니, 동생을 지금 사랑해. 오늘 이 순간에."

아빠는 나를 향해 눈을 깜빡였다. 아빠는 울고 있었다. 그 모습을 보니 죽을 것 같았다. 하지만. 아아.

내가 할 일은 아빠를 돌보는 게 아니었다. 더는 아니었다.

내가 할 일은 나를 돌보는 것이었다.

그때 로데오가 말했다. 너무 조용히 말해서 겨우 들었다. 너무 조그맣게 말해서 입술도 거의 움직이지 않았다. 하지만 말했다.

"나도야."

숨이 턱 막혔다. 흡 하고 숨을 몰아쉬었다. 작게. 하지만 그래도 몰아쉰 건 맞다.

나는 목소리를 낮췄다. 부드럽게 했다. 꼭 말해야 할 세 마디를 기도처럼 소리 죽여 말했다.

"내 이름을 불러줘."

침묵이 흘렀다.

"코요테."

"아니, 그건 내 이름이 아니야. 불러줘. 내 이름을 불러줘, 아빠."

로데오가 입을 열었다. 다물었다. 고개를 저었다.

안아주고 싶었다. 모래에 무릎을 꿇고 손을 잡고 싶었다. 티셔츠로 눈물을 닦아주고 싶었다.

하지만 그러지 않았다. 그저 가만히, 거기 서 있었다. 꿋꿋이 서 있었다.

로데오가 일어났다. 내게 다가와 나를 끌어안았다. "이리 와, 작은 새야." 갈라진 목소리였다.

하지만 나는 마주 안지 않았다.

재빨리 로데오의 뒷주머니에 손을 넣었다. 그리고 예거의 키를 꺼냈다. 뒤로 물러나 로데오를 밀쳤다. 부드럽게 살짝 밀긴 했지만, 그래도 밀친 거였다. 로데오는 통나무에 도로 주저앉더니 믿을 수 없다는 표정으로 내가 쥔 열쇠를 봤다.

"레스터가 운전하면 돼." 내가 말했다. "나중에 데리러 돌아올게. 기다릴 시간이 없어. 가야 해."

로데오는 고개를 저었다.

"날 버리고 가지 마, 코요테."

"나도 이러고 싶지 않아. 하지만 내 이름을 말해야 해. 내 이름을 부를 수 없으면 내가 중요하지 않다는 뜻이니까. 그리고 내가 중요하지 않으면…… 음, 나도 모르겠어." 목소리가 갈라지고, 얼어붙고, 휘청거리다가, 쓰러졌다. "난…… 난 아빠에게 내가 필요 없다는 걸 알아. 하지만 난 필요해. 아빠가 필요해. 아빠한테 딸이 필요 없다 해도."

로데오의 입이 딱 벌어졌다. 세 번 연달아 크게 숨을 들이쉬었다.

"아," 로데오가 말했다. "아." 들고 있던 병을 내려놓았다. 그리고 털썩 무릎을 꿇었다.

"아가," 로데오가 말했다. "어떻게…… 어떻게 나한테…… 네가 필요 없다는 생각을 할 수 있니? 내겐 너뿐이야. 이 세상에서 소중한 건 너뿐이라고."

나는 아무 말도 할 수 없었다. 눈은 깜빡였지만 아무 도움이 되지 않았다.

"그럼 증명해. 내 이름을 말해. 내 진짜 이름을. 부탁이야."

로데오는 손을 뻗었다. 내 손을 잡았다. 그리고 불렀다.

"엘라," 목이 조금 메었지만, 목청을 가다듬고 다시 말했다. "엘라. 사랑한다, 엘라. 널 사랑해, 엘라."

그러고 로데오는 나를 끌어안았다. 내 허리를 꼭 끌어안았다. 나는 울면서 아빠에게 안겨 있었다.

"내 얘기 들어볼래." 로데오가 말했다. "세 번째 질문 알지? 샌드위치 질문. 내가 그걸 왜 묻는지 아니?"

"아니, 몰라." 내가 말했다.

"사람들 대답을 들으려는 게 아니야. 뭐라고 하든 신경도 안 써. 듣지도 않아. 대답하는 사람의 얼굴을 보지도 않아. 널 보는 거야, 엘라. 그들을 보는 널 봐. 그리고 네가 그들을 보는 표정을 보면 태울지 안 태울지 알 수 있어. 그것뿐이야."

로데오는 손을 놓고 내 표정을 볼 수 있도록 뒤로 물러났다.

"너는 내 나침반이야. 내가 길을 잃을 때면 어디로 가야 할지 알려주는 건 너야. 늘 그래. 세 번째 질문은 아무 의미도 없어, 아가. 네가 세 번째 질문이야. 대답이기도 하고."

나는 로데오를 내려다봤다.

"아빠." 내가 말했다.

아빠가 말했다. "응?"

내가 말했다. "난 집에 가야 해. 아빠랑 같이 가야 해."

아빠가 말했다. "그래."

그러더니 이어 말했다. "정말 미안하다."

그래서 내가 말했다. "여기서 미안하다고 하면서 앉아 있으면 안 돼. 미안하다고 하면서 버스에 앉아야 해."

아빠가 말했다. "가자."

그걸로 끝이었다.

37

시간을 잃었다. 시간과 거리를 잃었다.

로데오가 네 시간 우회하는 바람에―왕복 여덟 시간이었다―우리 시간표는 엉망이 됐다. 포플린 스프링스까지 여섯 시간 거리였는데 그때는 새벽 네시가 조금 지나 있었다. 아무리 빨리 가도 오전 열시, 불도저가 공사를 시작하고도 한참 뒤였다. 그것도 운이

좋아서 타이어에 펑크가 나거나 브레이크가 고장나거나 카뷰레터
가 망가지거나 하는 일이 없는 경우였다. 한 마디로 말해 경주였
다. 일이 끝난 뒤가 아니라 그 전에 도착하기를 바랄 뿐이었다. 잘
된 것은 이제 곧 우리 일행 중 절반 정도가 내리는 얘키모를 통과
하게 됐다는 것이다. 뭐, 굳이 따지자면 잘된 일이라는 것이다.

우리는 달렸다. 이른 아침부터 태평양 연안 북서부의 상당 거리
를 가로질러 달렸다. 오르막과 내리막, 강 위와 산 둘레를 부르릉
거리며 지났다. 몇 명은 자기도 했다. 대부분은 내내 자지 못했다.
주유를 위해 버스를 멈출 때는 미친듯한 팀플레이가 이루어졌다.
로데오는 주유하고 나머지는 달려가 먹을 것을 사고 창문을 닦고
화장실에 가고 글래디스를 산책시켰다. 재빨리 출발할 수 있도록
모두 뛰어다녔다. 라디오를 두어 번 켰지만 어떤 노래도 적절한 것
같지 않아서 대체로 조용히 달렸다.

해가 떴다. 크고 작은 도시들이 휙휙 지나갔다. 나는 절반은 자
지 않고 절반은 시계를 보고 절반은 얼마나 더 가야 하는지 확인하
며 보냈다.

해가 뜬 지 두어 시간 뒤 얘키모에 도착했다. 콘셉시온이 미리
전화를 해둬서 친구 한 명이 나와 기다리고 있었고 콘셉시온과 베
가 부인과 살바도르는 예거에서 짐을 모두 내리고 보도에 섰다.

작별에 대한 내 생각은 변하지 않아서 나는 오래 인사를 나누지
않았다. 그럴 수 없었다. 피곤했다. 두려웠다. 슬펐다. 가만히 앉아
있지도, 앞을 보지도 못했다. 거기에 '내 하나뿐인 가장 친한 친구

285

와 이제 영영 작별이네'까지 끼얹을 수는 없었다. 나는 일곱 가지 외로움을 느끼고 있었는데, 여덟 가지로 만드는 건 진심으로 피하고 싶었다. 그래서 글래디스를 데리고 거리를 걸으며, 녀석에게는 아주 절실했던 것 같은 화장실 타임을 가졌다. 염소가 그렇게까지 참을 수 있는지 몰랐다. 베가 가족이 집으로 들어가서 보도가 비고, 내 삶에서 영원히 사라졌을 때까지 기다린 뒤 글래디스와 함께 예거로 돌아가 계단을 오르고 뒤쪽으로 몇 발자국 걸어가다가 우뚝 멈췄다.

"여기서 뭐해?" 내가 묻자 살바도르가 대답했다. "같이 갈 거야. 엄마한테 물어봤어. 괜찮다고 했고."

"정말?"

"그게, 처음엔 안 된다고 했어. 한 여섯 번쯤. 그러다가 결국엔 된다고 했어." 살바도르는 특유의 미소를 지었다. "로데오가 나중에 돌아와서 날 내려주겠다고 했어. 네가 그거 찾는 걸 보고 싶어."

나는 씨익 웃었다. 음, 웃었던 것 같다. 울면서 훌쩍거리고 앞으로 쓰러져 살바도르를 덥석, 고마운 마음으로 끌어안느라 사실 생각이 잘 안 나지만. 살바도르도 날 끌어안았다. 글래디스는 매애애 울었다. 나는 자리에 앉았고 우리는 출발했다.

수요일 아침 여덟시 삼십분이었다. 두 시간 거리. 예전에 집이라고 부르던 곳에서는 아마 슬슬 불도저의 시동을 켜고 있을 시각이었다.

38

뒤에서 경광등이 번쩍이고 있었다. 사이렌이 삐-뽀-삐-뽀 노래를 불렀다.

로데오의 손은 운전대를 꽉 쥐고 있었다. 예거는 발밑에서 덜컹거렸다.

우리는 속도를 늦추지 않았다. 나, 레스터, 살바도르, 아이반, 글래디스, 밸은 모두 서로 흘끔거렸다. 많은 흘끔거림이 오갔다.

"저기, 로데오?" 레스터가 외쳤다. "저, 아마도 차를 세우라는 거 같은데요. 느낌이 그래요."

로데오는 대답하지 않았다. 앞의 도로만 응시한 채 계속 차를 몰았다.

"로데오?" 밸이 말했다. "들었죠?"

로데오는 고개를 저으며 혼잣말만 중얼거렸다.

글래디스는 불안한 듯 울어댔다.

내가 일어나서 로데오 뒷자리로 갔다.

"로데오," 내가 조용히 편안한 소리로 말했다. "왜 그래?"

로데오가 뭐라고 했지만 너무 낮은 소리라 들리지 않았다.

"응?"

로데오가 다시 말했고 이번에는 들렸다.

"너랑 약속했다고."

"응," 내가 말했다. "그리고 거의 다 왔으니까……"

"경찰이 어떤지 알잖아." 로데오가 말했다. "질문을 하고, 기다리게 하고, 전화를 걸고. 몇 시간이 걸릴 수도 있어, 곰돌아. 그리고 내가 날려버린 바람에 시간이 없다고. 멈출 시간이 없어."

"괜찮을 거야, 로데오. 과속을 좀 한 거잖아. 범칙금 좀 물고 경고만 듣고 가던 길 가면 돼. 별거 아니야."

로데오는 고개를 저었다.

"느낌이 안 좋아. 그리고 약속했잖아."

"그렇지. 하지만 차를 세워야 해."

순찰차가 가속해서 우리 옆까지 다가왔다. 사이렌에 귀가 찢어질 것 같았다.

"셀런 카운티 보안관입니다." 확성기의 목소리가 명령했다. "당장 갓길에 차량을 세우십시오."

레스터가 내 옆자리에 앉는 것이 느껴졌다. 우리는 걱정스러운 눈빛을 주고받았다.

"저기, 아저씨," 레스터가 로데오에게 말했다. "차를 세우라는 게 확실한 거 같은데요. 그리고 기분 나쁘라고 하는 말은 아니지만 이 낡은 버스로는 도망칠 수 없어요."

로데오는 대답하지 않았다. 보안관은 확성기로 다시 명령했다.

"로데오, 내 말 들어봐." 내가 조금 큰 소리로 말했다. "차를 세우지 않으면 체포될 거야. 그러면 우린 절대 못 가. 그리고 약속도 확실히 어기게 될 거고. 부탁이야, 로데오. 차 좀 세워."

로데오는 침만 삼켰다.

그래서 나는 손을 내밀어 방향등을 켰다.

그러고 천천히 내 한 손으로 운전대를 돌려 갓길로 들어섰다.

로데오는 깊은 한숨을 내쉬었다. 하지만 고개를 끄덕였다. 그러고는 브레이크를 밟아 고속도로 갓길에 정차했다. 보안관의 차가 우리 앞에 섰다.

로데오는 시동을 껐다. 로데오는 보안관을 바라봤고, 그는 물건을 챙기더니 차에서 나왔다. 로데오의 손이 떨리고 있었다.

보안관이 버스 문을 두드렸다.

알다시피, 아침부터 부루퉁한 사람들이 있다. 이 보안관은 부루퉁한 정도가 아니었다.

로데오가 문을 열었고 보안관은 권총에 손을 올린 채 천천히 계단을 오르며 주위를 재빨리 살폈다. 다른 쪽 손에는 구겨진 종이를 들고 있었다.

"좋은 아침입니다, 선생님." 그가 로데오에게 건넨 말에 진심은 한마디도 느껴지지 않았다.

"안녕하세요. 무슨 문제가 있나요?"

보안관은 천천히 조심스럽게 맨 위 계단까지 올라왔지만 아직 우리를 모두 볼 수 있는 위치는 아니었다. 그는 무기에 손을 얹은 채 난간 너머를 살폈다.

"탑승자가 몇 명입니까, 선생님?"

"동물까지요?"

"네?"

"음, 사람 다섯 명과 염소 한 마리랑 고양이 한 마리가 있어요. 저는 동물도 탑승자로 치는 편인데, 그렇게 따지면 탑승자는 총 일곱이네요."

보안관이 눈을 가늘게 떴다. 그는 맨 위에서 두 번째 계단에 서 있었다.

"미성년자는요?"

"네. 미성년자 둘이 있습니다. 여기 코요테랑 뒤쪽에 살바도르요."

"무기는요?"

"없습니다. 제가 과속을 했나요, 보안관님?"

"아뇨." 보안관이 대답하더니 맨 위로 올라섰다. 그는 뒤쪽까지, 예거와 탑승자들을 둘러봤다. 나더러 그의 표정을 한 단어로 묘사하라 한다면 "역겨워하는"과 "적대적인" 사이에서 뭘 고를지 갈등했을 것이다.

"탑승자가 다섯 명이라고 한 것 같은데요."

"일곱이라고 했죠." 로데오가 다시 말했다. "아이반과 글래디스를 포함해서."

"음, 넷만 보이네요."

로데오와 나는 둘 다 고개를 돌리고 봤다.

내 옆에는 물론 레스터가 있었다.

살바도르는 소파에 앉아 있었다.

글래디스는 로데오의 침대에 엎드려 담요 끄트머리를 씹고 있었다. 보안관의 셈에 녀석은 포함되지 않았을 거다.

"밸은 어디 있지?" 내가 물었다.

살바도르는 나를 재빨리 보더니 고개를 살짝 저었지만 너무 늦었다. 내가 비밀을 누설한 뒤였다.

보안관의 눈이 나를 향해 번득였다.

"밸?" 그가 말하더니 로데오를 보며 "움직이지 마시오" 하고 명령하고는 권총집에서 총을 꺼내 들고 통로를 통과해 뒤로 갔다.

그가 총을 꺼내자 나는 심장이 두근거리고 겨드랑이가 뜨거워졌다. 입이 말랐다. 나는 물총 말고는 총을 좋아하지 않았다. 물총의 경우에도 그냥 차라리 내 마음대로 젖는 편이 나았다. 그 검고 무시무시한 물건을 보니 숨이 막혔지만…… 눈을 뗄 수가 없었다.

보안관이 절반쯤 가다가 멈췄다.

"밸러리 베킷?" 보안관이 물었다.

체념의 한숨 소리가 들렸다. 그다음 순간 밸이 왕좌 뒤에 웅크리고 있다가 일어났다. 젖은 눈을 내리깔고 다시 왕좌에 앉았다. 예거 안은 전혀 춥지 않았지만, 밸은 오한이 든 사람처럼 다리를 끌어안았다.

"밸러리 베킷?" 보안관이 다시 묻더니 손에 든 구겨진 종이를 들고 그것과 밸을 번갈아 봤다. "이거 당신 맞죠? 괜찮습니까, 아가씨?"

밸은 대답하지 않았다. 침만 삼키고 고개를 돌렸다.

보안관은 로데오를 돌아봤다.

"선생님, 이 미성년자에 대해서는 어째서 말하지 않은 겁니까?"

"열아홉 살이니까요." 이렇게 말하는 로데오의 음성에 확신이 없었다.

"미안해요." 밸은 나나 보안관에게 말한 것이 아니었다. 갈라진 목소리로, 로데오에게 한 말이었다.

"아, 이런." 로데오는 나지막이 눈을 감고 말했다.

"어떻게 된 거야?" 내가 물었다.

"베킷 씨를 어디서부터 태운 겁니까, 선생님?" 보안관은 총을 겨눈 채 긴장한 목소리로 물었다.

"미네소타 주부터요. 하지만 제게 말하기로는—"

"미네소타 주요? 부모 동의 없이 미성년자를 주 경계선 너머로 이동시키는 것이 불법인 걸 모릅니까?"

"제게 말하기로는—"

"부모가 이틀 전 실종 신고를 냈습니다. 납치를 의심하고 있고요. 친척이 어젯밤에 전화를 받았는데, 이 여성이 시애틀로 만나러 가는 길이라고 했다더군요. 낡은 스쿨버스를 타고요. 모두가 찾던 중이었습니다."

"미안해요." 밸이 다시 말했고 로데오는 눈을 감은 채 가만히 앉아 있었으며 나는 다시 "무슨 일이에요?" 하고 물었지만 아무도 내 말을 듣지 못한 것 같았다.

보안관은 등이 벽까지 닿도록 물러서서 우리 모두를 봤다.

"여기 또 원치 않는데 타고 있는 사람 있습니까?" 보안관이 물었다.

"나는 여기 원치 않는데 타고 있는 게 아니에요." 밸이 작은 소리로 항의했다. "보안관님, 저는—"

보안관 제복에 붙어 있던 무전기 소리에 밸이 하던 말이 끊어졌다. 보안관은 무전기를 들고 입에 댔다.

"상황실, 여긴 그리피스다. 지명 수배 중인 미네소타 주의 소녀를 여기 보호하고 있다. 용의자도 체포했다. 4번 고속도로 서행선 108지점으로부터 1.5킬로미터 위치다. 지원 바람, 오버."

로데오는 고개를 저었지만, 뭔가 따지기보다는 패배를 인정하는 것 같았다.

"보안관님," 로데오는 한참 뒤 눈을 뜨더니 말했다. "여기 억지로 탄 사람 아무도 없습니다. 밸은 열아홉 살이라고 했고 전—"

"됐습니다. 앞으로 가서 가만히 서서 두 손을 듭니다."

나는 깜짝 놀라 항의하려고 일어났지만 보안관이 긴장하며 총을 쥔 손에 힘을 줬고 로데오는 내 눈을 보며 조용하지만 단호하게 말했다. "안 돼, 곰돌아. 그러지 마. 괜찮을 거야." 그다음 상심한 히피는 가장 슬픈 눈빛으로 천천히 조심스레 일어나 범죄자라도 된 것처럼 마른 팔을 들었다.

레스터는 내 팔을 잡았고 그 동작 역시 로데오의 음성만큼 조용하지만 단호했다.

"아무도 움직이지 마세요." 보안관이 말하고 앞으로 향했다. "돌아서서 손을 뒤로 하세요." 그는 로데오에게 다가가 말하고 무전기를 제복에 붙이더니 벨트에서 수갑을, 진짜 수갑을 꺼냈다.

로데오는 눈을 깜빡였다. 그다음 로데오는, 그 제정신이 아닌 아름답고 터무니없는 괴짜는 보안관의 눈을 똑바로 들여다봤다. 마법의 눈으로, 총을 들고 수갑을 쩔렁거리는 보안관의 눈을 똑바로 봤다.

"부탁합니다." 로데오가 말했다. "이건 모두 오해예요. 맹세합니다." 로데오는 솔직한 얼굴에 모든 걸 끌어들이는 눈빛으로 부드럽게 말했다. "부탁합니다. 딸에게 약속을 했어요. 지금 가는 곳에 데려가기로. 약속은 약속 아닙니까?" 로데오는 이렇게 말하며 살짝 웃었다. "부탁합니다."

로데오는 그 마술 같은 눈빛으로 보안관을 바라보며 그저 말했다. "부탁합니다."

보안관은 가만히 서서 로데오의 눈을 들여다봤다.

그러더니 미소를 지었다.

"음, 따님에게 약속을 한 건 몰랐군요." 보안관이 말하자 로데오는 좀 더 미소 지었다. "전혀 관심 없습니다." 보안관이 말했다. "돌아서서 손을 뒤로 하세요. 당장 안 하면 힘으로 제압하겠습니다. 그리고 그렇게 빤히 보지 말고."

마술이 통하지 않는 사람들이 있는 모양이다.

"그 약속은 지키지 못하는 걸로 아십시오. 아무데도 못 갑니다. 조사가 끝날 때까지 이 버스와 여기 탄 사람 모두 아무데도 못 갑니다. 오늘 여정은 끝났고 당신은 체포됐습니다."

그렇게 됐다. 로데오는 미소를 거뒀고 빙 돌아서 손을 뒤로 하자 보안관은 차 열쇠를 빼앗고 수갑을 채웠고 나는 거기 앉아 보고만 있었다. 현실 같지 않았다. 그런 일이 실제로 벌어진다는 것이 믿어지지 않았다. 하지만 현실이었다.

로데오가 돌아서서 나를 봤고, 그 눈빛에 나는 가슴이 찢어지는 것 같았다.

"미안하구나." 로데오가 소리 없이 말했고 나는 고개만 끄덕였다.

보안관은 묵비권을 행사할 수 있다는 등등의 말을 하고 로데오를 데리고 내리면서 우리 모두 따라오라고 외쳤다.

모험은 끝났다.

12킬로미터를 남기고.

39

"완전 꼬였네." 살바도르가 말했다.

"그래. 그 말대로야." 레스터가 대답하더니 발치의 흙에 침을 뱉었다.

우리는 모두 고속도로에서 3미터쯤 떨어져 있는 통나무에 앉아 있었다. 보안관은 좀 떨어진 곳에 서서 무전으로 말을 주고받고 있었다. 예거는 정지된 채로 문이 잠겨 있었고 열쇠는 보안관이 가져갔다. 내릴 때 창문을 대부분 열어놓게 해줬지만, 그래도 글래디스와 아이반이 안에서 너무 덥지 않을까 걱정됐다.

보안관이 한 말과 밸이 울먹이며 띄엄띄엄 해준 말 덕분에 우리는 알게 됐다. 밸은 열아홉 살의 커뮤니티칼리지 학생이 아니었다. 열일곱 살의 고등학교 이학년생이었다. 하지만 나머지는 모두 사실이었다. 자기가 어떤 사람인지 받아주지 않는 부모와 싸운 이야기는. 엄밀히 말해 부모님이 밸을 쫓아낸 건 아니었지만, 그들은 밸에게 원하는 대로 살거나 그들 집에서 살거나 하나를 선택하라고 했다. 둘 다는 안 된다고. 부모님은 밸이 항복할 거라고 생각했다. 밸이 가출할 줄은 모르고. 밸이 집에 오지도 않고, 친구 집에도 없다는 걸 알게 되자 밸의 부모는 딸이 미니애폴리스 뒷골목에서 변태에게 납치되었다고 확신했다.

밸은 열두 번쯤 미안하다고 사과했고, 결국 로데오는 수갑을 차긴 했지만 부드럽고 진심 어린 목소리로 말했다. "밸, 괜찮아. 너한테 화나지 않았어. 전혀. 널 응원한다, 꼬마야. 응." 밸은 두어 번 눈을 깜빡이더니 다시 울기 시작했고 "알겠어요," 그러고는 "고마워요" 하고 말했고 나는 내가 로데오를 사랑하는 이유를 다시 기억해냈다(그렇다고 진짜로 잊어버리고 있었다는 말은 아니다).

보안관이 라임 껍질을 씹는 것 같은 표정으로 우리에게 다시 다가왔다.

"좋아요. 좀 특별한 상황이니 제 말 잘 듣고 시키는 대로 합니다. 알겠습니까?" 그는 뻔뻔한 죄인이라도 되는 것처럼 우리 모두를 노려봤다. "현재 관서에 인력이 부족하다 합니다. 근무 중인 다른 보안관은 가정 폭력 신고를 받고 나가서 두어 시간 있어야 올 겁니다. 제 순찰차에 모두 탈 수는 없고, 저는 두 시간이나 고속도로에 앉아서 기다릴 순 없습니다. 그래서," 나는 한순간 보안관이 우리를 모두 풀어줄 거라고 생각하고 심장이 벌렁거렸지만, 보안관은 이 모든 게 우리 잘못이라는 듯 인상을 쓰며 고개를 젓더니 말했다. "당신," 하며 밸을 가리키고 "그리고 당신," 하며 로데오를 가리키고는, "둘은 나와 함께 갑니다. 두 사람은 관서에 가서 당신은 부모에게 전화를 하고 당신은 기소되어 보석금을 낼 때까지 구금되어 있을 겁니다." 그는 로데오와 밸을 지나 나머지 우리를 훑어봤다.

"당신," 보안관은 너무 가깝지 않나 싶을 만큼 레스터의 얼굴에 대고 손가락질했다. "레스터 워싱턴. 당신은 여기서 기다립니다. 내가 이십 분 후에 돌아왔을 때 여기 있어야 합니다. 당신 면허증과 이 차 열쇠를 갖고 있으니, 내가 돌아올 때 여기 가만히 있지 않으면 체포 거부, 범죄현장 도주, 공무집행 방해 등의 죄로 구속될 겁니다. 알겠습니까?"

레스터는 입을 꾹 다물고 고개를 끄덕였고 보안관은 화난 표정으로 한 걸음 더 다가왔다. "알겠습니까?" 그는 목소리를 높여 다시 물었다. 레스터가 그를 봤다. "네, 보안관님." 레스터가 말했다.

"그리고 너희 애들도 마찬가지다." 그는 나와 살바도르에게 못생긴 손가락을 들어 보이며 말했다. "알겠나? 여기 꼼짝 말고 있는 거다."

"우리는 왜 수갑 안 채워요?" 살바도르가 심드렁하게 물었다.

보안관은 눈을 가늘게 떴다.

"애들에겐 수갑 안 채운다, 꼬마."

살바도르는 어이없이 눈알을 굴리더니 시선을 돌렸다.

"갑시다." 보안관이 로데오에게 일어나라고 손짓했다. 로데오는 내게 미안하다는 표정을 짓더니 일어났고 보안관은 로데오의 팔꿈치를 잡아 경찰차 쪽으로 이끌고 갔다. 하지만 두어 걸음 뒤, 로데오가 걸음을 멈췄다.

로데오는 돌아서더니 심각하고 우울한 눈빛으로 나를 봤다.

"꼭 해내야 돼, 작은 새야." 로데오가 말했다. "구름 사이로 내려가. 네 뿌리를 찾아. 유레카를 기억해."

나는 숨이 턱 막혔다. 머릿속에서 찰칵 소리가 나더니 불꽃이 튀었고, 추운 겨울 아침 예거의 시동이 걸릴 때처럼 부르릉 윙윙거렸다. 침착한 표정을 지으려고 했지만 내 눈이 살바도르가 건져 온 휠캡보다도 커진 것이 느껴졌다. 대부분의 사람들에게 로데오의 말은 가망 없는 히피의 헛소리처럼 들렸을 것이다. 그건 확실한 것이, 보안관이 콧방귀를 뀌며 이렇게 말했기 때문이다. "히피 헛소리나 지껄일 시간 없습니다. 어서 가요."

하지만 나는 로데오가 무슨 말을 하는지 정확히 알았다.

나는 머릿속을 진정시키려고 하면서 로데오에게 재빨리 고개를 끄덕였다. 로데오는 나를 보고 미소를 지었다. 조금의 격려와 엄청난 염려를 담은 작은 미소였다. 그다음 로데오는 돌아서서 배지를 단 불량배에게 경찰차로 끌려가더니 고개를 숙이고 뒷자리에 탔고 차문이 쾅 닫혔다.

밸은 계속 훌쩍이며 보안관의 명령에 따라 앞자리에 앉았다.

"꼼짝 말아요." 보안관은 우리에게 한번 더 고함을 치더니 차에 탔고, 경찰차가 먼지를 일으키고 자갈을 튕겨내며 불을 번쩍이고 사이렌을 울리면서 떠났다.

우리는 모두 거기 앉아서 지켜봤다.

"거 참 좋은 사람이네." 레스터가 말했다.

나는 통나무에 함께 앉아 있던 부루퉁한 두 사람을 봤다.

레스터는 심란한 듯했지만 화가 나서 눈썹을 찌푸리고 입술을 초조하게 잘근거리면서 고집 센 표정을 짓고 있었다.

살바도르는 좀 슬프기도 하고 두렵기도 하고 화도 난 것 같았다.

나는 겁에 질린 것처럼 보였을 것이다. 약간 흥분도 했고. 하지만 주로 겁에 질린 표정이었을 것이다.

다음에 무슨 일이 일어날지 전혀 몰랐으니까.

하지만 그 보안관이 우리를 향해 치켜든 그의 손가락과 함께 이십 분 뒤 돌아왔을 때, 나는 거기 없으리라는 건 확실히 알았다.

40

"간다니, 무슨 말이야?"

"그러니까, 레스터, 간다는 말이에요. 계획대로 포플린 스프링스

로요."

레스터는 눈을 가늘게 뜨고 나를 노려봤다.

"애. 대체 어떻게 한다는—"

"로데오 말 들었잖아요." 내가 일어나며 말했다. "로데오가 한 말 전부 들었죠? 그건 허락한 거예요. 암호로."

"암호?"

"네. '구름 사이로.' 그건 버스 지붕의 해치예요." 살바도르가 알아듣고 진지한 표정으로 고개를 끄덕였다. "나는 예거를 운전할 줄 알아요, 레스터. 하지만 전부 설명할 시간은 없어요. 보안관이 돌아올 거고, 그 전에 어서 가야 해요."

나는 돌아서서 예거를 향해 걸어갔지만 레스터가 벌떡 일어나더니 내 손을 잡았다.

"잠깐. 이럴 순 없어. 큰일날 거야, 아주 심각한 큰일이. 그리고—"

"알아요." 나는 가만히 손을 뿌리쳤다. "그러니까 레스터는 여기 있어요. 보안관이 면허증도 가져갔고, 레스터는 가면 완전 망할 거예요. 하지만 난 애잖아요. 기껏해야 이틀 정도 보호소에 갇히겠죠. 그 정도는 괜찮아요. 나는 가요. 혼자서. 지금 갈 거예요."

"아니." 살바도르가 이번에는 목소리를 높였다. "혼자 가지 않아." 살바도르가 일어섰다. "나도 같이 가."

"워, 워, 워." 레스터가 일어나며 양손을 들고 말했다. "잠깐만 있어봐."

300

"그러게." 내가 말하며, '너 정말 진심이야' 하는 표정으로 살바도르를 쳐다봤다. "잠깐만. 뭐라 했어?"

살바도르는 어깨를 으쓱였지만 눈빛만큼은 반항적이었다.

"넌 이걸 꼭 해야 되잖아. 꼭. 그리고 혼자보다는 함께가 낫잖아. 그러니까 하자. 같이." 살바도르는 강렬한 눈을 반짝이면서 나를 가만히 들여다봤다. 그러더니 이어 말했다. 조르거나 애원하지 않았다. 그저 담담하게 말했다. "가자, 코요테."

여기서 문제다. 신뢰하는 사람이—어쩌면 사랑하는 사람이, 아, 물론 그런 식은 아니고—내 눈을 보며 말을 하는데 내가 스스로한 테 던지는 말과 똑같으면 어떻게 해야 할까?

들어야 한다. 그래서 나는 들었다.

아니, 살바도르를 노려보고 입을 꾹 다물고 콧구멍을 벌름거리긴 했다. 확실하게. 하지만 그러고 나서는 눈썹을 추켜올리고 휙 돌아서서 예거 쪽으로 걸어갔다.

살바도르가 뒤따라오는 소리가 들렸고, 레스터가 '이제 인내심이 바닥났어, 이건 웃기지도 않다고' 하는 느낌의 짜증을 담아 "잠깐만!" 하고 외쳐서 나는 내키지 않았지만 걸음을 멈추고 한숨을 쉰 뒤 돌아섰다.

"왜요?"

"너희 둘은 왜 너희가 결정을 내려야 한다고 생각하지?" 레스터가 따져 물었다. 그는 자기 가슴을 향해 손가락질했다. "이봐? 어른은? 이건 미친 짓이야, 꼬마. 나는 너보다 크고 힘도 센데…… 왜 네가 이 버스를 몰고 생명에 위험을 가하고 법을 열 가지쯤은 어기는 걸 내가 막아서는 안 되는 거지?"

레스터는 화난 목소리로 시작했지만 부드럽게 말을 마쳤다. 진심으로. 레스터는 내게 어른이랍시고 이래라저래라 하는 것이 아니었다. 말다툼을 하는 것도 아니었다. 정말로 묻는 거였다. 그리고 레스터는 정말 귀를 열고 들어줄 것 같았다. 그래서 세 발자국 다가가서 목소리가 떨리지 않도록 하려고 애쓰며(하지만 실패하며) 대답했다.

"레스터는 내 아빠가 아니니까요. 내 아빠도 내 아빠가 대체로 아니니까요." 내가 말하니 레스터는 눈을 깜빡였지만 더 이상 말하지 않았다. 내가 그렇게 소리 내어 말한 것에 우리 둘 다 조금 놀란 것 같다. 하지만 뭐, 말할 배짱만 있다면 진실은 대체로 효과가 있다. 비록 마음이 아프다 해도. 어쩌면 특히 아플 때 더 효과가 있는 것 같기도 하다. "왜냐면 옛날에 나한텐 엄마가 있었고, 옛날엔 언니랑 동생이 있었는데, 지금은 없으니까요. 그들을 잃었어요. 그리고 두고 왔어요. 이제 나는 그들을 위해서 싸워야 해요. 그래야만 해요. 그들도 나를 위해 싸웠을 테니까요. 이미 너무 늦었을지도 모르지만, 해보지 않으면 나를 절대 용서하지 못할 거니까요. 그건 확실히 알아요."

레스터는 날 보고 고개를 저었다. 자기 머리를 손으로 문질렀다. 그는 오 초, 육 초 동안 눈을 감더니 고개를 숙이고 눈을 뜨고서 나를 올려다봤다.

"정말로 저거 운전할 줄 알아?"

나는 어깨를 으쓱였다.

"최소한 로데오만큼은 해요."

레스터는 다시 고개를 저었다.

"아이고." 레스터가 내게 손을 내저었다. "그럼 가. 어서."

그러고 허리를 숙이더니 고속도로 갓길의 흙을 한줌 쥐어 새하얀 티셔츠의 가슴 부위에 문질렀다.

"왜 그래요?" 내가 물었다.

"너를 말리려고 했더니 살바도르가 날 밀어서 넘어지는 바람에 생긴 거야."

"말도 안 돼." 내가 쏴붙였다. "우리를 말리려고 했는데 내가 밀어서 엎어지는 바람에 생긴 거예요."

레스터는 입꼬리 한쪽만 씩 웃었다.

"알았다, 뭔들. 어서 가. 마음 바뀌기 전에."

그래서 나는 움직였다.

보닛 위로 기어올라가 다락으로 가서 해치 위에 섰다. 해치를 잡아당겨 연 뒤 밧줄 사다리를 타고 안으로 내려갔다.

살바도르도 하나하나 내 뒤를 따랐다. 그 애가 마지막 사다리 가로대를 건너뛰고 쿵 착지하자 내가 말했다. "가만 기다리고 있다가 내가 문 열어주면 되는데." 살바도르는 곰곰이 생각하더니 말했다. "허. 그러네. 그게 더 나았겠다." 남자애들은 바보다.

나는 그림으로 된 하늘 천장과 그 가운데 해치를 가리켰다.

"구름 사이로." 그렇게 말하니 살바도르가 끄덕였다.

내 침대에 엎드려 있던 아이반이 우리를 보더니 하품했다.

그나마 글래디스는 우릴 반가워했다. 매애애 울더니 발굽으로 탭댄스를 추고 한 바퀴 돌았다. 나는 글래디스를 토닥여주고 재빨리 토마토 나무로 가서 화분들 사이로 손을 뻗어 깃털이 잔뜩 그려진 나의 특별한 화분 하나를 잡았다. 그걸 들어 꼭 안았다. 그러고는 토마토 줄기의 가장 굵은 부분을 꼭 잡고 조금 비틀면서 당겨 토마토와 뿌리가 흙과 함께 화분 모양 그대로 빠져나오도록 했다.

"꺼내." 내가 끄응 소리를 내며 말했다. "화분 바닥에 있어." 살바도르가 내 팔 사이로 손을 넣어 화분 속을 빙그르 더듬더니 흙이 잔뜩 묻은 열쇠를 꺼냈다. 나는 토마토를 다시 제 집에 넣고 선반에 올린 뒤 살바도르에게서 열쇠를 받아 그 애가 보도록 들어올렸다. "뿌리를 찾아." 살바도르는 다시 끄덕이며 웃었다.

살바도르가 나를 따라 앞으로 왔다.

나는 운전석에 앉았다. 열쇠를 바짓가랑이에 문질러 닦았다. 홈에 아직도 흙이 묻어 있어서 입에 넣어 깨끗이 닦은 뒤 시동 장치에 밀어넣고 시동을 걸기 전에 꼭 잡았다. 그러고 멈췄다.

겁이 나서가 아니었다. 겁은 안 났으니까.

해야 하는지 확신이 없어서도 아니었다. 확신했으니까.

옳은 일인지 아닌지 몰라서도 아니었다. 알고 있었으니까. 그리고 옳은 일이었으니까.

그렇다. 그런 것이 아니었다.

오히려 반대였다.

내가 무슨 짓을 하는지, 왜 하는지 둘 다 정확히 알고 있었기 때문에, 그리고 그 순간 진정 절대적으로 옳은 일을 하고 있다는 느낌에 숨이 턱 막혀서 멈칫한 것이다. 이건 로데오를 위해서 하는 일이 아니었다. 다른 사람을 위해서 하는 일이 아니었다. 이건 나를 위해서 하는 일이었다. 그리고 이건 좋은 일이었다. 낡은 엔진의 시동을 걸었을 때, 나는 무언가로부터 달아나는 게 아니었다. 무언가를 향해 나아가는 것이었다. 그것도 역시 좋은 일이었다.

금지 같은 건 아무것도 없었다. 모두 통과 신호를 보내고 있었고, 그게 좋았다.

열쇠를 돌렸다. 예거가 부르릉거리며 흔들리면서 진동했고 요란하게 준비를 마쳤다. 창밖에서 세상이 나를 기다렸다.

창밖에서 레스터가 우릴 보고 서 있었다.

레스터는 작별의 뜻으로 슬쩍 경례를 했다. 나도 답례로 손을 올렸다.

라디오 전원 버튼을 꽉 누르자 요란한 록 음악이 터져나왔다.

살바도르는 좌석 첫 줄에 꿇어앉아 내 어깨 너머로 몸을 숙였다. 나는 고개를 까닥였다.

"울부짖어봐." 내가 음악소리 위로 외쳤다.

"뭐?"

"울부짖으라고!" 나는 고개를 젖히고 미친듯이 야생의 코요테 울음소리를 내질렀다. 살바도르는 금세 따라서 목청을 열고 함께

짖었고 나는 예거의 기어를 넣고 클러치를 떼고 핸드 브레이크를
풀고 액셀을 밟고 고속도로로 진입했다.

41

손에 쥔 운전대가 진동했다. 액셀은 그것이 연결된 거대한 엔진
의 생명력을 받아 고동쳤다. 고속도로 속도에 다다라 운명으로 향
하는 검고 구불구불한 아스팔트 도로를 달리자 세상이 획획 지나
갔다. 나는 라디오 음악에 맞춰 고개를 끄덕였다.

살바도르가 뭐라고 했는데 잘 들리지 않아서 음악을 껐다.

"응?"

"무섭지 않아?"

나는 침을 삼켰다.

"이렇게 무섭긴 처음이야."

나는 고속도로의 노란 점선과 내 감정을 차분히 억누르는 데 집
중했다. 그들을 느낄 수 있었으니까. "그들"이라면, 엄마와 언니와
동생 말이다. 저 멀리 앞에서 나를 집으로 안내하는 세 사람. 그리
고 로데오도 느낄 수 있었다. 꼭 해내야 돼, 작은 새야, 라고 말했던
그 눈빛이 선했다. 그건 사실이었다. 내가 해내야 한다는 것.

"그럼…… 유레카는 뭐야? 그 암호는 무슨 뜻이야?" 살바도르가
물었다.

"유레카Eureka는 캘리포니아 주의 도시 이름이야. 로데오가 거기서 버스 모는 법을 가르쳐줬어. 내가 운전을 해야 할 일이 언제 생길지 모른다고—로데오가 뇌졸중이나 동맥류 같은 걸로 쓰러진다면 말이야. 그러니 내가 운전하는 법을 알아두는 게 좋겠다고 했어. 그래서 거기 마을 외곽의 굉장히 크고 텅 빈 주차장에서 운전하는 법을 전부 가르쳐줬어. 내가 완전히 익힐 때까지 계속해서 훈련 교관처럼 가르쳤지."

"캘리포니아 주? 우리를 태웠을 때 플로리다 주에서 오는 줄 알았는데."

"그랬어."

"그럼 유레카는 언제 갔었어?"

"아." 나는 눈을 질끈 감고 기억을 더듬었다. "그건 아마, 작년 여름이었을 거야. 일 년 좀 더 됐나?"

"일 년?" 살바도르가 소리를 질렀다. "일 년 전에 교습 받은 걸 가지고 차를 몰고 나왔단 말이야? 레스터한텐 로데오만큼 운전 잘한다고 말했잖아!"

나는 어깨를 으쓱였다. "로데오는 운전 별로 잘 못해."

살바도르는 재빨리 자리에 앉고는 양손으로 내 좌석 등받이를 꽉 붙잡더니 우리가 언제라도 길에서 미끄러질까봐 겁나는 것처럼 움켜쥐고 있었다. 그럴 리가 없는데도.

"있잖아, 나 잘할 수 있어. 일단 달리기 시작하면 어려울 거 하나 없어. 그러니까, 어떻게 정지할지는 봐야 알겠지만 당분간은 괜찮

아. 염려 마."

백미러로 살바도르가 고개를 젓는 것이 보였다. 의자 등받이를 쥔 손이 하얗게 질려 있었다. 커다란 아기 같으니.

살바도르는 내 시선에 맞서 노려보려고 했지만, 나는 이를 드러내며 크게 웃었고 살바도르도 어쩔 수 없이 마주 웃었다.

"미쳤어." 살바도르가 거울 속의 내게 말했다.

"그렇지." 내가 말했다. "하지만 좋은 쪽으로 미친 거야."

"넌 열두 살짜리 같다고."

"나쁜 소식 하나 알려줄까, 살바도르. 나 진짜 열두 살이야."

"그래, 알아. 하지만 열두 살은 운전하면 안 돼. 누가 알아볼 거야."

나는 생각에 잠겨 주위를 둘러봤다. 인정하고 싶지 않았지만 살바도르 말에는 일리가 있었다.

"그 모자 좀 줘." 나는 로데오가 벽에 걸어놓은 챙 넓은 모자를 가리켰다. 살바도르가 그 말대로 한 뒤, 나는 모자를 머리에 꾹 눌러쓰고는 대시보드에서 로데오의 금테 비행사 선글라스를 꺼내썼다.

"이제 어때?"

"선글라스랑 모자를 쓴 열두 살짜리?"

"음, 뭐 어쩌라고? 담배라도 피우라고?"

살바도르가 어깨를 으쓱였다.

"담배 있어?"

"참 웃기기도 하다. 이거면 될 거야."

우리는 커다란 녹색 표지판을 지나쳤는데, 거기 맨 위에 포플린 스프링스가 적혀 있었다.

포플린 스프링스   9

9킬로미터 남았다.

고속도로는 작고 파랗게 빛나는 강을 따라 구불구불 이어져 있었다. 강과 도로 모두 하늘을 향해 솟은 커다란 언덕들 사이로 곡선을 그렸다. 그 언덕들의 모습이 낯익었다. 오 년 동안 여기 오지 못했지만 나는 그 모습을 기억했다. 아니, 내 눈이 혹은 내 가슴이 기억하고 있었다. 그 모양과 곡선, 접힌 주름들이 꼭 내게 소중한 것처럼 보였다. 새로운 것은 아니었다. 그 언덕의 모양을 보니, 한밤중에 잠에서 깨서 어둠 속에서 꿈인가 현실인가 싶은 채로 일어나 화장실 거울에 비친 내 얼굴을 마주 보는 느낌이었다. 집이란 게 만약 느낌이라면, 눈앞의 언덕은 그 느낌의 아련한 시작점처럼 보였다. 언덕들을 보니 온몸이 간질거렸다.

라디오를 다시 켜고 요란한 음악으로 더 이상의 대화를 묻어버렸다. 운전대를 두드리면서 가고 있는 길에서 시선을 떼지 않았다.

겨우 일 분쯤 지나 살바도르가 라디오 소리보다 크게 외쳤다. "있잖아, 보안관이 거기 돌아오는 데 얼마나 걸린댔지?"

"이십 분이랬어." 내가 대답했다. "하지만 이십오 분쯤일 거야.

자기 능력보다 더 잘났다고 생각하는 타입 같았거든."

"좋아. 그럼 거기서 출발한 지 얼마나 됐어?"

나는 어깨를 으쓱였다.

"몰라. 십 분, 십오 분?"

백미러로 살바도르를 봤다. 살바도르는 무릎을 꿇고 앉아 목을 뽑고 뒤를 보며 초조한 기색으로 입술을 잘근거렸다.

"왜?"

"그게, 놀라거나 하지 마. 뒤에 경찰이 있어."

"뭐!?"

"놀라지 말랬잖아."

"어떻게 벌써 따라올 수가 있지?" 사이드미러를 확인하니 정말로 확실히 경찰차가 보였다.

"그 보안관은 아닌 것 같아. 차가 갈색이었지? 이건 하얀색이야. 그냥 아무렇지도 않게 운전해, 응? 경광등이나 사이렌 같은 건 안 켰으니까."

살바도르에게 '지금 농담하는 거야' 하고 흘겨보기도 전에 나는 무언가를 보고 기세가 꺾였다.

경찰차가 방향 지시등을 켠 것이었다. 노란색 경고등을 깜빡이더니 순찰차는 왼쪽 차선으로 접어들어 우리 옆에 섰다.

"어어." 살바도르가 말했지만, 나는 목이 타서 아무 말도 하지 못했다. 고속도로 순찰차가 바로 옆으로 와서 운전석에 앉은 열두 살짜리 나를 보기 직전이었다. 그리고 내겐 담배도 없었다.

나는 운전대를 꽉 잡고 숨을 깊이 들이쉰 다음 액셀을 바닥까지 꾹 밟았다. 예거의 엔진이 부릉거렸지만 낡은 기어 어딘가에서 더 힘을 내더니 속도를 팍 올려 앞으로 나아갔다.

"뭐 하는 거야?" 살바도르가 따지듯이 물었다.

"가속."

"왜?"

"경찰관이 다가와서 내가 운전하는 걸 봤다간 끝장이니까."

"음, 그래. 그건 정말 내 평생 들어본 제일 멍청한 소리다."

물론 나도 알고 있었다. 하지만 다른 선택지가 없을 때는 남은 선택지가 자연스럽게 최선이 되는 것이다. 그렇겠지?

경찰관 역시 속도를 높였다. 뒤처지지 않고 다시 다가오기 시작했다.

"이봐, 코요테. 이건 멍청한 짓이야."

나는 대답하지 않았다.

"아까 너희 아빠도 이게 잘될 리 없다는 걸 보여주지 않았어?"

"그건 달랐지."

"어떻게?"

"아빠는 풀려날 확률이 높았잖아. 나는 그렇지 않아. 이런 말하긴 싫지만, 살바도르, 이번엔 경찰관이 경고만 하고 놓아줄 가능성은 없다고 봐."

"음, 그렇겠지. 하지만 네가 더 빨리 갈 가능성도 없어."

"더 빨리 가지 않아도 돼. 도망칠 필요는 없어. 거기 도착하기만 하면 돼."

"그다음엔 어쩌려고?"

"상관없어. 어떻게 되든 망한 거잖아? 그러니까 거기 도착할래. 그리고 그 상자를 찾을래. 그럼 저 경찰이 원하는 대로 뭐든 해도 괜찮아. 하지만 지금 차를 세우면 모두 영영 끝장이야. 그리고 그러기엔 이미 너무 멀리 왔어."

그즈음 경찰관은 내가 일부러 차를 세우지 않는다고 확신한 모양이었다. 경광등이 번쩍이기 시작하고 사이렌이 켜졌으니까.

나는 계속 액셀을 꽉 밟았다. 속도계 바늘이 110 위로 올라갔다.

살바도르와 나는 공식적으로 법을 피해 달아나는 도망자가 됐다.

경찰관도 속도를 올리며 우리를 뒤쫓았다. 내려다보니 선글라스를 쓴 화난 얼굴이 내 쪽으로 팔을 마구 휘두르고 있었다. 나도 손을 흔들며 순진하게 웃으려고 했다. 소용없었다.

경찰관은 무전기를 쥐더니 확성기로 뭐라고 고함을 지르기 시작했지만 나는 라디오 소리를 높여 들리지 않게 했다. 그때부터는 경찰관이 뭐라고 하든지 마음만 무거워질 뿐이라고 생각해버렸다.

경찰관은 속력을 더 높여 우리 앞을 가로막으려 들었다. 나는 침을 삼켰다.

"으, 젠장." 내가 중얼거렸다.

나는 경찰관의 계획을 알 수 있었다. 그리고 그리된다면 끝이라는 것도 알 수 있었다.

경찰관은 우리 앞으로 들어와서 감속할 생각이었다. 우릴 막으려고.

예거는 굉장한 녀석이고 믿을 수 있는 버스였지만 그다지 민첩하진 않았다. 저 경찰관이 앞으로 들어와 우릴 막는다면 8톤짜리 거구를 끌고 그걸 비껴가지는 못할 것 같았다. 그리고 경찰차를 버스로 들이받을 만큼 내 의지가 확고한지도 알 수 없었다. 로데오와 나 모두 그런 행동은 금지가 낫다고 여겼을 것이다.

하지만 그때 그것이 보였다. 멀지 않은 곳에서 우리를 향해 다가오고 있었다.

출구. 그 출구였다.

포플린 스프링스.

집.

오른편으로 다가오고 있었다. 800미터쯤 앞에서.

순찰차가 우리를 조금씩 따라잡았다. 뒤쪽 범퍼가 우리 보닛 앞으로 들어섰다. 경찰관이 갑자기 속도를 더하더니 우리 앞으로 쭉 나갔다. 글래디스가 놀라 매애 울었다. 예거는 아무리 있는 힘껏 달려도 고속도로 순찰차의 상대는 아니었다.

"거의 다 왔어." 나는 출구를 보며 말했다. 글래디스가 다시 울었다. 비명을 지르는 염소와 라디오에서 쩡쩡 울리는 음악, 귀를 찢는 사이렌과 힘겹게 우르릉거리는 예거의 엔진 사이에 있자니 감각에 과부하가 걸린 것 같았다.

"미친 짓이야!" 살바도르가 외쳤다. 아니라고 하긴 터무니없고 동의할 필요도 없어서 나는 운전대를 더 꽉 잡고 이제 400미터 앞으로 다가온 출구만 바라봤다.

순찰차가 우리 차선으로 접어들었다. 브레이크등이 들어왔다. 우리는 그 차의 펜더를 향해 다가갔다.

출구는 100미터 앞이었다.

거기까지 못 갈 것 같았다.

나는 운전대를 휙 돌려 왼쪽으로 움직이는 척했다.

경찰관은 속아넘어갔다. 속도를 높여 내가 가려고 하는 쪽으로 움직여서 막았다.

그것이면 내겐 충분했다.

나는 오른쪽 차선으로 도로 들어왔고 경찰관도 속도를 높여 따라 들어왔다.

우리는 다다랐다, 그 출구에. 하얗게 칠한 출구 차선이 오른쪽으로 완만하게 꺾여 있었다. 나는 그것을 무시하고 직진 차선에 머물렀다.

"뭐 해?" 살바도르가 외쳤다.

나는 램프 입구의 흰 선을 막 지날 때까지 기다렸다.

"꽉 잡아!" 내가 외쳤다. 그리고 운전대를 오른쪽으로 세게 꺾었다. 예거가 흰 선을 가로질러 자갈이 깔린 삼각형의 고속도로 갓길을 지나 출구 램프에 올라섰다. 플라스틱 차선 규제봉을 치면서 찌익 소리가 났지만, 전체적으로 꽤 솜씨 좋게 차를 돌렸다.

경찰관이 내가 뭘 하는지 깨달았을 때는 이미 너무 늦었다. 우리가 램프에 접어들었을 때, 그는 액셀을 밟은 채로 그곳을 한참 지나고 있었다. 그가 브레이크를 밟자 아스팔트에 닿는 고무가 끼익 소리를 냈지만 이미 기회는 날아갔다. 고가 교각을 오르면서 마지막으로 봤을 때 경찰관은, 출구로부터 100미터 지난 교각 아래 갓길에 차를 세우면서 먼지를 일으키고 있었다.

"야호!" 살바도르가 환호하며 자리에서 벌떡 일어나 주먹을 들었다. "따돌렸다!"

"뭘." 나는 이렇게 외치면서도 너무 크게 웃느라 얼굴이 아팠다. "경찰관은 갓길에서 후진할 거야. 한 사십오 초 벌어준 것뿐이지. 하지만 그거면 충분할 거 같아."

포플린 스프링스는 큰 도시가 아니었고 할머니는 그곳이 커지고 있다고 했지만 여전히 북적이는 대도시 같은 건 아니었다. 몇 년이 지났어도 샘프슨 파크 가는 길은 정확히 알고 있었다. 출구에서 빠져나간 뒤에는 일반도로에 맞게 속도를 줄였다.

주택과 가게들이 휙휙 지나갔다.

과속하는 스쿨버스로 경찰을 따돌린 아드레날린이 천천히 몸에서 빠져나가며 목이 메었다.

몇 킬로미터 전 언덕의 모습이 안겨준, 낯익고 거의 잊어버렸던 고향의 느낌이 포플린 스프링스 거리에서 되돌아왔다. 어렴풋이 기억나는 초록 덧창이 달린 흰 집을 지나쳤다. 거기서 열린 생일 파티에 초대받았던 것 같다. 엄마가 살아 있을 때. 그리고 모퉁이의 작은 편의점도 지났다―에이바와 걸어가서 더운 여름날 얼음과자를 샀던 기억이 났다. 에이바가 죽기 전에. 그리고 슈퍼마켓

앞에는 25센트 동전을 넣으면 앞뒤로 흔들리는 플라스틱 말이 아직 있었다. 로즈가 거기 앉아 꽉 붙잡고 신이 나서 눈을 반짝이며 환하게 웃는 모습이 눈에 선했다. 그 애가 아직 내 동생이었을 때였다. 그저 기억이 되기 전에.

추억이 캠프파이어 연기처럼 뭉게뭉게 나를 에워쌌고, 그 때문에 목이 막히고 눈이 따가웠다.

여기였다.

도착했다.

손이 떨리기 시작했다.

잠시, 아주 잠시, 로데오가 왜 돌아오지 않으려고 했는지 완전히 이해했다. 하지만 잠시뿐이었다. 그 감정을 곧바로 뒤따라온, 그 감정을 덮치고 뒤섞인 감정은, 돌아온 것이 가장 잘한 일이라는 느낌이었으니까.

그들이 여기 있었으니까. 추억이 밤에 나를 재워주던 노랫소리처럼 상냥하고 슬프게 나를 감쌌다.

나는 그들을 사랑했다. 그들이 그리웠다. 너무 오랫동안 그들이 그리웠다.

어깨를 당기는 손길이 느껴졌고, 살바도르가 내게 뭐라 하고 있는 걸 알아차렸다.

나는 라디오를 껐다. 음악과 사이렌 소리와 고속도로 소음이 사라지니 세상은 놀라울 만큼 고요했다. 평화롭기까지 했다.

"응?" 내가 물었다.

"길 알아?"

나는 거울 속에 비친 살바도르에게 눈을 깜빡였다. 살바도르가 흐릿했다. 그게 아니지, 코요테—모든 것이 흐릿했다.

"응." 나는 대답하고 헛기침으로 목청을 가다듬었다. "응, 길은 알아."

거울 속에서 나를 보는 살바도르를 보고 시선을 돌리고 다시 목청을 가다듬었다. 살바도르는 아무 말도 하지 않았지만 내 어깨에 계속 손을 올려뒀다. 버스 안에 흐르는 정적 속에서도 그 손은 내 어깨에 계속 걸쳐져 있었다.

착한 아이였다, 살바도르는.

이윽고 빠르게 다가오는 사이렌 소리에 평화는 깨졌다. 하지만 나는 염려하지 않았다. 이제 나를 막는 건 없었다. 살바도르는 경찰을 확인하려고 뒤를 돌아봤지만, 손은 계속 내 어깨 위에 두고 있었다. 글래디스가 또각또각 다가와 옆에 서더니 다리를 쿵쿵거려 나는 한 손을 운전대에서 떼어 글래디스를 쓰다듬어줬다. 아이반이 글래디스 다리 사이를 지나 내 무릎에 올라앉았다. 녀석은 내 팔꿈치에 코를 문지르더니 내 옆에 붙어 앉았다.

모퉁이를 돌았다. 그리고 그것이 있었다. 바로 눈앞에.

나무들이 있었다. 풀도 자라고 있었다. 큰 공터였다.

그리고 기계들이 있었다. 큰 삽과 밀대와 피스톤과 이빨이 달린 크고 노란 강철 기계들이. 서 있는 것도 있고 움직이고, 흔들리며,

땅을 파고, 흙을 긁어내고, 먼지를 일으키는 것도 있었다. 반짝이는 조끼와 청바지를 입고 딱딱한 모자와 선글라스를 쓴 인부들이 그 주위를 돌아다니고 있었다. 쓰러진 나무들이 한쪽 옆에 쌓여 있었다.

"저기야." 내가 말했다. 아니, 말하려고 했는데 배를 주먹으로 맞은 것처럼 소리가 나오지 않았다.

공사는 이미 시작됐다.

42

"최대한 가까이 가서 아무데나 세워." 살바도르가 내 어깨를 놓고 일어나며 말했다. "그다음엔 그냥 달려. 가서 찾아. 아무도 막지 못하게 해. 경찰관은 내가 맡을게."

나는 멍하니 끄덕였다.

"조심해." 내가 말했다.

"무슨 소리야?"

"조심하라고. 저 경찰관은 널 모르잖아. 우리가 미쳤다고 생각할 거야. 위험한 범죄자라고 생각할지도 모르고. 그러니까 그냥…… 두 손 들고 조심해."

"응. 알았어. 조심할게."

이런 미친 상황에 뛰어들다니, 순간적으로 어쩔 줄 몰라 온몸이 굳은 듯한 느낌마저 들었다. 계속 버스를 몰아서 철거 중인 공원으로 그대로 쳐들어갈 뻔했다. 모든 것이 감당하기 너무 벅차게 느껴졌다.

인생은 가끔 너무 벅차게 느껴질 때가 있는 것 같다. 특히 중대한 순간이 오면. 하지만 마음속을 뒤지면 대개는 필요한 것을 찾을 수 있다. 그 중대한 순간을 맞이하고 내 것으로 만들려면 무엇이 필요한지를 찾을 수 있다.

내가 찾을 자리가 보였다. 보도였던 곳을 들어내 자갈이 보이는 곳 바로 너머, 원래는 풀밭이었던 흙바닥이 보였다.

"여기야." 나는 운전대를 돌렸다. 우리는 도로 왼쪽 차선을 가로질러 자갈밭으로 올라선 뒤 흙바닥에 먼지를 일으키며 섰다. 일하던 사람들이 손가락으로 가리키며 소리를 질렀고 한 명이 우리를 향해 달려왔다. 사이렌이 더 커지더니 우리 뒤로 바짝 다가왔다.

"가!" 살바도르가 외쳤다.

일부러 나한테 말할 필요도 없었다. 하지만 도움은 됐다.

나는 시동도 죽이지 않았다. 주차 브레이크를 확 당기고 아이반을 내가 일어난 자리에 내려놓고 문을 열고 계단을 뛰어내려갔다.

땅을 밟자마자 달렸다.

작은 주황색 플라스틱 공사현장 펜스가 있었지만 문제없이 뛰어넘었고, 수천 킬로를 달려 찾아온 목적지인 공원 뒤쪽 구석을 향해 작업장을 가로질러 뛰어갔다.

일하던 사람들은 그 행동을 달가워하지 않았다. 내가 작은 펜스

를 뛰어넘고 나자 그 전까진 어디로 향하는지 모호하던 고함소리
와 손가락질이 이제 정확히 내게로 향했다.

뒤에서 경찰관이 낸 듯한 고함소리가 들려서 재빨리 뒤를 돌아
봤다. 역시, 경찰차가 예거 뒤에 모로 서 있었다. 성난 경찰관이 살
바도르에게 뻣뻣한 몸짓을 잔뜩 하고서 걸어가고 있었고, 살바도
르는 양손을 번쩍 들고 경찰관을 향해 뒤로 돈 채로 다가갔다. 경
찰관은 다행히 총을 들진 않았지만 한 손을 권총집에 대고 있긴 했
다. 무슨 말인지는 안 들렸지만 살바도르가 말을 하고 있었고, 그
애가 경찰관과 나 사이를 가로막고 있었다.

신께서 저 아이를 축복하시길.

나는 아슬아슬한 타이밍에 다시 앞을 봤다. 작업복 셔츠를 입은
덩치 큰 남자가 나를 향해 손을 내밀고서 달려왔다. 나는 옆으로
겨우 피했다. 그는 귀찮은 듯 두어 걸음 더 쫓아왔지만 불룩한 배
때문에 더 달리지 못하고 헉헉거리며 욕만 했다.

예전에는 그네와 미끄럼틀이 있었지만 지금은 흙무더기와 구덩
이, 불도저 자국만 남은 곳을 통과해 내달렸다. 좋은 추억이 깃들
어 있던 그네였다. 높이까지 날아오르도록 엄마가 등을 밀어준 추
억. 로즈가 통통한 아기 다리를 흔들던 기억. 에이바와 뛰어내리기
시합을 할 때면 날아가는 기분이 들었지만 에이바의 긴 다리 때문
에 늘 지던 추억. 하지만 그네는 이미 사라졌고, 그네를 찾으러 온
것도 아니었다.

나는 벤치를 돌아서 공회전 중인 적하기 주위를 휙 돌아 뒤쪽

구석, 풀들이 높이 자라 있던 구석으로 직진했다…… 오 년 전 어느 화창한 봄날 가족과 함께 무릎을 꿇고 추억을 묻었던, 나무가 우거진 구석으로.

하지만…… 거기엔 없었다. 상자가 없어졌다는 말이 아니다. 거기엔 아무것도 없었다.

구석 자체가 사라졌다. 웃자란 풀도, 숲도 없었다.

발걸음이 비틀거리고 속도가 줄었지만 눈이 본 것을 다리가 믿지 않았는지 계속 앞으로 나아갔다.

추억을 묻은 자리가 없어졌다. 한쪽 옆으로, 베어낸 통나무와 나뭇잎과 나뭇가지 더미는 있었다. 그리고 땅바닥에 크게 난 구덩이도 있었다. 엄청난 흙과 돌과 바위 더미도 있었다. 그리고 커다랗고 녹슨 굴착기에 사람이 타고서 커다란 강철 삽으로 구덩이 바닥을 긁고 덜컹거리며 회전한 뒤 흙더미에 쏟아붓고 있었다.

"어이, 꼬마야!"

고함소리가 들렸고 사선 방향에서 나를 향해 달려오는 남자가 보였다. 내 머리는 아직 앞에 보이는 엉망진창의 광경과 그 의미를 파악 중이었지만, 여기까지 왔으니 이제 멈출 수가 없어서 다리에 좀 더 힘을 실어 쭉쭉 뻗으며 그 남자를 지나쳐 달렸다.

범죄 현장으로 달려가면서 다급히 주위를 살폈다. 어디에 무엇이 있는지, 어디에 무엇이 있었는지, 어디에 무엇이 있어야 하는지를 가늠하려고 애쓰면서. 숨이 찼고, 햇빛에 눈이 부셨고, 추억과 간절함이 목을 죄었다. 나는 다 파헤쳐진 지금의 황무지에 견주어

나무가 우거진 오 년 전 추억 속의 녹색 공원을 떠올려보았다.

그러니까, 정말 힘들었다는 말이다.

눈을 가늘게 뜬 채로 언덕의 모습과 도로와의 거리, 근처 주택들을 바라보면서, 추억 속의 그날 무릎을 꿇었던 곳의 풍경과 비교했을 때 내가 지금 어디쯤인지를 가늠했다. 엄마의 유령, 언니와 동생의 유령을 그때 그 자리에 놓아보려고 했다. 웃고, 미소 짓고, 서로 쓰다듬고, 숨쉬고, 살아 있던 모습으로. 뿌리째 뽑힌 나무들과 패인 땅바닥, 끊어진 도랑 가운데서 거기 있던 그들을 찾으려고 했다. 그들의 목소리가 아직 메아리치고 있는지 귀를 기울였다.

그 공원은 어찌 보면 내 마음 같았다. 벌거벗겨지고, 상처 입고, 주로 추억 속에서만 살아 있는 것이.

하지만 그 속에서 내 자리가 어딘지 잘 알고 있었다.

구덩이 속으로 뛰어내렸다.

추억을 파헤쳐야 할 지점이었다.

구덩이는 내 허리 깊이였다. 금속으로 된 큰 굴착기를 운전하던 남자가 팔을 흔들며 소리쳤지만 그의 염려는 내가 신경 쓸 일이 아니었다. 기계가 조용해지더니 남자가 거기서 내리며 고함쳤다. 하지만 내 귀는 그의 고함소리를 듣지 않았다. 내 유령들의 소리를 듣고 있었다.

나는 비틀거리긴 했지만 넘어지지 않고 구덩이 속에서 걸었다.

주위의 흙과 돌, 뿌리는 보지 않았다. 나무가 그늘을 드리운 빈터를 봤고, 두 자매의 그림자와 엄마의 얼굴을 봤다. 그리고 엄마

말을 들었다.

"좋아, 이제 모두 상자에 손을 올리렴. 그래, 그렇게, 로즈."

나는 걸음을 멈추고 눈을 반쯤 감고서 돌아섰다. 눈꺼풀 뒤에 새겨진 추억을 통해 주위 세상을 보면서 어디로 가야 할지, 어디를 파야 할지 찾았다.

"잘했어. 이제 나를 따라 하렴." 서로 마주 보고 눈을 반짝이며 나누던 미소가 보였다. "나는 약속합니다." "나는 약속합니다." "엄마, 딸, 자매로서." "엄마, 딸, 자매로서." "엄마와 딸들, 자매를 마음속에 간직하기를." "엄마와 딸들, 자매를 마음속에 간직하기를." "그리고 오늘부터 십 년 뒤," "그리고 오늘부터 십 년 뒤," "이 비밀 추억 상자를 찾으러," "이 비밀 추억 상자를 찾으러," "바로 이 자리에," "바로 이 자리에," "돌아올 것을 약속합니다." "돌아올 것을 약속합니다." "아멘. 끝." "아멘. 끝."

나는 천천히 숨을 들이쉬었다. 내쉬었다.

"돌아왔어." 나는 흙에게, 추억에게, 유령들에게 속삭였다. 엄마와 언니와 동생에게. "조금 이르지만 돌아왔어. 약속을 지켰어." 눈을 뜨고 주위를 둘러봤다. "그런데 어디 있어?"

대답이 없었다. 대답을 거의, 거의 기다릴 뻔했는데. 그만둬, 코요테—유령은 진짜가 아니잖아. 추억은 말하지 않아.

그저 나 혼자 구덩이 속에 서 있었을 뿐.

바람이 불어 흙먼지가 눈에 들어갔다. 바람은 남자들의 고함소리와 공원을 철거하는 소리, 각자 일로 바삐 돌아가는 세상의 소음을 함께 실어왔다. 그리고 바람은 거의 그 추억들을 실어가버릴 뻔했다. 나는 추억이 내 마음의 손아귀에서 깃털처럼 빠져나가려는 걸 느꼈다.

안 돼. 안 되고 말고. 절대, 죽어도 안 돼.

약속은 약속이다. 그리고 나는 약속을 지키는 사람이다.

나머지 추억이 펼쳐졌다. 작은 삽으로 판 뿌리들 사이의 구멍에 작은 상자를 넣는 우리들. 그것을 흙으로 덮고, 다음은 큰 돌과, 다음은 나뭇잎으로 덮는 우리들. 추억을 도둑맞지 않도록 정성들여 감추는 우리들. 로즈는 얼굴을 찡그리며 엄마에게 물었다. "하지만 못 찾으면 어떡해, 엄마?" 엄마는 장난스레 심각한 표정을 지으면서 대답했다. "오, 걱정 마. 어딘지 우리는 기억할 거야." 내가 끄덕이며 미소를 지었고 "내가 기억할게!" 하고 말하니 엄마는 내게 윙크하고 허리를 숙여 내 이마에 키스하면서 흙 묻은 손을 청바지에 닦았다. "봤지? 엘라가 찾을 거야. 엘라가 기억할 거야."

나는 눈에서 흙을 닦았다. 이를 악물었다. 내가 서 있는 구덩이 위를 올려다봤다. 반대쪽을 내려다봤다. 엘라가 기억할 거야. 세 발자국을 더 걸어갔다. 두 발자국 더. 엘라가 기억할 거야. 멈췄다. 흙을 밟고서. 시선을 들어 나무들의 기억을 찾았다. 그들을 찾았다.

"여기다."

엘라가 기억할 거야.

거기였다. 거기가 추억의 장소였다. 나는 나무 사이에 자매들이 엄마와 함께 무릎을 꿇고 보물을 묻었던 곳에 와 있었다.

하지만 나는 허리 깊이의 구덩이에 서 있었다. 우린 상자를 그렇게 깊이 묻지 않았다. 비슷한 깊이도 아니었다. 아이들이 작은 삽으로 서툴게 판 구멍은 무릎 깊이도 되지 않았다.

이미 굴착기가 파헤쳐놓은 뒤였다.

나는 일어서서 짜증난 표정으로 내게 뭐라고 외치는 굴착기 기사를 봤다.

"혹시 뭐 없었어요?" 내가 물었다.

그는 호통을 멈췄다.

"뭐?"

"뭐 찾은 거 있어요? 여길 파다가요. 제가 서 있는 이 자리에서."

그는 '너 때문에 오늘 망했다' 하는 표정으로 인상을 썼다.

"바위는 몇 개 찾았다, 꼬마야. 이제 비켜. 난―"

"그것뿐이에요? 다른 건 없었어요? 상자 같은 거?"

"아니. 상자는 못 찾았어. 봐라, 굴착기 삽이 이리 크잖니. 전자레인지를 퍼내도 못 봤을 거야. 그러니 이제―"

"흙은 어디 있어요? 여기서 파낸 흙은 어디 있어요?"

그는 구덩이 끄트머리에 솟아 있는 흙더미를 가리켰다.

"어디 있겠냐?"

나는 돌아서서 그 더미를 올려다봤다. 내 머리보다 한참 더 높이 있었다. 내가 허리 깊이의 구덩이에 서 있지 않았더라도 내 키보다 높았을 것이다.

그러니까 흙이 굉장히 많았다는 말이다.

상관없었다. 아니, 전혀 상관없었다. 조금도.

나는 양손으로 흙더미 밑을 파들어갔다. 맨손으로. 장갑은 필요 없었다. 삽도 필요 없었다. 약속을 지키는 것 말고는 아무것도 필요 없었다.

"얘!" 그가 외치더니 뭐라 뭐라(그만두라거나 멈추라거나 방해하지 말라는 둥) 했지만 나는 속도를 줄이지도, 멈추지도, 돌아서서 대답하지도, 설명하지도 않았다.

발치의 흙이 쑥 꺼졌다. 발이 미끄러졌지만 위에서 흙이 쏟아져 그 자리를 채웠고 나는 계속 흙더미를 파헤쳤다.

숨을 돌리거나 손을 쉬기 위해 잠깐 멈추지도 않았고, 부루퉁하게 외쳐대는 남자를 욕하지도 않았다. 두 손이 내 어깨를 잡아 팔을 못 움직이게 하더니 강하지만 아프지는 않게 돌려세울 때까지, 나는 한순간도 쉬지 않았다.

경찰관이 나를 노려볼 줄 알았지만 어떤 아저씨가 있었다. 낡은 부츠를 신고 뺨엔 며칠은 깎지 않은 수염이 난 아저씨였다. 그가 염려스러운 표정으로 내 얼굴을 들여다봤다.

"얘," 아저씨가 한번 말하고, 다시 말했다. "얘. 잠깐만."

나는 그의 손아귀 안에서 헉헉거리며 서 있었다.

"무슨 일이지?" 남자가 물었다.

"찾을 게 있어요." 나는 벗어나려고 하면서 말했다.

"뭘 찾는데?"

"상자를 묻어놨는데 그걸 찾아야 해요." 나는 단숨에 말했다.

"얘!" 내가 벗어나고 돌아서려고 버둥거리자 그가 다시 말했다.

"잠깐만. 미안하다, 꼬마야. 여기 묻었으면 못 찾아. 그리고 넌 나가야 한단다, 알겠니? 여긴 작업장이야. 안전하지 않아."

나는 고개를 저었다.

"아뇨. 찾아야 해요."

"음, 못 찾을 거야. 미안하구나. 구덩이에서 나가서 집에 가거라." 그가 내 손목을 꽉 잡더니 나를 끌고 구덩이 끝으로 걸어가려 했다.

나는 발뒤꿈치로 버티면서 손목을 빼냈고, 그가 나를 다시 잡으려고 하자 양손을 들고 피했다.

"찾아야 해요!" 나는 외쳤고 아저씨의 가슴을 주먹으로 쳤다. 그는 놀라 뒤로 물러났고 나는 다시 주먹을 들었다. 언제라도 다시 칠 준비가 되어 있었을 것이다. 때리고 할퀴고 긁고 걷어차고 어떻게 해서든 싸울 생각이었다. 싸워서라도 찾아야 하는 물건이었으니까.

하지만 그 순간 로데오가 떠올랐다. 로데오가 사람들에게 어떻게 말하는지 기억났다. 목소리를 높이지 않고 부드럽게 말하는 것이. 눈을 똑바로 보며 말하는 것이. 사람 대 사람으로서. 늘 친절하게, 코요테.

사람들은 그걸 좋아한다. 누군가가 자신과 사람답게 대화하길 좋아한다. 누군가에게 중요한 사람이고 싶어한다.

그리고 결국에는, 기회를 조금만 주면 사람은 남을 돕고 싶어한다. 뭐, 대부분은 그렇다.

그래서 나는 주먹을 내렸다. 그리고 나 자신에게—아저씨에게 도—두 번 숨을 쉬며 진정할 시간을 줬다. 그러고 목소리를 낮췄다. 그 사람의 눈을 똑바로 봤다. 눈 색깔이 초록색 점이 있는 황갈색이란 걸 알 만큼 오래, 가까이 들여다봤다. 그러고는 로데오처럼 인간적이고 부드러운 음성으로 그의 눈을 보며 말했다.

"제발요." 내가 말했다. "그걸 찾아야 해요. 저한텐 중요한 물건이에요."

그러자 그 사람은 멈췄다. 내가 봤다. 로데오가 로데오의 눈과 로데오의 음성으로 누군가를 설득할 때 수백 번 봤던 표정이었다. 로데오가 그들을 멈추게 하고, 귀기울이게 하고, 자기편이 되도록 만들었을 때의 그 표정.

화가 나서 찡그렸던 아저씨의 눈썹이 조금 위로 솟았다. 아주 조금이지만 이마의 주름이 부드러워졌다. 그는 나를 봤다. 나도 마주 봤다.

"제발요." 나는 다시 말했다. "도와주세요."

아저씨는 눈을 깜빡였다. 그는 깊이 숨을 들이쉬었다.

그리고 살짝 체념한 목소리로 물었다. "무슨 상자인데?"

나는 웃지 않았다. 웃을 때가 아니었으니까.

"금속 상자예요. 크기나 모양이 신발 상자랑 비슷해요. 오 년 전에 바로 여기 묻었어요."

"여기가 확실하니?"

"확실해요."

아저씨는 고개를 저었지만, 손으로 나를 흙더미 쪽으로 쫓는 시늉을 했다.

"알겠다. 하지만 서둘러야 해."

그래서 나는 흙더미로 돌아서서 다시 파기 시작했고 그 초록색 점의 눈을 가진 아저씨도 내 옆으로 올라와서 손으로 흙을 파기 시작했다.

굴착기 기사가 다시 고함을 쳤지만 내 옆의 아저씨가 그에게 외쳤다. "아, 그만해, 에드. 잠깐이면 될 거야." 그러자 에드가 말했다. "그만둬, 트래비스. 작업 시간을 지켜야 한다고." 그러자 나의 새 친구 트래비스가 대답했다. "뭐, 그렇게 바쁘면 우리한테 삽이라도 좀 갖다주지?" 에드는 콧방귀를 뀌고 침을 뱉고 사라지더니 잠시 후 구덩이로 내려와 삽을 나눠주고 우리와 함께 파기 시작했다. 그러고 삽질을 하는 사이에 "우리가 찾는 게 뭔데?" 하고 물어, 나는 그걸 알려줄 동안만 일을 멈췄다. 그의 목소리는 무례하고 부루퉁했지만, 흙을 파느라 그렇게 바쁘지 않았다면 그를 꼭 안아줬을 것이다.

우리 셋은 그 흙더미를 파고들어갔다. 우리의 숨소리와 삽이 퍽퍽 흙을 파는 소리와 돌을 던지는 소리뿐이었다.

눈으로 땀이 흘러들어 팔로 닦아내느라 정확히 언제 왔는지 알수 없었지만, 고개를 들고 보니 살바도르가 흰 티셔츠에 흙을 묻히고서 자기 삽으로 흙더미 옆을 파고 있었다. 살바도르는 내 눈길을 보고 고개를 조금 끄덕였을 뿐 계속해서 흙을 공격하는 데 열심이었다.

짜증난 듯 매애 우는 소리가 나더니 글래디스가 귀를 팔랑이며 구덩이 쪽으로 걸어와 나를 내려다봤다. 여기에서 미친듯이 뛰어오느라 문을 열어뒀었지만 걱정은 하지 않고 있었다. 글래디스는 자기 앞가림을 할 줄 알았으니까.

그때 내 마음을 읽은 듯 살바도르가 헉헉거리면서 말했다. "걱정 마. 아이반은 버스에 있어. 내가 문 닫아놨어."

어디선가 아직 고함소리가 들려서 고개를 잠깐 들고 보니 허리에 손을 짚고 인상을 쓴 경찰관이었다. 그는 한번은 살바도르에게 으르렁거렸다가 한번은 구덩이 속의 우리에게 뭐라고 외치는 걸 번갈아 반복했다.

한참 뒤 에드, 그 부루퉁한 에드 아저씨가 숨을 돌리느라 멈추더니 땀을 뻘뻘 흘리며 삽에 기대서서 경찰에게 말했다. "그만 좀 하슈. 잠깐만 기다리면 될 걸 가지고. 이 애가 뭘 찾는다잖아."

"뭘 찾는 겁니까?"

"그게, 총은 아니니까 됐지요? 잠깐만 기다려줘요."

에드가 점점 마음에 들었다.

경찰관은 씨근거렸지만 입을 꾹 다물고 몸을 흔들며 고약한 표정을 짓고 거기 서 있었다.

우리, 나와 에드, 트래비스와 살바도르는 계속 흙을 퍼서 어깨너머로 던졌고, 흙더미는 우리 발치로 조금씩 무너져내렸다. 흙더미는 점점 작아졌고, 우리는 점점 땀투성이, 흙투성이가 됐다. 하지만 우리 삽에 닿는 것은 흙과 돌과 뿌리뿐이었다.

결국 에드는 포기했다. 끙 앓는 소리를 내며 얼굴을 닦고 물러나 헉헉거리더니 구덩이 가장자리에 앉아 우리를 지켜봤다.

트래비스 역시 내 옆에서 희망을 잃어가고 있었다. 삽으로 퍼내는 흙의 양이 점점 줄었고 속도도 느려졌다. 가끔은 그냥 거기 서서 삽으로 흙더미를 찌르기만 했다.

하지만 살바도르의 속도는 줄지 않았다. 고개를 들고 볼 때마다 그 애는 파고 떠내고 던지고 있었다. 티셔츠는 더러워져 땀으로 몸에 들러붙어 있었지만 그래도 멈추지 않았다. 내가 멈출 때까지 그 애도 멈추지 않을 것 같았다.

친구란 바로 이런 것이겠지. 함께하고 싶은 친구라는 건.

내 삽이 흙을 푹 파고 떠내 던졌고, 다시 푹 팠다.

그리고 그때, 무슨 터무니없는 영화처럼 그 일이 일어났다.

삽이 푹 들어갔지만, 깊이 푹 들어가지 않았다. 얕게 들어가더니 멈췄다. 그 전에도 돌에 닿은 적은 있었지만, 그건 느낌이 달랐다. 좀 덜 단단했다. 좀 더 희망이 느껴졌다. 게다가 소리도 났다. 돌로 정지 표지판을 쳤을 때 나는 소리. 흙 때문에 소리가 줄긴 했지만 그거였다. 내 착각이 아니라는 걸 알 수 있었다. 트래비스도 삽으로 쿡쿡 찌르기를 멈추고 내 삽이 푹 들어간 자리를 돌아봤으니까.

나는 삽을 도로 꺼냈지만 위의 흙이 너무 빨리 쏟아져 내려 아무것도 보이지 않아 삽으로 한 번, 두 번, 세 번 더 찔렀고, 그럴 때마다 흙이 좀 더 파내어지면서 작은 소리가 났으며 그럴 때마다 소리는 조금씩 더 커졌다.

그리고 마침내, 계속해서 쏟아져 내리던 흙이 곧바로 아래로 쏟아지지 않았다. 무엇인가의 모서리가 튀어나와 쏟아지는 흙을 막았기 때문이다. 흙더미에서 아주 조금 튀어나와 있는 모서리가 보였다. 금속이고 네모난 것의 모서리였다.

나는 멈췄다. 아니 정확히는 얼어붙어버렸다. 나는 그걸 봤다. 그것도 나를 봤다.

"저거야?" 트래비스가 물었고 나는 대답할 수 없었다. 삽을 내려놓았다. 떨리는 손을 뻗었다. 손가락이 바로 앞에서 멈췄다. 귀에서 맥박이 느껴졌고 폐는 마지막 한 번인 것마냥 숨을 붙들고 있었다. 그리고 나는 거기에 손을 댔다. 가볍게 손만 댔다.

"엄마." 우리가 함께 묻은 상자에 손끝을 대고 속삭였다.

엘라가 기억할 거야.

43

튀어나온 상자 모서리를 잡고 당겼다. 꿈쩍하지 않았다.

살바도르가 내 옆으로 쿵 뛰어내렸다. 아무 말도 하지 않았다. 내가 상자를 비틀어 당기는 동안 그 애는 그저 주위의 흙을 손으로 퍼냈다. 가끔 당기는 걸 멈추고 살바도르와 함께 흙을 파냈다. 하지만 살바도르는 그 상자를 잡지도 당기지도 뽑아내려고도 하지 않았다. 나보다 힘이 셀 가능성이 약간은 있었지만, 그 애는 자기 손으로 뽑으려고 하지 않았다. 그 순간은 내 몫이라고 생각한 것 같다.

모서리가 조금씩 더 드러나고 다른 쪽 모서리도 보여서 속도를 냈다. 살바도르는 강아지처럼 양손으로 흙을 파헤치고 나는 다리로 버티면서 몸을 젖히고 그 상자를 뽑아내려고 힘을 줬다.

너무 배가 고파서 꼼짝도 못하는데 뜨겁고 짭짜름한 음식이 나오는 게 보일 때처럼, 점점 몸이 떨렸다.

그리고 그것이 빠져나왔다.

살짝 기울어지며 내 손안으로 미끄러져 들어왔다. 내가 잡고 있는 그 상자는 기억 속의 모습 그대로였다. 흙이 묻고 긁히고 찌그러졌지만, 그것 말고는 내 기억 그대로의 상자였고 이제 내 손안에 있었다. 따뜻했다—이유는 모르겠지만 따뜻했다. 나는 상자를 손에 들고서 숨쉬기를 멈췄지만 세상의 모든 공기를 마시는 것 같았다. 엄마. 언니와 동생. 엄마. 언니와 동생. 나는 그 상자를, 그들을 들고 있었다.

상자를 들고 있으니 그동안 존재했던 모든 끝과 모든 옛날 옛적에가 동시에 뒤섞여 울려퍼졌다.

나는 천천히 조심스레 상자에서 흙을 털어냈다. 상자는 찌그러져 흙이 잔뜩 묻어 있었고 녹이 슬어 있었다. 상자는 완벽했다.

정신을 차리고 보니 무릎을 꿇고 있었다. 무릎을 꿇은 기억이 없는데 흙바닥에 무릎을 꿇고 있었다.

일어났다. 숨을 쉬려고 했다. 또렷이 보려고 했다. 살바도르를 바라봤고, 살바도르는 깊고 고요한 웅덩이 같은 눈으로 나를 마주 봤다. 그 애를 향해 한 번 고개를 끄덕였다. 그 애도 한 번 끄덕였다. 그 애는 달리고 흙을 파고 찾느라 힘이 들어 그때까지도 헉헉거리고 있었다. 나도 그랬던 것 같다.

구덩이 밖에서 기다리는 기계들과 지켜보는 작업자들을 내다봤다.

공원에 나무가 한 그루 남아 있었다. 저 너머, 뽑아내지 않은 나무 하나. 어쩌면 방해가 되지 않아 남겨둔 것 같았다. 혹은 아직 뽑지 못한 건지도 몰랐다. 그러나 그 나무는 그 순간을 위해 여전히 남아, 그 시절에, 특히 그날 그랬던 것처럼 여전히 그늘을 드리우고 있었다.

나는 두 손과 하나의 심장으로 상자를 잡고 구덩이에서 기어나갔다. 갓 파놓은 무덤 같은 날것의 흙에서 빠져나왔다. 뒤에서 살바도르의 발소리가 들렸다.

팔짱을 끼고 선 사람들이 몇 명 있었다. 모든 걸 지켜본 모양이었다. 그들은 옆으로 비켜서서 내가 지나가게 해줬다. 나는 가족들을 모두 빼앗기고 홀로 선 나무를 향해 걸어갔다.

살바도르의 발걸음은 작업자들이 선 자리에서 멈췄다. 그 애는 내가 혼자 가게 해줬다.

한 명이 "뭔데 그래?" 하고 묻자 살바도르가 낮은 소리로 "추억 상자예요. 엄마랑 같이 묻었대요" 하고 말했다. "그럼 엄마는 어디 있는데?"라는 누군가의 물음에 살바도르가 거의 속삭이듯 대답했지만 아직 나는 들을 수 있었다. "돌아가셨어요." 그러자 커다란 침묵이, 무거운 침묵이, 이해한다는 듯한 침묵이 내려앉았다. 사람들 중 한 명도 입을 열지 않았다. 그중 한 명도 공사를 방해한다고 불평하지 않았다. 그리고 그중 한 명도 나더러 작업을 다시 시작할 수 있게 서두르라고 재촉하지 않았다.

"이봐!" 그 순간을 가르는 목소리였다. 물론 경찰관이었다. "얘! 어디 가니?" 그의 목소리가 점점 더 커져서, 내 뒤를 따라 달려오는 걸 알 수 있었다.

"거 좀 놔둬요." 누군가 중얼거리는 소리가 들렸다.

"놔두라고요? 쟤가 무슨 짓을 했는지—"

"아, 그만 좀 해요. 잠깐 기다려줄 수 있잖아요. 뭐, 어디로 도망치는 것도 아닌데."

하지만 경찰관은 그만둘 생각이 없었다. 나를 잠깐 기다려줄 생각도 없었다.

"거기 서!" 경찰관이 성난 발걸음으로 쿵쿵 달려오는 소리가 들렸다. "내 말 안 들려? 서라고!"

들렸지만 서지 않았다.

그 나무, 마지막 남은 나무 그늘로 가고 있었다. 그늘이 얼마나 되는지 몰라도 거기 앉을 생각이었다. 그리고 상자를 열 생각이었다. 엄마와 언니, 동생과 잠시만 시간을 보낼 생각이었다. 바로 여기 우리 공원에서.

하지만 경찰관은 쉽게 포기하지 않았다.

그가 화를 내며 다가왔다.

"얘," 그가 성난 소리로 말했다. "거기 서."

나는 앞만 보면서 계속 걸었다. 나의 목이 말을 할 수 있을 것 같지 않았다. 사방이 추억이었고 유령들이 나무 밑에서 기다렸다. 그들을 잃고 싶지 않았다. 다시는.

"얘!" 경찰관이 내 팔을 잡았다. "서라. 당장."

그의 손이 내 팔을 움켜쥐었다. 세게. 그리고 나를 거칠게 돌려세웠다. 경찰관은 굉장히 냉정한 사람이었다.

그런 냉정함을 상대할 여력이 없었다. 내겐 냉정함이 하나도 남지 않았으니까. 나는 여리고 망가지고 두 동강 나 있었다. 하지만 해야 하는 일을 하기 위해, 하고 싶어 견딜 수 없는 일을, 하고 싶어 죽을 것 같은 일을 하기 위해서라면 경찰관과 싸울 수도 있었다. 그의 냉정함과 싸울 수 있었다. 젠장, 세상은 냉정한 사람들이 더 냉정하게 만들지 않아도 이미 충분히 냉정하니까. 나는 싸울 준비가 되어 있었다.

알고 보니, 나만 그런 게 아니었다.

말을 하려는 순간, 땅을 쿵쿵쿵쿵 두드리는 소리가 들려왔다. 아주 잠시 작은 천둥소리가 우리 쪽으로 다가왔다. 그러더니 녀석이 거기에 왔다.

녀석은 경찰관을 측면에서 공격했고, 흙먼지가 뭉게뭉게 피어올랐다. 글래디스가 머리를 숙이고 뿔을 들이대며 시야 경계에서 날아오더니 경찰관에게 잊지 못할 일격을 선사했다. 그렇다, 글래디스가 경찰관을 뿔로 받았다. 냉정하게.

냉정한 경찰관은 냉정한 염소의 냉정한 뿔을 받았다. 그리고 염소가 이겼다.

글래디스가 들이받는 순간, 끙 하는 소리와 헉 하고 숨을 몰아쉬는 소리가 들렸다. 경찰관은 바로 땅에 주저앉아 엉덩방아를 찧고 밀려났고 두 발을 공중에 버둥거렸다. 그가 흙먼지 속에서 그대로 있자 글래디스는 머리를 낮추고 버티고 서서 2차전을 시작하려는 듯 발굽으로 땅을 긁었다.

이제 글래디스를 올려다보는 경찰관에게서 냉정함은 대부분 사라졌다. 눈은 동전처럼 커다랬고 얼굴은 창백했고 입은 딱 벌어져 있었다.

"죄송해요, 경찰관님." 내가 조용히 말했다. "착한 염소거든요. 다만 염소는 주인을 잘 따르는 동물이라서요."

경찰관이 나를 노려봤다. 여전히 제정신이 아닌 표정이었고, 그건 그 사람 탓은 아니었다.

"저기 나무에 가고 있어요. 이 상자를 열어볼 거예요. 잠깐이면 돼요. 그러고 따라갈게요. 총을 뽑을 필요 없어요. 수갑을 꺼낼 필요도 없고요." 나는 분노로 떨고 있는 글래디스를 봤다. "하지만 눈을 맞추거나 갑자기 움직이진 말아야 할 거예요."

글래디스가 콧방귀를 뀌었다.

경찰관이 놀라 움찔거렸다.

"잠깐이면 돼요." 나는 그의 눈을 들여다보며 말했다. "알겠죠?"

경찰관은 눈을 휘둥그렇게 뜬 채 침을 삼켰다.

그러고는 고개를 끄덕였다.

"고마워요." 내가 말했다. 상자가 무거웠지만 아무런 무게도 느껴지지 않았다.

돌아서서 나무로 걸어가 풀밭에 무릎을 꿇었다. 상자를 내 앞의 땅바닥에 내려놓았다.

뚜껑을 고정시키는 작은 금속 걸쇠가 있었다.

천천히 그걸 들어올렸다. 녹이 슬어 있어서 꿈쩍하지 않았지만 곧 팟 하며 열렸다.

숨을 들이쉬었다. 가슴 맨 밑바닥까지 채우는 깊은 호흡이었다.

그들을 느꼈다. 내 주위에서 그들 모두를 느꼈다. 내 어깨너머로 들여다보는 그들을. 나를 감싸 안는 그들을. 그들도 와 있었다.

상자를 열었다.

44

추억 한 가지가 있다.

정확히 언제였는지는 모르겠다. 상자를 묻기 얼마 전이었다. 그…… 모든 일이 일어나기 얼마 전이었다.

봄이었고 따뜻한 날이었다. 여름이 다 되어가는 그런 봄날.

하이킹을 갔다. 다섯 명이 전부. 포플린 스프링스 주변의 언덕으로. 자주 하던 일이었다.

우리는 계곡 밑에서부터 흙길을 걸어올라갔다. 언덕 꼭대기에 올라 멀리 산과 굽이치는 강과 우리 아래의 모형 같은 시내를 내다봤다. 가파르고 긴 길이었지만 그 위에 올라가니 영원을 보는 듯한 느낌이 들었다. 그리고 영원을 보는 기회는 힘들여 얻을 가치가 있었다.

봄비와 태양 덕분에 비탈에는 풀이 싱그럽게 잘 자라 산들바람에 해초처럼 흔들리고 있었다. 들판에는 들꽃이 만개했다. 자주색 부채꽃, 노란 야생해바라기, 이름 모르는 흰 꽃들. 색색이 가득하고, 생명력 가득하고, 살아 있는 것들이 너무나 가득해서 보고도 진짜라고 믿을 수 없었다. 내 마음에 대고 속삭여야 할 정도였다. 아니, 진짜야, 라고. 그것은 천국이었다.

로데오도 있었다. 로데오가 되기 전의 모습으로. 그는 그냥 아빠였고 나는 그냥 딸이었다. 둘째 딸이었다.

그리고 다리가 짧아 오래 등산하지 못했던 로즈는 로데오의 어깨 위에서 무등을 타고 있었다.

그리고 다리도 길고 머리도 길었던 에이바는 손짓으로 말하고 있었다.

그리고 나, 엘라였던 시절의 나. 그냥 엘라. 딸이자 동생이자 언니였던 나. 가운데 아이였던 나. 그때는 조금도 외롭지 않았다.

그리고 엄마. 아, 엄마. 따뜻한 벌꿀 같은 목소리의 엄마. 그 손길로 무엇이든 나아지게 해주던 엄마.

걸어가며 엄마 손을 잡았다. 나보다 크고, 부드럽고, 따뜻하고, 포근한 엄마의 손을.

정상에 다다를 무렵 나는 엄마 손을 놓고 앞서 달렸다. 제일 먼저 꼭대기에 닿으려고 가족보다 앞서 달렸다.

해가 막 지고 있었다. 지평선에 보이는 산들 아래로 떨어지고 있었다. 햇빛이 구름 사이로 길고 비스듬히 내려앉아 풀과 하늘을 향해 뻗어가는 꽃송이들 사이를 금빛으로 물들였다.

나는 거기, 그 모든 장관 가운데서 걸음을 멈췄다. 다가오는 가족을 향해 돌아섰다.

엄마가 먼저 혼자 걸어왔다. 아빠와 에이바와 로즈는 천천히 이야기하면서 느긋이 거닐고 있었다. 엄마는 내 발자국을 따라 등산로를 벗어나 풀과 꽃이 자라는 곳으로 다가왔다.

하지만 엄마는 곧장 내게 오지 않았다. 나는 그러길 바랐지만. 엄마는 조금 옆으로 비껴갔다. 자기 길을 찾아서. 엄마는 조금 떨어진 곳에 혼자 서서 석양을 마주 봤다. 태양의 불길에 엄마의 눈이 타오르는 듯했다. 엄마 머리가 얼굴 주위에 날렸다. 햇빛이 엄마 얼굴에 닿자 순수한 금빛으로 물들었다.

엄마는 멀리 바라보며 숨을 깊이 들이쉬더니 천천히 내쉬었다.

그러고 고개를 돌려 엄마를 보는 나를 봤다. 우리 사이에는 초록과 꽃송이와 햇빛뿐이었다. 엄마는 내게 미소 지었다. 엄마 마음을 나누는 미소였다. 나만을 위한 미소였다. 엄마들이 딸들에게 해주는 가장 아름다운 말을 전하는 미소였다. 그리고 나도 마주 웃었다. 딸들이 엄마들에게 하는 가장 중요한 말을 전하는 미소였다.

그런데 말이다. 석양 속에서 미소 짓는 나의 엄마보다 더 아름다운 건 내 평생 다시 보지 못할 것 같다. 아직 살아갈 날이 많이 남았지만, 그것보다, 엄마보다 더 아름다운 걸 다시 볼 수 있을 것 같지는 않다.

그 순간 엄마를 너무 사랑해서 숨도 제대로 쉴 수 없었다. 엄마를 너무 사랑해서 숨이 막혔다. 그 순간 나는 엄마를 사랑할 뿐이었다. 엄마를 사랑했다. 엄마를 사랑했다.

그거다. 그게 추억의 전부다.

그 추억에는 말이 없다.

말이 필요하지 않다.

45

뚜껑이 끼익 열렸다. 풀밭에 닿을 때까지 뚜껑이 젖혀지도록 두자 상자가 활짝 열렸다.

상자 안을 들여다봤다.

온몸이 따끔거리고 소름이 끼쳤다.

아아.

있었다. 모두 있었다. 기억하는 그대로.

우리가 넣어둔 그대로.

종이가 모두 섞여 있었고, 여기저기 어린아이 글씨와 크레용 그림이 보였다. 그때는 특별한 거라고 여긴 매끈한 돌멩이도 몇 개 있었다. 아니, 그건 항상 특별했다. 한 개를 들어 시원하고 동그란 감촉을 느끼며 눈을 감고 숨을 멈췄다. 로즈가 손에 들고 그 예쁜 손가락으로 꼭 쥐었던 돌멩이였다.

돌을 상자에 도로, 새 둥지처럼 살살 내려놓고는 맨 위의 종이를 들었다. 네 살짜리가 열심히 크레용으로 그린 서툴지만 아름다운 그림이었다. 나와 로즈가 그려져 있었다. 로즈의 머리카락은 스파게티처럼 꼬불꼬불 엉망이었고 내 머리카락은 짧게 그려져 있었다. 우리는 비뚤비뚤한 선으로 함박웃음을 지으며 동그란 유령 눈을 하고 있었다. 손을 잡고 있었다.

그림 밑에 적힌 글을 보니 엄마 말이 생각났다. "한 사람, 한 사람에 대해서 가장 사랑하는 점을 적으렴."

로즈가 한 말이지만 엄마의 글씨였다. 로즈는 너무 어려 글을 못 써서 엄마에게 답을 말하면 엄마가 크고 또렷한 글씨로 적어줬다. 로즈가 보고 배울 수 있도록. 나는 그 글에 손을 대고, 미끈거리는 크레용을 느끼면서 손끝으로 훑었다. "엘라 언니를 사랑해, 무슨 일이 있어도 날 사랑하니까." 나는 목이 메고 따끔거리는 눈을 깜빡이며 고개를 끄덕였다. "그래." 속삭이려고 했다. "그래. 맞아, 로즈. 무슨 일이 있어도."

그 밑에 종이가 더 있었다. 에이바의 쪽지, 엄마의 쪽지, 내가 모

두에게 쓴 쪽지. 당장 하나하나 다 읽을 필요는 없었다. 그럴 시간
은 얼마든지 있었으니까. 충분히. 평생의 시간이. 게다가 눈앞이
어른거려 읽을 수가 없었다.

쪽지를 손으로 느끼고 싶었다. 우리가 함께 만졌던 모든 걸 만지
고 싶었다. 손글씨를 보고 그걸 쓴 손을 기억하고 싶었다.

보물들을, 우리가 쓴 편지들을 조심스레 뒤졌다. 에이바가 학교
에서 찍은 마지막 사진이 있었다. 뺨과 파란 눈과 크고 약간 비뚤
한 미소가 보였다.

우스운 일이었다. 에이바는 항상 굉장히 똑똑하고, 멋지고, 나
이들어 보였다. 하지만 지금 보니 에이바는…… 너무 어렸다. 정
말 어린 꼬마였다. 귀엽고, 작고, 해맑은 아이. 그리고 깨달았다─
나는 열두 살이라는 것을. 열두 살. 에이바, 내 언니는 그 트럭이 휙
돌아 세상을 갈라놓았을 때 겨우 열한 살이었다.

나는 언니보다 나이가 많았다. 언니는 영원히 열한 살이었다. 그
래도 항상 내 언니일 것이다.

어깨가 떨렸다.

그때 한쪽 구석에서 줄로 입구를 조인 작은 실크 주머니가 보였
다. 그걸 열어 손바닥에 뒤집어보니 금실이 손바닥에 떨어졌다.

동글동글하게 말린 금빛의 로즈 머리카락이었다. 그 동그랗고
매끈한 머리카락을 손끝으로 쓰다듬었다. 우리는 그 애 머리가 계
속 곱슬머리일지 아직 몰랐다. 에이바와 나는 어려서는 곱슬머리
였지만 자라면서 바뀌었다. 우리 모두 로즈가 계속 곱슬머리일지

아니게 될지 한창 지켜보고 있었다. 그런데 지금 보니, 결국 알 수 없게 되었다. 그 애의 곱슬머리를 떨리는 손에 들고 뜨거운 눈물을 흘렸다. 로즈는 영영 곱슬머리로 남게 됐다. 그 머리카락을 주머니에 도로 넣고 부드럽게 닫은 뒤 입술에 갖다 댔다.

"얘, 코요테." 등 뒤에서 속삭이는 소리가 들렸다. 아빠의 목소리였다. 아빠가 다가오는 소리를 듣지 못했다.

나는 숨을 들이쉬고 내쉬었다.

"그렇게 부르지 마." 딱 잘라 말한 게 아니라 부탁이었다. 말로 "부탁이야" 하진 않았지만, 목소리로 그렇게 말했다. 어깨너머로 아빠를 올려다봤다. "지금은 아니니까. 지금 나는 코요테가 아니야. 응, 아빠?"

나는 알고 있었다. 아빠가 돌아서고 싶어한다는 걸. 마음이 아프고 또 아프고 두렵고 슬프고 상심했으리란 걸. 돌아서서 내가 코요테가 되고 아빠가 로데오가 되어 계속 버스를 몰며 뒤돌아보지 않을 때까지 달아나고 싶어한다는 걸 알고 있었다. 아빠는 내가 찾아낸 것을 도저히 볼 수 없었을 것이다. 우리가 잃은 것을 도저히 볼 수 없었을 것이다.

나는 알고 있었다. 아빠가 그리하고 싶어한다는 것을.

하지만 그게 말이지.

아빠는 그러지 않았다.

아빠는 고개를 끄덕이더니 침을 세게 꿀꺽 삼켰다. 그리고 한 발자국 더 다가와 내 옆에 섰다. 그러고는 내 옆에 무릎을 꿇었다. 내 어깨를 팔로 감쌌고, 아빠의 온몸이 떨리는 게 느껴졌다.

그러고 아빠는 나와 함께 상자 안을 들여다봤다.

아빠가 함께 있었다.

46

아빠와 그 상자를 얼마나 오래 살펴봤는지 모르겠다. 전부는 아니더라도, 안에 든 여러 개의 보물을 봤다. 이따금 우스운 사진과 바보 같은 물건을 보며 조금 웃었던 건 기억한다. 하지만 많이 웃진 않았다. 솔직히, 주로 울면서 아무 말도 하지 않았다.

그렇게 긴 시간은 아니었을 것이다. 따지고 보면 우리는 공사장 한복판에 있었고 모두 이 상황을 아주 너그럽게 이해해줬지만, 아직 그들에게는 작업이 많이 남아 있었다. 그리고 글래디스 때문에 경찰관은 타박상을 입었고 그 덕분에 경찰관은 인내심이 별로 남지 않았으니, 우리가 거기 꿇어앉아 아주 오랜만에 추억을 나눈 것은 사실 몇 분밖에 되지 않았을 것이다.

그래서 그 시간이 얼마쯤이었는지는 모르지만 얼마쯤으로 느껴졌는지는 말할 수 있다. 정확히 오 년쯤 된 것 같았다. 숨을 쉴 때마다 과거로, 과거로, 과거로 돌아가는 느낌이었다. 그 시절로, 그 거리로, 코요테와 로데오에서 벗어나 나와 아빠로 돌아가는 느낌이었다. 나는 무릎을 꿇고 있었고 거기서 다시 딸이 되어 있었다.

다시 언니이자 동생이 되어 있었다. 그리고 로데오, 아니, 아빠에 겐 다시 아내가 있었다. 산소처럼 그리워하는 아내가. 세 딸도 되찾았다. 그가 마치…… 마치…… 음, 세 딸을 사랑하는 아빠처럼 사랑하던 세 딸을. 그건 그 자체로도 크고 강한 사랑이라서 사실 다른 비유가 필요치 않다.

마침내 나는 그 안에서 사진 한 장을 꺼냈다. 흙이 묻고 귀퉁이가 접힌 사진이었지만, 중요한 것은 거기 다 들어 있었다.

가족사진이었다. 탱크톱을 입고 벌어진 앞니를 드러내며 크게 웃는 조그만 내가 있었다. 옆에는 키가 크고 예쁜 에이바가 내 어깨에 한 팔을 두르면서 나를 끌어당기고 있어서 나는 한쪽 발을 에이바 쪽으로 딛고 있었다. 우리 뒤에는 아빠가 있었다. 와, 정말 다른 사람 같았다. 그런 모습의 아빠는 기억도 나지 않았다. 보통 옷. 깔끔하게 자른 머리와 매끈하게 면도한 얼굴. 턱과 얼굴이 다 보였다. 아빠는 눈이 부신지 눈을 살짝 찡그리고 있었고, 편안하고 행복하고 젊어 보였다.

그 옆에는 엄마가 있었다. 엄마는 내 바로 뒤에 있었고 내가 엄마에게 기대고 있는 것 같았다. 엄마는 미소를 짓고 있었고, 사진 찍기 전에 누가 우스운 말이라도 한 것처럼 곧 웃음을 터뜨릴 것 같았다. 엄마 품에 안긴 로즈는 엄마 허리에 다리를 걸치고 한 팔을 목에 두르고서 환한 빛에 한쪽 눈을 감고 유치乳齒를 드러내며 크게 웃고 있었다.

그 사진을 들자 옆에서 아빠의 숨소리가 들렸다. 마치 방금 호수

바닥에서 올라온 사람처럼 숨쉬는 소리였다.

사진을 들고 에이바를 가리켰다.

"이건 누구야?" 아빠에게 물었다. 누군지 묻는 게 아니라는 걸 우리 둘 다 알고 있었다. 아빠에게 언니 이름을 말하라고, 소리 내어 말하라고 부탁하는 것이었다. 그만 도망쳐달라고.

냉정한 짓이었다. 잔인한 짓처럼 느껴지기도 했다. 하지만 나에게 필요한 일이었다. 그리고, 아빠에게도 필요한 일이었을 거라고 생각한다.

로데오는 침을 삼키고 코로 숨을 내쉬었다.

"누구야?" 나는 처음보다 더 조용한 소리로 다시 물었다. 내 목소리는 아빠를 때리거나 상처를 뜯어내지 않았다. 아빠의 손을 잡고, 떨어진 곳에서 아빠를 끌어올리고 있었다.

아빠는 눈을 문질렀다.

아빠는 무슨 말인가를 하려고 했지만 목소리가 나오지 않았고, 목청을 가다듬고 다시 시도했지만 여전히 아무 말도 나오지 않아서, 한번 더 숨을 쉬고 다시 시도했다. 세 번째 시도에 목소리가 나왔다.

"에이바." 아빠가 말했다. "네 언니야."

나는 엄마 품에 안긴 로즈에게로 손끝을 옮겼다.

"이건 누구야?"

"네 동생." 아빠는 간신히 속삭이는 소리를 냈지만, 그래도 말했다. "그건 로즈야."

내 손끝이 엄마에게로 가면서 들고 있던 사진이 떨렸지만, 떨림에도 엄마는 보였다. 엄마의 미소와 빛나는 눈이 보였다. 엄마는 여전히 보였다.

"이건 누구야?"

이번에도 두어 번 실패했지만, 아빠는 해냈다.

"그건 네 엄마." 아빠가 말했다. "앤." 그렇게 말하면서, 엄마 이름을 부르면서, 아빠는 한 손가락을 내밀어 사진을 만졌다. 거친 손가락으로 엄마의 팔을 부드럽게 쓰다듬었다.

그다음 내가 물었다. "이건 누구야?" 내 손가락은 아빠를, 눈을 찡그리고 있는, 젊고 망가지지 않은 아빠를 가리켰다.

아빠는 숨을 들이쉬더니 한숨처럼 내쉬었고 고개를 저으면서 말했다. "나야. 네 아빠." 아빠는 좀처럼 믿을 수 없다는 듯 그렇게 말했다. 슬프게 말했다. 그 사진 속의 다른 사람들이 그리운 만큼, 맑은 눈으로 웃고 있는 그 남자가 그립다는 말투였다. 아니, 그들 만큼은 아닐지도 모른다. 전혀 아닐지도 모른다. 하지만 아빠는 그를 그리워했다.

내 손끝이 사진 속의 마지막 사람을 가리켰다.

"이건 누구야?" 내가 속삭였다. "이건 누구야, 아빠?"

내 어깨를 감싼 아빠의 팔에 힘이 들어갔다.

"오, 곰돌아." 아빠가 내 정수리에 입을 맞췄다. "너지, 아가." 아빠는 내 머리카락에 대고 중얼거리고는 다시 키스했다. "내 딸이야." 그리고 또 키스한 뒤 "엘라"라고 말하고 내 머리에서 입술을 떼지 않았다.

우리는, 아빠랑 나는 거기 그렇게 앉아 있었다. 아빠랑 나는.

등 뒤에서 헛기침 소리가 들렸고, 보지 않아도 경찰관이 낸 소리이며 시간이 다 됐음을 알 수 있었다. 으르렁거리거나 고함을 치지도 않고 냉정하거나 거들먹거리거나 짜증 섞인 말을 하지 않고 헛기침만 한 것이 고마웠다.

나는 아빠 눈을 들여다볼 수 있을 만큼만 물러났고, 아빠가 나를 마주 보는 충만한 눈빛에 안도했다. 슬픔에 붉게 충혈된 눈이었지만, 공허하지도 멍하지도 않았다. 솔직하고 정직한 로데오의 눈이었고, 아빠의 눈이기도 했다. 미소를 짓고 싶었으나 미소를 지을 순간이 아니었다. 사실 어떤 순간인지 알 수 없었지만, 중대한 순간인 것은 알았다. 그리고 좋은 순간인 것도. 중대한 순간이란 행복하지 않더라도 좋은 순간일 수는 있으니까.

나는 고개를 끄덕이고 콧물을 훌쩍였고 아빠도 고개를 끄덕이고 팔로 코를 문질렀다. 나는 상자에 사진을, 혹여나 바스러질라 살그머니 내려놓았고 뚜껑을 덮고 잠금장치를 닫았다.

아빠는 일어났다. 아빠는 커다란 손을 내밀어 내 빈손을 잡더니 나를 일으켜줬다. 우리는 돌아서서 함께 경찰관을 마주했다.

경찰관은 심각했지만 심술궂은 표정은 아니었다. 그러니까, 농담 같은 말을 꺼낼 생각도 없었지만, 그렇다고 수갑을 채울 생각도 없었다.

"좋아요." 그가 말했다. "돌아가서 몇 가지 질문에 대답해주셔야

되겠습니다. 음," 그는 엄지로 어깨너머를 가리켰다. "저 버스 상황
에 대해서."

"네." 아빠는 부드럽고 편안하게 대답했다. "그러겠습니다, 경찰
관님."

경찰관은 우리 앞에서 먼저 걸어갔고 나와 로데오는 뒤따랐다.
아직 서서 기다리는 작업자들에게 고개를 끄덕였고 고맙다는 인
사도 했지만, 트래비스에게는 앞에 서서 눈을 보며 또렷하고 진실
된 목소리로 "감사합니다" 하고 인사했다. 그는 웃으면서 어깨만
으쓱이고 "뭐, 어차피 쉴 시간이었어" 하고 대답했고 나는 다시 미
소를 지었다. 트레비스는 이번엔 좀 더 진지하게 "찾아서 정말 다
행이야, 아가씨" 하고 말했고 나는 그 순간, 여자아이들을 "아가
씨"라고 부르는 터프하고 센 남자들을 좋아하게 됐다.

구덩이를 지날 때 살바도르도 다가와 내 옆에 서서 걸었고, 나는
한쪽 팔로 비스듬히 그 애를 끌어안았다. 그 애도 마주 안긴 했지
만 눈길을 돌리고 얼굴을 좀 붉혔다. 글래디스가 우리 뒤를 또각또
각 따라오는 소리가 들렸다. 믿음직한 친구가 뒤를 봐주는 건 좋은
일이니 기분이 좋았다.

"어떻게 나왔어?" 걸어가며 아빠에게 물었다.

"생각보다 쉬웠어. 밸이 부모님한테 전화를 걸었고, 납치가 확
실히 아닌 게 곧바로 밝혀졌으니까. 게다가 그 보안관 상관이 나를
데려오면서 고속도로변에 미성년자 둘을 두고 왔는데, 너랑 버스
가 사라졌다는 소식이 관서에 들어오니까…… 음, 그 관서에선 나

를 어서 보내서 너희 둘을 안전하게 찾기를 바랐겠지."

"허. 뱰은 괜찮아?"

아빠는 어깨를 으쓱였다.

"그럭저럭. 괜찮다고 했는데도 걔는 아직도 미안하다고 난리야. 집에 가고 싶지는 않지만, 부모님 생각이 이제 좀 달라진 것 같더라. 부모님이 아주 놀란 것 같아."

나는 끄덕였다. 뭔가를 잃어버리면 그걸 얼마나 사랑했는지 깨닫게 된다. 계속 사랑했던 것이라 할지라도.

"여긴 어떻게 왔어?"

아빠는 몇 발자국 걷는 동안 말이 없었다.

그러더니 말했다. "그게, 얻어 타고 왔어." 아빠가 예거가 서 있는 쪽을 가리켰는데, 나는 그 모습에 숨이 멎을 것 같았다. 머리는 더 희끗희끗해지고 나이도 더 들었지만, 그래도 분명히 틀림없이 할머니였다. 나는 아빠에게 상자를 맡기고 달리기 시작했다. 경찰관을 지나 거리 쪽으로 달려 할머니에게 곧장 달려들어 두 팔로 꼭 끌어안았다. 할머니가 아프면 어쩌지 싶을 정도로 꽉 안았지만, 할머니도 똑같이 나를 꼭 끌어안았다. 우리는 그렇게 서로 얼싸안고 말없이, 말할 필요도 없이 서 있었다.

오 년은 긴 세월이다.

할머니는 좀 전에 아빠가 했듯이 내 머리카락에 대고 "엘라"하고 여러 번 불렀고 나도 "할머니"하고 여러 번 불렀다. 그러고 할머니는 내 어깨를 잡고 물러나서 내 얼굴을 봤고 나는 할머니 얼굴을 봤다.

"오, 보고 싶었다." 할머니가 말했고 나는 웃으면서 동시에 흐느끼며 말했다. "나도 보고 싶었어요." 둘 다 그런 말을 하다니 좀 바보 같았다. 아니, 너무 당연한 말이니까. 하지만 가끔은 바보 같은 말을 해도 괜찮다. 특히 그게 진실이라면.

그렇게, 그날 다 뒤집어엎은 공사장에서 나는 다시 딸이 되었고, 다시 언니이자 동생이 되었고, 다시 손녀가 되었다. 슬프기도 하지만, 그건 굉장히 멋진 일이었다.

아니, 방금 마지막 이야기는 취소하고 싶다. 사실처럼 느껴지긴 하지만 사실이 아니다. 적어도 완전한 사실은 아니다. 그런 일은 그렇게 쉽게 일어나지 않으니까. 일어날 리 없으니까. 하지만 이렇게 말할 수는 있겠다. 그날 다 뒤집어엎은 공사장에서 나는 다시 딸이자 언니이자 동생이자 손녀가 되기를 시작했다. 그리고 그건 꽤 괜찮았다. 그런 존재가 되길 그만둔 것보다는 그런 존재가 되길 시작한 것이 훨씬 나은 것만큼은 사실이니까. 그리고 시작이란 중요하다. "옛날 옛적에"는 중요한 거다.

47

나머지는 말 안 해도 될 것 같다. 여러 기관과 몇 차례 대화가 있었다. 엄격한 눈길과 손가락질과 무서운 경고가 아주 많았다. 나는 물론이고 아빠, 즉 로데오, 다시 말해 그 마음씨 좋고 정신 나간 히피의 사과와 해명과 약속도 꽤 있었다.

우리는 법을 어겼다. 음, 정확히 말하면 내가 법을 어겼다. 이 모든 일에서 로데오는 사실 놀라울 정도로 결백했다. 나를 약간 부추기긴 했지만, 그것조차도 어쩔 수 없는 상황에서 암호로 한 행동이었다. 어쨌든 담당자들은 눈감아줄 수가 없었다. "그렇죠, 미성년자 아이가 버스를 훔쳐서 고속도로를 달려 경찰을 따돌리고 도망치긴 했지만, 뭐 슬픈 사연이 있었으니까요. 별거 아닙니다." 이런 말이 나올 수는 없었다는 뜻이다.

그래서 조사를 거쳤다. 경찰관들과 검사, 판사, 심지어 심리 상담사까지 만나야 했다. 모두 해서 며칠이 걸렸고 사실, 좀 늙을 지경이었다. 하지만 결국 그들은 내가 사회에 큰 위협이 되는 존재가 아니라고 판단했다. 로데오 역시 검증된 괴짜이긴 하지만 위험한 종류가 아니라 사실 괜찮은 종류라고 판단했다.

우리 둘 다 교도소에 갈 필요는 없었고 내가 아빠와 헤어질 일도 없었다. 일은 잘 해결됐다. 경찰 배지니, 직함이니, 규정이니, 온갖 서류 작업이니 해도 모두 따지고 보면 사람이 하는 일이었다. 그리고 대부분의 경우, 사람은 옳은 일이 무엇인지 알면 옳은 일을 하려고 노력한다.

하지만 내가 예거로 들이받은 차선 규제봉 값은 내야 했다.

그리고 작별이 있었다. 우선 벨. 그녀의 부모님이 벨을 데리러, 꼭 로데오와 레스터처럼 교대로 운전해서 다음날 밤에 도착했다.

나는 그들의 재회에 함께하지 못했지만 그다음 날 아침 작별 인사를 했을 때 밸은 괜찮아 보였다. 가끔은 괜찮아 보이는 것 정도로 만족해야 할 때가 있다. 그건 끔찍한 것보다는 훨씬 낫고, 그러다가 상당히 좋아지기도 하니까. 밸은 주소와 전화번호를 줬고 나는 밸과 연락하며 지내는 것이 내 할 일 리스트의 최상위권에 속한다고 장담할 수 있다.

그리고 하루 뒤, 얘키모로 돌아가 살바도르와 작별했다. 그건 더 힘들었다. 그리고 말인데, 그날의 작별은 자세히 설명하고 싶지 않다. 살바도르가 나한테 "널 안 보고 싶진 않을 거야, 코요테 선라이즈" 하고 말했고, 나는 "나도 너를 안 보고 싶진 않을 거야" 하고 대답한 뒤, 우리는 둘 다 조금 웃고 재빨리 끌어안았던 것 같기는 하다. 그렇다, 아주아주 어색했다. 하지만 어색한 게 늘 나쁜 건 아니니까.

살바도르가 매일 걱정된다. 하지만 그 애가 불쌍하지는 않다. 약속은 약속이니까. 그 애 전화번호를 갖고 있다. 통화도 할 거다. 결국 그 애는 나랑 최고로 친한 친구니까. 유일한 친구이기도 하지만. 뭐, "최고"는 숫자와 관계없이 최고 아닌가. 그리고 친구가 백 명 생긴다 할지라도, 살바도르는 여전히 최고일 거라고 믿는다.

로데오는 레스터를 설득하여 탬파와 스트럿 킹즈로 돌아갈 버스표를 사주기로 했다. 버스 정류장에 내려줬을 때 레스터는 나를 한참 동안 꼭 끌어안았고 "그래도 넌 제정신이 아냐, 아가" 하고 말했고, 나는 "음, 그럴지도 모르죠. 아무 경비원이나 붙잡고 결혼하지 말아요" 하고 말했다. 그는 웃었고 그렇게 끝났다.

우리는 물론 글래디스와도 작별했다. 그때는 아무도 울지 않았지만, 돌아올 때는 글래디스가 보고 싶었다. 글래디스는 좋은 염소였다. 녀석이 가족과 다시 만나는 걸 봐서 기뻤다.

그리고 결국, 할머니와도 작별했다. 하지만 좀 지난 뒤였다. 일주일쯤 할머니 집에서 지냈다. 할머니와 산책도 가고, 저녁식사로로스트 치킨도 얻어먹고, 아이스크림도 먹으러 나가고, 이틀 밤은소파에 앉아서 팝콘을 먹으며 영화도 봤는데, 와, 그건 대단했다.정말 대단했다.

그러나 말은 하지 않았지만 할머니 집에서 지낸 일주일 동안에도 거기서 영영 지내는 건 아니라는 걸 알고 있었다. 빨래도 하고아침식사도 하고 나름의 하루 일과가 생기긴 했지만 영영 그렇게지내지는 않으리라는 것을 알고 있었고, 아빠는 그 일주일 동안 예거의 벨트와 오일과 점화플러그를 교환했다. 차를 영영 세워둘 사람은 그런 일을 하지 않는다. 그건 다시 떠날 준비를 할 때 하는 일이다.

그래서 어느 날 밤, 할머니가 저녁 설거지를 하고 로데오와 나는뒷마당에 앉아 어둑한 저녁 하늘을 날아다니는 박쥐들을 보던 중에 내가 물었다. "우리 언제 떠나?" 로데오는 겨우 몇 초 만에 답했다. "모레쯤으로 생각 중이야." 나는 혼자 고개를 끄덕인 뒤, 고개를 돌려 돌아온 나를 환영해주었던 언덕들의 검은 형체를 바라보았다.

하지만 로데오는 또 다른 말을 했다.

로데오가 말했다. "괜찮겠니, 엘라?"

로데오가 내게 물었다. 그리고 나를 내 이름으로 불렀다.

나는 그 질문에 놀라 로데오를 잠시 보기만 했다.

"영영 이러고 싶진 않아. 이렇게 차 타고 돌아다니는 거 말이야." 내가 말했다.

로데오는 끄덕이고 한숨을 쉬었다.

"알아. 여기서 지낼 수는 없겠다 싶어서, 그리고—"

"나도." 내가 로데오의 말을 막았다. 로데오는 놀란 표정을 지었다. "여기 돌아오는 건…… 해야 할 일이었으니까. 그리고 돌아와서 기뻐. 하지만 여기서 지내는 건 힘들어. 저기 파헤쳐놓은 공원을 날마다 지나다닐 수는 없을 거 같아. 그래도 우리와 함께 데려가고 싶었어. 엄마. 그리고 에이바. 그리고 로즈를. 다시는 두고 가지 않을 거야. 우린 다시 가족이 됐어. 그치?"

로데오의 눈이 붉어졌고 눈물이 글썽거렸지만, 나를 똑바로 보며 고개를 끄덕였다.

"그래."

"그리고 그냥 여길 떠나기만 하는 건 싫어. 어디론가 가고 싶어. 도망치는 게 아니라. 찾는 거지. 집을 찾는 거. 바퀴 네 개 안 달린 집을. 그러고 싶어. 응?"

로데오는 날 보고 눈을 깜빡였다. 그러더니 천천히, 깊이 끄덕였다.

"그래." 로데오가 말했다. "그래, 우린 집을 찾을 거야."

나는 다가가 아빠를 끌어안았고 아빠도 날 마주 안았다.

"좋아." 아빠가 말했다. "이제 들어가서 할머니 설거지하는 걸 도와드리자." 아빠는 나를 놓아주고 일어나서 노란 불빛으로 따뜻하게 반짝이는 뒷문을 향해 걸어갔다.

"한 가지 더 있어, 아빠." 아빠가 나를 돌아보자 내가 말했다. "제발 부탁인데 그 수염은 언제 깎을 거야?"

아빠는 내게 한 걸음 다가와서 허리를 숙이더니 눈을 보며 말했다. "절대 안 깎아." 그러고는 미소를 지었고 나도 덩달아 미소가 나왔다.

48

그래서 우린 지금 여기 있다. 아직도 달리고 있지만, 정처 없이 돌아다니는 건 아니다. 방랑하고 있긴 하지만, 찾고 있기도 하다. 떠돌아다니는 것이 아니라 기다리는 것이다. 세상에서 가장 귀여운 여자아이의 숨결에 날리는 민들레 홀씨처럼, 햇빛과 함께 날아다니지만 흙을, 뿌리를 내릴 곳을, 꽃을 피울 곳을 찾고 있다. 그게 우리다. 그게 나와 로데오다. 그게 나와 아빠다.

그런데 그거 아는가? 뭔가를 향해 달려가는 건 뭔가로부터 달려가는 것보다 낫다. 훨씬 낫다.

가끔은 울기도 한다. 하지만 이젠 감추지 않아도 된다. 슬플 때면, 엄마와 언니와 동생이 보고 싶을 때면 그냥 울면 된다. 그러면 아빠는 내 어깨를 감싸 안는다. 가끔은 아빠도 나와 함께 운다. 괴롭다. 하지만 좋다.

그래. 어쩌면 나는 좀 망가졌을지도 모른다. 어쩌면 나는 조금 연약할지도 모른다. 하지만 뱁을, 살바도르와 레스터를 생각하고, 괜찮다고 생각한다. 우리 모두 조금씩 망가졌을지도 모른다. 우리 모두 조금씩 연약할지도 모른다. 어쩌면 그래서 우리에게 서로가 그렇게 필요한 것일지도 모른다.

매일 아침, 로데오는 나한테 어디로 가고 싶은지 묻는다. 그리고 나는 의견이 있으면 말한다. 다음번에는 워싱턴 주 포플린 스프링스에 가고 싶다고 말하려 하는데—다음번은 확실히 올 테니까—그러면 거기로 가는 거다.

이제는 내가 아빠를 챙기지 않는다. 우리는 서로를 챙겨준다.

뒤쪽의 내 방 침대 밑에는 상자가 있다. 그 상자 안에는 보물이 있다. 사실, 보물이 한가득 있다. 가끔은 앉아서 그걸 뒤져본다. 함께 앉아서 뒤져보기도 한다.

우리의 새로운 전통도 만들었다. 거의 매일 밤 자러 가기 전에 우리는 서로 하나씩 추억을 이야기해준다. 하루에 하나씩. 우리 가족의 추억을. 큰 추억일 수도 작은 추억일 수도, 슬픈 추억일 수도 행복한 추억일 수도 있다. 상관없다. 가끔은 적어서 상자에 넣어두기도 한다.

집에 도착하기 전날 밤이 기억난다. 도착하고 나면 엄마와 언니, 동생이 정말 사라졌다는 실감이 날까 봐 얼마나 두려웠는지. 그래, 그들은 떠났다. 하지만, 절대, 전혀 떠나지 않았다. 조금도 그러지 않았다. 이제는. 다시는.

그러다 어느 날 우리는 그걸 본다. 도시 이름이 적힌 녹색 고속도로 표지판. 오래전에 들렀고 좋아했던 곳이었다. 심지어 사랑했던 곳이다. 좋은 사람들이 사는 작은 도시였다. 아닌 척하고 있지만, 예전에 찾아간 적이 있는 도시였다. 도시를 가로질러 흐르는 강물이 늘 움직이지만 늘 거기 있다. 버터를 살짝 바르면 완벽한 천국을 선사하는 커다랗고 동그란 사워도우 빵을 파는 빵집이 있다. 널찍한 축구장이 딸린 중학교도 있다. 그리고 세탁소 옆에는 타코 트럭도 있다. 여름에 갈 만한 드라이브인 영화관도 있다. 좋은 곳이다. 한 번쯤 살아볼 만한 곳 같다.

그리고 표지판은 그 도시가 15킬로미터 거리에 있다고 한다.

햇볕이 예거의 창문으로 비스듬히 내리쬐고, 예거는 사방에서 웅웅 소리를 내고 있다. 솔직히 아직도 희미한 염소 냄새가 나지만 우리는 적응했다. 적응 못 했어도 상관하지 않을 것이다. 녀석은 아주 멋진 염소이자 길동무였으니까.

아이반이 눈을 반쯤 감은 채 대시보드에 앉아 고속도로를 내다보고 있다.

태양은 내려앉을 생각이지만 아직은 버티고 있다. 그 도시로 향하는 우리의 길을 밝혀줄 것이다. 우리가 거기 닿을 때까지 빛을 남겨줄 것이다. 그리고 시원한 밤이 될 것이다. 그러고 나면 우리는 새 하루를 맞이하며 깨어날 것이다.

화들짝 종을 올려다보니 햇살을 받아 천국에 있는 성 베드로의 문처럼 빛나고 있다. 일어나서 종을 칠까 생각해보지만 그러지 않는다. 지금은 그런 순간이 아니니까. 절대 아니니까. 풍요롭고 충만하고 아주 깊이 행복한 순간이며, 이미 이 자체로 조용한 음악이 울리고 있으니까.

그때 아빠가 말한다. "옛날 옛적에 이야기 하나 해봐라, 엘라."

나는 미소 짓는다. 눈을 문지른다. 살짝 숨을 들이쉬고 크게 숨을 들이쉰다.

그러고 세상에 얼마나 많은 이야기가 있는지 생각하니 거의 말문이 막힌다. 거의.

나는 거기 우리가 들어가는 세상을 내다보며 서 있다. 꼭 그래야 하는 것은 아무것도 없다. 하나도. 일출과 석양과 아이스크림콘은 반드시 존재하지 않아도 되었고, 별똥별과 어쿠스틱 기타와 손을 맞잡는 것, 좋은 책과 따뜻한 담요와 잘 자라는 키스도, 그중 무엇도 반드시 없어도 되었다. 엄마와 에이바와 로즈는 내 곁에 살아 숨쉬지 않아도 됐다. 그들은 존재하지 않을 수도 있었다. 로데오와 나와 예거와 레스터와 할머니와 살바도르와 밸과 아이반도 존재하지 않을 수도 있었다. 그 모든 것이, 그 하나하나가 생겨나지 않을 수도 있었고, 나는 그것을 보지 못할 수도 있었으며, 보지 못한 걸 알지도 못했을 수도 있다.

하지만 그것은 존재했다. 그리고 나는 봤다. 아, 그랬다.

세상에는 너무 많은 행복이 있다.

세상에는 너무 많은 슬픔이 있다.

세상에는 정말이지 너무 많은 것이 있다.

"음," 내가 말하며 아빠 어깨를 잡는다. "옛날 옛적에, 한 여자애랑 아빠가 있었어."

감사의 글

어떤 책이든 가장 큰 허구는 그 표지에 적힌 이름이 대개 하나 뿐이라는 것이다. 나는 이 이야기를 세상에 내놓는 과정에서 너무 많은 사람들에게 도움과 후원을 빚졌다.

코요테에게 집을 찾아주고, 그 과정의 단계마다 함께 싸워준 내 에이전트, 팸과 밥에게 감사드린다.

이 책이 나오게 해주고 지력과 감수성을 다 하여 헤아릴 수 없이 더 나은 책으로 만들어준 놀라운 편집자, 크리스천에게 감사드린다.

헨리 홀트와 맥키즈 출판사의 열심히 일하는 분들께, 이 작은 책을 포함해 숱한 아름다운 책들을 만들어준 것에 감사한다.

362

코요테와 아이반에게 생명을 불어넣고 내 이야기에 이토록 훌륭하고 완벽한 표지를 만들어준 실리아 크램피언에게 고마움을 전한다.

실생활에서나 온라인으로 알게 된 아동문학 작가 모두에게 감사하다…… 여러분과 이 일을 하면서 같은 커뮤니티에서 활동하게 되어 정말 기쁘다.

학생들과 함께 책을 읽고 청소년 소설을 쓰는 일을 가능하고 즐겁게 만들어주는 교사 및 도서관 사서 여러분께 감사하다.

재미난 것들이 이렇게나 많은데도 책을 찾아준 여러분 모두에게, 버스와 보도에서 공원 벤치와 소파, 해변과 자동차, 침대, 교실, 비행기, 식당에서 책을 읽는 어린 친구들에게 감사하다.

그리고 끝으로, 내게 늘 기댈 곳이 되어주는 모든 친구와 가족에게 백만 번의 감사를 전한다.

추억과 치유로 향하는 버스 여행

『코요테의 놀라운 여행』이라는 제목이 잘 알려주듯이 이 책은 긴 여행의 과정을 따라 전개되는 '로드 트립' 소설입니다. 주인공 소녀 코요테 선라이즈는 아빠와 함께 '예거'라는 스쿨버스를 집 삼아 광활한 미국의 이곳저곳을 돌아다니고 있습니다. 학교도 직장도 없이, 좋아하는 책을 실컷 읽으면서, 휴게소 편의점에서 슬러시를 사먹고, 원하는 음식이 생기면 아무리 먼 곳이라도 달려갑니다.

꼭 멋진 삶인 것 같지요. 하지만 알고 보면 그렇지 않습니다. 그 비밀은 코요테에게 진정한 목적지가 생기면서 밝혀지지요. 오 년 동안 집을 떠나 정처 없이 돌아다니던 코요테에게 드디어 꼭 가고 싶은 곳, 꼭 가야 하는 곳이 생깁니다. 그리고 그 시점에서 코요테의 놀라운 여행은 본격적으로 시작됩니다.

이런 장르의 소설에서 '여행'이 '삶'을 상징한다면, 그 여행 중에 일어나는 사건은 주인공의 경험과 성장을 의미합니다. 코요테는 미국의 남동쪽 끝 플로리다 주에서 북서쪽 끝 워싱턴 주의 집으로 돌아가 소중한 추억이 담긴 상자를 되찾기로 결심합니다. 그 긴 여정은 곧 코요테와 로데오가 너무 아프고 슬퍼 차마 말하지 못하고 묻어둔 상처를 건드리는 과정입니다. 그 과정은 비록 괴롭지만 코요테가 외로움과 아픔을 극복하고 조금 더 행복해지기 위해서는 꼭 필요한 것이기도 합니다. 상실의 현실을 마주하지 못하고 외면하려는 아빠를 이해하고 보호하느라, 그리운 사람들의 이름도, 그들에 대한 감정도 꺼내놓지 못하던 코요테는 이 여정을 통해 슬픔과 그리움을 인정하기 시작하니까요.

여정에서 코요테는 여러 사람을 만나고 서로 돕고 도움을 받으며 친구가 됩니다. 그간 한곳에 오래 머무는 법 없던 코요테는 친구를 사귈 수 없었고, 마음 맞는 친구가 생겨도 곧 헤어져야 하는 상황을 힘들어했습니다. 하지만 버스에 타고 동행하는 사람들, 그중에서도 또래인 살바도르는 코요테가 마음의 문을 열고 비밀을 털어놓는 상대가 되어줍니다. 둘은 상처를 이해하고 공감하는 진정한 친구가 됩니다. 혼자서 해결할 수 없는 문제와 짐이 있을 때, 믿음직한 친구가 얼마나 소중한 존재인지 코요테와 살바도르는 본보기가 되어줍니다.

코요테가 버스에 태우는 사람들에게는 두 가지 공통점이 있습니다. 모두 선하고 순수한 사람이라는 점, 또 매우 다양한 방식으로 어려움을 겪는 사람이라는 점입니다. 코요테가 가장 먼저 버스에 태운 레스터는 음악가입니다. 아직 성공하지 못한 가난한 음악가 레스터는 꿈을 포기하기 직전입니다. 살바도르는 가정 폭력을 겪은 남미계 가정의 아이입니다. 밸은 부모님에게 커밍아웃했다가 거부당한 동성애자 청소년입니다. 이들이 겪는 어려움은 그 자체로 소외된 이들의 경험을 보여줍니다. 또한 그 경험은 코요테의 아픔을 이해하고 공감하는 우정의 기초가 되어, 전혀 다른 사람들이 이루는 관계의 가능성을 제시합니다.

코요테는 어린 나이에 엄청난 상실의 아픔을 겪고 일찍 철이 든 아이입니다. 어쩌면 자신보다 더 힘들어하는 여린 아빠를 보호하면서 오 년이나 지내왔으니까요. 책을 많이 읽어 아는 것도 많고 어휘력도 풍부합니다. 목표를 세우면 이루기 위해 계획하고 도움을 청할 줄 아는 아이입니다. 섬세한 감수성으로 세상의 아름다움을 볼 줄 압니다. 이런 코요테가 소중한 추억을 되찾으러 가는 여정 속에서 경험하는 따뜻하고 뭉클한 일들이 독자 여러분에게 잘 전달되었으면 좋겠습니다. 그리고 부디 앞으로 코요테가 좀더 아이답게, 사춘기 소녀답게 지낼 수 있기를 바랍니다.

이나경

옮긴이 **이나경**

이화여자대학교 물리학과를 졸업하고 서울대학교 영문학과에서 르네상스 로맨스를 연구해 박사
학위를 받았다. 현재 번역가로 활동하고 있다. 옮긴 책으로는 제시 버튼의 『뮤즈』, 제프리 디버의
『XO』, 조조 모예스의 『애프터 유』, 스티븐 킹의 『샤이닝』, N. K. 제미신의 『검은 미래의 달까지 얼마
나 걸릴까』 등 다수가 있다.

코요테의 놀라운 여행

초판 1쇄 발행 2021년 4월 29일
초판 4쇄 발행 2023년 5월 15일

지은이 댄 거마인하트
옮긴이 이나경
펴낸이 김선식

경영총괄 김은영
콘텐츠사업본부장 임보윤
책임편집 이승환   **책임마케터** 이고은
콘텐츠사업3팀장 이승환   **콘텐츠사업3팀** 김한솔, 김정택, 권예진, 이한나
편집관리팀 조세현, 백설희   **저작권팀** 한승빈, 이슬
마케팅본부장 권장규   **마케팅2팀** 이고은, 김지우
미디어홍보본부장 정명찬   **디자인파트** 김은지, 이소영   **유튜브파트** 송현석, 박장미
브랜드관리팀 안지혜, 오수미   **지식교양팀** 이수인, 염아라, 석찬미, 김혜원, 백지은
크리에이티브팀 임유나, 박지수, 변승주, 김화정   **뉴미디어팀** 김민정, 이지은, 홍수경, 서가을
재무관리팀 하미선, 윤이경, 김재경, 안혜선, 이보람
인사총무팀 강미숙, 김혜진, 지석배, 박예찬, 황종원
제작관리팀 이소현, 최완규, 이지우, 김소영, 김진경, 양지환
물류관리팀 김형기, 김선진, 한유현, 전태환, 전태연, 양문현, 최창우

펴낸곳 다산북스   **출판등록** 2005년 12월 23일 제313-2005-00277호
주소 경기도 파주시 회동길 490   **전화** 02-704-1724   **팩스** 02-703-2219
이메일 dasanbooks@dasanbooks.com   **홈페이지** dasan.group   **블로그** blog.naver.com/dasan_books
종이 IPP   **출력·인쇄** 민언프린텍   **후가공** 제이오엘앤피   **제본** 국일문화사

ISBN 979-11-306-3731-0 (43840)

다산북스는 독자 여러분의 책에 관한 아이디어와 원고 투고를 기쁜 마음으로 기다리고 있습니다. 책 출간을 원하는 분은 이메일
dasanbooks@dasanbooks.com 또는 다산북스 홈페이지 '투고 원고'란으로 간단한 개요와 취지, 연락처 등을 보내 주세요.